沒有名字的人

萬神之神

NO NAME

GOD ABOVE GODS

U0013520

作 —— FOXFOXBEE

目錄

楔子

如果把人生比作一本小說的話，每個人都是自己故事裡的主角，圍繞在主角身邊的，都是一些令讀者耳熟能詳的角色，這些人伴隨著主角的一生，成為這本書重要的組成部分之一，比如從小就十分嚴厲的父親、改變人生的某個老師、第一份工作的老闆、和你結婚又離婚的另一半。

當然還有一些推動故事情節發展的配角：高中暗戀的對象、睡在上鋪的兄弟、出國後失去聯繫的藍顏知己……他們雖然不是人生這本書中最重要的人，卻在關鍵的節點上影響了故事的走向。

接著還有只占少數筆墨的龍套，他們像飛馳的列車穿過你的人生，比如那個向你微笑的咖啡店員工、只和你說過一句話的隔壁班同學，也許他們和你只有一個眼神交集、一次點頭示意，從此再也沒有出現在你的故事中，甚至連筆墨都多餘。

還有一種人，他既不和主角共同撐起故事，也不是和主角擦肩而過的芸芸眾生，他不屬於構成人生這本書的任何一類人，卻像一顆被掩蓋光芒的珍珠一樣出現在這個故事裡。只有在你午夜夢迴時才會猛然想起，只有在你看到一樣特定事物的時候才會回憶起，曾經有這麼一個人，他在你生命中留下了濃墨重彩的一筆，卻因為出現時間太短而被遺忘了，變成了地下室布滿灰塵的相簿、課桌抽屜最裡面的那塊橡皮擦。

直到有一天，你的過去找上門來，告訴你它回來了。

一九九一年夏天。

南方的夏天悶熱潮濕，窗外的棕櫚樹葉子紋絲不動，天上飄著烏雲，似乎隨時都要下雨。

幼稚園不大，教學樓前院的空地上放著一些專門給低齡兒童玩的娛樂設施。後院則是一片草地，草地上還有水窪和沙地，遠看就像是得了鬼剃頭的禿子。

汪旺旺坐在凳子上，沒有哭也沒有鬧，因為媽媽告訴她，如果她堅持一天都不哭，那麼放學的時候爸爸就會來接她，還會給她買糖葫蘆。

只是比起對新環境的恐懼，此刻的炎熱讓她更難忍受。

不知道出於什麼原因，老師沒有把頭頂的吊扇打開，整個房間裡唯一能通風的就是那個不到半公尺寬的窗戶，外面還晾著小朋友的床單和口水巾。汪旺旺把凳子移到窗戶邊，她希望這時能有一陣涼風吹過來。

這是她上幼稚園的第一天，媽媽認真打扮了她，給她穿上最漂亮的向日葵花裙子，袖子上還有一圈小蕾絲，她的頭髮上繫了一個紅豔豔的蝴蝶結，脖子上還戴了一條塑膠珍珠項鍊。

媽媽認為，這樣才能交到新朋友。即使這樣，也沒有小朋友注意到她，甚至沒有人讚美一句她漂亮的花裙子。女孩子們擠在一個角落裡玩著扮家家酒，男孩則拿著火車，在積木旁邊玩「建起高樓又摧毀」的遊戲。

又過了一會兒，窗外開始飄起雨，當老師們把床單收下來的時候，汪旺旺透過玻璃，看到不遠處有一個男孩子，一動不動地躺在草地上。

「他是誰？」汪旺旺問。「他在幹什麼？」

旁邊一個在看連環畫的女生抬起頭看了看，露出了一種厭惡的神情：「不知道。」
「為什麼他不上來？」
「不知道。」
「他不用上學嗎？」
「不知道。」
「怎麼沒有人跟他玩？」
「妳去跟他玩呀，」看連環畫的女生忽然抿著嘴笑起來。「被咬一次妳就知道了。」
「他咬人？」
「他這裡有病，」女生指了指自己的腦袋。「他是個傻子。」

第一章　七宗罪

「你好啊。」汪旺旺站在草地上，天空陰霾，遠處烏雲壓頂。風吹過她的花裙子，她覺得很舒服，似乎悶熱的感覺也被風吹走了。

草地上躺著的男孩子閉著眼，沒有回答她。

「你在幹什麼？」汪旺旺又問。

男孩忽然睜大眼睛，嘟起嘴：「噓！」

眼前這個男孩比自己高了一頭，看起來應該是上小學的年齡了，胸口卻仍然戴著幼稚園中班的牌子。男孩的指甲裡全是泥，手上還有各種深深淺淺的傷疤，他身上的條紋羊絨衫看起來灰不溜秋的，還有好幾塊洗不乾淨的土黃色汙漬。

當然，以汪旺旺的年紀，她分辨不出這些細節究竟意味著什麼，她只覺得男孩因為悶熱而漲得通紅的臉蛋兒還挺可愛的，汪旺旺追問道：「你在幹麼呢？」

「別說話！」男孩露出長得歪七扭八的牙齒。「我在玩。」

「玩什麼？」

「裝死。」話音剛落，男孩又恢復了一動不動的姿態，直挺挺地躺在地上。

烏雲又飄近了一點，整個草坪就像三溫暖一樣。汪旺旺額頭上的汗又冒了出來，她回頭看了看教室的窗戶，又看了看面前的男孩子，也直挺挺地躺在草地上。

樹上的知了沒完沒了地叫著，地上的雜草貼著她的小腿，她輕輕瞥了一眼，一隻黑色的大螞蟻正順著她的手臂爬到肩膀上。

「誰先動，誰就輸了。」草地另一邊傳來聲音。

汪旺旺咬緊牙關，我才不會動呢。

烏雲中傳來一聲悶雷，緊接著，雨點落到了汪旺旺臉上。她輕輕揚起頭，看了看對面沒有動靜的草地。

我才不要輸，她倔強地想。

大雨滂沱。

不知道過了多久，不遠處傳來幼稚園老師的驚呼：「你們在幹什麼!?」

被帶到浴室的兩個人早就被淋成了落湯雞，裹著大毛巾的男孩子咧開嘴，露出勝利的笑容：「妳輸了哦，我可是堅持到最後都沒動。」

「我才沒有輸！明天再比！」汪旺旺的花裙子上沾滿了泥。

這樣一比，就是一個夏天。

「妳最近都在幼稚園幹什麼？」媽媽給她洗澡的時候問。

汪旺旺脫了衣服，臉和手臂都晒得黑黝黝一片，而背上和脖子後面仍是白白嫩嫩的，看起來就像一塊塗滿巧克力醬的白麵包。

「躺在草地上，」汪旺旺吹了吹澡盆裡的泡泡。「玩裝死。」

「媽媽聽幼稚園老師說，妳最近總是跟一個……」媽媽頓了頓。「一個男孩子玩？」

「別人都不跟我玩，他們說我是小狗，只有小狗才汪汪汪。」汪旺旺垂下眼睛。「張凡誠挺好的。」

「但是媽媽聽老師說……」

「張凡誠是我的朋友。」汪旺旺稚氣地往澡盆子裡一坐。

「媽媽並不是不讓妳跟他玩……」媽媽歎了口氣。「他也是個可憐的孩子。」

「他沒有病，他從來不咬我。」汪旺旺突然轉過頭，認真地看著媽媽。「他不像其他小朋友說的那樣。」

「寶貝，他不會咬人，他只是……」媽媽一邊幫汪旺旺搓背，一邊思索著合適的詞。「只是他出生的時候腦部受了傷，所以他的智力永遠停留在四、五歲的水準。」

「那不是挺好的嘛，我也才四歲。」汪旺旺歪著頭，以她的年齡顯然還理解不了永久性腦損傷是什麼。

「可是妳會長大。」

「張凡誠也會長大，」汪旺旺舉起手比畫了一下。「他比汪旺旺長得更高了。」

「妳不懂，」媽媽揉了揉汪旺旺的頭髮。「但妳以後會懂的。」

「夏天夏天悄悄過去留下小祕密，壓心底壓心底不能告訴你……」

收音機在老式木桌上不厭其煩地唱著，汪旺旺就這樣和張凡誠度過了整整一個學期。除了玩裝死之外，張凡誠還給汪旺旺抓蝴蝶，陪她蕩鞦韆，每次在蕩鞦韆的時候，張凡誠都能把汪旺旺推得比其他孩子更高。他們還玩扔石頭的遊戲，往往是張凡誠撿來各種各樣的石頭，扔出去幾塊，汪旺旺也學著扔出去幾塊。

汪旺旺從家裡拿來的洋娃娃，總是能被張凡誠三下五除二地拆解掉。他的手永遠掌握不好力道，輕輕擺弄兩下，就能把美麗嬌貴的玩具拆得七零八落。汪旺旺從來沒有為此生過氣，在張凡誠的帶領下，她似乎也覺得玩具就應該這樣玩，洋娃娃的頭和身子應該分開，小火車就應該在泥地裡打滾兒。她並沒有覺得這樣有何不妥，直到有一天，另一群孩子打破了他們平靜的生活。

「傻子。」其中一個人踹了一腳躺在草地上的張凡誠。

當時他正在和汪旺旺躺在草地上玩裝死的遊戲，張凡誠沒動也沒出聲，在他看來，只要稍微有點反應，就是在遊戲裡認輸的表現，可對方不依不饒，還把鞋底蹭到他臉上。

「傻子！」

汪旺旺抬起頭，看著眼前這幾個衣著光鮮的男孩子。他們從身高上看比張凡誠還矮一點，胸口上別著學前班的標籤。在他們身後，還有一個頭髮有些發黃的男生，看起來至少比汪旺旺大三、四歲，穿著附近一個小學的校服。

「站起來。」那個大一點的男生對汪旺旺說。

汪旺旺有些害怕，她叫了一聲張凡誠，張凡誠一骨碌從地上爬起來，拉著汪旺旺的手轉身就走。

可是沒走兩步，那群男孩子又繞到他們面前，面對高大的張凡誠，他們起初還有所忌憚，直到其中一個戴眼鏡的矮個兒說：「我聽我爸說了，他是個傻子。」

「他倆都是？」小學生問。

「可不是嘛，傻子才跟傻子玩。」

小學生又看了張凡誠一眼：「以後我們每天放學要在這兒踢球，你們別在這玩。」

張凡誠沒說話，他的鼻涕又流下來了，拉著汪旺旺朝另一個方向走。

後面的男孩們跟上來，他們把地上的碎石子往汪旺旺腿上踢，一邊踢還一邊笑：「跟你們說話呢，聽到沒？」

「草坪又不是你們家的。」汪旺旺鼓起勇氣轉過頭說。

「哎喲，傻子還有脾氣。」「眼鏡兒」一邊叫著，一邊使勁揪住汪旺旺的裙子。「刺啦」一聲，裙子撕開一個大口子。

「你走開！」汪旺旺條件反射地一把推開對方，也不知道是她力氣太大還是對方沒站穩。「眼鏡兒」竟然一屁股坐在了地上。他愣了兩秒，臉上突然閃過一個凶狠的表情，在地上抓起一塊尖銳的石頭，朝汪旺旺腦袋上砸去。

那塊石頭像剃刀一樣劃過她的額頭，血「嘩」的一下順著額角流了下來。

她看了一眼張凡誠，眼淚在眼眶裡打轉，嘴巴動了動，什麼也沒說出來。

張凡誠一瞬間被激怒了，他抄起腳邊一塊更大的石頭，不偏不倚地砸向「眼鏡兒」的鼻梁。張凡誠的手勁兒絕對不是一個幼稚園中班孩子的水準，只聽見「喀嚓」一聲。「眼鏡兒」的鼻骨碎裂了。

坐在地上的「眼鏡兒」一臉難以置信地摸了摸自己的鼻子，猛地號啕大哭起來。

汪旺旺也呆住了，她從來沒見過這麼多血，連哭都忘了，還沒反應過來，那個小學生大吼一聲，一拳掄到了張凡誠的腦袋上。

「傻子敢打我弟弟!?」

他倆立刻扭打在一起，如果在平時遇到這種事，大家會尖叫著跑去找老師，可那天的情況是，跟在小學生後面的幾個小孩也跟著他們的老大衝了上去，把張凡誠打倒在地。

那是汪旺旺第一次看見張凡誠咬人，雖然他被幾個小孩打得鼻青臉腫，可他也沒讓那幾個小子中的任何一個人好過。

一小時過後，事情驚動了幼稚園。汪旺旺被老師抱到醫務室，腦袋被包成了一個粽子。媽媽和那群男孩子的家長們也來了，尤其是那個「眼鏡兒」的媽媽，一個穿著棗紅色毛線衣和花呢褲的胖婦女，她一手摟著小兒子，一手摟著大兒子，哭天搶地般喊道：「殺人啊！這個傻子要殺我兒子啊！」

事關孩子們，家長永遠各執一詞。儘管汪旺旺已經反反覆覆地把事情的原委說了好幾遍，可是她年紀太小，口齒不清，沒人在乎她究竟說了什麼，大家的目光都被「毛線衣」婦女吸引著，畢竟她懷裡的孩子被打斷了鼻骨。

那些躲在爸媽懷裡的男孩子都一口咬定，他們只不過到草地上踢球，是傻子突然發了狂，這才打起架來。

「這不是他第一次攻擊人了！」「毛線衣」揪住幼稚園老師，她的憤怒讓臉變了形。「這種智障怎麼能留在幼稚園裡？我告訴妳，賠錢，道歉，把這小兔崽子給我攆出去，一樣都不能少。再把員警和你們長官都叫來，給我家大寶二寶一個交代！」

在一片哭鬧聲中，張凡誠倒是十分安靜。他坐在靠窗的小桌旁，玩著手裡的鼻涕，偶爾抬起頭對汪旺旺友善地一笑。

就在老師被家長們推搡得毫無辦法的時候，門外走進來一個女人，她一身黑衣黑裙，身材嬌小，唯有胸前的十字架閃閃發光。她提著一個編織袋，徑直走到「毛線衣」婦女身邊的小桌子旁，拿起編織袋往桌上一倒，裡面全是五十元面值的紙幣。

女人猛地彎下腰，朝所有人深深鞠了一個躬：「張凡誠給大家造成困擾了，我沒有管教好他，這些錢賠給孩子們做湯藥費。」

她說的是「張凡誠」，而不是「我兒子」，甚至也沒有問張凡誠發生了什麼。

當然，她也不可能問。

家長們馬上就炸開了鍋，畢竟在那個年頭，這麼多一捆捆的現金只能從電視劇裡看見。

「我早聽說了，幼稚園肯收這個傻子，是因為他爸在美國幹那個……叫什麼咱不懂，反正是科學家，賺美鈔的！」有個女家長已經在人群後面竊竊私語起來。

「該不會是敵特吧？」

張凡誠媽媽彎下的腰仍然沒有直起來，似乎在等待眾人的原諒。她面容憔悴，額前的頭髮軟塌塌地貼在臉上，從外貌上看比汪旺旺的媽媽老十歲，完全看不出是個有錢人。

「我說，這不是錢的事，」其中一個男家長咳了兩聲。「妳家孩子的腦子……妳也知道，再在這裡待下去總是個隱患。」

張凡誠的媽媽點點頭，看了一眼這位家長懷裡受傷的孩子，徑直走到張凡誠身邊。張凡誠猛地看到自己媽媽，打了個哆嗦。

「啪！」一個大耳光。

她該是用盡了全力，把自己兒子打得從凳子上跌到了地上。

張凡誠的臉上浮出五個指印，他從地上爬起來，一臉迷惘地看著媽媽。

「啪！」又一個耳光。

「我說，孩子他媽，別打了……」終於有一個女家長忍不住，抓住了她的手。

「我自己的兒子，做錯了事就該打，我管不住他，是我的錯，我給大家道歉，」張凡誠的媽媽把手往裙子上胡亂抹了抹，突然「撲通」一聲跪下來。「你們也看到了，他就是個傻子，連挨打都不知道哭。求求你們別把他趕出幼稚園，否則他真的沒有地方可以去了……」

她面無表情，只是一遍又一遍地懇求，眼底露出深深的絕望。

事情後來不了了之，兩兄弟的家長領走了一大半的錢，張凡誠的媽媽在人群散去後站起來，拉著兒子離開了。汪旺旺透過玻璃，遠遠地看到她從書包裡掏出手絹，給張凡誠擦了擦臉，肩膀顫動著，像是在哭。

有一天，汪旺旺戳了戳張凡誠臉上的傷口：「疼嗎？」

他沒回答，只是把手抬起來，透過指縫看著漏進來的陽光。

他們已經很久沒有在草地上玩了，那塊地方劃給了大孩子們，但暴力並沒有因此停止。無論張凡誠躲在哪裡，他們都能找上門來，揮動著拳頭說這裡是屬於他們的。

孩子的煩惱不會超過二十四小時，張凡誠和汪旺旺很快又找到了一個祕密基地——幼稚園後門旁邊的一個防空洞。防空洞應該修建於七、八十年代，卻因為地理環境不佳而被廢棄已久。從外面看，裡面永遠是黑洞洞的，伸手不見五指，大部分孩子都本能地害怕黑暗，從不到這裡來。

張凡誠不知道從哪裡找來了幾根蠟燭，他每次都會先下去把蠟燭點亮，然後他們就這樣坐在黑暗裡，感受隧道裡吹出來的徐徐涼風，觀察暗處的蜘蛛網，用丟棄在角落裡的鐵絲纏繞出各種圖案。

更多的時候，他們用瓦片在牆上畫畫。汪旺旺漸漸地能畫出一些具象的事物：太陽、樹木、公主和花朵，而張凡誠只能畫出一些深淺不一的淩亂線條。

這個黑暗的角落讓他倆產生了安全感，甚至比陽光下的草坪和水泥地更能感到安全。張凡誠會毫無徵兆地發出一聲叫喊，然後他們聽著斷斷續續的回音，享受著不被人打擾的愉快。

「他們不好，」過了半晌，張凡誠慢吞吞地說。「我不喜歡他們。」

他少見地描述自己的想法，在大多數時候，張凡誠不會開口說話，他們只是無聲地玩耍，語言的交流對他們而言並不太重要。

「我也不喜歡他們。」汪旺旺也附和了一句。「他們是壞孩子，老師說好孩子不打架。」

「媽媽在家裡哭。」張凡誠冷不丁地說。「媽媽讀《聖經》，哭。」

「什麼是《聖經》？」

「《聖經》是……神救世人。」張凡誠並不懂這句話的含義，他只是重複著媽媽每天對他說的話。

「神是嫦娥嗎？」汪旺旺的媽媽剛給她講過嫦娥奔月的故事。

「神住在天上嗎？」

張凡誠搖搖頭，表示不知道。

「媽媽沒說。」

汪旺旺又戳了一下張凡誠的臉蛋，這次真碰著他的傷口了，他齜牙咧嘴地說：「疼。」

「如果真的有神，肯定也是像孫悟空一樣，」汪旺旺噘起嘴。「孫悟空只救好人，打壞人。」

「孫悟空？」

「對啊，你不看電視嗎？電視裡的壞人都被孫悟空打死了。」

張凡誠搖搖頭，他媽媽從來不讓他看電視。

「如果真的有神，它有一天一定會出現，把那些欺負我們的人打死，尤其是上次的那個臭小子。」

當時的汪旺旺無法理解「死」的含義，對一個四歲的孩子而言，死亡只是個模糊又遙遠的概念，就像電視劇裡白骨精變成一縷青煙一樣，這種狀態是暫時的，就像是在睡覺。在她的想像中，觀音菩薩滴兩滴雨露就能讓人死而復生，就算是變成骷髏也能像《西遊記》裡一樣說話和行走，比起不可逆的定局，更象徵著一種懲罰。

「真的嗎？」汪旺旺的話卻勾起了張凡誠的興趣，他抬起頭，眼裡閃著期待的光。

「真的，」汪旺旺一邊說，一邊學孫悟空揮動金箍棒的樣子。「俺老孫這就把你給收拾了！」

「他們都會死嗎？」

「嗯。」

「不會的，」張凡誠突然一臉失望。「沒有人會死，媽媽說神愛人。」

「會的，我說會就會！」

兩人都沒再說話，過了一會兒，汪旺旺拿起一塊瓦片，在牆上塗抹起來。

「妳在畫什麼？」

「我在畫神的樣子。」

在汪旺旺的想像中，神應該和《西遊記》裡的菩薩長得差不多，可她也不確定會不會更像孫悟空，畫了半天，只畫出一張扭成一團四不像的臉。

「有一天，神就『呼嚕呼嚕』地來了，他在雲上，還會翻筋斗。」她一邊說，一邊在這張大臉下加了兩條細長的線模仿身軀，想了想，她又在牆下方畫了幾個小人。「這些都是壞人，神來了，把他們殺死，他們就躺在地上不動了。」

「死了嗎？」

「嗯，死了。」

「哈哈，」張凡誠擦了一把鼻涕，蹦蹦跳跳地說。「打死他們，打死他們。」

「對，他們死了，就不會欺負你了，我們又能回草坪上玩了。」

汪旺旺手裡的瓦片畫出了長長的線，一直到轉角的位置才被擋住，那裡有一扇不知道被誰扔下來的廢棄木門。

「我們在哪裡？」張凡誠問。

「我們在這裡。」汪旺旺又舉起小手，在她能夠到的木門最上方畫了兩個小人，一男一女。

張凡誠興奮地跳了幾下，突然像想起什麼似的，有些擔憂地轉過頭問汪旺旺：「除了這些壞人……別的壞人，也會死嗎？」

「當然啦！所有壞人都會死。」汪旺旺一字一頓地說。

「所有。」張凡誠喃喃地重複了一遍。

太陽快下山了，汪旺旺從防空洞裡爬了出來，她的媽媽推著單車站在幼稚園門口，朝她招了招手。

「明天見。」她轉身對張凡誠說。

張凡誠吸了吸鼻涕，算是告別了。

又過了半小時，幼稚園裡的孩子們都快走光了，張凡誠才從防空洞裡爬出來。他不想出來，因為他知道媽媽只在晚上去完教會才來接他，等著他的是另一個人。

他穿著高領羊毛衫，帶著一副圓圓的金絲眼鏡，說話鏗鏘有力，手裡永遠捧著一個搪瓷茶杯，總是在放學的時候微笑著送每一個孩子出門，孩子們朝他揮手，親切地叫他園長伯伯。

可是園長伯伯的身體裡，藏著另一個人，只有張凡誠知道。

在關閉幼稚園大門之後，他會把茶杯放回辦公室裡，然後在昏黃的樓道走廊燈下安靜地站著，就像一隻等待羚羊的狼。

張凡誠擤了一把鼻涕，有這麼一瞬間，他以為只要沿著黑暗一直向前走，就能躲過這場狩獵，但他已經是這扇柵門後掉進陷阱的獵物了。

「去哪兒呢？」站在走廊裡的園長伯伯輕輕喚他的名字。「張凡誠小朋友，你想躲到哪兒去呢？」

張凡誠猶豫了一下，自覺地轉身向樓梯底下那扇門走去——那是值班室，一個燈光永遠照不到的地方。他不聰明，但他隱約懂得，真正能決定他繼續留在幼稚園的人，不是媽媽，而是眼前這個向他伸出手的伯伯。張凡誠想了想哭泣的媽媽和對他笑的汪旺旺，他不想離開幼稚園。

「今天你乖不乖？」園長伯伯拉起他的手，同時也關上了值班室的門。

張凡誠像往常一樣坐在凳子上。

「這是伯伯和你之間的祕密。」園長伯伯一邊說，一邊蹲下身。

「你會死。」過了一會兒，張凡誠突然輕輕地說了一句。

「你說什麼？」

「你會死的，」他重複著。「壞人都會死，神來的那天你們都會死。」

張凡誠一邊說，一邊想著汪旺旺跟他說過的話，還有防空洞牆上用瓦片畫上去的那張奇奇怪怪的臉以及兩個小人。

校長頓了一下，有一瞬間他覺得眼前這個傻子並不傻，他看著張凡誠一臉的呆滯，很快就意識到自己多慮了，畢竟這個世界上從沒有奇跡。

又一個夏天過去了，汪旺旺很快就升上了學前班。她長高了，以前的花裙子已經不再合身，原來圓嘟嘟胖乎乎的手臂逐漸變得纖長。媽媽給她梳了兩根羊角辮，綁了兩隻蝴蝶結，在初秋的風裡輕輕晃動著。

有一天，老師說要從小朋友裡面挑出十二個人，編排一支舞蹈，將節目送到市區參加表演。每個小朋友都會穿上漂亮的蕾絲裙子，還會在額頭中間點一顆紅點點，就和她最喜歡的嫦娥仙子一樣。

汪旺旺坐在教室後面，心臟猛烈地跳動著，她被選上了。可在入選之後，每個下午都要排練，她沒有時間再去找張凡誠玩了。

排練的地方在幼稚園的禮堂裡，一個不大不小的房間，掛著各種標語和照片，角落裡亂七八糟地堆著折疊板凳，連舞臺看起來也小得寒酸。

老師打開錄音機，耳邊傳來每個人都會唱的《小鴨子》。小朋友們排隊站好，伸出雙手，左三圈，右兩圈，原地跳兩下，奶聲奶氣地唱著：「小鴨子，呱呱呱。池塘裡，有青蛙。」

每當汪旺旺抬頭的時候，透過那扇鏽跡斑斑的窗戶，就能看到張凡誠站在外面看著她。有時候張凡誠學著汪旺旺的動作在外面轉圈圈，有時候只是傻笑著。最開始，汪旺旺總是注視著那扇窗戶，可她很快就發現，一直看著張凡誠，她就跟不上音樂的舞步，落了單。漸漸地，她看向窗外的時間越來越少，而舞蹈則越來越熟練。

「妳在看什麼呀？」有一天，當汪旺旺再次望向窗外的時候，另一個小姑娘用稚嫩的聲音問她。

「我……我朋友在外面……」

這個小姑娘跳舞的時候站在她前面，小姑娘和汪旺旺一般高，紮著同樣的羊角辮，穿著乾淨漂亮的花裙子，她打斷汪旺旺問道：「妳有沒有看《西遊記》呀？」

「有。」

「妳最喜歡誰？」

「孫悟空。」

「我也是。」小姑娘說著，拉住汪旺旺的手。「妳的蝴蝶結真好看，我們一起玩扮家家酒吧。」和張凡誠粗糙、滿是傷痕的手不一樣，她的手纖細柔軟，就像剛蒸出來的小饅頭。

汪旺旺想了想，點點頭說：「好呀。」

小姑娘和汪旺旺玩扮家家酒，也和她躲貓貓，慢慢地，汪旺旺有了新的朋友，她們的額頭上都用口紅畫著小紅點，她們不會在老師面前淘氣，也不會跟其他男生打架，比起陰暗潮濕的防空洞，她們最愛在陽光下跳皮筋，跳格子，嬉笑跑鬧。

她們還有穿漂亮衣服的洋娃娃，她們跟洋娃娃說話，假裝給它倒茶喝，沒人會像張凡誠那樣，把這些美麗脆弱的東西拆得七零八落。

在節目演出那天，汪旺旺在舞臺上跟著音樂學小鴨子轉圈圈，她突然看見張凡誠站在觀眾席的最後，傻乎乎地揮動著手臂，想學著她的動作一起跳，可他跟不上拍子，動作鬆散淩亂，只能不協調地扭動著身體。他的臉上掛著一大串鼻涕，頭髮枯黃，穿著髒兮兮的衣服，臉上露出呆滯的笑。

這是汪旺旺第一次發現，原來張凡誠和別的孩子不一樣。

是的，汪旺旺長大了。

「我要上小學了。」

那是汪旺旺最後一次去防空洞，她站在通道的最外面，陽光能烤到她的後背，她感受著防空洞裡吹出來夾雜著發霉味兒的涼風，不願意再進去。

「哦，」張凡誠坐在防空洞裡，似乎不太理解。「那妳什麼時候回來？」

「媽媽說，上了小學就不用來幼稚園了。」

「那後天呢？」

「後天也不會回來。」

「大後天呢？」

「以後都不用來了。」

「昨天呢，昨天會來嗎？」

「昨天已經過去了。」汪旺旺搖了搖頭。

張凡誠還是不太理解，又問：「我能去嗎？」

「我不知道，你要問老師。」

「老師說能去就能去嗎？」

「老師說每個小孩子都要去的。」

張凡誠沒有再說話，他忽然站起來，猛地敲擊防空洞裡的那扇破舊的木門，用力指著汪旺旺畫在門上的那兩個小人。

「妳和我，妳和我！」他不知道自己在說什麼，只是用最大聲音全力嘶吼，夾雜著委屈和不滿。

汪旺旺眯著眼睛看了看那兩個小人，她已經不太記得自己是什麼時候畫上去的了。

「拜拜。」她猶豫了一下，跑開了，把張凡誠留在了陰暗的防空洞下。

這個世界最無奈的事情莫過於，每個人都要向前走，當有的人開始長大，另一個人卻被留在過去的某一刻。

汪旺旺只是一個六、七歲的小姑娘，她當然不會知道，當她遺忘過去的時候。「過去」會一直記得她。

那一年的秋天似乎過得特別慢，最先是新聞報導了某個城市的嚴重傳染病，老師開始給每個小朋友發放口服液和小藥片。幾個孩子長了水痘，還有一兩個得了手足口病，沒人知道這些病是從哪裡傳出來的，人心惶惶的時候，流言出現了。

「都是傻子傳染的。」

沒人知道這句話最早是誰先說出來的，也許是某個神經質的家長，也許是某個想像力豐富的小孩。可這個結論開始被廣泛流傳，從眾人的猜測變成言之鑿鑿、板上釘釘的事實。

有人說，他看見張凡誠把唾沫吐到地上，一個孩子走過去，第二天就發起了燒，而且誰碰上張凡誠出的汗，就會喘不上氣來死掉；還有人說，千萬不要摸張凡誠摸過的任何東西，因為連痴傻也會傳染，他的腦損傷是病菌造成的，這些病菌在空氣中圍繞著每一個人。

每個人都對他避之不及，他去任何地方，孩子們都會尖叫著跑開，再從遠處往他身上扔石子。這種群體排外的行為逐步升級，直到有一天，張凡誠吃完午飯後上吐下瀉，痛苦地在草地上打滾。

「傻子發病了！傻子發病了！」男孩子們在幼稚園走廊尖叫著跑來跑去。

張凡誠被值班老師送到醫院，有人在他的午飯裡放了老鼠藥，幸好量不大，洗胃之後脫離了生命危險。

有人說，發生一件事情的時候，發生在哪裡和發生了什麼是最重要的，其實發生在誰身上才最重要。幼稚園裡任何一個健康的孩子誤食了老鼠藥，都是會上頭條新聞的，可是一個傻子，哪怕是被人蓄意傷害的，也沒有人會真的在乎。大家就像擦粉筆字一樣，把這件事輕描淡寫地擦掉了。

出院後的張凡誠仍舊每天獨自待在防空洞裡。他一遍又一遍地擦拭著那扇破舊的木門，用笨拙的線條一次次地把那兩個小人加深，他的智力雖然低下，但記憶力卻很好，他記得那個被稱為朋友的女孩對他說的每個字。

「有一天神會來，把他們都殺死。」

「壞人都死了，我們又能回草坪上玩了。」

張凡誠知道自己要什麼了，他原本混沌的大腦裡出現了一個強烈的願望——他要上小學。

「我想上小學。」

黑暗的值班室裡，張凡誠對那個正在急不可耐地解開皮帶的男人說。

聽到張凡誠的話，園長愣了一下，用手哆哆嗦嗦地推了推眼鏡，他仔細地看著坐在辦公桌上的男孩，他的皮膚上留下了深深淺淺的傷，有些是他造成的，有些則不是。

園長眼前的張凡誠又長大了一點，看起來已經有八、九歲了，這個孩子一直很好操控，他甚至不需要像其他孩子拿到棒棒糖和玩具才能止住哭聲。在大多數時候，他只靜靜地坐著，呆滯地看著某個地方。

「我想上小學。」

園長已經徹底失去了耐心，他粗魯地把張凡誠翻過來，壓在身下：「你最好老實點，否則別說小學了，連這裡也不會留你。」

張凡誠趴在桌上，感覺到疼痛和異物，他閉上眼睛，努力想著地下室牆壁上的畫和汪旺旺對他承諾的未來。

所有壞人都會死，可是神為什麼還不來呢？

他又想起自己的母親，跪在神像面前祈禱的背影，不分日夜地告解自己的罪。他想起她的十字架在蒼白的脖子上晃著，閃著冰冷的光。

會不會是神把他們都忘了？

一股怒火湧上張凡誠的胸口，他猛地伸出手，抄起一個金屬獎盃，轉身朝園長的頭上揮去。

這是張凡誠第一次殺人。

那個印著「東山區十佳幼稚園」的金屬獎盃，幾乎在一瞬間就砸穿了園長的後腦。他因為劇痛而發出一聲低吼，幾秒之後，血順著他的脖子流到前胸，染紅了襯衫。園長睜大了眼睛，驚恐地看著眼前這個面無表情的傻子，踉蹌著後退了幾步，還沒來得及繫好自己的褲腰帶，甚至沒來得及說一句什麼，只動了一下嘴唇，就跌倒在地上。

張凡誠從桌子上慢吞吞地爬起來，不慌不忙地穿上自己髒兮兮的衣服，哼著汪旺旺總是唱的那首《小鴨子》，儘管他只能記住其中的幾句：「小鴨子，呱呱呱。池塘裡，有青蛙。」

張凡誠蹲下來，安靜地看著躺在地上的老人，他的身體微微抽搐著，就像池塘邊上的癩蛤蟆，直到園長的瞳孔完全擴散開來，身體開始僵硬。張凡誠的內心感覺到無比安寧，他認為自己替神做了一件神該做的事。

園長的屍體被發現的時候已經是第二天了，從屍體的狀態和平常的點點滴滴，年長的幼稚園老師約莫能猜出發生了什麼，但沒有人敢說出來，甚至連提都不敢提。幾個老師聚在一起，慌張地討論出最好的處理辦法，哆哆嗦嗦地把園長的衣服整理好，才去報的警。

最後，他們在一件事情上達成了共識，就是開除張凡誠。

誰都能輕易抹去案發現場的一切痕跡，可沒人能控制一個傻子。保不準這孩子會在某一天突然說出什麼呢？

然而，就在張凡誠被退學的那天，他的父親從美國回來了。和那些家長的猜測不同，張凡誠的家並不是什麼用美元建造的大資本家別墅，而是一棟夾雜在筒子樓和舊建築中的臨街老式騎樓。作為南方特有的一種樓房，一樓的鋪面租給了附近賣海味的商販，只有二樓兩室一廳的狹長空間才屬於這對母子。房間裡除了一張藤編沙發和一隻五桶櫃之外，沒有一件多餘的家具。深深淺淺的暗紅色地磚上布滿裂痕，其中有一塊地磚上有兩處凹陷下去，形成了兩個小坑，而地磚上方的牆架上放著一本《聖經》和一個銀製十字架。

那兩個坑，是張凡誠的母親做禱告跪出來的。

她幾乎把張凡誠父親從美國寄回來的錢全捐給了教會，那是她贖罪的方式之一，她認為如果不是因為她的罪惡，她不會生下一個永遠流著口水、眼神痴傻的兒子。

她把張凡誠從幼稚園領回來，粗暴地把他拉上樓梯，又在門口發了一會兒呆，才領他走進客廳，把他往坐在沙發上的那個男人身邊一推。

「他不怎麼說話，也別指望他會叫你爸爸。」母親嘀咕了一句，在胸前畫了個十字。

張凡誠看著眼前這個男人，下午的陽光透過綠色玻璃照進來，把他的輪廓勾勒成一個面容模糊的剪影。他的身材十分瘦削，戴著一副銀框眼鏡，頭髮淩亂而稀疏，看上去至少比幼稚園裡其他小朋友的爸爸老上一倍。

他挺起弓著的後背，向張凡誠招了招手，示意他過來，可張凡誠站在原地一動不動。父親沒辦法，只好站起身，在他面前蹲下，抱住了他。

張凡誠聞到他身上有一股汗味，腦海裡忽然浮現出園長的臉，他立刻尖叫起來，一邊拚命掙脫，一邊狠狠地在這個男人手上咬了一口。

「這就是你兒子。」母親在旁邊冷冷地說了一句。

等張凡誠平靜下來的時候，父親已經擦掉了手上的血，他若有所思地看著張凡誠扁平的後腦勺，歎了口氣，喃喃自語道：「如果他能在兩歲前接受手術，是有希望痊癒的……」

「他不需要手術。一切都是上帝的旨意。」母親面無表情。

「妳陷得太深了，」父親抬起頭，他的眼裡露出些許驚訝，就像看著某種怪物一樣看著她。「信仰治癒不了疾病，現代醫學才行。妳是他的媽媽，但妳錯過了他接受治療的最佳時機。」

「你憑什麼指責我？」母親突然變得歇斯底里。「你是他的父親，我懷孕的時候你在哪裡？我早產被送到醫院的時候你在哪裡？我一口奶一口粥地把他餵大，那時候你又在哪裡？你在美國，在搞那些什麼生物研究！他之所以會這樣，是因為你，都是因為你！」

空氣好像在母親的哭泣中凝固住了，父親久久沒有說話，張凡誠看著天花板上「吱吱呀呀」轉動著的吊扇，咧開嘴笑起來。

「我現在正進行一項研究，實驗內容本來是保密的。」半晌，父親艱澀地開口，緩緩地說。「有一種藥物，能讓這孩子的智力恢復到正常水準，但同時也有很大的副作用……」

「他不會吃任何藥，」母親一字一頓。「他不需要被治療。」

「妳忍心看著他一輩子都這樣嗎？」

「所有人的命運都是神安排好的。」

他們二人的談話最終不歡而散。父親在回國的日子裡總是一趟趟地出門，每次都會帶回很多書。書的內容跟生物研究沒什麼關係，而是關於中國古代地域的神話與傳說，他看得很仔細，在許多書下都做了標注。除此之外，他每天要打很多個電話，大部分時間在說英文，電話那頭的人稱他為Vincent Cheung，似乎在向他彙報什麼東西。電話總是在淩晨三、四點打來，通話時間越來越長，父親也越來越焦慮，不斷地和電話那頭爆發激烈的爭吵，直到天亮才結束。

閑下來的時候，父親也會觀察坐在角落裡自娛自樂的張凡誠。他給張凡誠一些玩具，讓他拼出各種圖形，想通過這些來訓練他的大腦，很可惜，這些訓練都收效甚微。父親還會問他很多問題並記錄他的反應，可是大部分問題張凡誠連聽都聽不懂，他能做的就只是發呆和傻笑。直到有一天，父親問他，你最想去的地方是哪裡？

「小學！」張凡誠突然眼睛一亮。「上小學！」

「上小學？」父親眼裡流露出一絲疑惑。「你知道小學是什麼嗎？為什麼想上小學？」

「上小學……因為明天、後天、大後天、昨天……都在那裡。」張凡誠結結巴巴地重複著汪旺旺對他說的話。

「昨天已經過去了，是過去式。」父親苦笑。

「昨天沒有過去，沒有！」張凡誠被激怒了，他搶過父親手裡的筆，憑著記憶在筆記本上畫出防空洞裡那扇破門上的圖案，那是他在門上反反覆覆畫過無數次的——一男一女兩個小人。

張凡誠的筆戳破了本子上的紙，父親問：「這是什麼？」

「汪旺旺，朋友……汪旺旺……」張凡誠努力地重複著他唯一記住的名字。

父親搖了搖頭，顯然他不理解自己的兒子在說什麼，他深深地看著他，眼底露出一絲稍縱即逝的悲傷，他說：「小學不是為你這樣的孩子準備的。」

張凡誠沒吭聲，他聽不懂，但沒有鬆開抓著父親衣角的手。

「如果去讀小學，你知道會受到什麼樣的對待嗎？」父親更像是在自言自語。

「不知道。」張凡誠吸了吸鼻涕。

「你會被當成一個異類。」

「小學。」張凡誠第一次流露出孩子的懇切。「小學，朋友，昨天，今天，明天。」

沉默了良久，父親歎了口氣：「好吧，我想想辦法。」

幾個電話後，父親在踏上飛機回到美國那天，張凡誠收到了入學通知書。在張凡誠穿著嶄新的校服，背著書包走進小學大門的那個秋天，汪旺旺升上了小學二年級，遇到了汪舒月。

這座南方的小城市裡有多少所小學呢？光是在市區就有十七所，張凡誠上的小學，是父親托關係找的郊區小學，並不是汪旺旺上的那一所市區實驗小學。但張凡誠不知道，他仍在學校裡極力辨認著每一個人，尋找著他熟悉的那張臉，那張和他一起躺在草地上晒得黑黝黝的、奶聲奶氣地在舞臺上唱著《小鴨子》的臉。

父親說得沒錯，張凡誠很快就被當成了一個異類。在那個灰暗的早晨，老師牽著張凡誠的手走進教室，把他安排在距離講臺最近的獨立課桌上，當老師向大家介紹，張凡誠小朋友的腦袋在小時候受過傷，所以大家要多多照顧他的時候，大部分孩子用困惑的眼神看著他。

最初，有孩子幫助張凡誠讀書認字，但他們很快發現，張凡誠的痴傻並不是蠢笨，不是靠耐心講解就能學會的，他和大家不一樣。

張凡誠會在上課時突然尿褲子，會在平靜的狀態下忽然發出尖銳的喊叫，會不顧大家都在朗誦課文自己突然走出教室……很快，他的「事蹟」就傳遍了整個校園。孩子們的世界很簡單，但每個人都意識到，張凡誠是多餘的，他不應該存在，並且這些孩子也想讓他意識到這一點。

學校是個很安全的地方嗎？不是。

張凡誠早已經不再是幼稚園裡那個力氣最大的孩子，高年級的男生在他的飯盒裡放鼻涕蟲，欺負這個不會反抗的傻瓜。他只會安靜地翻著那隻能動的眼睛，看著眼前這群人。張凡誠沒辦法把他們的嘴臉清晰地印在腦海裡，卻隱約看到了他一直以來忍受著的、醜陋的東西，慢慢會聚成一種仇恨的形狀。

教育和科技能讓人變得善良嗎？不能，因為人的本性就是惡。這是張凡誠在許多年後，還記在心裡的道理。

「回家吧，別讀了。」經過幾次和老師的長談之後，一向沉默的母親對張凡誠說道。可這個死心眼的傻子，牢牢扒住小學教室的門，任憑誰也拉不走他。他在能找到的紙上、木板上、課桌上一遍遍地畫著那兩個小人。

那是她曾經給他的承諾，壞人都會死的，這個世界有一天會走到盡頭，而剩下的只有兩個人。

他想念她，儘管這種想念就像石頭拋進大海一樣沒有回音，但她是他的今天、昨天、明天。在找到她之前，他哪裡都不會去。

不知道是不是張凡誠的日夜祈禱得到了某個神明的垂憐，命運最終還是讓他們相遇了，儘管是以一種最殘酷的方式。

那是一次市級小學作文比賽，獲獎的學生會統一在頒獎典禮上朗誦自己的作文，張凡誠所在的小學被選為舉辦頒獎典禮的場地。全校師生都被組織起來，搬著小板凳坐在大操場上，而張凡誠被兩個值班老師帶著，坐在最後一排不起眼的位置上。一開始，他十分安靜地低頭玩著手上的鼻涕，直到一個稚嫩的聲音劃破空氣。

「實驗小學，二年三班，汪旺旺。」

他瞬間就認出了那個聲音。

「作文題目《我的朋友》。」汪旺旺的聲音透過學校的麥克風在舞臺上響起來，穿過人群，穿過時間和記憶，回到了那個破舊的防空洞，回到了張凡誠的腦海裡。

「我有一個朋友，長著一雙又圓又大的眼睛……」她娓娓道來，就像她曾經說的那些神話傳說一樣。

張凡誠聽不懂故事的意思，卻聽懂了朋友這個詞。她的朋友，是他嗎？

「我們總在一起玩遊戲。他有很多朋友，可我只有他一個朋友。他的名字叫侯英俊……」

不是他。

她的朋友是其他人，可張凡誠只有她一個朋友。張凡誠「騰」的一下站起來，不顧兩個拚命按著他的老師，發出了尖銳的叫喊，聽起來就像一隻發瘋的野獸。人群開始躁動，連前排的長官也回頭看著張凡誠的方向。

「怎麼回事？」

「是一年級那個傻子……」

「學校裡怎麼會有傻子？」

值班的老師一把抓住張凡誠的胳膊，他們的臉上只剩下厭煩。傻子又發瘋了，值班老師沒有想過張凡誠這次發瘋的原因是什麼，他們並不關心，反正他平常一天也要發作個一兩次，跟之前一樣，張凡誠的瘋狂總是來得毫無預兆。

臺下騷動也影響了汪旺旺，她從稿子上抬起頭，茫然無措地看著人群失控的方向，然後她看到了張凡誠。那個傻子用執著懇切的眼神牢牢地盯著自己，他對上了自己的目光，一下變得狂喜起來，嘴裡吐著含混不清的詞語，用力跳躍著，揮舞著手臂。

這一天，他等得太久了。

然而汪旺旺看到張凡誠，流露出來的不是喜悅，而是困惑，這種困惑還帶著某種恐懼。她極力辨認著張凡誠的臉，似乎朦朦朧朧地想起來他是曾經在防空洞裡的玩伴。可這段回憶十分模糊，她自己也不確定是不是真實的。更重要的是，在她的印象中，當年的男孩看起來沒什麼不正常，絕不是現在眼前這個大呼小叫、四肢極其不協調的傻子。你看他，穿的算是校服嗎？袖子比正常尺寸短了整整半截，上面沾滿了鼻涕和口水，連原本的顏色都看不出來。他的後腦勺扁得像一隻平底鍋，轉動著一隻眼睛，另一隻則呆滯茫然。

他不屬於這裡，也未必是回憶裡那個人。

「他看著妳呢，」其中一個站在後臺排隊的學生朝汪旺旺努努嘴，指著張凡誠。「妳看他是不是在對著妳喊？」

汪旺旺渾身抖了一下。

「妳認識他嗎？」

「……不認識。」這三個字，她故意提高了聲音，就像是這句話不是說給後臺同學聽的，而是說給張凡誠聽的。汪旺旺沒有再去辨認那張看起來有點熟悉的臉，她不敢承認自己曾經的朋友是個傻子，尤其是當著這麼多人的面。

「快點！發什麼愣呀！長官都在下面看著，後面還有五個沒上臺呢！」老師的聲音把汪旺旺拉回了現實。

「……我十分珍視我和他的友誼，所以我把我的玩具分給他玩……他有很多朋友，可我只有他一個朋友。他的名字叫侯英俊……」

汪旺旺用發顫的聲音念完了作文的最後一句，頭也不抬地轉身跑向後臺。

張凡誠被值班老師按在了地上，他的吼聲淹沒在掌聲裡。直到兩個人童年的終結之前，這是他們最後一次見面。

這件事情沒過多久，張凡誠就退了學。這個決定是母親做的，她已經承受不了更多的麻煩和白眼。回家後的日子，張凡誠每天都在母親的咒罵和祈禱聲中度過。她日復一日地跪在客廳那個小小的十字架面前，請求上帝寬恕自己的罪惡，寬恕父親和兒子的罪惡。

每個人都有罪，只有被上帝寬恕的人才能上天堂。

張凡誠看不懂《聖經》，也聽不明白母親的懺悔，大部分時間裡他都被關在騎樓的隔間裡，透過百葉窗凝視著屋外旋轉的吊扇，在南方熱得發燙的綠色玻璃反射出來縱橫交錯的光線中，他努力回憶著記憶裡那片並不茂盛的草坪，想像自己正身處廢棄的防空洞之下，黑暗環抱著他，讓他覺得安全。

母親除了定時送飯，拒絕和他說話，沒有人和他說話，他逐漸失去了僅僅掌握的那一點溝通能力。有一年冬天，一隻迷路的小貓從陽臺跳了進來。他嘗試著平靜地走向它，但是貓咪受到了驚嚇，在屋裡上躥下跳，甚至打翻了聖母馬利亞的塑像。張凡誠也跟著狂躁起來，他拉住貓咪的尾巴，把它摟在懷裡。張凡誠的手背和臉頰都被抓傷了，而他卻感覺不到疼痛，他用力掐住它的脖子，貓咪掙扎了幾下後逐漸奄奄一息。然後，他把它關進隔間的五桶櫃裡，趴在櫃子外面聽它哀怨的叫聲，沒有人教過他什麼叫同情心，也沒有人教過他人類應有的品德——除了記憶裡的那個女孩。現在她走了，從防空洞的門外消失了，去了一個他不理解的地方，那是另一個世界。

他靜靜地聽著貓咪逐漸微弱的叫聲，他只是不想放它走，正如幾年前，他也不想她走一樣。當貓咪不再叫的時候，他把它從櫃子裡拿出來，抱在懷裡輕輕搖晃著，盯著它早已放大的瞳孔，他露出了微笑，感到安靜又幸福。

幾年的時光緩慢又平淡，他又捉到過幾隻小動物，包括四隻老鼠和兩隻貓，全部像上次一樣放進五桶櫃裡。直到有一天，母親的祈禱得到了神的回應，或許是因為她的祈禱太虔誠，或許是因為她太愛主，主打算將她帶到它身邊。

騎樓下層商販的煤氣管道在半夜毫無徵兆地爆炸，火苗迅速蔓延到窗簾和臥室裡，當母親從夢中驚醒的時候，火苗已經竄上床頭了。

屋內濃煙滾滾。母親拚命地呼喊，她衝向房門，卻被滾燙的門把手燙得縮回了手。張凡誠也被爆炸聲驚醒了，他尖叫了幾聲，忽然平靜下來，坐在地板上，全然不知道死亡的陰影已然降臨。他仔細辨認著隔壁房間裡母親的呼救聲，想起在五桶櫃裡被困死的小動物們，張凡誠竟然感覺到了一絲安心。

爆炸聲驚動了鄰居們，最先破門而入的是隔壁樓裡的王師傅。他的騎樓緊挨著張凡誠的家，樓下開了一家雜貨鋪，自己住在二樓。他算不上這對孤兒寡母的朋友，多年來只是點頭之交。在這一天，王師傅披著濕衣服衝進裡屋，可映入他眼簾的不是烏黑的濃煙和火舌，而是滿地花花綠綠的美鈔。

張凡誠的母親在不久前允諾牧師，自己將捐出一筆修教堂的錢。她把張凡誠爸爸從美國寄回來的現金放在廚房的碗櫃裡，那是她認為最安全的地方。

這次爆炸，樓上樓下兩條煤氣管道正好相連，那個裝滿了錢的塑膠袋被爆炸產生的氣流轟了出來。鈔票飛得滿地都是，十來卷都用橡皮筋捆著，有些還掛著火苗，但大多數仍是完整的。

王師傅一直盯著這些錢，直到他反應過來的時候，他的手已經從臥室的門把手上縮了回來。

「開門啊！救我！救我！」母親已經被濃煙嗆得說不出話來。

王師傅沒說話，撿起了塑膠袋。

母親也許這輩子都不會想到，她的上帝一直在拯救的人，不是聖彼得也不是聖約翰，而是猶大。

爆炸聲還驚動了其他鄰居，但大多數人是不願意三更半夜去做這麼危險的事的，真正爬上騎樓趕到現場的只有呂大媽和江工。江工是水利局的高級工程師，呂大媽早就退休了，平常沒事就坐在樓下打牌，和這對母子並未有什麼交集，此刻卻顯露出與她平時不相符的亢奮與積極。

「人呢!?在不在家裡？」此刻她揪著王師傅的衣袖，就好像被關在屋裡的是自己的親閨女一樣。

「火太大，找不到人，沒法救。」王師傅的聲音小得連他自己都聽不清楚。

「怎麼會呢？剛才我們還聽到她的聲響，這樓也沒多大。」江工附和道。

「我說了，爆炸太大，不可能有活人。」王師傅嘟囔著。

「不可能！我進去看一下！」
「讓妳別進去了，太危險！」
王師傅一把拉住往裡走的呂大媽，爭執之下，塑膠袋突然毫無預兆地從王師傅手裡裂了開來，美鈔撒了一地。
頓時，三個人都呆住了。
「平分！」王師傅最先反應過來，他豎起三個手指頭。「沒人會知道！」
除了在電影裡，沒人見過這麼多捆在一起的美鈔。呂大媽沒有考慮多久，就伸出手掂著錢，突然又心有餘悸地說：「這是造孽啊！」
「賺美鈔的能是好人嗎？好人能有這麼多錢!?」王師傅斬釘截鐵地說。
「現在我們怎麼辦？」江工已經慌了手腳。
「我在門軸上做了手腳，裡面打不開，這麼濃的煙，別說人了，兩頭牛都能給嗆死。」
「員警會不會發現啊？」江工哆嗦著說。
「你不說，她不說，我保證沒人知道。」王師傅回答了這個問題。「我們先離開這裡，過會兒搞不好消防車真來了。」
就在他們準備離開的時候，張凡誠忽然發出了一聲淒厲的怪叫，火已經蔓延到他的小隔間。
「那孩子在裡面……」呂大媽嚇了一跳，指著隔間的門。
王師傅沉默。
「要不咱把那個孩子放出來吧……」呂大媽看了看剛撿起來的錢。「孩子應該也不明白是怎麼回事兒……」

王師傅轉頭看著隔間，兩條腿卻一動不動，半晌哼了一聲：「那孩子是個傻子，死了對他或許是種解脫。」

呂大媽和江工同時都舒了口氣，就像是那一絲僅存的內疚和自責也因為王師傅的一句話得到了寬慰。

這件事在他們三人的沉默中被隱藏起來。消防隊趕到的時候，母親已經被火燒成了一塊不完整的焦炭。

張凡誠的隔間離臥室較遠，幸運地撿回一條命，但十根手指有七根都被大火燒焦了，頭皮也被燒掉了大半。他不懂自己為什麼失去了媽媽，儘管每個人都這麼告訴他，在火災當天，他們的鄰居冒著生命危險救他們母子，卻還是晚了一步。他更不明白別人對他說的，救人的鄰居因為這件事上了新聞，被頒發了「好市民獎」。

他只記得自己當時坐在隔間裡，聽到了外面對話的每一個字。

兩週後，父親從美國趕回來，只帶了兩個很小的行李箱。行李箱裡放滿了整齊的藥瓶，藥瓶裡是天藍色的藥丸，藥丸上面印著一串字母和數字。

第二章　重生

張凡誠在病床上醒來時，他看到父親坐在窗邊，陽光灑在地上，卻沒有照到他的臉上。他蜷縮在陰影裡，佝僂著身體，戴著一副眼鏡，鏡片反射著銀色的光。他的頭髮全白了，臉上的溝壑也更深了，身上穿著一件條紋發皺的襯衫，散發出老年人身上才有的氣息。

「爸……爸……」張凡誠在說這句話的時候，突然發現自己的腦子開始清晰起來，他之前好像一直生活在混沌之中，此時腦海中扭曲混亂的世界像潮水一樣退去，湧上來的是像葉脈一樣清晰的思維方式。他從來沒有這樣思考過任何問題，但他還沒來得及狂喜，就被一陣劇烈的頭痛吞沒了。「頭……好疼……」

「頭痛是服用MK-58的副作用，這種藥對大腦永久性損傷的治療效果並不好，而且你已經錯過最佳治療時期太久了。」這句話，父親像是對他說的，也像是對自己說的。「你的媽媽，已經去世了。」

「大火……媽媽在房間裡……」

「消防隊來的時候，她已經……」父親沒有再說下去。

「有人……當時有人進來了，他們沒有救媽媽。」張凡誠的表情逐漸變得猙獰，不知道是因為頭疼，還是因為憤怒。

父親愣了一下，隨即頹喪地坐在椅子上：「我對不起你們母子倆。」

一老一小就這樣坐在病房裡，經過長時間的沉默，父親又說道：「我已經訂了明天晚上的機票回美國，那邊的研究還需要我，你跟我一起走。」

張凡誠抬起自己的手，從床上撐著身體坐起來，走到旁邊的洗漱臺邊。鏡子裡的臉因為燒傷變得可怖，頭頂只剩下兩三根稀疏的毛髮，身體歪曲腫脹，胸口以下沒有一塊完整的皮膚。張凡誠用殘缺的手指拂自己的臉，他的疼痛也是第一次如此清晰。在這之前，他從來沒有照過鏡子，他遭遇過的事情和人就是鏡子，而在眼前的這面鏡子裡，他看到一個猙獰的怪物。

「吃了這個藥，會慢慢痊癒的。」父親似乎注意到張凡誠的異樣。

有的傷會痊癒，有的則不會。他忍著劇痛回想起過去的每一張臉，在那一瞬間，他突然意識到這些人都對他做了什麼，猥褻他的幼稚園園長、欺負過他的每一個人，還有那些置他和母親於大火之中的人，他們都該死。

「我……不走。」

「為什麼？」父親說。「去美國，我會給你安排新的生活。」

張凡誠搖了搖頭，他在藥物的幫助下意識到，活著究竟是什麼感覺。張凡誠透過鏡子看著身後的老人，他不會告訴他一個五、六歲的孩子在深夜一次又一次被淩辱的仇恨，經歷毆打和暴力的仇恨，被鎖在隔間裡親耳聽到鄰居對話的仇恨。這種仇恨迅速地蔓延到他大腦裡的每一根神經，他已經死了，是仇恨在支撐著他，他已經成為仇恨的一部分。

「我不可能讓你一個人留在中國……」

「我不走。」張凡誠一字一頓地說。

父親的臉上流露出一絲驚恐，他剛才捕捉到兒子眼裡一閃而過的陰鬱，他懷疑是不是自己看錯了。

「如果你想對我負責，你留下。」

「我……」父親一時語塞，他還並未習慣跟眼前這個智力逐漸正常的兒子說話。「我在美國還有研究專案……」

「研究專案很重要嗎？比自己的家人還重要？」

父親並沒有接話，他低下頭，想起水族箱裡那隻陪伴自己十多年的生物——雅典娜。

「到了美國，你是否能履行一個父親的責任？還是把我扔進另一個家庭，上另一所學校，假裝我是正常人？」

「我的研究項目是保密的，這些藥也是保密的，我需要斷絕跟外界的聯繫。」父親的語氣有些艱澀。

「你可以帶走我，但你給不了我新的生活。」

「如果你不跟我一起走，我沒辦法給你更好的治療，這些藥也不能永遠……」

「有這些藥就夠了，」張凡誠按住自己的太陽穴，他的頭疼更加劇烈，思維卻越來越敏銳。「現在這樣很好，你別忘了，是你欠我的。」

張凡誠最後還是留了下來，他帶著父親給他的藥和錢，回到了和母親曾經居住過的騎樓。因為藥物的作用，他開始長高，疤痕逐漸消失，頭髮開始生長，沒有人認出他，所有人都認為那個傻子早就被火燒死了。

他沒有裝修被大火燒過的房子，牆上被熏黑的痕跡清晰可見，地板的縫隙裡還留著灰塵殘渣。他不想忘記這些瘡疤，仍舊睡在那個狹小的隔間裡，當深夜來臨的時候，他會靜靜地坐在那兒，凝視著客廳牆上隱約的十字架痕跡，那是母親曾日夜祈禱的地方。

有神嗎？

有的，但不是這一個。他對自己說，現在的神不夠善惡分明，任由惡人作惡，卻仍對他們心存憐憫。

張凡誠從沒有真正上過學，但他能輕易地穿梭在學校和學校之間，他需要的僅僅是一套校服而已。他儘量讓自己不起眼，事實上他的外貌和身材確實容易混跡在人群之中。他混進早上上學的學生群中進入學校，在各班教室裡遊蕩，找到一張空課桌就坐下來，頭埋進書本裡，沒人會在意他是誰。張凡誠也給自己取了一個新的名字，並且利用MK-58帶給他的隱身能力潛入辦公室，把自己的名字加在不同的花名冊上。

張朋，朋友的朋。

逐漸有人認得了他，記住了他，甚至還會問：「張朋今天沒來上課嗎？」

張朋在學校並不是只為了學習課本上的知識，而是學習如何偽裝成一個心智正常的十幾歲少年。他從來沒有像一個正常人一樣生活過，他的童年是支離破碎的，但不意味著他不能模仿。他坐在教室的最後一排，從暗處觀察每一個人，心裡分析並記錄他們的語言和動作，回家後在鏡子前練習著學到的每一個表情：快樂、驕傲、得意、憂愁、低落、驚慌失措、焦躁不安。他一遍又一遍地練習著笑臉，讓自己看起來人畜無害、友善溫暖。

不只是身體上的模仿，還有心理上的模仿。為了考試成績而傷心，為了明天是否下雨而憂慮，如何興奮地談論自己喜歡的某部電影。

雖然他對大多數人的日常生活毫無興趣，但漸漸地，他看起來和普通中學生沒什麼兩樣。除了有些纖弱之外，他也會哭會笑，會講一兩個笑話逗女生開心，會在飯堂排隊的時候和掌勺大廚閒扯兩句，會在遇到流浪小動物的時候面露憐惜，小心地餵它們食物，在陽光下撓它們的脖子，抱它們回家。

在沒人看到的小隔間裡，張朋才會掐死它們。殺戮讓他感覺到安心，因為那是他長大的方式。

經過長時間的服藥，張朋發現父親說得沒錯，MK-58 能治癒大部分疾病，但對治癒他的腦損傷效果並不好，事實上，藥效沒過多久就開始驟降。

張朋思維清晰的時間越來越短，混沌的時間越來越長。他開始逐漸加大藥量，從一天一顆增加到一天三、四顆，並伴隨著藥物強大的副作用——頭疼。

最難受的時候，他在伸手不見五指的小隔間裡疼痛到窒息，倒在地上抽搐休克，他張大嘴巴，大口大口地吸入空氣，按住自己發抖的手腳，靜靜等待陣痛過去。他心裡知道，熬過這次痛苦，就會又迎來一段時間的清醒，也許八小時，也許十二小時，他的邏輯思維和反應能力，將會超出任何同年齡的孩子。

如果不是因為難產，張朋就不會傻。他的智商繼承了父親，樣貌則繼承了他的母親。他本來應該是人中龍鳳，有一個快樂的童年，上一所重點小學，長大後從事著體面的職業，有可能和他父親一樣成為一個生物學家……然而這一切從他出生那一刻起都化為了幻影，這個世界的良善似乎將他遺忘了，而所有的惡將他變成了現在的樣子。

頭痛過後的張朋躺在地上，他感覺到自己的思緒就像是一塊支離破碎的拼圖，正在迅速地拼合起來。他的記憶像蜘蛛緩慢修補出的一張大網，而在大網中間的那個防空洞比以往任何一個時候都要清晰，托 MK-58 的福，他能想起水泥地板上潮濕的味道、沁涼的空氣，和那個女孩子細軟的頭髮及裙擺的顏色。

他還記得她說的每個字、每句話。分別快十年了，她現在怎麼樣了？

命運沒有讓張朋思考太久，他們很快重逢了。

那是一個普通的下午，張朋選擇在午休的時候混進新學校。他費了點勁才搞到這所學校的校服，畢竟是市重點，校服不是在學校小賣部就能輕易買到的。

在他路過走廊的時候，一個戴眼鏡的男生突然朝前面的人叫道：「汪旺旺，你的試卷。」

張朋渾身一震，然後看到了她，那個在走廊盡頭拿著考卷、愁眉不展的瘦弱女孩。

張朋第一眼並沒有認出汪旺旺來，她變了很多，以前蓮藕一樣肉乎乎的手腳已經被徹底拉長了。她個子不高，頭髮貼在汗津津的臉上，面頰圓潤，幾顆不太明顯的雀斑貼在鼻子上面。

他漸漸將記憶中的人和眼前這個女孩對應上，她在他眼中逐漸煥發神采。她真漂亮，不是傳統意義上瓜子臉、大眼睛的漂亮，而是沒有任何矯揉造作、自然的漂亮。她對自己的漂亮似乎並不自知，眼睛裡沒有絲毫驕傲，一如小時候那樣清澈見底。

汪旺旺徑直從張朋身邊走了過去，沒有一絲一毫的遲疑，她的目光甚至沒有在他臉上停留。一時間，張朋竟然有些手足無措，他在無數的夜裡想念過的這個唯一的朋友現在就在他眼前，他擔心錯過她生命中太多的片段，擔心失去她的關注，以及在她心中曾經的位置。

確實，張朋身上的變化十分明顯，他的身高已經快一百八，頭髮濃密，蒼白的臉上有一兩根新長出來的鬍鬚，沒有一絲一毫當年那個弱智兒的影子。

他悄無聲息地跟在她的身後，走進她的班級，隨便找了張凳子坐下。他跟著她上課，放學，轉進拐角的漫畫書店，看她翻開一本一本的漫畫書。在這麼多本漫畫裡，她最喜歡《寄生獸》。

汪旺旺對張朋的尾隨並未察覺，她每次翻開漫畫，就會迅速沉浸到內容中，甚至連書店老闆不耐煩的眼神都能忽視。她喜歡咬著手指看書，偶爾蹙眉，一頁一頁地迅速翻著，偶爾慢下來，又往回翻兩頁，直到太陽下山還不肯離開。

就像他們以前在防空洞裡的每次分別，汪旺旺都不肯離開一樣。

張朋一直默默觀察，逐漸瞭解了汪旺旺所有的生活軌跡，他發現她的家庭比他想像得複雜。首先，汪旺旺沒有住在自己家，而是住在一個叫汪舒月的女人家裡。她的爸爸媽媽住在另一個地方，那個地方她只有一個月才回去一次。當她不在家的時候，她的家裡似乎有一個穿著打扮和她極其相似的女孩，被汪旺旺的爸爸媽媽稱為「女兒」。每當汪旺旺回家的時候，這個「女兒」就會莫名其妙地失蹤，當汪旺旺離開後，這個「女兒」才會回來，而汪旺旺對這一切似乎一無所知。

那個女孩的名字叫徒傲晴。

當時，張朋並沒有過分關注這件事，這個世界上匪夷所思的事情很多，但他在乎的人只有一個。張朋就這樣悄無聲息地「陪伴」著這個唯一的朋友，直到半年後的某一天晚上。那天刮八號颱風，暴雨把整個城市刮得七倒八歪，汪旺旺冒著雨從校門口衝到了漫畫書店，而張朋早就等在那裡了，他知道汪旺旺今天會來，因為今天是《寄生獸》出新一期漫畫的日子。

「老闆，《寄生獸》新的連載到了嗎？」那個女孩連自己被淋得濕透的頭髮都來不及擦，就大聲問道。

漫畫書店的老闆翻了個白眼，不耐煩地往書架上一指——又是這個只看不買的貨。

汪旺旺剛想把書從書架上抽出來，另一隻手卻把她向外拉了一把，一個身材高大的女生扯開汪旺旺，從書架上抽出新的連載。

「喂，妳憑什麼推我？」汪旺旺詫異地問。「我先來的！」

「是我先看到的。」對方白了她一眼。

「妳怎麼不講道理？明明是我先看到的！」

「妳幾年級的？」

「我……初一。」

「我初三的。」那個高大的女生哼了一聲。「你們老師沒教妳尊敬學姊？」

「我們老師教我們敬老，妳是老太婆嗎？」

「妳再說一遍!?」對方突然轉身，朝門口幾個在看少年週刊的高年級男生喊道。「這個初一小孩搶我的書還罵我，見過這麼不懂事的嗎？」

其中一個男生走進來，把汪旺旺逼到牆角：「妳說她什麼？」

「我說她要講道理，是我先看見這本書的。」汪旺旺不依不饒。

「誰證明妳先看見了？」

「誰都……」汪旺旺的眼睛突然掃到書店一角的張朋。「他可以證明，他看見了！」

「你看見什麼了？」那個高年級的男生顯然才看到店裡還有這麼一個人，他往後縮了縮，問道。

張朋正想開口說話，突然一陣劇烈的頭痛讓他倒吸一口涼氣。藥效的副作用突如其來，比預計的時間提前了。

不應該啊，明明還有兩個小時。張朋茫然地想著，但很快被頭痛弄亂了思緒。他緊緊咬著牙關，以防自己承受不住疼痛而在地上打滾，他下意識地用雙手環抱住身體，但仍抑制不住全身劇烈的顫抖。

「這是妳朋友啊？」高年級男生看到張朋的樣子，啞然失笑起來。「都怕成這樣了，看來連話都說不出來了吧？看來他還是知道點輕重。」

說完，他又推了汪旺旺一把，拉著那個女生拿著漫畫離開了。

雨越下越大，汪旺旺歎了口氣，轉身對角落裡的張朋說：「你也不用這麼怕吧？大不了我倆一起被打一頓。」

張朋沒有說話，他顫抖著從口袋裡掏出藥塞進嘴裡，儘量壓低身體，大口地喘著氣。

「你怎麼了？不舒服嗎？」汪旺旺有些疑惑。

張朋搖了搖頭，艱難地露出一個微笑。他曾經對著鏡子練習過這個微笑成千上萬次，但他面對她的時候，卻對這個表情不自信起來。張朋很想問問汪旺旺還記得自己嗎，話到嘴邊，卻變成：「妳……喜歡看《寄生獸》嗎？」

「嗯。」汪旺旺側過臉，沒再看他。

你還記得我們的約定嗎？

「為什麼……喜歡這本書……」

「米奇（寄生獸的名字）很酷呀，」汪旺旺漫不經心地翻著書架上的漫畫。「聽說很快就要出大結局了，好多人都說他們會死，但我希望米奇和新一（被寄生的人類主角）能活著。」

「可米奇……殺人……」張朋艱難地組織著語言。「他是異類……」

「他殺的是壞人，」汪旺旺為米奇辯解著。「你沒看漫畫嗎？這個世界有很多事本來就是錯的，所以米奇和新一才努力去改變它。」

「是這樣啊……」

「嗯，」汪旺旺點點頭。「我不覺得米奇有錯，壞人就應該被消滅啊。」

張朋看著汪旺旺，他並沒有意識到，那只是一個初中小女生被欺負後負氣的話。她沒變！張朋欣喜地想，她一定還記得我們小時候的約定！壞人都該死！

「你笑什麼？」汪旺旺莫名其妙地看著張朋。

「沒……沒事。」他把頭埋在雙手下，怕自己流露出來的猙獰嚇到這個昔日的朋友。

「妳喜歡米奇……」

「米奇一開始可能是壞的，」汪旺旺自顧自地解釋道。「但他的宿主新一是好人，因為新一的善良，米奇也變善良了。我喜歡新一，所以不希望他死。」

張朋有些不解地盯著汪旺旺，他一時間揣摩不出這句話的含義，卻能從汪旺旺臉上讀出她對新一的好感。

原來新一那樣的人就叫「善良」的人嗎？新一多愚蠢啊，在這個殘酷世界裡，新一的善良有意義嗎？

「雨停了，我先走了。」

張朋沒有跟汪旺旺一起離開，又過了一會兒，頭痛才逐漸緩和。他一個人離開書店，一路上思考著汪旺旺說過的話，他感到困惑。

在之前很長一段時間裡，張朋只是模仿著同齡人的生活習性，但他的模仿只為了融入其中，並沒有深入地思考過他們複雜的感情。在他看來，世界由強者和弱者組成，人吃牲畜，人吃人，強者欺凌弱者，人性本惡。

為什麼汪旺旺喜歡的並不是能夠殺人於眨眼之間、沒有情感無所不能的寄生獸米奇，而是一無是處卻有一堆無用情感的人類新一呢？

「嘿，張朋，過來幫哥們兒一個忙。」

張朋正在思考著，忽然聽到一個聲音。他回過頭，聲音是從一條小巷裡傳來的。

那是一條離學校不遠的小巷子，最近在施工拆遷，大部分住戶都搬走了，房子的牆面上畫著各種大大小小的「拆」字，拐角處稀稀落落地堆著工地泥沙和廢棄垃圾。

巷子裡面沒有燈，只有幾個高中生手裡的菸頭閃著若有若無的火光，看上去像是張朋之前混入過的班級裡那幾個愛帶頭鬧事的學生。他們幾個手裡拎著桶，正圍著一個灰頭土臉的黃毛青年。黃毛青年看起來像是已經被揍了一頓，此刻他的手被反綁在破舊的柵欄上，正奮力掙扎著。

張朋露出他的招牌微笑：「怎麼了？」

「這傢伙偷了兄弟幾個的錢，」為首的高中男生揉了揉鼻子。「教訓他一下。」

「我沒偷你們的錢！我是看到錢掉在地上的！」他歇斯底里地喊著，剛掙扎兩下就被踹了一腳。

「哥兒幾個按住他，」高中生一邊說，一邊笑嘻嘻地遞過來一根菸。「抽嗎？」

張朋搖搖頭，仍舊面帶微笑。他看見水桶裡裝著餿水，可能是他們從食堂後廚裡偷出來的。

「幫個忙，把這兩桶東西倒在他身上。」

張朋接過餿水桶，他沒有意識到，那幫男生只是怕餿水弄髒自己的衣服，想找個倒楣鬼替自己動手而已。

「別……大哥，我求你了，我沒偷，真沒偷……」黃毛青年號哭起來。

張朋看著面前這個絕望的人，他突然想起汪旺旺說的話。如果是漫畫書裡的新一，他會怎麼做呢？

要是新一的話，應該不會把餿水潑到這個人身上吧？

「快潑呀，還愣著幹麼？」其中一個高中生說。

如果我也有新一的善良，汪旺旺是不是就會喜歡我了呢？

張朋心裡一動，突然放下餿水桶，伸手解開了他手上的布條，那不是一個多複雜的繩結，使勁一抽就開了。

「你走吧……」

黃毛青年愣了一下，在其他幾個高中生還沒反應過來的瞬間，他一個鯉魚打挺站起來，臉上並沒有流露出任何感激的神情，反而在得到自由的一剎那，眼神從可憐巴巴變得凶狠起來。

「敢捆老子!?」黃毛青年一腳踹向他的胸口，張朋被踹得直接向後飛去。

「噗」的一聲悶響，似乎有什麼東西被刺穿了。張朋感到他的胸口一陣鈍痛，下意識地低頭看去，發現一根三指粗的鋼管已經從背後插入，又從心口的位置穿了出來。

那是一輛沒來得及運走的拆遷拖車，上面裝滿了拆遷留下的鋼管和碎玻璃。這一飛，讓張朋的整個背部被鋼管紮成了刺蝟。血染紅了校服，張朋的舌頭嘗到一絲腥味，他緩緩抬起手，摸了摸口袋，裡面空空如也——MK-58 吃完了。

「出……出人命了……」其中一個高中生在驚詫後結結巴巴地喊出來。

「他自己撞上去的！」黃毛青年倒退兩步，還沒把話說完，一轉身拔腿就跑得不見了蹤影。

快要死了嗎？張朋失去意識之前心裡想。善良，果然是沒用的。

這一下，不但奪去了張朋的性命，也斬斷了他唯一變成好人的可能。

三天后，一架波音747從猶他州鹽湖城機場飛往中國。在為數不多的旅客中，有一位老年人，若有所思地盯著手邊的一隻軍用低溫保存箱。

哪怕是任何一個稍微有分辨能力的人，也能看出這個老人惡疾纏身。他面容枯槁，像僵屍一樣青紫的皮膚上面布滿了藥斑和皺紋，機艙的高壓讓他不堪重負而蜷縮著身體，唯一能證明他還活著的，是那雙充滿著急切渴望的眼睛。

在二十世紀末的這一年，他已經失去了一個對他而言最重要的生命，他不能再失去第二個。

「張博士，一會兒飛機降落後，請跟我走。」一名空服員走到他身邊，低頭看了看保存箱，壓低了聲音對他說。

張博士點了點頭，三天時間，他疏通了中美地勤和海關，不惜一切代價，要把這個東西帶回內地。

希望一切都還來得及。他閉上眼睛。

經過一天一夜的搶救，張朋最終被醫生宣告死亡。沒有一個醫生能讓一個大量失血繼而腦死亡的人起死回生，他被護士從急救室裡推出來的時候，大部分搶救儀器已經撤除了，只有喉管和胸腔被切開，另一頭連著呼吸機和心臟起搏器，這是為了維持某種生命的假像，堅持到張博士回來做最後的告別。

張博士趕到醫院的時候已經是下午了，在值班醫生的幫助下，他親自為張朋撤下儀器，失去心臟起搏器的張朋在一瞬間變成了一具屍體，他身體的溫度迅速降低，胸腔上的屍斑也更加明顯。張博士沒有露出太多的悲傷，而是立刻要求院方辦理手續，將屍體送往火化。他的果決讓醫生都有些驚訝，讓人懷疑死者到底是不是眼前這個暮年之人的兒子。

不到一個小時，運送靈柩的車從醫院駛出，朝火葬場開去。半路上，張博士從上衣口袋裡掏出一疊厚厚的美鈔，告訴司機一個城郊的新地址。

那棟房子原來是用來幹什麼的已經不太重要了，從昨天就有人陸陸續續地搬進了許多醫療器械，用最快的速度將那裡改造成了一個專業手術室。

在手術之前，張博士給自己注射了中樞神經興奮劑，在藥物的幫助下，手術持續了超過五個小時，沒有幫手，張博士親自主刀。但直到手術結束，張朋還沒有恢復任何生命體征，也許這是全世界第一起為死人做的手術。

張博士放下刀，站定在手術臺前，靜靜地盯著他的兒子。

一秒。

兩秒。

十秒。

驟然一聲呼吸，如平地驚雷，張朋猛地吸了一口氣，也是在同一瞬間，張博士像被抽掉了魂一樣癱坐在地板上，恢復了之前的頹然。

張朋昏昏沉沉地躺在手術臺上，不知過了多久，他被一陣爭論聲吵醒。他不知道他在這幾天經歷了兩場手術，大量藥物仍殘留在他體內，腎上腺素和中樞神經興奮劑讓他幾乎無法思考，只有夾雜在混亂的意識中的一點點神志。

隔著房門，張朋聽見有兩個人在門外的劇烈爭執，除了父親的聲音之外，還有一個男人沙啞的聲音。他們起先用英語交談，雙方都極力壓低音量小聲低語，後來那個男人已經抑制不住怒火，大聲吼著：「你不知道我在那裡看到了什麼！那些東西的來歷已經超出我們的預期！他們的基因用在人體試驗已經鑄成大錯！你竟然還……」

面對這個男人的指責，張博士顯得有些不屑一顧，他稍微抬高了一點音調打斷他：「手術成功了。」

「……但他已經不是人類了。」那個聲音頓了頓，竟夾雜著一絲恐懼。

「他是我的孩子……你也是一個父親，你不也在盡全力保護你的孩子嗎？」張博士的語氣中帶著懇求。

他的話似乎觸到了那個男人的軟肋，對方竟然一時沉默了。

「如果要死的是你的孩子呢？」張博士輕輕打開房門，眼神落在張朋的床榻之上。

「你也會不顧一切這麼做的。」

張朋努力抬起眼皮，他十分模糊地看到門口站著的另一個身影。

那個男人穿著破舊的衝鋒衣和行軍褲，一臉凝重的表情，提著一隻公文箱，風塵僕僕。在跟蹤汪旺旺的這段時間裡，他見過這個男人。

這個男人，是汪旺旺的父親。

徒鑫磊看了一眼手術臺上的張朋，神色陰晴不定，半晌才緩緩開口：「你會後悔的。」

「我已經沒時間後悔了。」

中樞神經興奮劑的藥效已經徹底過去，張博士斜斜地靠在牆上，聲音小得就像從牙縫裡發出的，似乎連喘氣都花光了他所有的力氣。

「我的生命快走到盡頭了……」他自嘲地笑了一下。「我年輕的時候就檢查出自己有遺傳性血液病，加之數十年如一日地窩在實驗室裡，能活到現在已經是奇跡。我知道我沒資格成為一個父親，所以一直不肯結婚，一直到五十多歲才迫於父母的遺命娶了這孩子的母親……懷孕是個意外，但我妻子是天主教徒，不接受墮胎，這孩子出生時因為難產導致大腦損傷。我的一生都活在我的學術研究裡，從沒盡過一個父親的責任，我想至少在死前為他做點什麼。」

張博士的自白只換來徒鑫磊一聲不屑的冷笑：「你為什麼不把你的學術成果用在自己身上呢？那種藥只要吃一顆，就能重新精神煥發，哪怕在幾年後出現變異又有什麼關係，至少你活著。」

張博士聽出徒鑫磊的譏諷，他並沒有答話，而是轉頭看向了別處。

「你不需要在我面前裝可憐，」徒鑫磊步步相逼。「你就是一個沒有人性的冷血怪物，你明知道美國開發這個藥物的最終目的是為了戰爭，但還是義無反顧地踏進去。你帶著你的研究團隊，在美國乃至整個美洲大陸做過多少齷齪的試驗？你們把藥物分發給那些不知情的居民，拿他們做小白鼠的時候，為什麼不想想自己也是一個父親，也是一個人呢？如果你要懺悔的話，去找個禮拜二開放的教堂，裡面有無論你說什麼都會寬恕你的牧師，而不是找我。」

「徒，他們的犧牲確實有了價值……MK-58 已經比 MK-57 的效果更好了，再下一代還會更好……只是……」張博士頓了頓，吸了口氣。「只是我不想再開發了……」

徒鑫磊顯然沒有預料到張博士會這麼說，他有點不相信自己的耳朵：「你說什麼？」

「我說我不會讓這個項目再繼續了，」張博士咳了兩聲。「可能你說得沒錯，我早就在這麼多年裡的試驗中變得麻木不仁，即使看到大批無辜的人死去，也不會有什麼負罪感……我在之前的很多年裡，都沒覺得這有什麼問題，畢竟他們跟我的生活毫無交集，只是一個標籤、一個樣本、一段檔案表上的醫學資料……但她不一樣……」

當張博士說到「她」時，眼神停在了那只軍用保存箱上。

「徒，這幾年我們發生過很多爭執，很多問題上我們都各執一詞，但有一點，你或許說對了，」張博士抬起頭看著眼前這個男人，他的眼神黯淡，露出無限悲傷。「我們都不是神，也不可能成為神。」

徒鑫磊沒有接話，張博士自顧自扶著牆走到保存箱旁，他打開箱蓋，出神地盯著裡面已經有些乾枯的腕足，若有所思。

「很多年以前，我也以為自己能成為神，抑或成為奧林匹斯山上眾神的一員，」張博士閉上眼睛。「科學就是我們的權杖，我們瞭解生物本身的構造，計算出宇宙的盡頭，掌握基因的祕密……我們甚至可以隨意制定一個新的規則，創造一個新的物種，設計新的世界。如今，我行將就木，卻發現事實並非如此——神之所以為神，是因為平凡生物的法則、利益和情感對它而言都只是無垠宇宙中的一顆塵埃，沒有任何意義。神不需要情感，可我們人類天生就是混雜喜怒哀樂等複雜情緒的物種，感性決定了我們的取捨，而不是理性。她是我一手創造出來的生物，我卻無法對她的生死無動於衷。直到她死去的那一刻，我才意識到我愛著她。」

「可它是……」徒鑫磊沒再說下去。

「你以為我不知道她是什麼嗎?」張博士露出一絲淒慘的笑意。「我和她相處了三十多年，我比任何人都瞭解她，我知道她為什麼自殺。她的智力已經足以讓她思考和人類情感相同複雜的一切，她怎麼能承受失去摯愛和孩子們的痛呢?是我教會了她心碎的滋味。你可能覺得我瘋了，那只能證明你和其他人一樣，認為超越物種的情感紐帶是不切實際的。但它在我身上真實地發生了，我知道我對她的感情是什麼。我想救她，也想救我兒子。」

徒鑫磊突然意識到了什麼，他睜大眼睛，渾身顫抖:「我明白了，你最根本的目的不是讓你的兒子活下來，而是讓她……」

「我離開研究基地的時候，銷毀了大部分 MK-58 的藥物研究資料，」張博士並沒有回答徒鑫磊。「我不想有人沿用我的研究結果繼續開發 MK-59……我不希望再有第二個她，死在人類手裡……我沒有吃藥，老實說，不是因為我害怕 MK-58 遲早會出現的副作用，而是我知道，我活在這個世界上一天，軍方的人就不會放過我，我永遠都擺脫不了這項研究。」

燈光很暗，張博士的眼角滑下一滴晶瑩的東西，他說:「我死了，就當是為她贖罪吧。」

張朋極力辨認著這兩個男人的對話，但他仍然無法理解，他們口中的那個「她」，或者是「它」，到底是什麼。

張朋只感覺到自己的身體和以前並不一樣了，雖然他仍舊十分虛弱，但夾雜了一絲若有若無的生命力。那種感覺不是 MK-58 帶來的一時亢奮卻虛無的東西，而是由內而發的生命力。

他動了動手指，把注意力集中在手臂上，漸漸抬起右手，放到了自己心臟的位置。他摸到自己的胸口有一條狹長的手術縫合線，還往外滲著血。

縫合線之下，他摸不到自己的心跳。

門外的聲音終於遠去，彷彿世界只剩下手術室的無影燈和光線之外的一團漆黑。張朋不知道自己昏睡了多久，也不知道外面是黑夜還是白晝。他很難受，從來沒有這麼難受過，似乎從腳趾到頭皮的血液都沸騰起來，它們在張朋的身體裡四散逃竄，用盡力氣排斥著某樣異物，張朋能感覺到，他的身體裡有什麼不屬於自己的東西。那樣東西像浸在硝酸溶液中的鐵塊，又像打進骨髓裡的鋼釘，和他的身體格格不入。

「吱呀。」

似乎一切都要安靜下來的時候，張朋聽到有人推門。他睜不開眼睛，但他聽到了一個熟悉的聲音。

汪旺旺的爸爸，徒鑫磊的聲音。

「對不起，」徒鑫磊吸了口氣，走近手術臺，他緩緩打量著眼前這個瘦弱的男孩，卻並未察覺他其實沒有失去意識。「我很抱歉，但我不能讓你活下去。」

徒鑫磊一邊說，一邊一根一根地拔掉張朋身上插著的營養管和靜脈注射器。

「我知道，你只是整個事件裡無辜的受害人，」徒鑫磊獨自說著，不知道是說給自己聽，還是說給張朋聽。「死亡是所有生物從出生就被制定的法則，是這個世界的客觀規律之一。我是一個父親，你爸爸也是一個父親，我理解他作為一個父親不顧一切想讓你復活的心情，但我不能認同這種方式……他所做的，已經觸碰了自然規則的底線……」

徒鑫磊歎了口氣，最後拔掉了張朋的輸氧管，他把一隻手蓋在張朋的口鼻之上：「即使你活下來，你也已經不是人類了……我曾經遇見過一個孩子，他最初也只是納粹實驗裡的犧牲品，他和你一樣接受了改造，可等待他的並不是快樂，而是永無止境的折磨和永生……逆轉客觀自然法則的代價遠比你父親想得更大，我們都承受不起。所以，安心上路吧。」說完，徒鑫磊一發力，死死按住張朋的口鼻。

窒息的張朋用盡了全力，也只抽搐了幾下，兩分鐘之後，徹底沒了呼吸。

徒鑫磊看著心跳記錄儀上的一條橫線，確定張朋已經死了之後，拿起軍用低溫保存箱離開了手術室。

黑暗。

一片黑暗。

張朋已經感覺不到自己的身體，他剩下的一絲意識，被巨大的黑暗包圍著。

我是已經死了嗎？

這是哪裡？

不知過了多久，黑暗中忽然傳來一個微弱又怪異的聲音。

「你是誰？」

張朋回身看去，他的背後有一團模糊的絮狀物，泛著慘白的光，聲音就是從那團光裡傳來的。

「你……又是誰？」

「我叫雅典娜。」那團光輕輕地說。「我在你身體裡。」

「你在我身體裡？」張朋想起在手術室裡最後的記憶，顯得有些困惑。「我想……我剛剛已經死了……」

那團光有韻律地跳動著，似乎並沒有對張朋的話感到意外，而讓張朋驚訝的是，他似乎能感受到那團光的情緒，他們之間似乎不需要任何語言的溝通，就能夠建立起情感交流。這團光就像是張朋的一部分，而張朋也變成了這團光的一部分。

「你死過幾次？」出乎意料地，那團光突然發問。

「我……」張朋不知道怎麼回答，他想起那場奪去母親性命的火災，想起胸口那節生銹的鋼管，想起汪旺旺的父親對他說的話，和捂死他口鼻的手。

他不甘心，憑什麼所有的不幸都發生在我身上？我沒有選擇地成為一個弱智，沒有選擇地成為一個怪物，現在連活著都變成了一個錯誤。

他不想死。

「才三次。」那團光輕輕地抖動了一下，當張朋在思考的時候，它也同步讀到了他在一瞬間想起來的經歷。

「三次還不夠嗎？」

「我死過無數次了。」

張朋還沒來得及思考，在那一瞬間，成千上萬幅畫面衝進他的腦海。刺眼的無影燈，切割中的手術刀，跳動著的鮮血淋漓的器官，掙扎的腕足，數以萬次的解剖和撕心裂肺的痛苦。這些記憶毫無預兆地進入了張朋的意識，他痛苦地想捂住腦袋，但很快發現這沒有用，因為它們之間的對話並不存在於物質世界，而是存在於意識之中。

「最初的幾十年，他們切割我的腕足，剖開我的頭部，拿走我的鰓和水肺，只是為了觀察我的癒合能力，以便研發某種能解救人類脆弱身體的藥物。他們有的時候用麻醉，有的時候不用。這一切都只是日常試驗的某一部分，沒人在乎我的感受。在他們眼裡，我只是一隻稍微聰明一點的動物而已——和會算數的馬、會騎摩托車的猩猩一樣。但是，這些坐在實驗室裡的聰明人類並沒發現，我的智力在最初幾年已經達到了和他們一樣的水準，之後甚至超越了人類本身。他們做的一切我都懂，他們的研究目的我也早已了然於心。我知曉一切，卻被束縛在蓄水池的最底部。還有什麼比這更痛苦的呢？」

「你究竟是……什麼？」張朋頓了頓，把「誰」字吞了下去。他即使不說，那團光也能知道他在想什麼。

很多年之後，張朋才知道，他和雅典娜這種高於語言的溝通叫作通感。他們通過共用一副器官連結建立起的通感，存在於宇宙更高級的生命之間。

「我是雅典娜，這個名字是一個人類給我取的，他說我是『希望之光』。」那團光跳躍了兩下，又平靜下來。「除此之外，我不知道我是什麼。」

張朋沉默下來。

「你說，人有靈魂嗎？」雅典娜忽然開口問道。

「靈魂？」張朋看了看自己的身體，他知道這不是真實的，或許只是他的部分意識，至於靈魂是什麼，他從沒想過。

「人類總說自己能淩駕於其他物種之上，是因為你們有其他動物沒有的東西——靈魂。可靈魂是什麼呢？我沒有見過靈魂，但我見過成堆因為試驗死亡的動物，被放在水裡溺斃的老鼠，被扔在毒氣室裡掙扎的猩猩，被蘸上醬油切開身體卻仍在喘氣的魚……人類有靈魂，但他們對其他動物如此殘忍，對同類也是——你們汙染環境，把戰火帶到世界各地，即使殺死了許多同類，引起了饑荒和瘟疫，也可能只是報紙上的一條無聊新聞。這樣的靈魂，要來有什麼意義呢？」

「不，人類沒有靈魂。」張朋垂下眼睛，想起自己的過去。

「如果人類沒有靈魂，那究竟是什麼讓你們覺得自己能像神一樣高高在上？」光團忽明忽暗地跳動著，似乎張朋的記憶勾起了它的憤怒。

「人類不是神，神還沒出現，有一天它會出現的，殺光所有壞人……」

「在我看來，沒有人是好人。」那團光快速地緊縮了一下，張朋感受到了它的傷心和絕望。「沒有善良，也沒有愛，那些都只是美化用的糖衣而已，是你們人類為了高尚和道德而編造出來的謊言。」

「人很醜惡。」張朋淡淡地說出這個在他童年時期就懂得的真理。

「人很醜惡。」那團光重複著張朋的話。

兩人都沒有再說話，通感取代了語言。張朋小心地接受著雅典娜的記憶，打開她的回憶之門，感受她在漫長生命裡遭受的痛苦和絕望。被數十年如一日囚禁在狹小水箱裡的痛苦，被活活截去腕足後拋回鹽水裡的痛苦，在催情劑的作用下配種的痛苦，被奪去孩子的痛苦，而雅典娜也感受到了張朋的憤怒，那是一種純粹的憤怒和失望，對人類，也對這個世界。他們在通感中感受到了和對方相似的痛苦後產生了共鳴，雅典娜的痛苦就像水泥，加固了張朋的回憶，兩段不同生命不同時間的記憶糾纏在一起，築成一座鋼鐵一般的巴比倫塔，充斥在高塔頂端的則是憤怒。

「你說得對，人類不是神，卻坐在神壇上，他們肆無忌憚地傷害並奴役這個世界上的其他生靈，也不放過自己的同類和手足，這一切早就該結束了。」張朋緩緩地說。「把你的力量給我，這個世界是時候迎接新神了。」

「我的力量……」那團光跳躍著，感受著張朋的興奮。

「對，你的力量、你強大的癒合力、永生不死的能力，以及血液裡治癒的力量，統統給我。」

「可是……我不想再活下去了。」那團光芒暗淡下去。「和你不同，我不再對這個世界抱有幻想，也不想再報復了……即使報復又如何？這個世界上沒有我的同類，我只能回到大海深處，在日復一日的孤獨中永生。」

「難道這個世界上就沒有任何東西值得你留戀了嗎？」

張朋的話似乎觸動了雅典娜的某根神經，一幅畫面忽然出現在張朋眼前。

那是一個透明的玻璃器皿，裡面有數以萬計的透明卵子，像葡萄一樣緊緊貼在一起。透過卵子薄薄的胎膜，裡面的小八爪魚胚胎緩緩舒展著四肢，仍在沉睡。

「妳的孩子……」張朋輕聲說，他的心忽然被一種溫暖又陌生的情感融化了，那是他從通感感知到的雅典娜的心情。

「我的孩子……他們拿走了我的孩子。」瑩白的光團中間出現了暗紅色的斑點，就像流出的血液一樣。「我知道他們要幹什麼……我的孩子們，會重複我的命運——被人工孵化，被研究，被解剖，被玩弄於股掌之間，被禁錮在狹小的水族箱裡。我寧願沒有擁有過它們，更沒有繼承我的智力和生命力，聰明到能認清人類的嘴臉，頑強到可以經歷所有折磨。」

「妳的身體只剩下一部分，什麼都做不了，但我可以。」張朋一邊說，一邊緩緩走進那團白光。

「我可以救妳的孩子們。作為交換，把力量給我，治癒我所有的疾病，讓我的身體變成妳的，讓我成為神。妳能做到嗎？」

雅典娜沒有回答，但張朋感受到了答案。

「可是你救了它們，它們又該何去何從呢？它們永遠都無法逃離人類的掌控。」

「不，妳錯了。」張朋笑了起來。「這個世界需要洗牌了，新的物種進化，舊的物種淘汰，我會帶著妳的孩子們，登上神壇。」

手術室中，張朋再次緩緩睜開眼睛，無影燈的光芒讓他覺得恍如隔世，但他知道，一切都不一樣了。他緩緩撫摸著胸腔中間的傷口，他感覺不到任何東西。

十秒、二十秒、一分鐘、兩分鐘。

猛地，胸膛裡傳來一下劇烈的跳動。

張朋的血壓逐漸恢復，呼吸變得順暢，他的大腦前所未有地飛速運轉起來。

章魚有三顆心臟，兩顆副心臟將血液輸送到鰓，另一顆心臟負責兩套記憶系統，一套記憶過去，一套預測未來。而章魚的心跳十分緩慢，即使在零度的深海，也只有一分鐘四十到五十下的頻率，當它們生活在人類適應的氣溫之下，心臟最多一分鐘跳三下。當他們沉靜下來觀察獵物的時候，甚至能數分鐘沒有心跳。

在張朋胸口的這道傷痕之下，是雅典娜跳動的心臟。

這一天終於要來臨了，他知道他會成為汪旺旺小時候許諾的那個神，張朋情不自禁地露出了期待的笑容。

張朋獨自一人站在廁所裡，他盯著鏡子裡的自己，頭髮蓬亂，面容消瘦，但身體裡充斥著前所未有的舒適和愜意，像是有一種生命力注入了自己體內，血液有序地流遍全身，原本蒼白的皮膚變得紅潤，每一塊肌肉都散發著活力與朝氣。

宛若新生。

他的視線滑過自己的胸口，距離和雅典娜的心臟進行融合已經過了三天，他的傷口正以驚人的速度癒合，甚至沒有留下一絲疤痕。

但這還不夠，他還要做一個實驗。

洗手池旁邊有一個鏽跡斑斑的鐵制小桌，上面放著一把斧頭。張朋在嘴裡塞了一塊破布，他的大腦飛速運轉著，臉頰微微泛紅，但胸腔裡的那顆超越平凡人類的心臟仍在緩慢地跳動著。

張朋把自己的右手放在小桌上，緩緩舉起斧頭，深吸了一口氣，猛地朝手腕砍了下去！

手掌齊腕而斷，疼痛瞬間傳遍了張朋的全身，他死死地咬住嘴裡的布，身子一歪，靠著洗手池坐到地上。手腕上斷開的動脈噴出鮮血，流得滿地都是，一時間，整個廁所彌漫著濃濃的血腥味。但這種疼痛帶給張朋的並不全是痛苦，他熟悉疼痛，這是他從小到大都能感受到的，疼痛引起的腦部發麻對於他更像是一種興奮劑與毒藥，他感到安心。

但這種疼痛沒有持續多久，張朋的斷腕處出現了像絲絮一樣的無數神經組織，包裹著鮮嫩的肉芽，一隻全新的手掌從傷口內部以緩慢的速度向外生長。

正如壁虎斷尾、蠑螈斷足，拿菲力人的血液把雅典娜作為頭足綱動物的再生能力增強到了極致。她曾在實驗室裡被日復一日地切去器官和腕足，卻總能在不到第二天就長出新的，這也是她能被反覆研究三十多年的原因。然而，無論張博士和他的團隊如何提純MK-58，都無法複製這種強大的再生能力。MK-58雖然在改善不良基因、治癒疾病方面有顯著的效果，但仍舊做不到重新生長失去的器官和四肢。

張朋掙扎著從地上爬起來，他的思路從未有過的清晰，他開始笑，笑得合不攏嘴，他用那隻新長出來混合著汗血的手掌摸著自己的臉頰。

和人工合成的藥物不同，雅典娜心臟帶給張朋的不僅僅是毫無副作用的痊癒力和隱身能力，還有她獨一無二的超能力——再生。

兩週之後的某個清晨，張博士在和疾病的鬥爭中停止了呼吸。

一個一生都在致力於研究永生的人，卻在生命的最後時刻，默默選擇接受大自然的法則。張朋在臨時手術室旁的一個簡陋起居室的床上發現了他，他的身體已經涼透了，嗎啡和鎮痛劑七零八落地散落在床頭。他在去世之前經歷過巨大的痛苦，陣痛讓他以極其不自然的姿勢蜷縮著身體，並在去世後保留了這個姿勢。

在簡易床對面的桌子上，放著幾瓶沒開封的MK-58和一個信封，信封裡裝著一張便箋和張朋的美國簽證。正如他向徒鑫磊保證的那樣，直到生命盡頭，張博士沒有吃一顆自己研發出來的藥物。便箋上的話簡單得可怕，似乎他的千言萬語都融成了這一句話：

兒：

好好吃飯，好好做人。

父字

張朋曾在飛機上給汪旺旺和其他小夥伴展示過這封信，當時所有人都嘲笑這封信的內容，那是因為它脫離了原本的語境。

沒人知道雅典娜的心臟重新跳動之後會發生什麼，張博士也無法預測，他只希望兒子在重獲生命之後能像正常人一樣活著，哪怕隱匿在人群中間，平平凡凡地過完此生。

張博士希望兒子「好好做人」的心願怕是不能實現了，他到死都不知道，自己製造出了一個什麼樣的惡魔。

張朋把張博士的屍體草草處理掉，從頭到尾沒有流一滴眼淚，也沒有一絲一毫的傷心，他對他的父親沒有感情，不論他的父親是活著還是死去。

此時，張朋的心中有了一個龐大的計畫，他要用接近一年的時間將他的藍圖慢慢完善。在一切開始之前，張朋首先需要測試他和雅典娜融合後的身體極限。他搬離了居住多年的騎樓，蝸居在一家遠郊的廢棄工廠裡，等太陽下山之後，方圓五裡之內幾乎沒有人煙。張朋很少出門，在夜晚也不開燈，因為他在自己身上做的實驗總是弄得遍地血汙，他要避免被人看到後節外生枝。

首先，他嘗試著用各種方式殺死自己，他把自己一次次燒得體無完膚，切割得支離破碎，又一次次在疼痛中涅槃。

張朋發現，只要自己的心臟還能跳動，即使身體受損，也能無限次再生。只要不是被燒成灰燼，他都不會死，雅典娜的心臟本身就有強大的癒合能力。

張朋對測試的結果十分滿意，從此，死亡對他來說已經沒有任何意義。人最基本的恐懼來源於死亡，當這個基本的自然法則在張朋身上失效的時候，這個世界上已經沒有什麼能約束他了。

有一天，張朋看見一隻快要餓死的流浪貓，在舔了自己流在地上的血後竟然奇跡般地站了起來。他抓住那隻貓，上下打量著它，它已經瘦得皮包骨，因為皮膚病，身上稀稀拉拉的毛也掉得差不多了，後腿似乎也受了傷，血染紅了它身上髒兮兮的毛，這隻小貓可憐巴巴地叫著。

張朋猶豫了一下，把它抱在懷裡，割破自己的手掌，把血慢慢餵到流浪貓的嘴裡。幾分鐘後，流浪貓身上的傷口止住了血，雖然沒有張朋的身體恢復得那麼快，但傷口確實開始了緩慢的癒合。

張朋把貓拴在廠房裡，每天餵它一點血，過了不到一個星期，它的傷口就痊癒了，連身上的皮膚病都消失得無影無蹤，甚至長出了新毛。

心臟的最大作用，是推動人體內的血液，使其能夠正常迴圈。張朋看著自己皮膚下隱約的血管，他的血經過雅典娜心臟的泵送和過濾，已經擁有了和雅典娜本身的血液相同的功能。

張朋外出了幾天，回來的時候，貓已經死了。旁邊的餐盤裡仍裝著沒吃完的肉和水，貓的屍體已經開始腐爛，張朋觀察到它腿上的傷口再次裂開，皮膚上重新出現了之前的癬痂和鱗屑，新長出來的毛脫落殆盡。

和從雅典娜身體裡提煉出來的 MK-58 一樣，張朋的血液帶給流浪貓的只有短暫的治癒效果，一旦停用，就會立刻恢復到原樣。

這就夠了，張朋心想，他已經可以利用這種能力加速自己的計畫了。

第三章　救世主

南方的夏季十分炎熱，大部分市區裡的現代住宅已經裝了空調，可城郊那些年久失修的筒子樓根本負荷不了空調的電壓，住在那裡的大部分是南下打工的異鄉人，所以一到夜晚，家家戶戶都會傳來電扇「吱呀吱呀」的慘叫聲。從遠處看，那些屋頂上的吊扇就像不知疲憊的螺旋槳，在或黃或白的燈光裡載著無數打工者的心事起飛。

在這些窗戶中間，可以清晰地看到只有一家的吊扇沒開，吊扇中間掛著一根麻繩，麻繩下方站著一個男人。他站在一堆漫畫稿紙中間，面容憔悴，頭髮油膩，厚厚的眼鏡上布滿了油漬，指甲縫裡還有沒乾的黑色的墨水。

他叫什麼名字並不重要，重要的是他快要死了。

此刻，他扯了扯電扇上的繩子，測試它能否承受他身體的重量。他本來就不算重，這幾個月更加消瘦，吊扇足以承受他的體重。要是我死了，明天報紙會如何報導呢？漫畫家在出租屋裡自縊而亡？他搖了搖頭否定了自己的想法。他根本不算是漫畫家，充其量只能算是漫畫助理而已。他負責給漫畫家打好的稿子勾線填色、貼網格紙，掃描到電腦裡，在空白畫框中用軟體填上對話內容。儘管年輕的時候也曾一腔熱血地畫過自己的故事，卻在寄往各個漫畫雜誌社的過程中石沉大海。在這片文化沙漠裡，連真正的漫畫家都無法生存，更何況是他。

這不是一種體面的死法，漫畫助理心想，但這是他唯一敢嘗試的方式。他深吸了一口氣，剛站上小板凳，門鈴突然響了。

他沒有朋友，這個時間能來找他的，八成是隔壁送牛奶走錯門的。正當他準備忽略這個意外的時候，門鈴又響了，連續按了好幾下，鈴聲中透露著一股急躁。

沒辦法，他的人生向來如此，做什麼都不順利。

「誰啊？」漫畫助理一邊問，一邊爬下凳子打開了門。

門外長長的樓道上空無一人。

漫畫助理低頭罵了句娘，關上門往裡屋走，就在他踏進客廳那一刻，他看到吊扇下方端坐著一個少年。

「你好，我叫張朋。」對方露出一個幾乎完美的微笑。

「你……你是怎麼進來的？」漫畫助理揉了揉眼睛，以為自己眼花了。

張朋沒有回答他，而是煞有介事地看著吊扇上的繩子。

「很多人以為上吊比較容易，其實很痛苦……首先你會窒息，然後開始全身痙攣，四肢開始抽筋後脊椎抽筋，這個過程至少是一分半鐘，然後你的眼球會外突，大小便失禁，這個過程最難熬了，想死又死不了，要持續三分鐘呢……熬過這幾分鐘，你才能真正死掉。」

「你怎麼知道的……」

「因為我試過呀。」對方笑著回答，就像在說別人的事。

「你到底是誰？我不認識你，你要做什麼？」漫畫助理下意識地退後了一步，但他很快反應過來，他的擔憂是多餘的。事到如今，無論對方是謀財還是害命，他都釋然了——反正他一無所有，也不想苟活。

「我想要你幫我畫一本漫畫，」張朋笑著說。「訂製故事哦。」

他從身後的一個背囊裡掏出一本《寄生獸》，說道：「我想要這個風格的，你幫很多不同的漫畫家做過助理，風格這些東西你應該也能模仿吧……」

「我不接，」張朋還沒說完，漫畫助理就打斷他。「你走吧。」

張朋似乎並不在意，他只稍微頓了一頓，又接著說下去，就像剛才什麼都沒發生過一樣：「這本漫畫書的內容我已經想好了，也給你列出了一些關鍵的資訊，至於其他的細枝末節，你可以發揮自己的想像力……」

「我說我不會畫的，你聽不明白嗎？」漫畫助理攥緊了拳頭。

「為什麼呢？」張朋歪著腦袋，但他似乎並不太在意答案。

「我……畫不了漫畫了，」漫畫助理嘟囔了一句。「沒時間畫了。」

「因為你的病嗎？」

漫畫助理一愣，他萬分疑惑地看著眼前這個陌生人。從醫院拿到診斷書到現在，他沒有對任何人說過，連自己的家裡人都不知道。他問：「你怎麼知道的？」

「我留意你好長一段時間了，」張朋又露出了他的招牌微笑。「如果我說，做為交換，我能治好你呢？」

「你怎麼治？」漫畫家苦笑了一聲，他沒心思跟一個毛都沒長齊的中學生在這裡瞎掰扯。「別說你能給我多少錢，這病就算是世界首富攤上了都得死。胰腺癌是癌症之王，到最後無一例外都是疼死的，我不知道上吊難不難受，但肯定比胰腺癌晚期好受一點。你走吧。」

張朋看了看眼前的漫畫助理，忽然「撲哧」一聲笑了。他的笑在這個場合裡看起來十分不合時宜，儘管他極力想掩飾，卻笑得更大聲了。

「你給我立刻滾出去，今天我是打定主意要死了，也不介意多拉一個墊背的！」張朋的笑聲激怒了漫畫助理，他雖然是個膽小怕事的人，但也不想在一個高中生面前丟臉。

「其實最輕鬆的死法是這個——」張朋根本沒有理會漫畫助理的怒火，而是認真地指了指自己的脖子。「你看，這裡有一條大動脈，只要拿刀切對了，血一下就會噴出來，然後你的神經就會快速失去知覺，只要三十秒，大腦就什麼都感覺不到了。來，你看著我做一次。」

說著，張朋突然拿起放在桌面的水果刀，照著自己的脖子猛地切了下去。

漫畫助理張大了嘴巴，他還沒來得及驚呼，就看見張朋的鮮血瞬間染紅了桌子上所有的畫紙，連吊扇上都濺滿了血漬。

這人該不會是瘋了吧？

漫畫助理緩了好幾分鐘，才定下神顫抖地走到張朋邊上。張朋臉上布滿了鮮血，在地上輕輕抽搐著，他的脖子被割開一半，顯然已經斷氣了。救護車都不用叫了，血流成這樣怎麼搶救都沒用。漫畫助理腿一軟，跪坐在地上。他從來沒想過，在他去死的這一夜，有一個陌生人會闖進他家裡，比他早一步結束了自己的生命。

他的胃又開始抽搐，他搞不清楚是癌症的原因還是因為害怕。漫畫助理衝進廁所，把能吐的東西都吐了出來，他不知道自己吐了多久，當他從廁所出來的時候，看到張朋已經從地上坐起來了。

「你想擁有我這種能力嗎？」張朋看著眼前目瞪口呆的漫畫助理，擦了擦脖子上的血，把自己寫的大綱遞給他。「你幫我畫這本書，我治好你的病。」

吊扇再次發揮它的本職工作，緩緩地旋轉起來。下面坐著一個還沒從驚嚇中緩過來的癌症患者，和一個一直保持微笑的少年。張朋把他多年來模仿正常人的舉止練習得天衣無縫，除了他自己，沒人能看出那張面具下曾經千瘡百孔的身體，還有身體中跳動著冷血的海洋捕食者的心臟。

「世界上突然出現了一種可怕的病毒，人類社會爆發了大規模的死亡事件，主角在故事的最後選擇站在了人類利益的對立面，寄生獸最終取而代之成為地球上新的統治者。表面上看，造成人類滅亡的原因是病毒引起的併發症，實際上是人類的原罪。狂怒、好戰、盲從、色欲、冷漠、貪婪、自大……這一切劣根性，將人類引向毀滅。」這就是張朋給漫畫助理《寄生獸》大綱的主要內容，他要這個故事按照他的方式結束。

漫畫助理皺著眉頭，這種故事無論給哪個編輯看，都會被直接扔出窗戶。情節莫名其妙，邏輯狗屁不通，沒有戲劇衝突，連故事結構都一塌糊塗，更別說閱讀性了。但張朋對自己的故事十分滿意——他不瞭解寫作，他最熟悉的東西莫過於母親日復一日朗誦的《聖經》和殘酷世界裡人性的醜陋。

遊行中的施暴者將為自己的狂怒死去，他們是在草地上對他揮動拳頭的男孩子；戰爭的始作俑者將為自己的好戰死去，他們是深夜巷子裡裝作無辜的小偷和強盜；對電視養生盲目信服的人因為自己的盲從死去，他們是聽信謠言把他當作毒瘤、肆意欺辱的人；猥褻男童的主教們因為自己的淫欲死去，他們是把他按在書桌上的校長；縱容校園犯罪的自保者因為自己的冷漠死去，那個人是日夜祈禱卻從不看自己一眼的母親。

對張朋來說，這個故事就是他交給世界最滿意的答卷。他把自己經歷過的每次傷害都在這個故事裡還給了施暴者，每當他想到這些情節將會在未來的某一天發生，他的笑容就更深一分。

剩下的，就是讓這一切變成現實。

漫畫的繪製持續了將近一年，在這段時間裡，張朋去過很多地方，甚至還去了父親曾工作的美國。他堂而皇之地進入軍事禁區和國家機密檔案室，五角大樓和白宮對他而言沒有太多吸引力，因為他要找的東西不在那裡。對一個能夠隱身的人來說，他幾乎擁有了去這個世界上絕大多數地方的通行證。無論是在火車還是飛機上，沒人會注意那些角落裡空的座位上突然出現的凹痕。當人們看到安檢裝置無故自鳴，感應門突然開啟，只會想到是機器出了故障，而不會意識到此刻他們的眼皮底下多了一個人。

這個世界由祕密組成，但張朋對大部分祕密興趣索然，他只需要知道那些能夠幫他實現計畫的就可以了。

當然，還包括那些能幫助他的人。

不知道從什麼時候開始，在一些城市中某個不起眼的角落裡，出現了一條印在廉價的複印紙上的廣告，下方還印了一行花體的《聖經》經文：

見證奇跡——上帝創造世界花了七天，而我治癒你只需要一天。

你是否已經對生活絕望？你是否畏懼死亡？

神存在於人間——當你相信之時，就能起死回生。

不收取任何費用，為什麼不試試呢？

主向他們說：「我實實在在地告訴你們，你們若不吃人子的肉，不喝人子的血，就沒有生命在你們裡面。吃我肉喝我血的人就有永生，在末日我要叫他復活。」

這則廣告寫得並不高明，連經文都引用得莫名其妙，跟平常那些三流傳銷口號差不多，誇張的修辭很難不讓人相信這是一場騙局。這些小廣告並不是隨機出現的，而是出現在某個特定的街角、某人上班必經之路的電燈柱上、某個家庭的門縫之下。

從某個上市企業的公司高管，到教會裡的清潔工；從大學裡年近花甲的教授，到某個高中食堂裡的掌勺；從國家病毒實驗室裡的研究員，到活在城市暗處的偷渡客和通緝犯。他們要麼是身患重疾，要麼家人或伴侶惡疾纏身，甚至不乏癮君子和先天殘疾。他們都是張朋在暗中觀察後選中的人。

計畫開始了，張朋就像一個五星級米其林大廚一樣，當他要精心準備一場盛宴時，往往從挑選食材開始。

大部分人早已對這種誇大其詞的廣告不為所動，但千萬別低估一個絕望之人的盲目程度。

漸漸地，在這些「候選者」中間，出現了一些撥通張朋電話的人。他們將信將疑地詢問了治療的過程、特效藥的成分，以及有沒有藥監局的註冊文書，想盡辦法探聽電話那頭的虛實。他們很快就發現，電話那頭的男聲似乎有一種難以言喻的魔力，他的英語帶著濃重的亞洲口音，只能說出簡單的句子和「是」或「不是」這樣的回答。儘管他拒絕透露一切治療的資訊，言語中卻透露出一種極大的自信，就像是有十足的把握。

每個人都有一樣的感覺，電話那頭要麼是一個瘋子，要麼他真的像自己所說的那樣，擁有某種被稱為奇跡的能力，只是沒人想到，張朋兩者都是。

張朋在通話的最後給他們一個位址——通常是在城郊的廢棄廠房或倉庫裡。幾乎每個人第一次見到張朋的反應都一樣，他們露出一種被低劣惡作劇耍了的憤怒，沒人能想到刊載這則廣告的是個還沒成年的孩子。

「小兔崽子，你覺得這很好玩嗎？我今天就替你父母教教你，你要為你的所作所為付出代價！」甚至有人向他揮舞著拳頭。

可當這個看似弱不禁風的男孩開始展露他的「神跡」時，沒有人再說話了——他們看見他被水果刀紮穿的手掌以驚人的速度癒合，血流到地上，奄奄一息的流浪狗舔舐了他的血液後竟然站了起來，瞎眼的貓也睜開了眼睛……

張朋始終有條不紊，神情自若，面帶微笑。他的外語並不好，但語言已經不重要了，任何話語在這一刻都顯得多餘，他不需要再靠說什麼證明自己，他知道在場的人都信了。

「你……你是誰？」那個早前向他揚起拳頭的人問道。

「我是神。」張朋繼續笑著。「只有相信我的人才能得救。」

接下來的事情就變得很簡單了：張朋只需要用自己的血幫他們脫離毒品，讓被海洛因摧毀的動脈恢復往日的活力；他讓被醫院判了死刑的人獲得新生；他讓久臥病榻的兒童從床上下來，到後院的草地上玩耍；他幫助那些曾經沉浸在痛苦裡的家庭得救，讓世界一片黑暗的人重獲光明。

他展露的神跡和傳統的布道不同，也從來不拒絕任何人的要求。他救好人，也救壞人，他從來不向任何人說「不」。他把自己的血肉分給他們，一如基督在《聖經》裡記錄的那樣。

每個人都覺得他是無私慈愛的，但在張朋眼裡，這些追隨者只不過是他飼養的牲畜而已，最好的食材會得到精心照料，就像養殖人員會讓最好的牛養在最寬敞的牛欄裡，吃最新鮮的草料，甚至會給它們按摩和聽音樂，讓它們以最健康快樂的方式成長，然後再把它們送進屠宰場，用錘子敲碎它們的腦殼，再把牛肉以最昂貴的價格賣到餐廳裡，成為餐桌上的佳餚。

張朋從來沒有給這個團體起過名字，也從來沒有告訴過他們自己的名字。隨著信眾越來越多，張朋制定了幾條簡單的規則：絕不向別人提起自己的神跡；絕不能在公開場合討論自己或所行的神跡；被自己治療過的人，必須發誓永遠追隨自己。

張朋的規則十分有先見之明，一些想脫離他的信眾很快就發現，一旦他們回到家中停止治療，幾天後，昔日的舊病就會再度復發。

「你的血真的可以治病嗎？還是只能緩解病情而已？」有人開始質疑張朋。

張朋的解釋是，他的血液可以拯救每一具身體裡的疾病，卻無法拯救這個世界。如果地球是一個癌症患者，那麼他身體裡的細胞無論多健康也無法抵禦癌變。這個世界已經病入膏肓，哪怕他的治癒能力再強，也不能讓他的信眾擺脫腐化和汙染。

「病態世界裡的人也只會是病態的，」張朋不緊不慢地回答著。「這個世界需要進化。」

第四章　神的羔羊

很多人都聽過溫水煮青蛙的故事。活蹦亂跳的青蛙遇到沸水會立刻跳出來，可如果將它放進裝滿涼水的鍋裡，在青蛙暢遊時慢慢將水加熱，當它發現水溫的變化時再想躍出水面卻已經沒有了力氣，最終會漸漸熱死在水中。

這個故事最初刊載在康乃爾大學的某個科學期刊上，後來又流進人生勵志的情感雜誌，隱喻人們往往容易被安逸的環境迷惑，對越來越大的問題視而不見，最終死於自己的鬆懈之中。

暫且不討論這個故事的真假，溫水煮青蛙是對圍繞在張朋身邊的信徒們的絕佳比喻。日子一天一天過去，他們沉浸在大病初愈的喜悅之中，全然沒有發現自己對眼前這個總是面露微笑、沉默寡言的中國男孩越來越依賴。此時，張朋分給他們的血液越來越少，卻越來越頻繁，於是一週一次的見面變成了三天一次，又變成了每日例行的會晤。

一開始的「無償治療」逐漸變成了「等價交換」，張朋會有意無意地對信眾們提出某些要求：「衛斯理，我希望你能把你積蓄的百分之五十用於組織發展，要知道在認識我之前，就算你傾家蕩產也不可能治好自己的病。」

「艾倫，我聽說你在新澤西有一所大房子，或許那裡可以作為我們的基地。」

幾乎沒人質疑過這些要求，張朋已經取得了每個人的信任——他們相信張朋就是神指定的牧羊人，他拯救了自己的生命和靈魂，他提出的要求只不過是微不足道的小事。

確實是小事，對張朋來說，他不在乎衛斯理究竟能掏出一百萬還是一千萬，也不在乎艾倫的房子有多少平方公尺，他深諳溫水煮青蛙的道理，他知道他們今天答應自己小小的要求，明天也將會同樣滿足自己更大的需求。

一旦開始「奉獻」，就會一直「奉獻」。「小事」慢慢加溫，就會變成「大事」。

「朱莉，你的父母從來沒愛過你，他們活得夠久了，久到已經變成了你的累贅。」

「安東尼，你的妻子早就出軌了，如果我是你，我會殺了她。」

「建次，你的上司是個人渣，如果他突然出了意外，沒人會覺得惋惜。」

朱莉的父母死於心臟病突發，安東尼的前妻被埋在了後院裡，建次的上司和他的車在回家的路上莫名其妙爆炸了。

在張朋的慫恿下，圍繞在他身邊的信眾開始做違法的事，甚至開始殺人，這意味著每一個成為凶手的人都回不到過去了。當你能殺害自己的父母、妻子和上司，你就能殺害國會議員，就能對馬路上任何一個陌生人開槍——這些事的本質都一樣。關鍵是你已經觸犯了法律，你想要回到過去，你就會坐牢，甚至坐上電椅丟掉性命。

無法回頭，這是張朋為信眾們設置好的陷阱。當你們的雙手沾滿鮮血，你們就只剩一個選擇——心無旁騖地追隨我，只有我能讓你們安全，因為我是你們的神。

但這還不是最可怕的，最可怕的是，在信眾之中的大多數人，仍舊相信他們走的是一條通往救贖和光明的康莊大道。

當一個人接受了自己的黑暗面，黑暗將瞬間吞沒他。如果一個人單槍匹馬殺了人，他或許還會有點愧疚，可當一群凶手聚集在一起，事情就變得不一樣了。他們說服自己做的決定是正確的，罪惡感在彼此的鼓勵中消失，人們逐漸忘掉了拿起屠刀時的恐慌，反而覺得張朋的教唆解救了自己一直以來被壓抑的靈魂。

里昂就是其中之一，他是張朋最堅定的擁護者。

里昂，典型的義大利名字，做為李奧納多的縮寫，本意是「像獅子一樣強大」。現實中的里昂和強大絲毫不沾邊──他因年幼時的一場高燒成為一個小兒麻痺症患者。

在遇到張朋之前，里昂是一個近乎狂熱的基督教徒，他從小嚮往成為一名牧師，幻想自己站在神聖的布道臺上演講，向人描述《聖經》裡美妙的天堂和等待著異教徒的地獄烈火與無盡酷刑，可是因為他的先天不足，並沒有走進神學院，而是成為一個終日寡言少語的電話接線員。

在遇到張朋之後，里昂把他對信仰的執著完全轉移到了張朋身上，他相信這個中國籍男孩就是耶穌基督的轉世──他展露的神跡和《聖經》裡描述的一模一樣，他用自己的血肉治好了里昂的殘疾和讓現代醫學束手無策的疾病；他對待貧窮無助的可憐人與對待權貴的方式別無二致；他讓人們重新找回信心和激情；他為無家可歸者和流浪動物提供屋簷與食宿……能做到這些的，除了上帝之外，還有誰呢？

而對於張朋而言，里昂不僅只是一個接線員，因為里昂工作的地方是國家科學院的病毒研究中心。

「里昂，你在病毒研究中心工作了這麼久，你知道為什麼他們研究病毒嗎？」在一次治療結束之後，張朋有意無意地問里昂。

「也許是……為了研發疫苗？」里昂顯然之前並沒有想過這些問題，他頓了頓，試探性地回答。

「不，」張朋搖了搖頭。「是為了戰爭。」

里昂沒有說話，他低下頭，想起那些穿梭在實驗室大樓裡神色匆匆的軍人。

「你喜歡戰爭嗎？」張朋問。

「當然……不喜歡，」里昂有些猶豫，他希望自己能回答出讓張朋滿意的答案。「沒人喜歡戰爭。」

「戰爭很殘酷，」張朋重複著里昂的話，臉上露出笑意。「你說得沒錯，但不能否認的是，人類的文明進程和重大變革，自古以來都是靠戰爭推動的。戰爭終結了過時的統治政權，戰爭推動了國家的統一，而戰爭產生的科技成就了我們如今的生活。沒有裝甲戰車和洲際導彈，就沒有通用汽車和民用飛機；沒有軍事衛星和偵察系統，就不會有現在的網路和導航；同樣地，沒有生化武器，病毒疫苗的研究也不會日新月異……更重要的是，每次新世界秩序的出現，都是在戰爭之後，所以它是一把雙刃劍。在普通人看來，戰爭只會讓人死亡，可是我不這樣想，我希望你也並不只是個普通人。」

里昂舔了舔嘴唇，他為他之前的答案感到有些懊惱，他不希望張朋覺得自己只是個膚淺的普通人。

「當然，我知道你不一樣，」張朋拍了拍里昂的肩膀，讓他從焦慮中平靜下來。「如果說，我們必須發動一場戰爭，才能迎來屬於我們的新世界秩序，你會站在我這邊嗎？」

幾乎沒有猶豫，里昂點了點頭。

「很好，我知道你是我要找的那個人。」張朋臉上的笑意更深了。「我有一個計畫，但在那之前，我需要你幫我一個忙。」

「您需要我做什麼？」里昂實在想不出來，他能給張朋什麼樣的幫助。

「我需要你從實驗室拿一樣東西給我。」張朋說。「一種沒有解藥的致命病毒。」

「可是我的工作許可權接觸不到病毒庫……」里昂皺起了眉頭。「並不是我不願意幫忙，就算我能進去，我也辨認不出是哪種病毒。」

「你不知道，但有人知道。」張朋對里昂的回答一點也不意外，他不會告訴里昂，在幾個月前他就開始調查這個接線員的底細，不只是他的工作，甚至從他的生活習性到交際圈都一清二楚。「想想你的同事或上司，你每天都幫他們轉接各種電話，你雖然不直接接觸病毒庫，但你能輕而易舉地知道這些核心工作人員的大部分祕密。」

里昂的眼睛直勾勾地盯著地面，忽然像是想起了什麼，抬頭看向張朋喃喃地說：「有一個人，喬伊……」

張朋滿意地點點頭，他等的就是這個名字。

「喬伊，」張朋做了個手勢讓里昂說下去。「談談你對他的瞭解。」

「他是實驗室的核心研究員，伊朗人。」里昂若有所思。「為人正派，總是彬彬有禮，我聽說他結婚了，妻子懷有身孕，從外表來看，他和別的研究人員沒什麼區別，只是……」

只是喬伊總是在大部分人下班以後，利用實驗室的內線電話撥免費長途回家。和平常表現出來的溫文儒雅不同，電話裡的喬伊就像一個躁狂症患者，無時無刻不透露出焦慮。他對他在伊朗的父母說起實驗室對病毒用途的遮遮掩掩，說起那些每天過來瞭解研究進程的軍方高層，還說起日益白熱化的伊美關係。每個細節都讓他的憂慮加深一層。

他說起愛因斯坦的時候痛哭流涕，他說愛因斯坦在寫信給羅斯福的時候，自己根本沒預料到原子彈將會奪走日本成千上萬普通老百姓的性命。喬伊害怕自己會成為下一個愛因斯坦，他害怕自己培養出來的病毒會變成生化武器在另一個國家爆炸，而那個地方或許會是自己的祖國。

喬伊的一切擔憂，都被電話的另一條線裡的里昂聽得一清二楚。

「如果他擔心的是戰爭，」張朋歪了歪腦袋，慵懶地說。「那我們就該讓他相信，他的一切擔心都是真的，生化武器是真的，攻打伊朗也是真的。」

「可我們怎麼才能讓他相信呢？」

「如果他在伊朗的家人突然全都死了，他會怎麼想呢？」張朋眯著眼睛。「只有當喬伊的猜測都是真的，他的家人才會被滅口。」

「可是……」

「新世界的秩序，」張朋有些不耐煩地打斷了里昂。「別忘了你剛才說的，你會站在我這一邊。他的家人不是你要擔心的問題，你要做的是在適當的時機告訴喬伊，只有把病毒交給我們，才能阻止他所擔心的事。」

「可我怎麼說服他呢？」里昂有些六神無主。

張朋突然站起來，湊到里昂耳邊壓低聲音說：「你不是一直想成為牧師嗎？站在教堂中央布告的人，神的代言人……以前你總覺得是身體的殘疾限制了你的口才，可現在我已經把你變成一個健康人了，怎麼還是對自己沒有一點自信呢？」

「我……儘量試試。」

「我不要儘量，我要你說服他把病毒拿出來，無論用什麼手段。說『好的』。」

「……好的。」

「很好，」張朋整理了一下里昂的衣領。「我知道你不一樣。從今天開始，你不是里昂了，我會給你一個新名字。」

「新名字？」

「就叫亞伯吧，」張朋又露出那個人畜無害的微笑。「亞伯，《舊約》裡的名字。」

「神的僕人……」里昂喃喃地說。

「聽說你還有家人在拿坡里？」

「我妻子和兒子，安東尼奧……」

「把他們接來美國吧，我們很快會有一個真正的世外桃源，」張朋說。「一個仙樂都。」

幾週後，馬里蘭州的美國國家科學院，深夜。

當喬伊再次接通來自伊朗的電話時，等待他的不是熟悉的母親的聲音，而是來自伊朗員警的通知。「您的家人昨日遇害，原因仍在調查中……」

喬伊從最初的震驚轉為憤怒，隨即失聲痛哭。在掛斷電話的那一刻，另一個聲音從電話那頭傳來，正是負責接線的里昂。

不，是亞伯。

「喬伊，我知道你父母是怎麼死的……」亞伯的聲音平靜溫柔。

「我猜得果然沒錯，他們殺了我父母，生化武器並不是我的過度擔憂，戰爭要爆發了！」喬伊帶著哭腔，聲音歇斯底里。

「如果我告訴你一個辦法，你只需要冒一些風險，就能阻止這場戰爭，甚至為你的家人報仇，你會願意嗎？」

「什麼辦法？」

「你需要按我說的做，」亞伯吞了吞口水。「把病毒從實驗室帶出來，交給我。」

第五章　重新成為朋友

「我疼……疼得不行了……上星期就沒有『藥』了，我已經兩天吃不進任何東西……」電話那頭，傳來乾嘔和吊扇旋轉的聲音。

此刻，漫畫助理舉著話筒蜷縮在地上，額頭上全是汗，他的另一隻手死死按住腹部，表情因為痛苦而猙獰起來。停「藥」不到一週的時間，他已經瘦了將近二十公斤。

「漫畫畫好了嗎？」張朋不緊不慢地問。

漫畫助理有些猶豫，他瞥了一眼桌上的稿紙。「還沒完成……還有沒畫好的地方……」

「這樣啊……」張朋的聲音若有若無地從話筒裡傳來，情緒並沒有什麼起伏。

「你先把藥給我……」

「當然，」張朋輕笑了一聲。「我現在暫時回不來，但送藥的人已經快到了，你很快就不疼了。」

兩天之後，張朋回到國內。他打開漫畫助理的家門時，漫畫助理正掛在客廳的吊扇上，和他不久前選擇的死亡方式一樣。

亞伯處理得很好，現場沒有留下任何痕跡，遺書和體檢報告整齊地擺放在吊扇下方，屍體因為南方的炎熱已經發出腐爛的氣味。幾天之後，這種氣味將會引起鄰居的懷疑，警方會把他因為無法忍受癌症的疼痛而自殺的結果寫在報告裡。

張朋拿起書桌上一疊已經畫好的稿紙，他仔細翻看了一遍，自言自語道：「這傢伙，竟然沒把結局畫完……」

「那怎麼辦？」旁邊的亞伯問。

「沒關係，」張朋轉頭笑了笑。「只要她知道舊世界會終結，就夠了。」說完，他小心地收起稿紙，找了一家印刷廠，印了一本書——全世界獨一無二的漫畫書。

張朋捧著漫畫書，兒時的畫面伴隨著興奮湧上心頭。他的計畫，只想讓她一個人知道，因為這是他們童年的約定。

那應該是汪旺旺在學校裡的最後一天，張朋一度以為她不會來了。他隱身後安靜地站在教室角落裡，這是他觀察世界的方式之一，就像羊群裡有一隻看不見的狼，它不急於吃掉獵物，因為它的目標不是一隻，而是一群。

第一節課開始了好一會兒，她才出現在教室門口。汪旺旺的眼睛紅腫著，臉上還掛著沒消下去的瘀青，看起來有點無精打采，搓著手輕輕說了聲「報告」，在這間教室裡坐著的任何一個人，都不知道她前幾天經歷了什麼。

教室裡沒有人注意到她，每個人都認真地抄著黑板上的解析，只有張朋留意到了她的眼神。汪旺旺的身材瘦小嬌弱，只有眼睛閃閃發光，她從小就這樣，心思全寫在眼睛裡。可今天的她似乎有些不同，她的眼睛裡多了一些深不見底的東西。張朋突然有一種感覺，她已經和自己一樣，成為跟這個班級、這個社會，乃至這個世界都格格不入的局外人。

汪旺旺領了卷子，回到自己的座位上，連她的同桌都沒注意到她臉上的傷。

「妳能借我一支筆嗎？」汪旺旺輕聲問了一句。

「我只有一支。」

張朋看到那個滿臉敵意的女同學握緊了自己的筆，同時用手護住了自己的筆記本。

這個世界在他們長大之前就是這麼冷漠無情，只是每個人體會到這點的時間不同。有人在童年早已見識，而有人則在十年後才突然醒悟。人性的美好只是家長給小孩子編的童話，是插在土裡沒有根的鮮花，而亙古不變的只有自私和貪婪。

張朋不確定汪旺旺是否體會到了這一點，只看到她歎了口氣，盯著卷子發了一會兒呆，在第一節課結束的時候收拾了書包，悄無聲息地離開了教室。

他跟著她走下教學樓，穿過林蔭小道，上課鈴響了，操場上空無一人。他等這一天等得太久了，無論是對自己而言，還是對汪旺旺而言，今天都將是最特別的一天。

「喂……」張朋從後面拍了拍汪旺旺的肩膀。「妳還記得我嗎？」

張朋的聲音很輕，他早已學會不著痕跡地控制自己的情緒，可這看似無意的一句話，在他心裡埋藏了整整十年。

還記得我嗎？我是妳童年的玩伴。

我們曾經度過無數快樂的時光，或許那是我一生中唯一感受到自己是「人」的時光。

即使妳把我忘了，妳也仍然是我唯一的朋友。

妳是我在這個世界上唯一不會傷害的人。

「你是？」汪旺旺的臉上只有淡淡的疑惑。

「我是張朋呀，咱們分班之前是同班，妳坐六排四行，我是七排八行。」張朋沒有表現出失望，而是露出那個擅長的微笑。「岩明均的漫畫，記得了嗎？」

「噢，是你！」汪旺旺這才想起了什麼似地點了點頭。「好久不見……」

汪旺旺顯然還沉浸在自己的心事裡，對張朋毫不設防，三言兩語就聊了起來。她告訴他自己要出國了，今天是在學校的最後一天，張朋露出驚訝的表情，儘管他心裡什麼都知道。

張朋拿過她的試卷，他雖然沒有上過幾天學，卻有著驚人的記憶力，事實上他只是把剛才在課室裡聽到的老師所講的內容重複了一次而已。魔術的精髓不在於技巧，而在於魔術師的表演，張朋出色地扮演了一個學霸，而汪旺旺也很快相信了這一點。

「我對數學一點天賦也沒有，要是我的腦子像你這麼靈光就好了。」

「妳現在要去哪兒？」張朋知道自己已經取得了她的信任。

「不知道，想走之前在附近逛逛。」

「……想不想去看看漫畫？」張朋問。

他倆漫無目的地沿著鬧市區走著，有一搭沒一搭地互相聊著天，卻都各自懷揣著心事，直到走過一塊工地的時候，汪旺旺停下了腳步。她看著工地外的矮牆裡正在進行打樁前的爆破，挖掘機隆隆作響，舊建築在揚起的塵埃中轟然倒塌。

「這個地方……」汪旺旺自言自語道。「是我以前的幼稚園。」

張朋眯著眼睛看過去，他的臉上沒有任何表情。

「我記得這棟樓，它的後面好像還有一塊草地。」汪旺旺抬起手指了指。「那邊有個禮堂，我以前在那裡還表演過節目。」

「什麼節目？」

「應該是跳舞吧。」

「什麼舞呢？」

「唔，我記不清了，伴奏好像是一首叫《小鴨子》的歌，以前很流行的，我記得我很喜歡。」

「那妳現在還會唱嗎？」

「早忘了，連旋律也想不起來。那時候我還很小，只記得和很多小朋友一起在禮堂排練，也許有音樂的話，我能記起來一點點。」

「妳小時候的朋友一定很多吧。」

「我小時候沒有什麼朋友，」汪旺旺頓了幾秒，似乎在努力回憶著。「應該有一個，但印象很模糊。」

「妳喜歡跟他玩嗎？」

「那已經是很久以前的事了，」汪旺旺低下頭。「我記不清了，但他……有些不一樣。」

「沒關係，我想總有一天，妳會想起來的。」

張朋沒有再說話，他們又往前走了幾步，汪旺旺突然又朝前指了一下，說道：「那應該有個防空洞，我以前常在那裡玩。」

可惜她指著的地方已經被夷為平地，牆角下堆著一些建築廢料和沙礫，摔碎邊角的鋼化玻璃窗反射著被灰塵遮去的陽光。

張朋沒有說話，他看著眼前這個低頭沉思的女孩，她似乎在回憶一件幾個世紀以前發生的事，可這段記憶最後掩埋在記憶塵埃裡。玻璃裡折射出他倆的身影，張朋看到了如今的汪旺旺和昔日的自己。時間改變了她的外形，拉長了她的身體，她輕鬆地揮別了自己的童年。

但就在幾天之前，她還生活在用謊言壘砌而成的象牙塔里，擁有著一個十五歲少女應該擁有的一切，如今卻全部失去了。她開始見識到美好生活背後那些不為人知的陰暗面，體會到失去父親心碎的滋味，但這種傷痛並沒有為她帶來多麼明顯的傷疤，因為她看到的還不夠深，遠遠不夠。她還活在姨媽的保護傘之下，活在叫作「愛」的謊言中。

她還沒有意識到，這個世界不是為她和他這樣的人準備的。

而他呢，鏡子裡的他還是那個頂著扁平的後腦勺、流著口水的傻子。他曾經因為這個醜陋的軀殼過早地看清了世界的本質，即使他現在擁有了一個無堅不摧的外殼，但只有他自己知道，在這個外殼下住著一個怎樣的靈魂。

或許她永遠不會知道，那個在她記憶中的朋友，曾經在這個陰暗的防空洞裡，在被所有人遺忘的角落裡，撫摸著她在牆上刻下的每一根線條，固執地不肯離去，日復一日地等著她回來，守著她和他的承諾。如今，他用他的方式，履行了他們的約定。

這個世界，最終會被我們改造成我們想要的模樣，每個壞人都會死。

「我要是告訴你我爸給我起這個名字是為了保護我，你信嗎？」離開幼稚園舊址的路上，汪旺旺突然對張朋說。「其實我真名叫徒傲晴。」

「徒傲晴？」

我當然相信，因為妳的父親曾經為了保護你，對我痛下殺手。

他在手術臺上捂住我的口鼻，但如果不是托他的福，我也不能跟雅典娜的心臟完美融合。

我的名字也不叫張朋，在很多年之前，我叫張凡誠。這個世界上知道我名字的人都不在了，只剩下一個人，可是她把我忘了。

一切都是註定的。未來早在我們出生之前就設定好了結局。我受到的一切傷害，最終會將我推上神壇，加速這個世界的終結。

「傲雪淩風太瘦生，苦雨終風也解晴。妳爸希望妳成為一個堅強的人呀。」

張朋看著汪旺旺，臉上掛著和煦的笑容。

留給妳的時間不多了，我要完成的計畫，最多不會超過一年。在那之前，成為一個堅強的人吧，堅強到可以去接受一個新的世界。

他問道：「我倆能做好朋友嗎？」

「為什麼？」

張朋笑了：「因為我們是一類人。」

我們身體裡流著的是同樣的血液，總有一天，妳的能力也會覺醒。我們的命運，殊途同歸。

看著張朋的笑容，汪旺旺點了點頭。

「謝謝妳願意成為我的朋友。」只有這一刻，張朋露出了發自內心的微笑，他從書包裡掏出了那本書。「汪旺旺，這個給妳。」

「《寄生獸》大結局!?」汪旺旺興奮地瞪大眼睛。「你從哪裡搞到的？」

張朋不好意思地撓了撓頭：「我已經看過了，送給妳。」

這本書是我為妳準備的，這是我們的祕密，我只告訴妳一個人，裡面的一切都會在未來發生。從今天開始，我們都會活在這個故事裡。終有一天，妳會想起一切，等那一天來臨時，請務必站在我這一邊。

隨著回憶的結束，汪旺旺茫然地抬起頭，臉上還掛著沒乾透的淚。她開始分不清真實和虛幻、過去和現在，她甚至忘了自己身處美國腹地某個荒廢的小城，一個曾經承載夢想卻早已衰敗的遊樂園裡。她深陷在這場木偶戲中，深陷在回憶裡，沒回過神來。

燈光驟然亮起，玻璃背後的扯線木偶頹然坐下，破舊的音箱裡傳出一陣罐頭笑聲。

鏡子走廊已經到了盡頭，那裡沒有結局，也沒有救贖，只有牆上剝落的石灰、堆滿的舊家具和垃圾，還有早就鏽跡斑斑的捲簾門上用暗紅色的油漆噴著三行字。

NO WAY（沒有出口）

NO WAY（沒有出口）

NO WAY（沒有出口）

「喜歡這場演出嗎？」一個陌生又熟悉的聲音平靜地從黑暗中傳來。

張朋坐在舞臺邊緣，雙腳像孩子一樣懸空晃動著，燈光勾勒出他不太清晰的輪廓，整個人蜷縮在陰影裡。他身上穿著和祝禱會上一樣的深色斗篷，帽檐壓得很低，汪旺旺看不清他的表情。

他們之間只隔著不到二十公尺的距離，卻像是隔了一個世紀。汪旺旺看著這個她曾經最熟悉的人，他們曾是最親密的朋友，給過彼此單純美好的記憶，在陰暗的地下室相伴度過童年，命運卻給了兩個人截然不同的人生。

她的臉色蒼白，張了張嘴，卻最終沒有說出什麼來。這一刻，所有的語言都有些多餘。

「妳想起來了。」張朋的語氣聽上去很平靜，彷彿一切都在他的意料之中。

外面似乎又開始下雪了，風把破舊的鐵皮屋頂吹出響動，遠處隱約傳來雷鳴。

「給妳看個好東西。」張朋按了一下手裡的遙控器，舞臺地板下的老舊軸承費力地轉動著，一面牆被鋼索拉著從舞臺底部升了上來。這面牆已經相當有年紀了，牆根上長著一層墨綠色的黴斑，牆面上爬滿了裂紋，牆皮早已開始剝落，露出下面暗紅的磚。在牆皮沒有剝落的地方，勉強能看出一些稀稀疏疏的筆劃，像是用瓦片刻上去的，有粗有細，組成一個個幼稚的圖案。

火山噴發，世界大戰，地面冒出火焰，一群小人驚恐地四散而逃。在牆的最上方有一張朦朦朧朧的臉，用簡單的線條胡亂畫著，只能勉強看出一個大致的五官輪廓。

汪旺旺知道，那是神，是她小時候畫給張凡誠看的神。

在牆的另一邊，連著一扇破舊的暗紅色木門，上面的油漆已經掉得七七八八了，但仍能勉強看出，在門的中心刻著兩個手牽著手的簡筆劃小人。

汪旺旺曾在LSD催眠後的幻境中無數次看過這扇門，當它真實地出現在她面前的時候，仍有一種恍如隔世的感覺。

「在幼稚園拆遷之前，我花了點錢搞到這面牆，把它從防空洞裡挖出來，運到了這裡。」張朋笑了笑。「大工程，卻很值得。」

「我那時候只是個孩子……」汪旺旺凝視著那面牆，緩緩地搖了搖頭。「你不該把這些話當真。」

「對妳而言，也許只是一句隨口的承諾，但這個承諾支撐我活了下去，活到現在，」張朋淡淡地說。「它在過去代表什麼已經不重要了，它會是新世界的方尖碑，它所描述的末日即將發生。」

張朋一邊說，一邊雙手撐著舞臺邊緣跳下來，向前走了兩步：「妳來得有點晚，但妳還是憑著對漫畫書的記憶來了。」

汪旺旺沒有接話，向後退了一步。

「有段時間我真擔心妳會忘了書裡的內容，幸好妳記起來了。妳自己找到了這裡，妳沒有讓我失望，妳的到來是我的計畫裡必不可少的一環，這是我們兩個人的約定，妳必須和我一起見證它的發生。只有這樣，我安排的一切才有意義。」

「張朋，我們曾經是朋友，我也曾把你當成最好的朋友……但現在不一樣，我是來阻止你的。」

「是嗎？」張朋笑了笑。

「我們不是一類人。」汪旺旺握緊了拳頭。

「妳爸爸在醫院搶救的時候，我就在病房裡。」張朋低聲說。「妳在天臺上從四十三手裡救下妳媽媽的時候，我也在不遠的地方——只是妳看不見我罷了。在這一切開始之前，我就在妳身邊了，我比妳還瞭解妳自己，妳相信嗎？」

「爸爸……」汪旺旺渾身一震，這個詞勾起了她最不願意回憶的畫面。

「對，徒鑫磊。」

「我爸爸……是你殺的嗎？」汪旺旺顫抖著問。

張朋忽然露出一絲狡黠的笑容：「想知道嗎？如果妳現在站在我這邊，我就告訴妳。」

「你撒謊！」

「是妳不願意面對真相，徒傲晴，」張朋說。「我們身體裡流著的血註定我們是一類人，雅典娜也好，妳爸爸也好，四十三和M也好，我們都是更高等的生物，有著同樣的基因和起源。這註定了我們不會為世人所接受——看看吉卜賽人的結局、M的爺爺和那些印第安人的結局、四十三和你爸爸的結局，還有發生在我身上的事，沒有一個不是痛苦的。妳知道這是為什麼，對嗎？」

汪旺旺咬著嘴唇，沒有接話。

「因為我們是小眾，是人群中的異類。人們總是害怕他們不理解的東西，對我們感到不安，想要得到我們的力量，所以排斥我們，攻擊我們，把我們關進實驗室，困在地底……而我所做的，只是向他們揚起了我的拳頭。」張朋說。「在阿什利鎮的時候，我能感受到妳和妳那些所謂的夥伴刻意地保持著距離——妳想融入他們，卻時刻提醒自己和他們不一樣，難道不是嗎？妳渴望得到他們的友情來掩蓋自己的懦弱，願意相信那些脆弱虛無的情感——愛情、善良、世上那些存在於表面的美好——這些情感都能粉飾妳的懦弱。妳把自己融入普通人群裡，讓妳看起來和他們別無二致，這讓妳感到安心。妳渴望自己和他們一樣，是因為妳不夠勇敢——甚至不如妳四歲的時候勇敢。但在內心深處，妳早就領悟了世界本質的殘酷，妳在四歲的時候已經恨不得世界末日的到來了，這就是妳心中所想。」

說完，張朋轉過身，指了指舞臺上那面牆。

汪旺旺沒有說話，她想起在那個黑暗的礦洞之中，自己鬆開了達爾文緊握著的手。她渴望著他的友情，也渴望著愛情，但她內心深處總有一個聲音告訴她，她能得到的一切最終都會失去，因為她不屬於這裡。

在火車駛過的那一瞬間，她寧願讓達爾文忘了自己，這也是為什麼在分別的那一刻，她連一個擁抱都不敢向他要。

「別再懷念那些無關緊要的人了，」張朋似乎看出汪旺旺心中所想，緩緩地說。「他們理解不了妳，對妳沒有任何好處，沒有他們，妳的日子會更好，我才是最瞭解妳的人。」

「駱川是你襲擊的吧？」汪旺旺盯著張朋。「漫畫書也是你調包的。」

張朋點了點頭：「漫畫的內容我只想妳一個人知道，但我沒想過妳經歷了四十三的事情之後還能交到朋友。尤其是那個達爾文，他很聰明——還有那個會隱身的胖子，他們都會影響我的計畫。」

「你早就去過我的學校，你那時候想帶走我的，是嗎？」

「妳說得沒錯，但我發現妳還沒有覺醒。我接下來要做的事，需要由覺醒後的人配合，本來我的計畫是先帶走妳，然後強行讓妳覺醒，但我並不想這樣，因為每個人的情況都不同，就好像妳父親和我一樣。」

「所以你帶走了M。」

「老實說，她是個意外，之前我並不知道妳身邊還有和我們一樣的人。」張朋聳了聳肩。「她是最早發現我隱身在妳身邊的人，她在這方面比妳和妳的其他夥伴敏銳得多，也許跟她能計算未來的能力有關。她在那張試卷上完美展現了自己的能力，當她把她大腦裡的公式寫在稿紙上的時候，我就知道她是對的人，這正是我需要的。說實話，要不是她主動暴露自己跟我說話，我根本沒有留意到她。」

「她跟你說了什麼？」

「她說她願意代替妳，跟我走。」

一瞬間，汪旺旺的思緒回到了那個和M獨處的傍晚。在那輛殘破的拖車裡，M在一疊攤開的稿紙和公式中，談起自己希望的死亡方式，推算了汪旺旺的未來。

「妳還有不到半年的生命。」M的語氣透著惆悵，她的臉在黑暗中散發著聖潔的光芒，就像希臘傳說中的預言女神卡珊德拉，她早早地預言了特洛伊的滅亡，結局卻無法被逆轉。

「沒有任何方式能夠改變嗎？」

「很難……」M搖了搖頭，忽然抬起頭，堅定地說。「不要怕……M，M會保，保護妳。」M說這句話的時候，用她汗津津的小手握緊了汪旺旺的手。

那一刻，汪旺旺並不知道M這句話意味著什麼。

M曾經說過，她希望她的未來只有一種可能，為了這種可能，她小心翼翼地維護著命運的走向，因為她喜歡那個結局。

她曾經親口告訴汪旺旺，在她八十歲那年，躺在一個郊外木屋的小床上，看著外面的大海，緩緩閉上眼睛進入夢鄉。沒有任何痛苦，漸漸停止呼吸，被漲潮的海水帶進海裡，消失在海上。

為了這個結局，她本該接受老師的安排，離開高中去某個特殊學校，一生被政府特殊部門監管起來，平平無奇地過完她的一生。直到看見汪旺旺的命運之前，M所預言的未來都是基於不改變自己的命運而進行的演算，如果她主動改變自己的命運，一切的走向就會不一樣。也許在M拉住汪旺旺的手的那一刻，她已經決定為這個唯一的朋友改變自己的結局，所以她決定參加奧數比賽，代替汪旺旺被張朋帶走。

哪怕只有一點點機會，她也決定這麼做。

在很長一段時間裡，汪旺旺都覺得是自己在保護M，但她現在才意識到，是那個連話都說不清楚、頭髮稀疏、患有自閉症的女孩在保護著自己。

「把她還給我。」

「不可能了，」張朋笑了笑。「她已經開始履行她的職責，不能回頭了。」

「你究竟要幹什麼？」汪旺旺想衝到張朋面前揪住他的衣服，可一塊透明的玻璃阻擋了她的道路，汪旺旺的心裡浮出一種不好的預感，她絕望地砸著玻璃大吼。「她在哪兒!?把她還給我！」

「從理論上講，她不在這個世界了，」張朋不緊不慢地朝前走了兩步，離汪旺旺只剩下幾公尺的距離。「她在這個世界和另一個世界的銜接處，她去『開門』了。」

「開門？」汪旺旺喃喃地重複著。

張朋並沒有急於回答她，他又湊近了一點，忽然抬起手，緩緩撩開斗篷的帽子，露出一張猙獰的臉。臉上的皮膚只長出了五分之一，下面連著暗紅色的肌肉組織和白森森的骨頭，從嘴的位置上甚至能看到完整的牙床，遠看就像是一具還沒完全腐爛的屍體。

張朋猛地把臉湊到玻璃前面，汪旺旺嚇得倒吸了一口氣。

「不久之前我跟著你們混入了阿什利鎮，我從軍方實驗室裡那個蓄水池掉下去的時候，整個身體都被攪爛了，到現在也沒有完全長好。」張朋的鼻息在玻璃上留下了兩團霧氣。「當時妳一定以為我死了吧？」

汪旺旺回想起蓄水池裡的滿池鮮紅，任何一個人都不可能在那種情況下活下來，她盯著張朋的那張臉：「你為什麼要那樣做……」

「為了兌現我和雅典娜之間的諾言啊，」張朋回答道。「我答應過她的，要把她的孩子們救出來。」

汪旺旺猛然想到和張朋一起掉進水裡的那個金屬罐子，裡面裝著無數個尚未孵化的八爪魚卵。

「如果我不在眾目睽睽之下被攪成肉泥，軍方的人很難相信我沒死，直到現在他們還在那片湖裡進行打撈工作，他們做夢都不會想到我把那罐卵子帶了出來。」張朋接著說。「這都要感謝妳的那幫夥伴——我調查了很久都不確定這些卵究竟被放在哪裡了，實驗室的地面入口都安裝了熱感應系統，就算是隱身也很難從正面進去。你們不僅發現了阿什利鎮和實驗基地的聯繫，而且迪克的爸爸竟然還是實驗基地的專案負責人，這都為我的計畫提高了保險係數……臨走之前，我覺得應該把場面弄得更加混亂，把目標分散開來，這樣才能拖慢軍方調查的速度，所以我又引爆了幾枚炸彈。」

「你利用了我們。」汪旺旺的聲音發顫。「你還害死了加里，害死了整個阿什利鎮的人。」

「算不上利用吧，別忘了我也出過力。」張朋聳聳肩。「妳應該感謝我，我有無數次害死妳那些小夥伴的機會，但是我沒有那麼做。雖然到最後他們都會死的，結局都一樣。」

這個曾經的童年玩伴，這張扭曲變形的臉，汪旺旺神情複雜地盯著眼前這個人，她看到一個無法挽回的朋友。張朋朝她笑了笑，在那道目光裡，有一種讓她無法忍受的醜陋的東西，她忽然明白了他想幹什麼。

「你瘋了，你不能孵化它們……你不是神……」

「我當然不是神，那只是哄騙這個鎮子上那些愚昧信徒的藉口而已——但我會成為它的代言人，因為我代表了代替人類的新物種。我想要一個乾淨的世界，一個符合我心目中理想的世界，」張朋舔了舔嘴唇。「我想要純粹的，想要拋棄舊的，想要毀滅惡的，想要打破舊規則，想要翻天覆地的變化。舊的物種墜落，新的物種冉冉升起——神創造世界，人本應守護世界，但他們把這個世界變成了所多瑪城。他們沒有盡到神賦予他們的職責，而是任由自己被醜惡和腐壞吞沒，早該結束了，舊時代早該畫上句號，只有把舊世界清洗一空，神才能再創造新世界。」

「這就是你帶走M的目的。」

「是的，她的職責就是去打開『門』，迎接舊日統治者、在地球成型之初的造物主、最古老的神。」

第六章　罪惡之都

每年都有很多人從全世界趕到拉斯維加斯，他們稱這裡為夢幻之都。這是一個從沙漠之上憑空出現的世外桃源，它是美國的精神心臟，是被澆築24K金再鑲滿鑽石的信仰，似乎一切不可能的在這裡都會變為可能。上一代夢想家們在這片貧瘠的土地上創造出世界上最奢華的酒店、最大的噴泉、最昂貴的酒、最閃耀的霓虹燈和最美的脫衣舞女郎，以及所有人夢寐以求的一切。

每一位初來乍到的遊客都會被這裡的聲色犬馬擊中心臟最脆弱的地方，沉浸在欲望中無法自拔，最終忘了自己是誰。沒人能拒絕賭場的誘惑，就像沒有人能拒絕貪婪的本性一樣。這裡沒有窗戶，沒有鐘錶，只有二十四小時的恒溫製冷和燈光系統讓你永遠感覺不到時間的流逝，只有角子機的音樂和硬幣的碰撞聲，兔女郎笑著把撲克牌發在你手上，輪盤上不停變換的數字，巨大LED螢幕上閃動的鈔票，這一切都在暗示你，夢是真的，你就是天選之子，是下一個一夜暴富的贏家。

於是，一堆又一堆的人從全世界趕來，獻出自己的金錢、時間甚至性命，沒人知道他們到底是否得到了自己想要的東西。拉斯維加斯最大的魔力在於，無論賭桌上如何瞬息萬變，賭局一旦開始，就永不停歇。

「你身上還剩下多少錢？」達爾文一邊問迪克，一邊穿過一面又一面的霓虹燈牌。

「呃——」迪克摸了摸乾癟的錢包。「也許使勁湊一湊，還能湊出四十美元。」

「夠了。」

「老兄，你不會想用四十美元就贏出一萬美元吧？」迪克跟在達爾文身後，心神不寧地問。

「嗯。」

迪克吞了口口水：「我不想打擊你，但我們不是在拍電影，這比例也太懸殊了，簡直是痴人說夢……搶銀行還現實點。」

達爾文沒再說話，他們倆又往前走了好一會兒，逐漸遠離了最繁華的拉斯維加斯大道，把絢麗奪目的霓虹燈拋在了身後。

「這是去哪兒？」迪克忍不住問。

「費蒙特街，老城區。」

一般的遊客並不會去老城區，儘管那裡曾是拉斯維加斯的發源地，但它代表的是這座城市並不光彩的另一面：狹窄骯髒的街道、夾雜著毒品和尿液味的老式舞廳、倒閉的色情電影院和應召女郎的廣告都在提醒著一件事情，這座夢幻之都在過去還擁有另一個名字——罪惡之城。

「新城區安裝的都是聯網的監控鏡頭，賭場裡還要查證件，對我們很不友好，」達爾文一邊說一邊按著手機。「老城區賭場招待的都是些只能活在暗處的賭客。」

迪克環顧四周，街角的報紙堆裡坐著目光呆滯的乞丐，其中一個胸口掛著髒兮兮的紙牌，上面寫著：我已傾家蕩產，如今只想回家。

想到過不了幾個小時，自己也許會成為他們中的一員，迪克就情不自禁地抹了抹鼻頭上的汗。

「你以前賭過錢嗎？」迪克小聲嘀咕著。「你要賭什麼？二十一點？百家樂？該不會是吃角子老虎吧，這也太扯了。」

「我們不賭錢，」達爾文忽然停了下來，在他面前是一個看起來很有年份的小賭場，和這條街上的其他賭場一樣，發黃的看板岌岌可危地懸掛在木製推拉門上面，字體還保留著四、五十年代的風格，門外鑲嵌著的彩色玻璃勉強能分辨出北歐神話裡海妖的圖案。

「啊？」迪克一下沒反應過來。

「除了莊家，沒人能在賭桌上一直贏錢，利用賭局贏錢只是賭客一廂情願，自欺欺人而已。」

「你怎麼知道？」

「如果上兩個學期你學好統計學，你也會知道。」

「既然我們不賭錢，那來賭場做什麼？」迪克吃了癟，有些結巴地問道。

「我們要去找一個能一直贏錢的人。」

迪克被繞得暈頭轉向，翻了個白眼。「你剛才不是說，賭場裡除了莊家沒人能一直贏錢嗎？」

沒等他說完，達爾文已經推開了賭場的門，這裡和他預料的一樣，別說查身分證了，連保全人員都沒幾個。大廳裡不設禁菸牌，賭博區坐著一些吞雲吐霧的賭客。他們之間有紋著花臂的墨西哥人，也有操著濃重口音的本地居民，他們身上沒有照相機和旅遊包，賭桌上壓的也大多是現金而非籌碼。無論是新城區的觀光客還是這裡的本地人，賭徒從本質上來說都一樣，他們在賭桌上的眼睛都一樣紅。

達爾文讓迪克買了兩瓶啤酒，然後就看似漫無目的地在賭場裡轉著圈。達爾文不愛喝酒，買酒除了讓自己看起來有事可做，更重要的是表示他倆都消費了——賭場永遠不會趕走花了錢的客人。

隨後，達爾文在整晚的時間裡換了幾個類似的賭場，啤酒喝了一瓶又一瓶，但從不下注，只在賭桌不遠處靜靜看著。迪克猜不透他想幹什麼，直到快天亮的時候，達爾文忽然揚了揚下巴：「就是他了。」

那是一個看起來四、五十歲的中年男人，略微有些禿頭，其貌不揚，頂著一個啤酒肚，穿了一身灰褐色毛呢西裝。這套西裝應該穿了很多年，已經洗到起毛球了，看上去十分寒酸。

迪克有點不解地盯著這個中年人看了半天：「你不會是想搶劫他吧？先不說打不打得過，這哥們兒看起來也不像是有一萬美元的人啊！」

「他已經在那張桌子上贏了五萬美元了。」

「不可能吧，我剛剛看到他輸給了莊家呀！」迪克張大嘴巴。

「那都是障眼法，」達爾文沉聲道。「他輸贏的比例一般是四比一，雖然表面上看起來輸得多，但輸的時候他下的注都相當小，最多也就是幾十美元，可他下注三、五百美元的每一輪都贏了，不但把輸的錢贏回來，而且還賺了好幾倍，這可不是巧合。」

「你是說，他知道自己什麼時候贏？」

達爾文點點頭，轉過身對迪克說：「你的隱身術現在還管用嗎？」

「時靈時不靈吧，你知道的，我必須在高度緊張的時候才能成功。」迪克看了看手裡的啤酒，他已經有點喝醉了。

「想想汪旺旺和M，」達爾文壓低了帽檐。「她倆有可能正危在旦夕。」

「你需要我做什麼？」

「你看到他的口袋沒，」達爾文沉吟道。「碰碰運氣吧。」

「Blackjack（黑傑克，玩家拿到二十一點撲克牌的稱呼），」負責發牌的荷官是個塗著深紅色口紅的白人美女，她撩了撩耳邊的頭髮，看著中年男人的牌面。「恭喜。」

中年人笑著隨手扔出一枚一百美元面值的籌碼：「妳的小費。」

女郎嬌笑一聲，一邊收下籌碼，一邊把撲克牌放進洗牌機。

「天快要亮了，魔法只能在夜裡實現，晚安，女士。」

「早安，祝您有愉快的一天。」

中年人向荷官點了點頭，揣好籌碼站起身。他沒用多長時間就在籌碼兌換臺拿到了幾捆現金，離開賭場時天已經濛濛亮了。中年人打了個哈欠，哼著歌走進路邊一家通宵營業的老式酒吧。他沒有坐進卡座，而是在吧臺找了個座位，點了一杯龍舌蘭獨自喝了起來。

「先生，您看起來真高興，想必一定是遇到了什麼好事情。」中年人轉過頭，看到一個背著旅行包、戴著鴨舌帽的亞裔少年在自己身邊坐下來。

「還行吧，」中年人笑了笑。「手氣不錯。」

在拉斯維加斯，每個人都知道這句話是什麼意思。

「那您一定贏了不少吧，您能請我喝一杯嗎？」

中年人愣了一下，隨即哈哈一笑，豪邁地跟酒保招了招手：「無論這孩子要什麼，給他來一杯，算我的！」

「謝謝您，」達爾文對酒保做了個手勢，讓他先別過來。「但我想喝的這杯酒有點貴，不知道您是否請得起。」

「哦？」中年人揚了揚眉毛。「小子，得寸進尺的結果也可能是一無所有，但我今天心情很好，有興趣聽你說下去，你想要多少？」

達爾文伸出五根手指。

「五百？」中年人冷笑一聲。「我挺佩服你的膽量。」

「不，是五萬。」達爾文更正道。

「小子，趁我沒站起來給你一拳之前，你最好自己離開這裡。」中年人的眼睛裡閃過一絲凶光。

「為什麼你不先看看這個呢，丹尼爾，」達爾文邊說邊把一個東西推到中年人手邊。「或許看完之後，你就會求我不要走了。」

那是一部新款的彩色螢幕手機，中年人的臉色一下子變了，他下意識地摸了摸自己的西裝口袋，裡面空空如也。

「你在賭桌上出老千，」達爾文緩緩地說。「輸五次贏一次，但你總能在贏的那次一擲千金下注——因為你知道賭場監控的是輸贏比率而不是壓注大小——你這一招騙過了賭桌上的記錄儀，但沒騙過我。這部手機裡有你和那個美女荷官的照片，你們很早就認識，你買通了她，利用她發牌的便利暗示你莊家拿到的牌，這部手機裡的照片我已經拷貝了。」

「你是怎麼做到的？」

「破解一部手機並不太難，」達爾文聳聳肩。「而我剛好是駭客。」

「不，我是問你怎麼拿到我的手機的，我一直很謹慎，從來沒察覺有人接近過我。」

「我沒有接近過你，但我有幫手，」達爾文用開玩笑的語氣淡淡地說。「一個會隱形的神偷、超能力者，你信嗎？」

「看來你沒打算告訴我真話，」中年人壓低聲音。「五萬塊買幾張照片，你胃口不小。」

「那要看你覺得自己值多少錢了，」達爾文湊近他。「五萬塊買一條命不算貴。你知道在拉斯維加斯的賭場出老千意味著什麼！如果這事情發生在凱撒宮或是米高梅，他們或許會報警，你會被帶走關個幾年。但你現在是在費蒙特街的三不管地帶，這裡沒有人依靠員警解決問題——運氣好的話，賭場老闆只會要你的一隻手；運氣不好的話，什麼都有可能。」

中年人用他棕褐色的眼睛緊緊盯著達爾文，半晌道：「好吧，小子，你贏了。」

說完，他不再看達爾文，而是拿起手邊的那個牛皮包，推到達爾文旁邊的凳子上。

「我確認我安全離開後自然會把證據都刪掉，謝謝你的酒。」達爾文拿起牛皮包，頭也不回地快步走出酒吧。

第七章　破釜沉舟

日本東京千代田。

沙耶加跪坐在榻榻米上，她穿著一身剪裁得體的黃色麻紡洋裝，髮髻束在腦後，脖子上掛著一串御木本的珍珠項鍊。這套裝束雖然讓沙耶加看起來有些老成，卻不失溫婉得體，遠看就像一個精緻的人偶。

她已經在門口坐了六個小時，沙耶加挺了挺有點發僵的背部，儘量讓自己保持挺拔，正坐只是複雜的禮節中的僅一個環節而已。

沙耶加不知道還要等多久，但她沒多少時間了。自從回到日本，那位大人就一直忙於工作，連續好幾天都沒有時間接見她。

「嘩——」她終於聽到那聲久違的推門聲。

「節子，妳怎麼還在這裡？」門內傳來了一個蒼老的聲音。「妳這時候不是應該在上課嗎？既然已經給妳安排好了老師，妳就要完成在美國沒有讀完的高中課程。」

「節子有很重要的事情想和您說。」沙耶加深深地鞠了一躬。

「再重要的事情，也請過一段時間再討論吧。」

「……我不走。」沙耶加用微微顫抖的聲音反抗著。「無論要我等多久，我今天也要把我想說的話說完，不然就來不及了。」

老人強壓住怒火，向門口的僕從揮了揮手：「讓她進來。」

這裡是辦公的居所，格局並不像外人想像的那麼華麗，看起來和普通的西洋辦公室沒有不同。
「妳說吧。」僕從退下後，老人從一疊厚厚的檔案上抬起頭來。
「大人，日本早前發生的女子高中病毒爆發事件不是普通的意外事件，我的一個朋友看過一本漫畫書，裡面詳細地記錄了這次事件的過程，這是有人早就設計好的，」沙耶加吞了吞口水。「也正因為這樣，我的朋友們陷入了危險……」
「知道了。」沙耶加還沒說完，老人就匆匆打斷她。「妳說完了，可以出去了。」
「不，這件事沒有這麼簡單，」沙耶加想說的事情太多，三言兩語又概括不清，一時間憋紅了臉。「因為這本漫畫書，我的朋友們都深陷危機中，M被帶走了，汪旺旺也失蹤了，達爾文和迪克也下落不明……這件事背後的力量並不是憑他們幾個就能抗衡的，現在只有您有辦法救他們……」
「所以說了半天，是想救妳的朋友。」
沉默了片刻，沙耶加點了點頭。
「我記得我在接妳的時候已經說過，」老人盯著沙耶加，眼中有一絲厭煩。「在國家面前，我們不能提任何要求，這是我們生來的使命。妳在美國待得太久了，久到忘了自己的身分，聽明白了就回去吧。」
「爺爺，求求您……」
「夠了！」老人終於忍不住低吼了一聲。「妳的禮儀和教養呢？別以為我千里迢迢從美國把妳接回來，就是讓妳為所欲為。」
老人很久沒有發過火了，一時間整個房間都安靜下來，只剩下他粗重的喘息聲。
沙耶加沒說話，身體微微哆嗦著，卻咬著牙沒有退出去的意思。

「看來，不禁足妳是不會好好反省的。」說完，他從凳子上站起來，搖了搖手邊的鈴鐺，幾個侍從走進來。

「如果您不同意，請讓我回美國吧。」沙耶加的雙手往前一推，握緊的拳頭忽然鬆開，那枚刻著家徽的戒指應聲落地。

「妳在幹什麼？」

「爺爺，我沒辦法為了履行我的職責就拋棄我的朋友，這枚戒指我配不上，所以請讓我把它還給您。我不期望得到您的幫助，哪怕只剩我一個人，我也要回去救他們。」

「節子，妳是在威脅我嗎？」老人動怒了。

「爺爺，我不是節子……」沙耶加哽咽著。

房間裡再次安靜下來，他皺了皺眉頭，緩緩坐回椅子上：「妳在胡說什麼？」

「小時候死掉的是節子，被贈予戒指的也是節子，我是鶴子呀……」

老人緊閉嘴唇，他不是沒有調查過，但他以為只要自己不提，鶴子就永遠不會提，畢竟她做的一切努力都是為了爬上自己現在的位置，為了這個目的，鶴子絕不可能做出忤逆自己的事情。他不得不重新打量眼前的這個女孩，她究竟要幹什麼？

「我不是爺爺喜歡的節子，我沒有她的聰明，也沒有她的才能，可為了讓我活下去，有一天能安全回到您身邊成為輔佐這個國家的人，媽媽為此犧牲了性命……為了守住這枚戒指，我開始扮演我的姊妹。我想成為她，想成為您從心底認可的人，所以我努力學習，努力變得完美……」沙耶加已經泣不成聲。

「……至少在我看來，妳做到了。」老人緩緩歎了口氣。「這幾年，我也暗中派人觀察，從各方面來看妳都十分優秀。我很欣慰，無論妳是節子還是鶴子，都是我的孫女。」

「是的，我做到了，我成為媽媽和爺爺希望成為的人，可我逐漸不知道我自己是誰。我永遠活在別人的眼光裡，我努力維持著我建立起來的形象，哪怕內心早已疲憊不堪。」

「家族宿命，人人如此。」老人緩緩地說。

「爺爺，您有朋友嗎？」毫無預兆地，沙耶加問。

沙耶加的聲音不大，卻像一顆石子擊中平靜的湖面，他的心裡泛起一絲漣漪。他的視線越過沙耶加，停在辦公室角落裡的水族箱上。那個水族箱名為「幻境」，由東京頂尖造景師設計，花了將近一年的時間讓水苔爬滿裡面的巨大水沉木，並配以翡翠莫絲、矮珍珠、穀精草和珊瑚莠，營造出水中幽深的日式森林。

老人的思緒飄回了幾十年前，那個在學習院大學裡總是獨來獨往的少年，保鏢永遠跟在他的身後，任何人，哪怕是最普通的同學，接近他都要接受審查和搜身，連校長見了他都要畢恭畢敬地低下頭。曾經有一位同學因為跟他開了句玩笑，就被教授免除了整個學期的學分。

尊敬逐漸變成了一堵無形的高牆，他生活在校園之內，卻被隔絕在世俗之外。他有很多老師、同學、校友……他們生活在他身邊，卻與他咫尺天涯。

他大概是這個世上最孤獨的人吧，沒有人走進過他的內心，他也從來沒有走進過別人的。不知道從何時開始，他更願意待在研究室裡，觀察魚缸裡這些平平無奇的小生命。它們的一生相當短暫，只有四十九天，宜水草而居，和千萬條自己的同類生活在魚群之中。彼此那麼接近，卻沒有溫度，沒有觸碰和交流，無法感知彼此的快樂和眼淚。

他從這些小傢伙身上，看到了自己。

無法和人類成為朋友，但至少動物可以吧。他歎了口氣，不只是他，包括他的父輩和孩子們，都嘗過這種高高在上的孤獨。

「爺爺也有過朋友嗎？」

「……沒有。」沙耶加的追問把老人拉回現實，他淡淡地回答道。「我不需要，妳也不需要，妳和他們不一樣。」

「我是和他們不一樣……」沙耶加看著爺爺，眼裡忽然閃過一絲堅定。「但我們之所以能成為朋友，是因為他們從來不覺得我和他們不一樣。」

「妳要知道，即使今日妳大動干戈救了他們，也無法保護他們一生一世，妳的身分註定會與他們漸行漸遠，這麼做根本不值得。」老人的眼底泛出一絲慈愛，他放緩了語氣，看著沉默的沙耶加。「妳知道我為什麼把妳接回來嗎？」

沙耶加緩緩地點了點頭。

「與其幫助別人，妳當前的重中之重，是努力讀書提升自己。妳的胞妹與遠親都有各自的宗室勢力及財力，如果妳不夠優秀，別說配不上日後的身分，連保護自己都做不到。這次給妳安排的都是些數一數二的名師，遲些還會送妳去學習院……好好收著妳的戒指，為未來做準備吧。」老人說著，拾起地上的戒指，拍了拍沙耶加的肩膀，遞給她。「別再意氣用事了。」

沙耶加沒有接。

「爺爺，我曾經以為，只要我好好讀書，這個世界上的所有知識都是可以通過書本學到的。」

老人愣了一下。

「直到我遇到汪旺旺，她教會我的事情，是我哪怕看完整座藏書院的書都學不到的。」沙耶加的聲音不大，卻透露出一種讓老人覺得陌生的堅定。

「她教會我如何勇敢，如何做我自己，她和我的朋友們，教會我如何去愛。」

「妳仍然執迷不悟。」

「這麼多年，每當我一個人看著鏡子的時候，我都會在心中問自己，我究竟是誰？是節子還是鶴子？但我現在不需要問了，脫去家族的外衣，我首先是一個人，其次才是您的孫女。如果我連我自己的朋友都不去守護，我如何能為家族效力？」

「無論妳說什麼，我都不會幫助妳的。」老人冷酷地說。

「承蒙您一直以來的照顧。」沙耶加深深地鞠了一躬，轉身離開。

「保全人員不會讓妳出去的。」她沒走兩步，老人就在後面沉聲說道。「沒我的批准，妳離不開這裡。」

「總要……總要試試的。」沙耶加沒有回頭，吸了一口氣，朝外走去，留下老人站在原地，手裡還攥著那枚戒指。

直到沙耶加的背影在眼前消失，老人才重重地歎了一口氣。他重新坐回辦公桌前，戴上眼鏡。天色陰沉，似乎快要下雨了，風吹過廊前的枯木山水，把窗戶上的米紙刮得沙沙作響，屋裡的光線暗了下來。老人若有所思地拿起筆，卻沒有寫下一個字。

「半藏，你也看到了，」他忽然對著空氣自言自語道。「你要是我，你會怎麼做？」

「那孩子真是執拗得很。」從房間暗處的角落裡走出來一個人，就像是憑空冒出來一樣。他的身形纖瘦，一眼看不出年齡，樣貌沒有什麼特點，屬於在人群中不會再看一眼的普通中年人長相，唯一值得一提的，是他眯著的眼睛裡始終閃爍著若有若無的精光，就像是藏在海綿裡的針。

「她的性格或許更像她的生母吧。」老人又歎了一聲。

那個被稱為半藏的人向外走了兩步，繞過書桌來到正廳中間。他穿著深紫色的傳統日式和服，外面套了件普普通通的黑色羽織。在他走路的過程中，寬大的絲質袖子沒有一絲擺動。

羽織的背後繡著海波紋和松針，是日本和服裡最常見的圖案，即使走在繁華的大街上，也不會有人多看一眼。如果看得足夠仔細，就會發現在海波紋下用暗線繡著一個漩渦狀的紋飾。那是在日本古代，只有忍者之中的上忍才能使用的圖案。

「我倒是覺得她有點像年輕時的你呢。」出乎意料的是，這個男人並沒有使用敬語。

「我早已老了，忘記了自己年輕時的樣子。」老人感慨道。

「當年你也是一意孤行呢。」半藏笑起來，模仿著老人當年的口氣說道。「就算脫離家族，我也要娶她——現在想起來，你當時的表情還是很可愛呢。」

「當年也多虧了你幫忙，」老人說。「你本可以不幫我的，那不是你的職責。」

「可能我天生就愛多管閒事。」

「那你可願意再幫一次節子？家族之中，我能託付的也只有你了。」

「我可不願意幫節子，」半藏攤了攤手。「根據我的線報，這事情可比想像中棘手很多。」

「那就是這孩子的命數了。」

「呵呵，雖然我不願意幫節子，但是我願意幫那個叫沙耶加的小姑娘，還有我未來的主人。」半藏笑了一聲，就像一個惡作劇成功的小孩，他抖了抖衣袖說。「你知道，志能備雖是家僕，自古以來卻都是自己挑選主公的。」說完，半藏閃身消失在黑暗中。

第八章　螳螂捕蟬

天空已經泛白，沙漠地帶特有的風灌進街角，把地上的報紙吹得劈啪作響。

達爾文打了個哆嗦，這才意識到自己的手在微微發抖。要說不害怕是假的，畢竟他只是一個十幾歲的孩子，之所以這麼急匆匆地往外走，是不知道自己勉強裝出來的鎮定什麼時候會露餡兒。

酒吧門關上的時候，迪克的身影從門後浮現出來，他已經大汗淋漓，猛吸了幾口氣才說：「呼……我快被憋死了，實在受不了了……」

「快走！」達爾文把牛皮包塞進書包裡，不由分說地拉著迪克快步向前走了兩個路口，轉向小街。小街的路錯綜複雜、時寬時窄，路的兩旁貼滿了時鐘酒店的廣告和放貸電話。達爾文越走越快，最後索性跑了起來，可兩人轉來轉去，一時間沒能找到出口。

「錢都拿到了還這麼著急幹麼，讓我喘口氣……」迪克終於忍不住往地上一坐。「隱形真是太他娘的累了。」

「事情太順利了，他給錢的時候連一絲猶豫都沒有，」達爾文皺著眉頭。「夜長夢多，我怕有詐。」

「那只能證明他怕死咯，」迪克聳肩。「這可是我的功勞，要不是我偷到他的手機……」

「剛才他拿錢的時候，我看到他腰裡別著槍，」達爾文說。「能把槍帶進賭場的都不是吃素的，我們低估他了。」

「分析得還不錯。」

達爾文不用回頭就聽出了這個聲音。那個叫丹尼爾的中年人站在巷子口，手上拿著槍。

「從計畫上來說，這次勒索算是安排得天衣無縫，」丹尼爾咧開嘴，露出一顆金牙。「但你選錯對象了，小子。」

兩個人都不敢動，達爾文快速掃了掃四周，發現一個遮擋物都沒有，最近的拐角至少距離自己五十公尺。丹尼爾示意他把書包放在地上，舉起槍緩緩走過來。

達爾文咬咬牙，大腦快速運轉著，盡最後的努力：「你現在殺了我，手機裡的那些證據就會自動發送到賭場經理的信箱……」

「其實我根本不怕你洩露我手機裡的那幾張照片，」丹尼爾冷笑著打斷了達爾文。「我之所以把錢交給你，就是想看看你的同夥是誰。」

說完，丹尼爾走到迪克面前，用槍托拍了拍他的臉：「說說你是怎麼偷到我的手機的，或許我能放了你。」

「那你就好好看著——」迪克話音未落，猛地從丹尼爾眼前消失了，丹尼爾還沒反應過來，空氣中就有一股無形的力量像拳頭一樣落在他臉上，丹尼爾頓時被打得一個趔趄，槍掉在地上。

「跑！」達爾文拎起書包，拔腿就向巷子的另一邊跑去，迪克的身影很快顯現在他身後。

「靠！逃命的時候真的憋不住氣！」他一邊跑一邊喘。

「你除了憋氣，就想不出來別的辦法隱身嗎？」

「這已經是我目前能想到的最好的辦法了，下次也許該試試憋屎……」

眼看倆人就要跑出小巷，忽然一個身影擋在了巷口，火光一閃，達爾文腳下的水泥地被炸開了一個彈孔。

「這裡怎麼每個人都有槍……」迪克崩潰了。

「你們沒地方逃了。」站在他倆面前的是早前在賭場裡和丹尼爾對賭的那個美女荷官，丹尼爾手機照片裡的女人。

倆人的背後傳來丹尼爾的聲音，他早已不緊不慢地跟了上來：「小子，不只你有幫手，我也有一個。」

達爾文和迪克對視一眼，前有狼後有虎，這回真是插翅難飛了。

「一般情況下，我不願意把工作帶到我的生活裡，所以不收錢我是不殺人的——」丹尼爾微笑著舉起槍，瞄準了達爾文的頭。「但今天為了你倆破例一次。」

「乒、乒！」

兩聲槍響，一聲刺耳的急剎車聲。

達爾文睜開眼，巷口的美女荷官已經倒在了地上，一輛看不出型號的破爛老爺車停在巷口。

「快上車！」「油頭男」搖下車窗朝著他倆大喊。

他倆來不及多想，拉開車門就坐了進去。迪克坐在後排驚魂未定，把能想到的髒話都罵了一遍：「你剛剛殺人了！」

「你倆還不值得我殺人，」「油頭男」把手裡的東西向後扔去。「裡面是麻醉劑，兩槍下去夠那個假胸妹睡幾個小時了。」

迪克這才明白。「油頭男」手裡的是一把自動連發弓弩，槍頭的彈簧上有一排液體補充劑，印著巴比妥鈉等化學物質的名稱。

「弗朗明哥酒店的紅鶴在交配期常常攻擊人，發起瘋來咬掉過遊客的鼻子，所以每個動物管理員都配了麻醉劑。還有那些馬戲團的馴獸師，他們的收入大部分來源於倒賣這種麻醉劑，而不是那點可憐巴巴的工資——順便一提，這把弓弩可是我自己改裝的，一次可以連發兩箭，就是雜訊有點大。」

正說著。「油頭男」一轉方向盤，老爺車拐出了費蒙特街，進了工廠區。

「收穫頗豐啊，」「油頭男」從車內後視鏡裡瞥了一眼迪克手邊的背包，露出一口黃牙。「我本來對你們這兩個傻小子沒抱什麼希望，沒想到還有兩把刷子。」

「給我們電話號碼只是個幌子，你從客車站就一直在跟蹤我們。」一直沉默的達爾文這時候才開口。

「你們中國人有句話怎麼說來著？」「油頭男」點了一根菸，用手在收音機上一敲，一個菸灰缸彈了出來。「『螳螂捕蟬，黃雀在後』，對嗎？」

「把你當成普通皮條客，是我小看你了。」達爾文盯著「油頭男」半晌，不鹹不淡地說道。

「歡迎來到拉斯維加斯。」「油頭男」倒是不以為意，他吐出一口煙，跟著收音機哼起來。

「無論如何，你要的錢我們已經弄到了，」迪克打開背包。「這裡是一萬美元，你什麼時候安排我們去……」

「小朋友，你搞錯了，不是一萬美元，」「油頭男」沒接迪克遞過來的錢，而是揚了揚三根手指。「是三萬美元——你的書包裡應該有吧？」

「憑什麼啊？」迪克差點從椅子上跳起來。「這不地道，我們談好價格的——一萬美元已經是天價了。」

「一萬美元確實是去卡森城的價格，」「油頭男」聳聳肩。「另外的兩萬美元是救你們的價格——一萬美元買一條命不算貴，對嗎？」

「油頭男」一邊說一邊望向達爾文，這正是達爾文在半小時之前跟賭場裡的那個老千說過的話。

「你他娘的這是坐地起價！」迪克氣得叫了起來。「我們未必就非要找你牽線，拉斯維加斯這麼大，我不信除了你就找不到別人帶我們去卡森城！」

「要不我再把你載回剛才上車的地方，你去試著找找？」「油頭男」反脣相譏。

一時間，車裡的氣氛有些尷尬，誰都沒說話。過了幾秒。「油頭男」清了清喉嚨，笑道：「這樣好了，我再友情贈送你們兩個錦囊妙計，以免下次栽坑裡——這可不是用錢能買到的。」

「你說說看。」達爾文開口道。

「第一，不是所有人都敢在費蒙特街上出老千，而賭場也不是所有出老千的人都抓——比如剛才那個叫丹尼爾的，他每逢週四都在海妖賭場裡贏錢。每個人都知道他出老千，但都視若無睹，因為那是上面的大老闆吩咐的。這位丹尼爾可是雇傭殺手榜上的狠角色，他做掉過多少人，就知道賭場多少祕密。對於這種人，賭場通常會故意讓利，他也不貪心，每次贏了該得的就走。所以你拿他出老千的證據威脅他，他也根本不害怕。這就是我的第一點忠告，在你確定目標之前，最好足夠瞭解他。」

「那第二點呢？」

「第二，下手之前永遠準備好逃生線路——比如我吧，就絕對不會在自己不熟悉的地方動手。你們對老城區的地形一無所知，遇到圍剿立刻就成了甕中之鱉，要不是遇到我發善心，現在早被打成篩子了。」

「你胡說八道兩句就能值兩萬美元，我送你十條建議你給我十萬美元得了！」迪克罵罵咧咧。

「你說的有道理。」達爾文並沒發火，而是深深地看了「油頭男」一眼。

「油頭男」嘿嘿一笑，把車停在了某個廠房邊上：「下車吧。」

三人從車裡鑽出來，看到廠房的一角停著一輛舊款道奇貨卡，一個穿工裝褲的黑人站在後視鏡旁邊，眼神閃爍。

「你們來晚了。」黑人打量著達爾文和迪克，半晌說道。

「路上遇到點情況，」「油頭男」低頭吸了一口菸，轉身向兩人介紹。「這是鮑伯，他在離卡森城不到一公里的核工廠工作到冬季結束，是少數能在這時候通過十五號公路的人之一，路障附近的『條子』都認識他，他會一直把你們送到鑄幣廠附近。」

「你不是說核工廠已經倒閉了嗎，為什麼他還會在裡面幹活？」迪克警惕地瞅了瞅鮑伯。

鮑伯沒有答話，他翻了翻眼睛對「油頭男」說：「我收的是一個人的錢，你沒說有兩個人。」

「我這個人向來很公平，只拿自己的那份，」「油頭男」看向達爾文。「所以我沒有多餘的錢，你只能期望這兩個小朋友能慷慨解囊了。」

「又要加價——」

迪克剛要發火，達爾文按住他的肩膀，另一隻手拿過書包，扔在地上，說道：「這裡有五萬美元，除去剛才的三萬美元，剩下的也都給你——但我有個條件。」

「油頭男」顯然沒料到達爾文會這麼大方，他挑了挑眉毛，示意達爾文繼續說下去。

「你跟我們一起去。」達爾文對「油頭男」說。

迪克簡直不相信自己的耳朵：「你要帶他一起去!?」

「他說過他是搬離卡森城的最後一批居民，所以一定對那裡的地形十分熟悉，我們可以節省很多走彎路的時間，」達爾文向迪克解釋完，隨即轉過頭對「油頭男」說。「你剛才教我們的第二條，在下手之前準備好逃生線路——這個任務我交給你，你充當我們的嚮導，辦完事後帶我們離開。」

「聽起來是個好主意，」「油頭男」的眼睛賊溜溜地轉了一圈。「但我今天還有一筆大生意，一時半會兒出不了城。」

「兩萬是定金——等我們安全回來之後我再付你五萬。你既然跟蹤過我們，就應該知道我們有能力給得起你這個錢，我想你應該沒什麼生意比眼下這個更好賺錢的了。」達爾文淡淡地說。

「呵呵，行吧，小子，我就陪你倆走一趟。」「油頭男」露出一嘴黃牙，把菸頭一扔，轉頭對他倆笑著說。「順帶一提，我叫傑瑞，這一帶的人都叫我『瘋兔子』。」

瘋兔子抬手招呼達爾文和迪克上車，自己又從老爺車的後備廂裡拿了一個黑色旅行袋，把後座的麻醉槍也裝了進去。

「他倆跟你的價格不同，」鮑伯瞥了一眼車後座，對瘋兔子嘟囔著。「你要付雙倍。」

「出發吧。」

貨卡轉了幾個彎，很快駛上出城的高速公路。迪克情不自禁地朝後視鏡看去，金碧輝煌的拉斯維加斯大道正被慢慢甩在身後，當彩燈熄滅，人聲鼎沸逐漸遠去，迪克忽然覺得白晝之下的賭城就像是失去魔法保護的南瓜車，從萬眾矚目的女皇變回了蜷縮在街角的老婦，藏身在灰濛濛的沙塵之中。

「沒有什麼事物的誘惑是無懈可擊的，哪怕是世界上最偉大的魔術，終歸也是障眼法而已。它之所以吸引你，是因為你還看得不夠清、不夠細，沒花時間直到看見全部的真相。」瘋兔子似乎是看穿了迪克的心思，回頭對他說道。

「呃——」迪克撓撓頭，他不是那種會想很多的人。「你的名字挺特別的，瘋兔子是拉斯維加斯的特產嗎？」

「在拉斯維加斯，我們管輸紅了眼的賭客叫『瘋兔子』。」一直沒搭話的鮑伯冷笑了一聲。

「哈哈，」瘋兔子眯著眼睛。「只說對了一半。」

「那另一半呢？」迪克問。

「比起狐狸，兔子弱小可憐又無助。」瘋兔子咧著嘴。「女人們總是容易對我心生愛憐。」

「呸。」迪克一陣噁心。

「人們總喜歡把狐狸和兔子放在一起，狐狸狡猾，兔子誠實，」達爾文說。「可很少有人知道，兔子也非常狡猾。兔子的毛在春夏變成灰色，冬天變成白色，用偽裝色躲避天敵，甚至還會在感覺到危險的時候裝死，真正的狡猾總是披著忠厚的外衣。」

瘋兔子嘴角露出了一抹不易察覺的笑，他沒有接話，自顧自地開始哼起歌來。倒是鮑伯有點驚訝地從後視鏡裡打量了一下達爾文：「小子，你有點意思，看人挺有見地。」

「不是我有見地，是網路時代的力量。」達爾文揚了揚手機，讀道。「傑瑞・龐奇，被指控支票詐騙、證券詐騙以及銀行欺詐，二〇〇四年被判二十年監禁，同年越獄，至今下落不明……」

「拜託別讀了，那幫警察局的傻鳥，選了一張我最醜的照片，看起來就像是宏都拉斯來的土老帽。」瘋兔子翻了個白眼，打斷了他。

「別說我了，你倆應該也沒比我好到哪兒去吧。」瘋兔子懶洋洋的，一點都不以為意。「誰沒有點不為人知的過去呀，我雖然愛騙點錢，可從來沒傷過任何人，更別說人命了，連監獄長都說我是整個佛羅倫斯監獄裡最友善的囚犯。」

「別拿我們跟你比，我們可沒進監獄。」達爾文說道。

瘋兔子不置可否地攤了攤手：「在你的眼裡那是監獄，但對我來說是所大學——我跟你們一樣，是個學生，只是沒有證書而已。做我們這一行，想要有最好的手藝，就要師從最厲害的罪犯。我進去是為了跟大師們好好上一課，要知道那些手藝可不是你在外面花錢就能學來的。」

「既然是最厲害的罪犯，又怎麼會被抓到監獄裡？」

「這你就不懂了，不是他們被抓進監獄，而是他們選擇了監獄，」瘋兔子眯著眼睛。

「在這個國家，還有什麼比監獄更安全的地方嗎？」

「那你為什麼還要越獄？」

「因為我已經出師了。」車窗沒關，瘋兔子的手搭在上面，指尖翻動著一枚硬幣。那枚硬幣在他指縫中迅速出現又消失，任憑高速公路上的風像刀子一樣刮過，硬幣就好像吸鐵石一樣粘在瘋兔子的手上認他擺布。

「從技術上來說，佛羅倫斯監獄已經教不了我什麼了。」瘋兔子說著，食指一動，硬幣在空中翻了幾下，掉下來的一瞬間消失在他掌心中。

迪克一愣，突然想起了什麼：「別告訴我你說的是科羅拉多州的ＡＤＸ佛羅倫斯監獄！你別吹牛了，那個監獄根本不可能越獄，那可是號稱美國最高監管級別的監獄！」

「他不是越獄，而是光明正大地從正門走出來的。」鮑伯答道。

「孩子，別以為越獄就是要拿著衝鋒槍跟獄警混戰，炸掉控制塔、剪斷電網是上世紀的Ｂ級片才會出現的情節。別忘了，我可是個騙子。」瘋兔子說完，那枚消失的硬幣再次出現在他的掌心，他向後一拋。「高級的騙術往往出現在你眼皮底下，但你仍視若無睹。」

硬幣不偏不倚落入了迪克的手上，他定睛一看，上面印著的「GOD WE TRUST」少了一個字母——竟然是Ｍ送給他的錯版硬幣！要知道在這之前，迪克可是把它當成寶貝一樣放在貼身的錢包中的。

「你什麼時候拿走的……」迪克驚訝得話都說不清楚了。

「產自我老家的鑄幣廠，早就絕版了，是個好東西，」瘋兔子還是一臉油膩的笑容。

「你想賣掉的話，我倒可以幫你找個識貨的。」

迪克朝他豎了根中指。

汽車駛出拉斯維加斯沒多久，眼前就只剩下沙漠了。最初瘋兔子抽菸的時候還會把窗戶打開一條縫，但自從他們開上了十五號公路，氣溫就驟降下來。窗外開始飄起了雪，最初是薄薄的雪花，很快就變成了鵝毛大雪。窗外的風猛烈地吹著玻璃，玻璃上凝滿水汽，四角結出了一層冰霜。

瘋兔子說得沒錯，沒開多久就有一輛警車逼停了他們。員警搖下車窗，提醒他們這段高速已經封了路。鮑伯掏出了自己的工牌才得到放行。大約又開了半小時，他們遇到了道路臨檢，路障上的雪已經積了幾尺厚，把整個高速公路口都堵死了，他們只能停在邊上等候檢查。儘管有工作車輛臨時通行證，其中一名警官還是對達爾文和迪克的身分產生了懷疑。他認為他們太小了，不可能是核工廠的員工。瘋兔子讓他倆別說話，逕自下車把員警拉到一邊聊了幾句。天知道他是怎麼騙取了對方的信任，半小時後，為首的警官揮了揮手裡的警燈棒示意放行，另外兩個警員合力幫貨卡綁上雪鏈後打開了路障。至此，白茫茫的冰雪中只剩下了這一輛車。

因為四個輪子上都綁了雪鏈，車子最快也只能開到時速二十五公里左右，幾個小時過去了也並沒有開多遠。冬天的內華達州沒到下午五點就已經看不見太陽了，鮑伯在中途停了一次車，從車裡翻出些乾糧扔給眾人，他自己則拿了半瓶伏特加，一邊開車一邊灌了幾口。

「開車的時候喝酒不太好吧？」迪克看著窗外的大雪說。

「蘇聯空軍在『二戰』時勝利的關鍵不是靠戰術，而是靠這個，」鮑伯晃了晃酒瓶。「飛行員上天前都要來上半瓶，你也該喝一點。」

說完他把酒瓶遞給迪克，迪克灌了幾口又遞給達爾文，只有瘋兔子擺擺手拒絕了。

「這玩意兒能幫你去寒，卻無法幫你克服恐懼。」瘋兔子笑著說，當他看向窗外時，眼裡流露出不易被人察覺的警惕。
車裡的暖氣讓人昏昏欲睡，鮑伯扭開收音機，裡面迴圈播放著封路通知和即時天氣預報，近日將會有一場暴風雪席捲整個西北地方。這股來自北冰洋的冷空氣將會從芝加哥一路南下，直到洛杉磯，並席捲包括聖地牙哥在內的所有西南部城市，屆時猶他州和內華達州的氣溫將會平均降至-30℃。聲音甜美的女主播呼籲聽眾在耶誕節期間應該減少外出，儲備食品和物資在家過冬。
「這風暴太不尋常了，」鮑伯嘟囔著。「北冰洋的冷空氣通常很難吹到內陸來，我已經有將近二十年沒遇到過這麼冷的冬天了。」
瘋兔子從黑色旅行袋裡拿出幾卷真空包裝的東西，他把包裝撕開，裡面竟然是一件皺皺巴巴的羽絨服。他拉著衣角抖了兩下，遇到空氣的羽絨服迅速膨脹，沒一會兒就變得厚實起來。
「別看它這麼輕，這可是軍方特製的，用的是白鵝絨，還能當睡袋用。」瘋兔子一邊說，一邊把衣服遞給達爾文和迪克。
達爾文接過衣服的時候，看到旅行袋裡除了麻醉弓弩之外，還有一把手槍和幾枚手榴彈。
「不到不得已的時候，我也不想用這些玩意兒。」瘋兔子注意到達爾文臉上的表情變化，自言自語地解釋道。「但你們這趟活不好做，我已經做了最壞的打算。」
「我記得我們沒告訴過你要去那兒幹什麼，你怎麼知道不好做？」迪克有些戒備。
「對我來說，你們的目的已經很明顯了。」
「為什麼這麼說？」

「從你們在拉斯維加斯的表現看，去卡森城肯定不是為錢——搞到錢對你們來說不難，」瘋兔子笑笑。「而你們付錢的態度證明這件事對你們來說迫在眉睫、刻不容緩；再看你們的外表，看來也就是高中沒畢業，我只要想想我在十幾歲時最看重的東西是什麼，就不難猜到了——你們是要去找人吧？愛情？友情？不太可能兩個男人找同一個初戀，所以是……朋友？」

迪克剛要說話，達爾文一下按住他的手，搖了搖頭。

「他在試探你。」達爾文低聲說。

「無論你們要找什麼，這活兒我既然接了，就有義務保證安全——為你們，當然也為我自己，對嗎？」

達爾文沒有回答瘋兔子，他一邊穿上羽絨外套，一邊問：「為什麼你不說說你要去卡森城幹什麼呢？」

「我不太明白你的意思，」瘋兔子微微一愣。「是你們花錢雇我來的。」

「我看沒那麼簡單吧。」

瘋兔子沒接話，眼睛卻盯著窗外的茫茫大雪。

「你有越獄的本事，在拉斯維加斯撈錢不是什麼難事，對我們這點錢也根本不會放在眼裡。」達爾文不緊不慢地說。「況且，職業騙子根本不需要靠槍和手榴彈賺錢，你是經過深思熟慮才帶上這些武器的。明知道這次會冒很大風險，你仍然同意帶我們進卡森城。在我看來，你除了給我們帶路之外，也有不得不去那裡的理由。」

「小子，你就別要小聰明了，這些玩意兒都是為了以防萬一，幹我們這一行要學會用兩條腿走路……」瘋兔子翻了翻眼睛仍想辯解，達爾文的話卻勾起了鮑伯的不安，他狐疑地抬頭看了瘋兔子一眼。
「老兄，你該不會是為了……」
「閉嘴，我為了什麼都跟你無關，別自找麻煩。」瘋兔子一下子變得十分不耐煩，沒等鮑伯繼續說下去就打斷他。「現在你為我工作，就只要做好自己的本分，把我們送到該送的地方，然後帶好你賺的錢離開，說不定還能趕回家吃聖誕大餐，在火爐旁邊看兩集《芝加哥風雲》。不要問你不需要知道的事，別忘了你這幾年的錢都是怎麼賺的，也別忘了我是怎麼幫你的。」
鮑伯明顯被瘋兔子的話噎住了，他低頭喝了口伏特加，過了一會兒說：「傑米，我知道從監獄出來這幾年，你也幫了我不少……除了生意上的關係，無論你信不信，我都把你當成我的朋友。」
「說教就不必了，鮑伯。」瘋兔子的口氣緩和了一些。
「但我還是要說，你是個聰明人，有些事當你只把它當成生意的時候，脫身是很容易的，」鮑伯從後視鏡裡看了看達爾文和迪克。「但有些事，陷進去就出不來了，最後還會害了自己。」
「你不理解我，」瘋兔子低下頭。「有時候我也很難理解我自己。」
氣氛一時間有點尷尬，車廂裡沒有人說話。
「你們都是去找『Shining』吧？」過了一會兒，鮑伯轉頭向達爾文問道。
「『Shining』？」
「我們都這麼稱呼那些人。」鮑伯說。「你們看過《鬼店》吧？對你們來說是一部老電影了。」

達爾文和迪克對視了一眼，然後點了點頭。

那是史丹利・庫柏力克在七〇年代末拍的一部電影，主角是一個永遠沒靈感的作家，在寒冬為一家山裡的酒店看門，結果見到了一些不存在的幽靈。

「真正經歷過寒冬的人都知道，寒冷容易讓人發瘋。我們工作的地方和電影裡的酒店有些相似，十月入冬後，所有的工作就暫停了，大部分人開始放長假，剩下少部分人採取輪班制。一般一個人會在電站裡守一週，直到下一個來接班。其實我們不需要做什麼，上面的人說如果遇到意外情況就打電話，但入冬以後電話根本打不通。最早看到『Shining』的是一個叫卡爾的值班保全，當時他深信是自己出現了幻覺，因為卡森城早在幾十年前就搬空了。卡爾很害怕，他沒等到下一個來接替他的值班員就自殺了，在拿槍崩掉自己腦袋之前，他把他看到的事記錄在了值勤日誌裡。員警說卡爾瘋了，但我們都知道他沒有瘋，因為後來的值班員都看到了同樣的東西，我也看到過，那他媽的不是幻覺。」

「你們看到了什麼？」

「……人。」鮑伯沉吟片刻，回答道。「一群人。」

「人？」

「對。」鮑伯說。「其實人並不可怕，關鍵是他們出現的地點太匪夷所思了。一群人出現在拉斯維加斯的鬧市區，和出現在一個多年荒無人煙、只有皚皚白雪的核電站，給人的感覺完全不一樣。那裡本不應該出現任何生物，哪怕是一頭鹿。我無法形容那種恐怖，硬要說的話，就像是沙漠上出現了一條活蹦亂跳的魚，或炎夏的赤帶島嶼突然下起冰雹，無論從哪方面看都不正常。」

「一群人……他們在那裡幹什麼？」達爾文問。

「我不知道。」鮑伯歎了口氣。「他們通常出現在晚上，在大風雪中穿著單薄的衣服——似乎是一些無法禦寒的麻織品。他們中的一些人拿著煤油燈，有時候在大聲頌唱著什麼，有時候什麼也不做，只是在雪地附近突然出現又消失。我甚至有一種感覺，他們在觀察核電站，在尋找什麼，真讓人越想越慌。」

「為什麼不報警呢？」

「這個國家的神經病多了去了，員警才不管這檔子事，畢竟他們沒有破壞核電站，也沒有威脅到誰的生命安全——該死，我說不好，只有真正經歷過才會懂那種毛骨悚然的感覺。他們離你很遠，你看不清他們的臉，卻感覺他們在盯著你，突然出現，又突然消失，就像是……」

「像是鬼一樣。」一直沒吭聲的瘋兔子接了話。

「對，就是那種感覺。」鮑伯又喝了一口酒。「所以我們把他們叫作『Shining』。」

「你有沒有在他們之中看到過兩個女孩？」達爾文有點按捺不住自己的激動，他搶著問。「一個是看起來智力有些低下的紅髮女孩，另一個是身材矮小的亞裔，兩個人的年齡都和我們差不多大。」

「聽著，我不知道『Shining』裡有沒有你們要找的人，我收的錢只是負責把你們帶進這裡，然後一切就結束了，」半瓶伏特加見了底，鮑伯的臉一直紅到脖子。「無論你們想找誰，都不應該去那裡，『Shining』已經不是一群活人了。」

「為什麼這麼說？」達爾文問。

「因為在那群『Shining』裡，有一些本該早就死去的人……」

「你醉了，別再說胡話，專心開車吧。」瘋兔子漫不經心地打斷了他。鮑伯深深地看了他一眼，最終沒再吭聲。

車廂裡只剩下收音機斷斷續續的天氣預報，幾個人各懷心事。車開到核電站的時候，天已經全黑了，這是一塊用鐵絲網圍起來的空地，一眼看不到盡頭，只能隱隱約約看到腹地中間有兩座黑漆漆的煙囪狀建築物。除了反射在雪地上的昏暗光線之外，這裡沒有一盞燈。鮑伯的酒稍微醒了一些，他打開車頂的探照燈，緩緩朝建築物的方向駛去。

當貨卡離建築物越來越近的時候，達爾文和迪克才意識到這兩座建築物有多麼龐大：它們至少有五十層樓那麼高，直徑甚至超過一個標準的足球場，就像兩個倒扣在地面上的碗，通體由水泥築成，卻看不見任何入口，甚至連一扇窗戶都沒有。

鮑伯告訴他們，這是核電站冷卻塔，最初這樣的建築有五座，後來被炸平了三座。鮑伯住在冷卻塔的後面，那有專門為值班人員修葺的平房。

貨卡開過核電機組後又開了一會兒，鮑伯伸手向北指了指：「那邊就是卡森城的方向，今天太晚了，電臺說夜裡還有一場雪。你們走不了，就在我值班的地方湊合一晚吧。」

看著車窗外呼嘯的風雪，達爾文點了點頭，他心裡知道鮑伯其實沒義務為他們提供住宿，他之所以願意這麼做完全是出於和瘋兔子的交情。這個天氣在夜晚幾乎是寸步難行，憑他們幾個這時候根本不可能再徒步去卡森城。

車又開了將近五分鐘，貨卡在一棟灰白色的水泥建築前停了下來，剎車片和碎冰摩擦出難聽的「嘶嘶」聲，門口有一些磚石結構的階梯，上面蓋著厚厚的積雪。鮑伯逕自下車點亮了門廊裡的風燈，又招呼眾人幫忙把貨卡後面的生活物資搬進值班室。達爾文打開車門，一陣刺骨的風吹來，夾雜著雪和冰拍到他的臉上。他心想，這種天氣在內華達州太不正常了，就算是緬因州的冬天也不該有這麼冷。

「哥們兒，下車。」達爾文邊想邊轉頭叫迪克，可是他沒聽到迪克的聲音，取而代之的是一陣有些低沉的喘息。

達爾文的心臟猛地抽了一下：「你怎麼了!?」

「唔——」迪克蜷縮在車後座的角落裡，臉色蒼白，額頭上滲出一層細密的冷汗。

「唔，我好像有點不舒服……」

「哪裡不舒服?你吃了藥沒?」

迪克點了點頭，達爾文這才注意到，那瓶藍色的藥就放在他的腿邊，蓋子還沒蓋好。

「吃了，我還多吃了一粒……」迪克點了點頭。「我也不知道為什麼會這樣，也許是因為天太冷了，還是別的什麼原因，這種難受和之前斷藥的難受不一樣……」

「你現在是哪裡難受?」達爾文脫下自己的羽絨服，蓋在迪克身上。

「說不好……我渾身難受，而且感覺肚子有點疼……」迪克一邊說，一邊伸出手按了按自己的肚子。

「會不會是吃錯了什麼東西?」達爾文把手放在迪克的腹部，只摸到了一層柔軟的脂肪，隔著厚厚的羽絨服，似乎有些凹凸不平。

「應該沒有……你別擔心，我只是有些難受，可能是暈車了，讓我去吐一吐就好。」

「那我先扶你下車吧。」達爾文一邊說，一邊打開車門把迪克攙下了車。這時候鮑伯已經把室外的風燈都點亮了，黃色的光線反射在雪地上，讓周圍變得清晰起來。

達爾文突然發現，迪克後腦上本來只有一點點禿的地方，現在已經沒了一大片頭髮。

他沉默著扶著迪克，跟在鮑伯身後走進了值班室。值班室的格局有些類似廠房倉庫，水泥的內牆看上去有些年頭了，沒有天花板，排風扇和空調管道露在頂部，積滿了灰。室內沒有隔斷，只是簡單劃分成工作區和生活區。工作區的控制臺上懸掛了大大小小幾十個顯示器，播放著散布在核電站各處攝影鏡頭的即時監控圖像。控制臺邊上則是一面牆的電閘，和一個被透明塑膠盒子保護起來的警報器。

「這是應急開關嗎？」瘋兔子顯然也是第一次來，那個玻璃盒子上印著的鮮紅字樣讓他產生了些許不安。

「這些東西都用不上，」鮑伯朝那些大大小小的控制按鈕努了努嘴。「只是為了符合國家安全規定才安裝在這裡，道理跟滅火器一樣。」

鮑伯說完，從牆角搬出一張行軍床。他對眾人說自己晚上會在行軍床上湊合一夜，值班室裡的床留給病人，達爾文和瘋兔子可以睡沙發上。

值班室裡面很冷，空氣中有一種隱隱約約的霉味。生活區的一側有兩扇老式鑄鐵暖氣片，旁邊放著兩張老式沙發和一張單人床，上面的墨綠色燈芯絨床罩泛著白毛，一看就是有些年頭了。達爾文把迪克扶到床上，又找到電暖氣的開關，把溫度調到最高。

達爾文的手指早就已經凍僵了，但他暫時顧不得這些，他從櫃子裡翻出毛毯，又脫下自己的衣服蓋在迪克身上：「怎麼樣，好點了嗎？」

迪克臉上的汗順著腮幫子滑下來，浸濕了毛衣領子，他的身體有些不自然地蜷縮著朝向一側，雙眼緊閉，聲音小得就像是從嗓子裡擠出來的一樣：「嗓子好疼……我是不是發燒了？」

達爾文摸了摸他的額頭，涼得快趕上從冷藏室拿出來的凍肉了，甚至連他的脖子和手心都冷冰冰的。

不是發燒。達爾文抽回了手，什麼都沒說。

「我肚子……肚子也難受……」迪克的手摩挲著腹部。「感覺要爆炸了。」

「我幫你揉揉，」達爾文把迪克的身體扳正，撩開羽絨服，把毛衣向上掀開。「你不會要放屁吧？」

達爾文很少開玩笑，但每一次都能把迪克逗笑，包括這一次。迪克笑著放鬆了扭在一起的五官，調侃道：「我感覺我現在能放一首交響樂。」

達爾文卻沒有笑，他盯著迪克的腹部，面色無比凝重。

在迪克肚臍的正中間，垂直裂開了一道清晰的口子，傷口沒有流血，兩邊裂口的邊緣處有明顯的肉芽，就像某種蕨類植物的葉片邊緣一樣。肉芽緩緩向兩邊蠕動著，彷彿要把裂口撕得更大。達爾文朝裡面瞥了一眼，臟器和腸道已經開始萎縮了。

一陣寒意從達爾文背上爬上來，他知道他在哪裡見到過這個裂口——那個叫約翰的八爪魚人！

「怎麼了？」迪克微微睜開眼睛，似乎察覺到達爾文的不正常，他的手下意識地朝自己的肚子摸去。

「沒什麼，我只是沒見過誰肚子上的肉這麼多。」達爾文匆忙蓋好迪克的衣服，定了定神。「我去給你倒杯水。」

「我突然想喝涼水……這聽上去有點奇怪，但如果有些鹹味兒就好了……」

達爾文轉身走到簡易廚房的一側，那有一臺舊冰箱，裡面亂七八糟地堆滿了剛才飽伯和瘋兔子塞進去的食物和酒水。在達爾文確定迪克沒有看過來之後，身體才顫抖起來。

開始了，變異開始了。

他想起在阿什利鎮逃出來的時候，約翰在汪旺旺口袋裡放的那份體檢報告，裡面詳細地記錄了約翰曾經服用 MK-58 後發生大幅度變異的過程：口腔以及聲帶器官退化，全身毛髮脫落，腹腔出現類似頭足綱動物空腔的顎片和齒舌，腋下出現吸盤類增生……

該死！迪克的變異開始了，他也會像約翰那樣變成八爪魚人。達爾文幾次嘗試著從冰箱裡把礦泉水拿出來，手卻無法抑制地發抖。他悄悄回頭看了一眼迪克，此時迪克正背對著自己，後腦勺因為掉發而露出的白色頭皮赫然在目，而他對此一無所知。

迪克一直不知道那個叫約翰的八爪魚怪物曾經是人，更不知道他自己也將變成約翰那樣。當時約翰的體檢報告對變異過程的描述並不清楚，也沒有寫明這種變異是逐漸發生還是突然發生的。在這之前，達爾文甚至心存僥倖——畢竟約翰在服用藥物後十一個月就發生變異了，可迪克已經連續服用了將近五年。雖然達爾文知道早晚會有這麼一天，但他沒想到這一天來得這麼快，甚至從沒想過迪克將會變異成什麼樣子。萬一迪克知道了他自己會變成怪物，又該如何接受？

怎麼辦，我該怎麼辦？達爾文已經不敢往下想了，他強迫自己冷靜，頭皮卻一陣陣地發麻。哪怕偽裝得再處變不驚，他也只是一個十幾歲的孩子。

「渴死我了……」迪克的喘息聲把達爾文拉回現實，他深吸了一口氣，把礦泉水倒進杯子裡，又加了兩勺鹽，端到迪克床前。迪克像一輩子沒見過水一樣猛喝了幾口，就劇烈咳嗽起來。達爾文把水杯拿開的時候，在裡面看到了一些混合著痰的血液和一顆白色的東西。

那是迪克的牙齒。

「怎麼了，哥們兒？」迪克舔了舔嘴脣，似乎絲毫嘗不出來嘴裡的血腥味。

「沒什麼。」達爾文迅速拿開杯子，不讓他看到。

「我覺得我有點不對勁。」

達爾文拿過圍巾，把迪克的頭牢牢包紮起來，蓋住了那一塊露出來的頭皮：「或許是凍傷綜合征，只要注意保暖就好了。」這是達爾文隨口編出來的病，除此之外，他不知道如何能讓迪克安心。

「我是不是拖你的後腿了？」迪克的頭被包得嚴嚴實實，有些自責地問道。

「你永遠不會拖我的後腿。」達爾文又拿起裝著 MK-58 的藥瓶。「藥別再加量了，我一會兒給你吃點止痛藥。」

他扶著迪克躺下來，也許是太累了，沒一會兒迪克就進入了夢鄉。達爾文站起來向外走，他的眼眶已經紅了。

自從哥哥死後，他再也沒哭過。但他現在只想從這裡出去，走到雪地裡，大哭一場。男兒有淚不輕彈，他在心裡跟自己說。

一開門，外面的風雪就像刀子一樣割在臉上，達爾文一下子就清醒過來。汪旺旺和M都還沒有找到，就算有眼淚，也要留在找到了她們之後再哭。

「你的朋友好點了嗎？」達爾文突然聽到旁邊傳來一個熟悉的聲音。瘋兔子從貨卡暗處鑽了出來，渾身冷得發抖，肩膀上還蓋著雪。

「嗯。」他警惕起來，恢復了一貫的冷漠。

「看來並不太妙啊。」瘋兔子說。

「你在這裡幹什麼？」達爾文知道對方在試探自己，並沒有接話。

瘋兔子揚了揚手，指間有一根沒抽完的菸，他的眼神中似乎有著一絲憂慮。

「我覺得這裡不太正常。」他壓低了聲音看向冷卻塔的位置。「我不覺得這個地方已經被廢棄了，我認為這個核電站還在工作。」

「為什麼這麼說？」

「鮑伯說過，這地方原來有五座冷卻塔，其中三座已經被拆掉了，只保留了兩個——問題是為什麼還要保留兩座？理論上難道不應該全炸平嗎？聽說如果只是處理核廢料，是不需要用到冷卻塔的，可我們開車經過的時候，我看著它們就像新的一樣。還有，剛才那個按鈕上印著的字是『SCRAM』，字面意思是急停——聽起來就像某種閘門的緊急制動，在一個連人影都沒有的偏遠廢棄建築，需要『急停』什麼？我懷疑 SCRAM 是個縮寫。」

「什麼的縮寫？」

「我聽過一種說法，在早期的實驗中，除了設置正常開關之外，還會安排一個拿著安全控制斧的男人，在安全杆失靈的時候，砍斷馬尼拉繩，關閉反應堆。」

「拿著斧頭的男人（Safety Control Rod Axe Man），縮寫 SCRAM……」

「一個廢棄核電站，為什麼會有關閉核反應爐的應急開關？」

「你為什麼不去問鮑伯？他或許更清楚。」

「呵，你別看他現在似乎對這裡很熟悉，」瘋兔子訕笑道。「前幾年我認識他的時候，他還是一個欠了一屁股債的小混混，甚至連初中都沒畢業，別說核反應爐了，估計連長期暴露在核輻射下會患癌他都不知道。那時候他突然告訴我，有公司願意花高價請他開工，連我都難以置信。如今看來是有理由的，也許人家正是看上了他什麼都不懂。」

儘管知道瘋兔子說的可能是事實，但達爾文心裡仍舊有些不爽。因為通過在車上和鮑伯的交談，達爾文能感受到鮑伯真心把瘋兔子當成自己的朋友，可瘋兔子的語氣裡透露出他對鮑伯的輕視。

「不過話說回來，這裡有沒有被廢棄跟我們都沒關係，你說是嗎？」瘋兔子忽然恢復了平常的嬉皮笑臉，他聳了聳肩，扔掉菸頭回屋了。

達爾文站在屋外，眼前只有大片冰雪飄過，除了門廊有被微弱燈亮照到的不足二十米的範圍之外，周圍皆是暗淡一片。但又不同於伸手不見五指的黑暗，地上的積雪映出天空朦朦朧朧的藍光，費力去看的話，仍能看見一些樹和柵欄的輪廓。

雪花飄下來是無聲的，但這種寂靜帶來的並不是平和，而是一種隱隱約約的不安。達爾文似乎聽到風中有樹枝被折斷，又似乎是某人踩碎了冰，那聲音尖銳地穿破夜空，又戛然而止。

他忽然有些明白為什麼之前的那個值班員會自殺，這片雪地讓人感到一種詭異的壓力。在這種寂靜中，似乎出現什麼都不足為奇。它們匍匐在暗處，覬覦著這棟方圓幾十裡唯一亮著燈的建築。沒有什麼比看不見的敵人更讓人恐懼的了，這種恐懼早已超越寒冷、孤獨和被人遺忘。

達爾文掏出手機，和預料的一樣，核電站沒有被網路覆蓋，事實上，當他們幾個駛進這段公路之後就沒有信號了。他又繞著屋子走了一圈，手指很快凍得又紅又腫。他想起迪克，幾天前他們還在灰狗巴士上吃比薩，迪克還在抱怨客運站的咖啡不夠熱，並且快在風裡冷成冰柱了。

迪克很快就再也感覺不到寒冷了，他的體表溫度會和所有頭足類海洋生物一樣降至-10℃到4℃，他的血液甚至會因為自身產生的礬而變成藍色，他的發聲系統將會退化，往後只能依靠腹腔裡的變音器模擬人的聲音。

那時候的迪克，還能算是人類嗎？

達爾文不禁抖了一下，他下意識地甩了甩頭，把這個可怕的想法拋到腦後。

與此同時，鮑伯正從儲藏櫃裡拿出最後一瓶伏特加，他猶豫了一下，還是撬開瓶蓋喝了起來。

瘋兔子說得沒錯，酒精只能驅散寒冷，無法消除他待在這裡的恐懼，但至少能夠幫助他暫時忘記恐懼。

但鮑伯仍能感覺到有什麼正在暗處發生，他不知道自己的恐懼是源於瘋兔子的突然加入，還是十年不遇的暴風雪。這棟房子裡沒有人知道鮑伯其實在上個星期就已經決定辭職了，鮑伯的受教育程度雖然不高，對很多事情也看不透，但他隱隱約約能知道這份擁有高額工資的清閒工作背後，需要承受的也許是自己不能承受的代價。天底下沒有白得的便宜，尤其是在他親眼見過「Shining」之後。

鮑伯的爸爸曾經告訴過他一個家鄉的傳說，在肯亞埃爾貢山上生活著一個自稱蘇克的巫師，他有降妖伏魔的法力，還能讓人起死回生。一些相信蘇克的非洲人把至親的屍體運到山上，巫師重新讓死人睜開眼睛，有了呼吸，還能夠說話和行走。可人們很快就發現，復活的人早已不是自己當初熟悉的親人，因為他們得到的是邪靈的力量，他們被驅使著行走，失去了原本的靈魂。被復活的非洲人將永生永世受蘇克的擺布，總有人能看到它們出現在月色之中，出現在荒無人跡的荒野之上，直到太陽升起才會鑽入土裡。

第一次見到「Shining」，鮑伯就想起了這個傳說，因為他在那群人裡看到了蘇珊娜。

她本該早就死了的。

他從來沒有把這件事向外人說過，也不知道瘋兔子是從哪裡聽到的，畢竟輪換的值班員不只他一個。可他沒有想到，瘋兔子會真的來找蘇珊娜。

該死！他早就該想明白了，當瘋兔子讓他帶那兩個人進來的時候就應該明白。這兩個孩子降低了他的警惕心，如果是瘋兔子直接要求自己帶他進來，他是絕不會同意的。他們所有人，都是衝著「Shining」來的。

鮑伯後悔起來，那時候明明只要發一封辭職的郵件，他就將永遠不需要再踏入這個鬼地方，但辭呈發出去之前偏偏接到了瘋兔子的電話，他又被錢迷了心竅。只是帶兩個人進來而已，就能得到一萬美元，而且這活兒聽上去易如反掌，沒有任何危險，為什麼不呢？

如今他只盼望著清晨在酒醒之前就能來到，這些人就能和他撇清關係，他會開著貨卡，帶著錢離開這裡，永遠不再踏足這片地區。

當達爾文回屋的時候，裡面已經開始暖和起來，瘋兔子在沙發上打著盹，鮑伯躺在行軍床上，手上還拿著一瓶喝了一半的伏特加。

達爾文的視線落在了鮑伯身後的監視器上，大多數螢幕顯示出白茫茫的雪地，只有其中一塊螢幕勾起了他的興趣。

那塊螢幕的監視器應該處於非常高的地方，或許是兩座冷卻塔其中一座的頂端，它以略微俯視的角度對著距離核電站不遠處的一塊空地。雖然地上已經被皚皚白雪覆蓋，但借助雪光反射的輪廓，仍能看見地面上有幾個圓形的凹陷痕跡。

「這些是什麼？」達爾文指著螢幕問鮑伯。

「唔，就是些蓄水池，」鮑伯睜了睜半閉著的眼睛。「核電站廢棄後也沒有人打理，很多已經乾涸了。」

鮑伯的解釋聽起來沒什麼毛病，因為內部冷卻後的水溫太高，不能直接排到海裡，許多核電站都會在外部設立蓄水池，用於核反應爐的緊急降溫。達爾文把臉湊到監視器前仔細看起來，畫面裡的水池有大有小，呈幾乎完美的正圓形，分布位置沒有什麼規律。他在心裡數了一下，攝影鏡頭可觀察的範圍裡有四、五個，以鐵絲網為參照物的話，最大的直徑有三、四百公尺，最小的也有一、兩百公尺。從監視器畫面的上方向外綿延數十公里，隱隱約約都有這樣的凹陷存在。

「為什麼要挖這麼多小型蓄水池，而不直接挖一個大的？」

「北邊確實有個大的，裡面還有水，這會兒應該結冰了。」

「這個核電站是什麼時候修的呢？」

「我怎麼知道……」鮑伯又喝了一口酒，有些不耐煩。「就是一些蓄水池而已，你以為能從裡面找到金礦嗎？」

「這個核電站建於一九五〇年左右。」不知道什麼時候瘋兔子已經站在了他們後面：「鮑伯，你跟一個孩子生什麼氣，他只是個好奇寶寶。」

「我收的錢裡可不包括回答莫名其妙的問題。」鮑伯哼了一聲。

「你最好別得罪他，」瘋兔子一邊說，一邊拉著達爾文向生活區走去。「我可不想在這種天氣裡被轟出去——想喝點什麼?冰箱裡存貨不多，但也夠我調出三杯約翰克林（一種雞尾酒），你也來一杯吧，這裡可沒人會查你的身分證。」

達爾文沒有接話，瘋兔子從冰箱裡拿出威士忌和蘇打水，慢悠悠地調了起來，沒過多久，行軍床上就傳來鮑伯的呼聲。

「我沒記錯的話，八〇年代前的核電廠都沒有外部蓄水池。」達爾文這才緩緩地說。

「小子懂得挺多嘛，我都有點佩服你了，我在你這個年紀的時候只懂得去摸姑娘的屁股。」瘋兔子仍是嬉皮笑臉地跟達爾文調侃。

「這不是重點，」達爾文有些惱怒。「那些凹陷不是什麼蓄水池。」

「對，不是蓄水池，是核彈坑。」瘋兔子調酒的手忽然停下來，他面色凝重，一字一頓地說道。

達爾文愣了一下，在這之前他心中有猜疑，但他完全沒想到瘋兔子跟他想的一樣，甚至比他發現得更早:「你也看出來了……既然你早知道，為什麼不告訴鮑伯?」

「小子，你還太年輕，有很多事情看破卻不能說破。」

「鮑伯被蒙在鼓裡，他根本不知道自己這份工作有多危險。」達爾文心裡明白，核輻射產生的影響至少持續五十年到兩百年，鮑伯很可能一直工作在這種汙染中卻渾然不知。「你為什麼不告訴他?」

「告訴他能解決什麼問題呢?」瘋兔子攤了攤手。「除了讓他害怕之外沒有任何幫助，他的餘生無時無刻不活在核輻射的恐慌之中。還不如等這件事結了，找個更好的由頭，勸他把工作一換，以後還能開開心心地過日子。」

達爾文沒有再說什麼，接過瘋兔子遞過來的酒杯灌了一口，眉頭一皺:「這才不是什麼約翰克林……這裡面是什麼？」

「確實不是約翰克林，是我的特調飲品——蘇打水和半杯檸檬汁，是有點難喝，但能幫助你瞬間清醒起來。相信我，這時候酒精對你一點幫助都沒有，你不會想變成鮑伯那樣，」瘋兔子忽然壓低聲音。「一覺醉過去，連死都不知道怎麼死的。」

「這裡為什麼會有核彈坑？誰會在核工廠附近投射核彈？這無異於在成噸的TNT炸藥旁邊點鞭砲，自取滅亡啊。」達爾文又抿了一口。

「所以我們更應該提高警惕，這裡的一切都透著詭異，」瘋兔子說。「不應該存在的冷卻塔，核電廠周圍的彈坑，我還在雪地裡發現了一些腳印。」

「腳印？」達爾文的心中打了個冷戰。「在哪裡？」

「在屋子背面，人類的腳印。從鞋印來看，不是雪地靴，也不是登山鞋，所以不是我們的。」瘋兔子壓低了聲音。「今晚不太平。」

達爾文剛想再說些什麼，一聲清脆的玻璃破碎聲毫無徵兆地從不遠處傳來。只見鮑伯整個人從行軍床上彈了起來，他手裡的酒瓶已經掉在地上摔成了碎片，他的眼睛直勾勾地盯著其中一塊螢幕，哆哆嗦嗦地說道。「出，出現了……Sh……」

螢幕上一望無際的雪地裡，出現了幾個衣著單薄的人影。他們手裡提著風燈，白色的罩衫幾乎和雪地融合在一起，為首的兩個人似乎正拖著一個人緩慢地向前行走，被拖著的人在雪地上摔了一跤，頭上的帽子滑落下來，露出半張臉。

達爾文的心臟狂跳起來，他一把抓住鮑伯的衣領：「這是哪裡!?」

「北，北邊……」

達爾文轉身奪門而出。

第九章　搶奪汪旺旺

如果不是在下著暴風雪的黑夜裡，這並不是一段很遠的距離。剛下的雪還比較鬆軟，達爾文的靴子踩在雪裡，發出細微的摩擦聲，雪花很快填滿了他踩出的腳印。

這已經是他力所能及最快的速度了，如果可以的話，他多希望再快一點，可風大得幾乎能把他吹翻，雪花拍到臉上，即使遮住了口鼻也能感覺到臉像被刀子割傷一樣的疼痛。

達爾文開始喘起來，他感覺到嘴裡呼出的熱氣遇到空氣中的低溫，凝結成無數細小的分子。他感覺到自己的後背開始滲出汗來，腋下的溫度開始升高，也許是腎上腺素的作用，但這或許是件好事，至少感覺不到冷了。透過防風鏡，達爾文死死盯住幾乎被烏雲遮住的月亮，那是他唯一的參照物，他要確保自己走的是直線，一路向北，以最快的速度到她的身邊。

達爾文開始呼喊，可他一張嘴，風就像冰柱一樣刺破他的喉管，除了疼痛和乾燥之外什麼都感覺不到。可他顧不得這麼多了，他用盡全力地吼著，一聲比一聲響亮，他從沒想過自己能發出這麼聲嘶力竭的吼叫。就這樣吼了一聲、兩聲、三聲……直到他的聲音回蕩在整個曠野之中，他才意識到自己是在呼喚著她的名字。

「汪旺旺！」

我一輩子都不會忘記這個名字。達爾文心想。

雪地不遠處出現了幾個人影，要不是寒冷的感覺如此真實，達爾文真的會以為這幾個人是自己的幻覺，他們穿著幾乎融於大雪中的白色罩袍，行為舉止處處透著詭異。他們明明近在咫尺，卻對達爾文的叫喊聲充耳不聞，幾個人無一例外地直視著前方，明明只穿著薄得可憐的亞麻織長袍，鬢角和鬚根都掛上了冰碴兒，臉上的表情卻十分麻木。

走在後面的兩個女人手裡提著一種老式的煤油巡夜燈，儘管有玻璃罩子，但火苗仍被漏進去的風吹得忽明忽暗，只能照亮眼前幾步之遙的路，這些人就依靠著這種已經被歷史淘汰的照明工具在暴風雪裡行走著。

走在前面的兩個男人十分高大，一人一邊架著一個垂下頭的人，借助巡夜燈的光，達爾文再次清楚地看到了那張熟悉的臉。

「汪旺旺！」達爾文吼著。「放開她！」

汪旺旺似乎是昏過去了，一點反應也沒有。達爾文衝了上去，朝著其中一個架著汪旺旺的男人使勁一推，對方朝後仰了仰，並沒有鬆手，而是轉過頭來，眼神冰冷漠然地看著達爾文，就像看著空氣一樣。

「放開她！」達爾文轉身去扯汪旺旺，她的頭無力地拉到一邊，身體軟綿綿的。達爾文一下沒有拉動，兩個男人的手像鐵鉗一樣又把她扯了回去。

「你們是誰!?要帶她去哪裡？」

沒人理會達爾文的問題，那幾個人就像是聾子一樣。

達爾文朝另外一邊的那個男人撞了過去，兩個人滾到雪地裡，他用盡渾身的力氣朝男人的臉上重重地揮了一拳。拳頭不偏不倚地落在對方的臉上，打中了他的顴骨，可對方仍是一臉木然，絲毫沒有流露出對疼痛的感覺。他抬手推開達爾文，畢竟是成年人的體格，力道完全不一樣。達爾文在雪地裡滾了兩圈，耳朵嗡嗡作響，齜牙咧嘴地哼了一聲，一時無法動彈。

對方站起身來，繼續拖著汪旺旺往前走。

達爾文掙扎著從雪地裡坐起來，他跌跌撞撞地朝前跨了兩步，再次撲向那個男人。對方臉朝地倒在雪裡，當他用手肘撐起身體時，鼻子流出了血，這時他似乎終於覺得達爾文是前進路上的某種阻力，他轉過頭一腳朝達爾文的腹部踢去。達爾文沒來得及躲閃，一路狂奔到這裡已經用光了他身體裡的大部分能量，雪地裡的反應力和敏捷度都無法跟平時同日而語。那可是結結實實的一腳，達爾文向後摔出好幾公尺，喉嚨一熱，嘴裡嘗出血腥味。

這些到底是什麼人？一種突如其來的恐懼向達爾文襲來。

就在這時，雪地深處傳來一陣發動機的轟鳴聲，由遠至近，兩道亮得晃眼的燈光穿透眼前的風雪。瘋兔子開著貨卡，迪克包得像粽子一樣坐在副駕駛座上。

「都不許動！」瘋兔子一邊跳下車，一邊高舉起右手。

「乒！乒！」刺耳的槍聲在天空中炸響。

幾個白袍男女抬起頭，一臉茫然地看著槍口迸發出的火光，隨著火光的熄滅，他們轉過頭去繼續架起汪旺旺。

「老子他媽的讓你們住手，沒聽到嗎!?」瘋兔子的眼裡冒出凶光。

「沒用的，」達爾文忍著痛，朝瘋兔子喊道。「他們著魔了！」

「著魔」是達爾文能想到的最精準的詞，沒有一個詞比這兩個字能更貼切地形容眼前這群人，除了著魔，還能有什麼讓他們如此不顧一切？

「著魔？」瘋兔子冷笑了一聲。「或許你們該試試這個。」

「乒！」又一聲槍響，一名男子被震得往後一個踉蹌。瘋兔子精準地射中了他的上臂，麻織外套破了一個洞，幾秒鐘之後，衣服上滲出一片血花，鮮紅的血順著手臂流到地上，這一槍應該傷著動脈了。

「再敢往前走一步，接下來就是你的腦袋！」迪克也跳下了車，他向那群人大吼著。

不知道是因為疼痛還是震驚，對方緩緩鬆開了汪旺旺的胳膊。汪旺旺無力地癱倒在地上，達爾文一個箭步衝上去拉過汪旺旺，把她的手臂往肩膀上一甩，扶著她退到瘋兔子身後。

那些白袍人終於停下了腳步，他們木然地站在雪地裡，面無表情看著瘋兔子一行人。兩幫人就這樣對峙著，一時間，天地之中只有紛飛的大雪和汽車引擎的轟鳴，誰都沒有動作。瘋兔子仍然舉著槍，沒過幾秒，他的手臂和肩膀上就落滿了雪花。

「上車！」不知道過了多久，瘋兔子從喉嚨中憋出一句話。

達爾文他們這才回過神來，迅速跳上貨卡，瘋兔子踩下油門朝值班室開去。迪克不安地從後視鏡裡注視著那幾個「Shining」，他們沉默地盯著貨卡開走的方向，既沒有追上來，也沒有離去，像塑像一樣站在原地。

直到暴風雪讓後視鏡裡只剩下黑暗的時候，迪克才回過神來：「兄弟，你他媽的也是瘋了，在這種天氣裡一個人跑走！至少等我們把車發動起來呀！你還好吧……她還好嗎？」

達爾文沒吭聲，他皺著眉頭，緊緊摟著懷裡的汪旺旺。她緊閉雙眼，手冷得像冰塊一樣，臉上沒有一絲血色。達爾文把自己的衣服脫下來，又拿過放在車裡的備用羽絨被，一股腦地裹住汪旺旺。達爾文從來不是一個樂觀主義者，他不知道她在雪地裡被這樣拖著走了多久，最壞的打算已經浮上心頭，低溫症會引起患者意識障礙和心跳減慢，甚至陷入昏迷或死亡。

憂慮堵在達爾文的胸口裡，他張了張嘴，生硬地喚她的名字：「汪旺旺……妳快給我醒過來，不然我就把妳扔下去！」

迪克一臉驚訝地轉頭看著達爾文。

達爾文也不知道自己怎麼了，他想說「我找了妳很久」，想說「求求妳不要出事」，想告訴汪旺旺自己有多擔心，想告訴她自己沒有一刻不在想著她，要是有可能讓身分對調過來，他寧願在冰天雪地裡凍暈過去的是自己。但他和世界上所有十七歲的男孩子一樣，無論如何也學不會說出自己的心裡話。

不知道是達爾文的威嚇起了作用，還是車裡的暖氣太強勁，汪旺旺的睫毛動了動。

「汪旺旺！」達爾文渾身一震，晃了晃她的身體。

「唔——」汪旺旺艱難地睜開眼睛，看了看達爾文，忽然聲嘶力竭地大叫起來。「放開我！放開我！」

她一口咬在達爾文的手上，達爾文手一鬆，她就開始拚命掙扎起來，揮動拳頭打在瘋兔子的後腦勺上，瘋兔子的頭朝擋風玻璃撞上去。汽車一下失去了控制力，朝路邊側滑起來，眼看就要翻車。迪克迅速撲向駕駛座，替瘋兔子控制住了方向盤，貨卡在雪地裡驚險地停了下來。

「按住她！媽的，她瘋了嗎！」瘋兔子揉著腦袋大吼道。「她剛剛要害死我們幾個！」

「中尉！是我啊！我是上校！」迪克解開安全帶，探身到後座上幫達爾文一起按住汪旺旺。「妳認得他嗎？他是達爾文！」

「達爾文……達爾文……」汪旺旺喃喃念著他的名字，似乎在大腦中使勁搜尋跟這個名字有關的記憶，過了一小會兒，她終於不再掙扎，身子一軟，癱在座椅上，呆呆地看著遠方。

「中尉到底怎麼了？」

「我看像是PTSD。」瘋兔子深吸了一口氣，從剛才的驚魂未定中緩了過來。

「PTSD？」

「創傷後壓力症候群，就是生命受到威脅或者經歷了重大刺激之後產生的精神障礙。」瘋兔子說。「我以前在監獄裡見過這種人。有個男人因為目睹妻子出軌，開槍射殺了她和她的姘頭，在之後很長一段時間裡都不容許別人靠近，只能關押在單人囚室。有一次因為別的犯人碰了他一下，他硬生生把對方的手指咬掉了三根，他發瘋的樣子就跟現在你這位朋友一樣。」

「妳究竟經歷了什麼？」達爾文皺著眉頭，心疼地看著蜷縮在一角的汪旺旺，可她對他的問題毫無反應，仍保持著同一個姿勢。

「她好像什麼都記不得了。」迪克一臉憂慮。「PTSD會持續到什麼時候？」

「不好說，有人幾個小時後就會過去，有人幾年後都沒改善。」瘋兔子聳了聳肩。

「就沒有別的辦法了嗎？」

「辦法也不是沒有……但我也只是道聽塗說的，不知道管不管用。」

「什麼辦法？」

「比方說你們可以帶她回到以前她生活過的地方，或者給她看一些對她過去很有價值的東西，刺激她的記憶系統。」

「這不是等於沒說嗎？」迪克翻了翻白眼。「我們現在離家一萬多公里，你還有沒有更具建設性的方案？」

「等等，」瘋兔子的話似乎提醒了達爾文。「有價值的東西……也不是沒有。」

他一邊說著一邊解開羽絨服，掏出了自己的那枚硬幣。從出發以來，這枚硬幣就一直被他收在襯衫的暗格之中，從未離身：「妳還記得這枚硬幣嗎？妳記得是誰送給我們的嗎？」

汪旺旺盯著硬幣看了幾秒鐘，沒有說話，但眼睛忽然眨了幾下，好像陷入了沉思。

「快，把你的那枚也拿出來！」達爾文對迪克說。

迪克趕緊掏出硬幣，兩枚硬幣都放在了汪旺旺的手裡。

「這是M送給我們的，妳、我、達爾文、沙耶加和她自己都各有一枚，」迪克補充道。「我和達爾文查到這枚硬幣的出廠地就在這裡，我們說好要一起找到M並帶她回家，妳記得嗎？」

「卡森城……M……」汪旺旺輕聲念叨著。

「她有反應了……」

達爾文話音未落，汪旺旺突然一轉身，緊緊抓住他的手臂，眼裡流出淚水，用顫抖的聲音說道：「M……M還在裡面，我們要回去救她！」

這句話用光了汪旺旺所有的力氣，她說完就昏了過去。

第十章　神的基因

瘋兔子終於把車開回了值班室，達爾文和迪克把汪旺旺搬上了床。她的體溫仍舊很低，達爾文替她加了一床被子，又把暖氣調高了兩度。

大家都又累又餓，瘋兔子熱了一張比薩和幾根火腿腸，又分了幾瓶啤酒，吃完之後就倒在沙發上睡著了。迪克看了一眼比薩，轉而從冷凍格裡拿了兩罐沙丁魚罐頭吃起來。

「我以前真的很喜歡吃比薩，」迪克把最後一勺沙丁魚吃完，擦了擦嘴。「但也不知道為什麼，現在突然不想吃熱東西了，就是提不起興趣來。」

「人的口味會變的。」達爾文輕聲說，只有他知道迪克的身體正在發生變化。

「或許是吧，我以前不愛吃魚，」迪克吧唧著嘴。「現在卻饞這些腥味兒重的東西。」

「你現在感覺好一點了嗎？」達爾文問。「肚子還疼嗎？」

「好多了，」迪克說。「陣痛過去了，我感覺我的體質變得更好了，剛剛我在外面甚至感覺不到冷，你信嗎？」

下一次變化還會來的，以更糟糕的方式出現，迪克身上就像綁了一顆定時炸彈，不知道什麼時候會被引爆。達爾文的腦海裡再次浮現出約翰的樣子——在月光下的樹林裡，他從M的棺木裡鑽出來，皮膚蒼白而透明。

這間屋子就像一個小小的火柴盒，盒子外面的世界正發生著無法挽回的大事，病毒在日益擴散，成堆的人在醫院裡死去，穿著隔離服的醫務人員將屍體放進火爐燒成灰燼；新聞報導說國際關係陷入僵局，戰爭一觸即發，坦克和航空母艦已經開到了邊境線上；人們拿著武器走上街頭，把內心的不滿和恐慌宣洩到陌生人和弱者身上；陰謀論和虛無主義在街頭巷尾被討論著，革命在各地蔓延……每件事情都在把這顆星球推向末日的邊緣，而他們此刻待在火柴盒裡，這一切雖然看起來和他們並無關聯，但又有著千絲萬縷的聯繫。

「你剛才聽見中尉說的了嗎，M還在卡森城裡面。」過了一會兒，迪克若有所思地說。「我真的搞不懂，那群人究竟為什麼要抓M？M和世界末日之間到底有什麼關係？」

「M是鑰匙，是實現世界末日的計畫裡最關鍵的一環。」不知道什麼時候，汪旺旺已經醒了過來，她披著毛毯站在迪克的身後。「張朋把她抓到這裡來，他一心一意要滅亡人類。」

達爾文和迪克互相看了一眼，一時間都不敢相信，他們之前的推測竟然是正確的。

「張朋真的沒死？」

「嗯。」

「這樣都不死……那他是個什麼東西？」

「和我一樣，他的身體裡流著的不是普通人的血液。」汪旺旺深吸了一口氣，坐到迪克身邊。「其實我一直對你們有所隱瞞，無論是M也好，張朋也好，我們的血統都來自十分相似的源頭。」

達爾文看了汪旺旺一眼，他早就感覺到這個女孩的過去並不簡單，但當他聽到汪旺旺說自己跟張朋一樣的時候，仍然不由自主地打了個冷顫：「源頭是哪裡？」

「M和張朋的基因都來自雅典娜，雅典娜的基因來自拿菲力人，而拿菲力人的基因則來自一種到目前為止都無法定義的生物。它們在歷史上有過各種各樣的名字，唯一沒變過的就是它們被尊為『神』的身分。」

「神……」達爾文慢慢地吐出這個字。「那它們在哪裡呢？」

「不知道。關於它們的資訊少之又少，沒人知道它們從何而來，目的是什麼，沒人知道它們的具體形象，它們留在地球上的痕跡無從考察。唯一能確定的，是它們在地球成型之初到達過這裡，並且用它們自己基因池裡的DNA培養了一些物種——拿菲力人就是它們創造的物種之一。除了拿菲力人，它們還造過不同的類人和亞人，但因為某些原因又將它們滅絕了。這些故事記錄在《聖經》和世界各地古老的宗教書籍裡。」

「妳指的是挪亞方舟大洪水、所多瑪和蛾摩拉？」達爾文問。

「對。」汪旺旺點了點頭。

「為什麼要滅絕它們啊？」迪克不解地問。

「不知道，神的理由我們無法理解，人類的道德、法則和情感對它們來說都是沒有意義的。這就像關在實驗室裡的小白鼠無法理解人類的行為一樣——它們無法理解人類將它們孵化、培養、再注入病毒和解剖是為什麼，因為老鼠和人類的思考維度根本不在一個層面。就目前所知，人類是它們創造的最後一個物種。」

「我們也是它們創造的？」

「是的，人類是他們創造的最低級的物種，也是跟它們的相似度最低的——因為神的DNA在人類體內已經被稀釋到幾乎沒有。他們在創造人類之後離開了地球，但它們在地球的某一處保留了來往通道，在幾億年裡和地球建立了連接。」

「那妳的基因也來自拿菲力人嗎？」

「不，我的基因來自一個在所多瑪和蛾摩拉毀滅之前逃出來的兩個類人，他們是我家族的祖先，用近親結婚的方式在幾萬年裡維持了純粹的血統。無論怎麼說，我的家族、雅典娜、張朋和M都擁有比普通人類更接近『神』的基因。」

「那你們到底是不是……人類？」迪克試探地問。

「那就要看你怎麼定義人類了，如果根據DNA的相似度定義，我們和人類不會有太大不同。眾所周知，歐洲人種、非洲人種和亞洲人種在基因結構上雖然只差了0.0001%，但外貌和體征上就已經不同了，從發色、輪廓到瞳孔的顏色都完全不一樣。而我們和正常人類的DNA差了0.000001%都不到，」汪旺旺頓了頓。「恰恰就是這一點點差別，讓我們和你們有了巨大差異。」

「哪裡的差異？」

「體能、壽命、自愈力和這裡。」汪旺旺一邊說，一邊用手指了指自己的大腦。

「大腦？」迪克看著汪旺旺問道。

「對，大腦的區別讓我們比普通人類在進化樹上走得更高。」

「可是我並沒感覺妳的腦子跟我們有什麼不一樣，」迪克吐了吐舌頭。「中尉，我並不是看不起妳啊，如果說進化過的大腦會聰明一點的話，妳好像連我都不如。」

「你先讓她說完，」達爾文白了迪克一眼。「大腦的進化也不一定只體現在智力方面。」

「你說得沒錯，」汪旺旺點點頭。「在你們看來，人類之所以能進化成為這個世界的主宰是為什麼？」

達爾文和迪克對視了一眼，這是在小學課本上就學過的知識，但此時此刻面對這樣的問題，他們倆都有些猶疑。

「好像是因為我們能用手勞作，會說話？」迪克努力回憶著。「還是因為我們人類大腦更發達，智商比其他動物高？」

「手是一個原因，智力也是一個原因，語言更是一個原因，但都不是決定性的——黑猩猩的雙手更靈巧，蝙蝠和海豚都有自己的語言，鯨魚的智力甚至比人類更高，但為什麼它們沒有成為食物鏈頂端的生物？」

「那依妳看，究竟是什麼原因？」

「人類之所以能登上頂端，是因為獨特的思維方式。」汪旺旺平靜地看著達爾文。「神在改造人類的時候，在人類基因池裡或多或少地留下了自己的影子。神的DNA改變了人類大腦的內部，讓人類以前所未有的方式思考世界和宇宙，並相信虛構的東西和傳說的故事，甚至願意放下動物本能去追求一些更高級的東西。」

「等一下，我好混亂，妳說的東西我已經跟不上了。」迪克的頭一陣疼痛。

「我舉個很簡單的例子你就懂了，海豚和鯨魚哪怕再聰明，它們也僅僅在捕獵和繁衍上運用自己的智商。它們不會對未來產生好奇，不會對星辰宇宙產生幻想，不會相信奧林匹斯山上有宙斯和太陽神。如果把一塊食物和一本《聖經》放在它們面前，即使你告訴它相信上帝就會感覺不到饑餓，它們仍然會選食物——」

「人類不會，人類會選《聖經》。」達爾文接過了話。

汪旺旺點點頭：「只有人類會相信虛構的事物，會為了看不見摸不著的信仰犧牲自我，會不自覺地仰望星空，渴望去探索宇宙，追尋世界的邏輯和真理……在人類的思維模式裡，生命不再是唯一重要的東西。沒有人認真考慮過這種思維方式究竟為什麼會只有人類獨有，縱使翻遍人類學的書籍，裡面也只會草草概括為『基因突變』——但這沒那麼簡單，這種思維方式是神的DNA對人類產生的影響，哪怕經過幾千萬年，仍留在人類的基因鏈裡。」

「那妳呢？」達爾文輕聲問。妳還是我喜歡的那個女孩嗎？他在心裡想。

「神的基因在我們身體裡保留得更完整。」汪旺旺垂下眼睛。「當我覺醒之後，發現這個世界在我眼裡不一樣了。」

「妳是說，妳能看到我們看不到的東西嗎？」迪克問。

汪旺旺點了點頭，又搖了搖頭：「不只那麼簡單，我不知道該怎麼解釋，語言很難形容。簡單來說，我有時能看到別人的過去。」

「太酷了！就像科幻片裡演的一樣！」迪克說。「這不是挺好的嗎？」

「我真希望我能活在科幻片裡，用這個突然獲得的能力出奇制勝。可當我能看到過去之後，我感知世界的方式產生了變化……時間對我來說不再是線性的了。我突然開始理解M做的一切匪夷所思的事情，以前在我們看來，她不過是個智力有問題的自閉症患者，她的許多行為和反應都不符合常人的邏輯——她會說胡話，在公路上來回繞圈，低著頭在角落裡撿硬幣……其實她的一切舉動在她的思維中是合理的，因為她能看見未來，她看到的比普通人多得多，所以世界在她的認知裡和普通人並不一樣，她對事物的認識已經超出了普通人能理解的維度——而我，現在也有這種感覺。」

「我不知道妳的腦子到底多了多少個腦洞，但妳原來是什麼樣子，我現在看妳還是什麼樣子，」迪克上下打量著她。「原來是平胸，現在還是平胸；原來瘦得只剩下排骨，現在還是瘦；原來是誰，現在還是誰。中尉，我們還是一條戰壕裡的戰友，我並沒覺得妳和以前有什麼區別。」

「……謝謝你。」汪旺旺看了迪克一眼，卻欲言又止，終究沒有說什麼。

「我還有一件事情想不通，」達爾文突然開口道。「張朋為什麼要選擇在這裡開始他的計畫？他為什麼要摧毀世界，又為什麼需要M？」

「這是一個很長的故事了，」汪旺旺歎了口氣。「他已經不會回頭，也不想回頭。M對他來說是一把鑰匙，能打開舊日之門。我們要阻止他，就必須把M帶回來。」

「可是如果M這麼重要，張朋一定會把她嚴密保護起來，以我們現在的實力，怎麼把她帶出來？」

「不，M所在的地方，一個看守都沒有，」汪旺旺搖搖頭。「因為那個地方，普通人根本進不去。」

「妳認得路嗎？」

汪旺旺點了點頭。

幾個人都沒再接話，他們今晚獲得的訊息量已經太大了，大到需要一點時間消化。

「還有幾個小時才天亮，我覺得你們應該休息一下。」達爾文看了一眼裹得嚴嚴實實的迪克和精神萎靡的汪旺旺。「今晚我守夜，你們都去睡會兒吧。」

也許是身體還有不適，而一晚上的折騰也確實耗盡了大家的體力，迪克二話沒說就爬上了床，沒多久汪旺旺也靠著沙發閉上眼睛。房間裡很快響起此起彼伏的鼾聲，達爾文穿上大衣，把瘋兔子的槍紮進皮帶裡，悄悄地離開了值班室。

這是今晚他第三次站在雪地裡。雪小了一些，也許到明天早上就會停。他已經開始習慣這種寒冷，他踹了一腳雪，心中被一種莫名其妙的沮喪包圍著。

達爾文其實對這個世界並沒有過多的好奇，他是個駭客，過早接觸這個世界太多的陰暗面讓他已經對所有事情都提不起興趣。或許在早幾年，當某個人神祕兮兮地告訴他「秦始皇還活著」「亞特蘭蒂斯還在地球某處」，他還會配合對方露出一個驚訝的表情，但現在真實的情況是，無論是上古神明還是人類起源，哪怕美國總統是外星人他都不在乎，他的生活重心並不在挖掘那些陳年祕密上。這個世界上的大部分對祕密感到好奇的人——那些陰謀論者、ＵＦＯ愛好者、都市傳說夫人獵奇人士……九成九以上都是局外人，他們只會在下班之後坐在電視前收看「外星人遠古謎團」，或者在網路上流覽被重重過濾之後的小道消息。他們都無法接近真相，而離祕密核心越近的人，越會對這一切感到索然無味。

他之所以關注汪旺旺，不是因為她的身世有多複雜離奇，而是單純的喜歡，而汪旺剛才在值班室說的一席話，達爾文只聽出來了一點——「我和你們不一樣」。

達爾文突然想起了駱川跟他們講述的過去，在那個神祕的氣泡世界裡，舒月能看見另一個重疊時空的生物，能看見駱川和埃倫教授看不見的生物，她身體裡流淌的是和汪旺旺同樣源頭的血液。當駱川被舒月救出來的時候，舒月卻和之前不一樣了。他只不過昏過去短短幾小時，舒月卻像經歷了幾年甚至十幾年的人生，她的眼睛裡多了一層駱川看不透的東西，這種東西如今同樣也出現在汪旺旺的眼睛裡。

他們之間的距離沒有因為達爾文找到了她而變得更近，那不是物理上的距離，而是心靈上無法跨越的鴻溝，他們在無法避免地漸行漸遠。

達爾文突然聽到身後傳來一陣沙沙的腳步聲，他心裡一驚，下意識轉身拔槍，卻看到汪旺旺站在門口。

「我睡不著……」她被達爾文嚇了一跳，帶著歉意說道。

「噢，對不起，」達爾文臉有點紅。「我不知道是妳，你現在感覺好點沒？」
「好點了，」她忽然望向他說道。「我有點冷，你能抱著我嗎？」
達爾文還沒說話，汪旺旺就向前走了一步，鑽進他懷裡。她很瘦小，纖細的身體裹在羽絨衣裡面，肩膀上堆積著一層薄薄的雪花。她的頭髮亂蓬蓬的，隱約有一種海水的鹹味兒，有一瞬間達爾文覺得自己在做夢，過了片刻，他也抬起手抱住了她。
「還冷嗎？」達爾文問。
汪旺旺把頭壓在他胸口，模模糊糊地說了一句話：「我以為再也見不到你們了。」
達爾文用力嗅了一下她的頭髮：「無論妳去哪兒，我都會找到妳的，畢竟妳從醫院跑掉的時候偷了我的錢。」
汪旺旺撲哧一聲笑了：「小氣鬼！」
「對啊，我這個人天生小氣又記仇，從我這拿走的都要算利息的。」
「可是錢我已經花完了。」汪旺旺抬起頭。「用別的還行嗎？」
「用什麼？」
一個吻猝不及防地落在達爾文的嘴唇上。汪旺旺的嘴唇被風雪凍得冷冰冰的，卻把他唇上的雪花融成了霧氣。這個吻伴隨著興奮、喜悅、恐懼和青澀，輕描淡寫又轉瞬即逝，讓達爾文還沒來得及細細感受就消散在風雪之中。
「這個怎麼樣？」她笑了一下。
「如果我們能順利地把M救出來，我是說如果……」達爾文有點結巴。「妳能……」
「當然可以，我能。」汪旺旺拉著達爾文的手。「我們回到小鎮上。」
「好。如果妳想考大學，我們就一起考大學。」

「但我怕我考不上，我沒有你的腦子。」

「那就不讀大學了，其實大學也沒什麼意思，我們可以搬出來，在城郊租個房子，我已經夠貸款要求的年齡了，而妳呢，妳可以找一份喜歡的工作，比如開個中餐館，或者燒烤店——畢竟這方面我有經驗。」

「哈哈哈，我喜歡燒烤店。」汪旺旺禁不住笑了。「聽起來挺適合我的。」

「妳是說比起中式炸雞，妳更適合烤串嗎？」

「烤香腸，烤肉丸，烤魚……聽起來更簡單，但你能幹什麼呢？」

「我嘛……給我一個車庫，可能在幾年之後，世界上就要出現一個華裔『賈伯斯』。」

「我不知道我有沒有準備好做一個億萬富翁的妻子。」

「那妳現在可以開始練習了。」達爾文的內心裡突然泛出了一絲苦澀，他緊緊抱住汪旺旺。「其實這一切就算都不能實現也沒關係，只要我們能在一起，只要妳知道我一直愛著妳。」

「我也愛你。」

天濛濛亮的時候，鮑伯的酒勁才算過去，剩下的只有憤怒了：「其實我早就不打算在這兒幹了，別以為我喝多就什麼都不知道。昨天晚上你們踩過線了，你們招惹了不該招惹的東西，你們要死跟我一點關係都沒有。」

「把我的那份錢給我——該死，我就不該接這個活兒，」鮑伯朝所有人咆哮著，試圖從瘋兔子手裡搶過鑰匙。「你們都他娘的瘋了。」

「別激動，哥們兒。」瘋兔子試圖讓鮑伯冷靜下來。「你看你昨晚睡得多香，現在人也是好好的，什麼都沒發生。」

「這他媽跟你之前承諾我的不一樣！」鮑伯用手指戳著瘋兔子的胸口。「我們之前說好的，我帶你們進來，然後你們自己行動，不管是找『Shining』還是什麼別的，無論你們幹什麼都不會跟我扯上任何關係。可現在你們不但在我的地盤開槍了，而且還帶回來一個『Shining』——」

鮑伯一邊說，一邊惡狠狠地看著汪旺旺：「他們一定會再回來的，你們讓這個值班室變成了他們的目標，我怎麼能待在這裡？」

「冷靜點，我們或許還能談談……」

鮑伯根本不顧瘋兔子的話，一把甩開他的手，拿起背包走出門外。很快，一陣汽車發動機的轟鳴聲傳來，沒過一會兒，鮑伯一腳踹開值班室的門，兩三步走到瘋兔子面前，一把揪起他的衣領：「是不是你幹的？」

「如果你現在不放開我，你會後悔的。」瘋兔子似乎也喪失了耐性，他陰沉著臉說道。「我不知道你在說什麼。」

「我的車發動不起來了！」鮑伯推開瘋兔子。「別跟我耍滑頭！」

達爾文暗暗吃了一驚，他和汪旺旺對視了一眼，一起跑了出去。外面的雪已經基本停了，但天仍然是陰沉沉的，借助濛濛亮的天光，他們看到雪地裡多了大量淡黃色的液體，把地面上的積雪溶成了一片薄冰。

油箱不知道什麼時候破了個大窟窿，汽油漏了一夜，如今油箱已經空空如也。隨後趕出來的瘋兔子和達爾文交換了一下眼色，達爾文想起他昨晚說，在值班室後面發現不屬於他們任何一個人的腳印。

「我知道是你，你怕我一走了之，把你們扔在這裡。」鮑伯對著瘋兔子大叫。「該死！該死！我早就該想到，你為了她什麼都能幹出來……」

「你他媽再往下說一個字試試！」瘋兔子忽然轉頭，一把揪住鮑伯的衣領，硬生生地把鮑伯向前拉了兩步——他瘦得像猴子一樣，卻能揪得動一個將近一九〇的黑人男子。

「你的腦子已經被酒精毀了，知道嗎？」

瘋兔子一拳砸在鮑伯腦袋上，鮑伯連連後退了幾步，摔倒在雪地上。

「昨晚有人來過，我推測我們出去救人之前油箱已經被戳漏了，直到現在汽油才漏光。」瘋兔子拍了拍手，面無表情地說。

「『Shining』以前從來沒接近過這裡。」鮑伯坐在地上啐了一口，仍在辯解著。「要不就是你們幾個之中的某人……」

「你也知道是『以前』，」瘋兔子說著露出腰間的槍。「我明明有一千種方式強迫你留下來，毀了車子對我有什麼好處？」

鮑伯不說話了，他的臉憋得通紅，也許是因為宿醉，也許是因為窘迫。過了好一會兒，他才嘟囔起來：「那現在該怎麼辦？」

「我昨天打傷了他們的人，今晚很難說他們會不會來報復，你待在這兒已經不安全了。」瘋兔子歎了口氣。「你跟著我們走，一起進卡森城救人。」

「我不去！」鮑伯尖叫起來。「那是個鬼城！那些『Shining』都在裡面！我才不去送死！」

「那你就留在這等死！」瘋兔子朝地上吐了口唾沫，轉身走到車前，突然拿起車前蓋上放著的早前鮑伯沒喝完的那瓶伏特加，用力朝鮑伯砸了過去。「狗娘養的！你以為我想帶著你嗎？你看看你，和一個癮君子有什麼區別？除了壞我的事給我添亂之外，你能做什麼？你留下來等死好了！」

鮑伯本能地翻身躲開，酒瓶在地上滾了兩圈，酒灑了一地。達爾文看了一眼瘋兔子，眼底除了憤怒，還有一絲冷漠。他看鮑伯就像看一條狗，達爾文心想。

幾個人都沒說話，最後是瘋兔子開的口：「進屋收拾收拾東西，我們一小時後出發。」

大家走進屋子，迪克還睡眼惺忪地坐在床上，不知道發生了什麼，他告訴達爾文他的肚子又開始不舒服了。

「我的嗓子，哥們兒……」迪克張了張嘴。「說起來很奇怪，我感覺我的聲帶在消失。」

達爾文讓迪克張開嘴巴，朝裡面看了看，安慰他道：「並沒有消失，那是你的錯覺。」

他又拿起圍巾在迪克頭上重新裹了裹：「你現在很可能有低溫症，喉嚨和臉都不能吹風，我一會兒再給你吃幾顆止痛藥。」

「呃，但我不冷。」迪克發出微弱的抗議。

「我是為你好。」達爾文轉頭去收拾東西，他清點了一下帶來的物資，把能帶走的東西都分成了兩份——迪克這時候已經不適合負重了，所以背囊的主力是他和瘋兔子。

瘋兔子似乎並不想分發武器給他們，他把裝著手槍和弓弩的袋子一直背在身上，但在達爾文的要求下，還是分出來一把小刀和一支麻醉針，他還從值班室的應急箱裡拆出來兩個急救包和兩個手電筒。一切準備就緒後，瘋兔子從值班員登記簿後面撕下兩頁紙，按照監視器上的畫面，畫了一張簡略的地圖。

在地圖的中間，他畫了兩座高塔代表核電站，高塔後面有一間小屋子代表了值班室，南邊有一些大小不一的圓圈，代表了鮑伯口中的「蓄水池」，或者應該是核彈坑才對。他又在北邊稍遠一些畫了一個廠房樣子的建築，和一些稀稀疏疏的房屋。

「這是我對卡森城的大致印象，畢竟我已經二、三十年沒回去過了。」他向達爾文解釋著。「這間廠房是鑄幣廠，城中間有一個廣場，那還有個教堂……在西北方向有個遊樂場，已經廢棄了很多年，靠著山。」

達爾文點了點頭。

「好了，小姐，現在妳來告訴我們，妳的朋友在什麼地方。」瘋兔子一邊說，一邊把地圖推給坐在他對面的汪旺旺。

汪旺旺想了一下：「這裡。」她一邊說，一邊在鑄幣廠旁邊的廣場處畫了一個「叉」。

「如果我們徒步去要多久？」

「兩天。」汪旺旺說。

「為什麼要這麼久？從地圖來看，直線距離不超過十公里啊。」達爾文疑惑道。

「因為走不了直線，」汪旺旺一邊說，一邊在核電廠和鑄幣廠中間畫了個大圓圈。「這裡有個湖，我們只能繞著走。」

達爾文看了看瘋兔子，他想起來鮑伯昨晚才說過，最大的蓄水池在北邊，鮑伯和汪旺旺說的應該是同一個地方。

「我們可以冒險從湖面上過，」瘋兔子抬頭看了看窗外，思索著。「連續幾天的暴風雪，湖面應該結冰了。」

「那你最好祈禱冰面足夠結實，」達爾文皺起眉頭。「水下很可能有淤泥，如果結冰不均勻，我們任何一個人掉下去，後果不堪設想。」

「可我們和M都沒時間了。」汪旺旺懇求地看著達爾文。

達爾文抿了抿嘴，看了一眼還靠在床上迷迷糊糊的迪克，最終還是點了點頭。

「那就這麼決定了，出發吧。」瘋兔子收起地圖，和達爾文一起背起行李，汪旺旺攙扶著迪克走出門，只見鮑伯還坐在雪地裡。

「我加入。」他撿起地上就剩下一口酒的酒瓶，一仰脖子喝個精光，跌跌撞撞地爬起來。

第十一章　抵達大湖

「真奇怪，我竟然感覺不到冷了。」在雪地裡的時候，迪克嘟囔道。

一行人在雪地裡緩慢又沉默地前進著，瘋兔子走在最前面，緊隨其後的是鮑伯，他似乎仍感不安，走幾步就要警惕地環視一下四周。汪旺旺在隊伍中間，達爾文攙扶著迪克在最後。他們距離從值班室出發已走了將近兩個小時，儘管雪在天亮時分就已經停了，但天氣仍然惡劣。烏雲壓境，閃電伴隨著雷聲在雲層深處炸響，眼前除了一望無際的雪地之外，只有一些灰黃色的乾枯野草在風中擺動。

陣陣冷風把達爾文的衣服吹得劈啪作響，冰碴兒劃過他的臉時像刀割一樣。達爾文攏了攏衣領，在雪地上行走比他預想的更消耗體力，他覺得自己身體裡的能量在被快速掏空。他抬頭看了看黑壓壓的烏雲，幾隻亞利桑那禿鷹在他們頭頂盤旋著，圍繞著黑色雲層發出長串的嘶叫聲，似乎在等待他們一行人體力不支倒地時，自己可以享受一頓新鮮大餐。

此刻達爾文更擔心的不是禿鷹，也不是乾糧的儲備到底能支撐多久，他最擔心的是迪克發現自己的變化。

「有時候，人在寒冷狀態下會突然感覺不到冷，但這只是一種幻覺，」達爾文走到迪克身邊，又把他裹緊了些。「很多被凍死的人，在死前都會脫光衣服，這是中樞神經因為寒冷而麻痺的前兆，如果這時候你再不注意保暖，就真的死翹翹了。」

迪克皺著眉頭，儘管不舒服，卻仍然乖乖地任由達爾文擺弄著頭上的圍巾，只露出兩隻眼睛，他對他這個兄弟是從來都沒有半點懷疑的。

「肚子還疼嗎？」

「不疼了，可能止痛藥起效了吧，」迪克從圍巾底下發出模糊的聲音。「但我感覺我的肚子很奇怪，但又形容不出來，這也是低溫症的症狀嗎？」

「有這種可能……」達爾文實在不知道該怎麼編下去。

「確實是低溫症，」汪旺旺在旁邊補充。「我也覺得我的後背要裂開了，又癢又麻的，其實這都是低溫症的幻覺，你不要想它就好了。」

汪旺旺的安慰很管用，迪克果然拚命點頭：「我的肚子就是這種感覺。」

「離開這個鬼地方就會好的。」汪旺旺一邊說，一邊和達爾文交換了一個眼神。

達爾文幫迪克圍好圍巾：「快走吧。」

「嗯。」迪克點了點頭，朝前面繼續走去。達爾文在迪克走遠後才攤開手掌，他的手心裡是一層厚厚的皮屑，這是剛才繫圍巾時，從迪克的臉上和脖子上掉下來的表皮組織。

達爾文的心再次一沉，迪克離完全變異的時間沒多少了。

「到了！」瘋兔子的叫聲把達爾文拉回了現實。眾人順著他手指的方向看去，只見前方雪地裡出現了一排鐵絲網和警告牌，一半以上的鐵絲網已經沒入了雪裡，警告牌也生銹了，但仍然能看清上面用引人注目的紅漆刷著「危險，嚴禁進入」的提示語。

瘋兔子從書包裡翻出鉗子，在鐵絲網上剪出了一個開口讓眾人通過。一行人又向前走了幾百公尺，一排松樹出現在不遠處，在松樹的後面有一片寬闊的水面。隨著離湖水越來越近，腳下的積雪開始變得泥濘，濕潤的灰色土壤踩上去非常滑，眾人十分小心地又向前走了一段距離，這才看到整個湖（或者說蓄水池）的全貌。

湖面至少有五個紐約中央公園這麼大，達爾文心想。

湖水結了一層冰，冰上有一些薄薄的積雪和水窪。遠遠望去，在湖的對岸有一些雪白的老式屋頂，應該就是卡森城的舊址了。

「我們要到那裡去。」汪旺旺伸手指了指屋頂的方向。

達爾文走到湖邊向下望去，冰層之下的湖水深不見底，透著詭異的顏色，一點也不像他以前見過的任何一個冰湖的顏色，空氣還隱隱約約地彌漫著臭味。在冰面下方與湖水的接壤處，結滿了白綠相間的珠狀物體，數以千計大小不一的珠泡緊貼著冰層，一顆一顆，一簇一簇，像水母的裙帶一樣蔓延至湖水深處。

「這些玩意兒是什麼？」鮑伯指著珠泡問道。「真噁心，我都起一身雞皮疙瘩了。」

「看起來像是被凍結的沼氣泡。」達爾文皺著眉。「這很罕見，我只在臭水溝裡見到過。」

「這玩意兒是怎麼產生的？」

「城市裡的臭水溝有許多昆蟲、老鼠等小型動物的屍體，屍體在腐爛過程中就會產生沼氣。如果這時候遇到氣溫驟降，沼氣產生的氣泡就會結冰，變成這種白色水母狀的東西，但我沒有在任何一個湖泊裡見到過沼氣泡。」

「你的意思是說，這湖底下有很多死老鼠？」

「我不知道。」

「甭管怎麼說，至少湖面結冰了。」迪克大大咧咧地說著，往冰面上走去。

「小心！」瘋兔子忽然大叫起來，猛地向前邁出兩步拉住迪克。

「你幹什麼……」迪克被瘋兔子拉得向後一退，剛想抱怨一句，誰知話還沒說完，腳下的冰層應聲碎裂，底下的湖水湧了上來，頓時惡臭撲鼻。

「你難道看不出來這冰結得有多薄嗎？」瘋兔子破口大罵。「這個厚度根本支撐不了你的體重！」

迪克嚇得吞了吞口水，這才仔細看了一下湖面，只見裂縫處的冰層才不到一公厘厚，上面還覆蓋著一層水，正是那層水讓他產生了冰層很厚的錯覺。

瘋兔子往地上啐了一口：「我奉勸你一句，你要是還想活下去，就不要貿然行動，否則給你十條命都不夠。」

達爾文趴在岸邊仔細觀察了一會兒，瘋兔子所言不虛，冰面十分不結實，幾乎隨時都能迸裂，下面伴隨著沼氣泡的是冰冷的湖水，人掉下去隨時都有可能喪命。

「那我們現在該怎麼辦？」汪旺旺沮喪地看了一眼達爾文。「如果我們無法直接穿過湖面，那就只能繞路，至少要再走上兩天。」

「要是有船就好了，」瘋兔子沉吟道。「像這種厚度的薄冰，如果船底有破冰刀，就能直接開過去。」

達爾文放眼整個湖面，別說船了，連鬼影都沒有一個。

「你也看到了，我們過不去，回頭吧。」鮑伯嘟囔道。「現在這種溫度下，體能消耗的速度特別快，我們帶的乾糧根本撐不到再走兩天。」

「我們的朋友還在裡面！」迪克有點火大。「就算再走十天，我們也要過去。」

「那是你們的事！」鮑伯根本不理會他，轉身看著瘋兔子說。「你知道的，你犯不著把命搭在這兒，為了一個女人不值得……」

「你給我閉嘴！」瘋兔子一把推開鮑伯，惡狠狠地說：「你再敢提她一個字，我就讓你吃不了兜著走。」

「她已經死啦，」鮑伯惱羞成怒，朝瘋兔子吐了一口口水，一字一頓地說。「蘇珊娜，已，經，死，啦！」

瘋兔子猛地一拳就朝鮑伯掄過去，兩個人在雪地裡扭打起來。瘋兔子的拳頭正中鮑伯的臉頰，他一陣吃痛，齜牙咧嘴地叫喚著：「她就算活著也不愛你……你蹲牢裡那會兒她早跟人跑啦……」

「你不配叫她的名字！」瘋兔子又一拳打中鮑伯的眼眶，後者發出一聲悶哼，整個人都埋進雪裡。

瘋兔子下手又陰又狠，鮑伯明顯不是對手，幾個來回下來，他就被抓住衣領，牢牢地按在雪地上，瘋兔子的拳頭一下又一下地落在他的腦袋上。

「她已經死……死了……她寧願死也不要跟你在一起……」儘管鮑伯已經被打得毫無還手之力，但嘴上仍不依不饒，他說得越多，瘋兔子的力道就越重。

瘋兔子的臉上冒出了汗，他一手按住鮑伯，一手解開衣領，半截項鍊順著領口掉了出來。與此同時，鮑伯的手正在半空中胡亂掙扎，就這樣陰差陽錯地鉤到了項鍊。

「啪」的一聲，項鍊斷開飛進了雪地裡。

那條項鍊應該對瘋兔子很重要，導致他一剎那分了神，下意識伸手去撿項鍊。鮑伯趁機抬起拳頭砸中了瘋兔子的太陽穴，可瘋兔子似乎絲毫顧不上痛，仍然伸手去撿項鍊，但又被鮑伯拉了回來。

「你倆別打了！」這時候其餘人才反應過來，達爾文和迪克一邊一個架住他倆的手臂，把他倆拉開。「虧你倆還是道上混的，怎麼這麼容易動氣，還不如我們十幾歲的小孩呢。」

旁邊的汪旺旺彎下腰撿起了項鍊，只見項鍊上有一個銀色的相框鏈墜，從上面的劃痕來看應該已經佩戴了很長一段時間，正面被磨得十分光滑，相框鏈墜的扣環也特別鬆，在雪地裡輕輕一撞就彈開了。

「這就是蘇珊娜嗎？」汪旺旺朝相框裡看了一眼。「她真美，尤其是臉上那顆痣，像瑪麗蓮・夢露。」

瘋兔子愣了一下，眼圈有點紅，他深深地看了汪旺旺一眼，接過項鍊：「她是很美。」

「我想我知道你為什麼那麼愛她。」汪旺旺輕聲說。

「我只想再見她一面。」

「你一定能找到她。」

瘋兔子呆呆地看著汪旺旺，突然平靜下來，他重新把項鍊小心翼翼地戴回脖子上，歎了口氣，對鮑伯說：「見到蘇珊娜之前我不會回去的，你要走就自己走吧。」說完他從雪地裡爬了起來，幾個人繼續沿著岸邊繞湖前進，留下鮑伯一個人坐在雪裡。

「你們等等！」過了一會兒，鮑伯追了上來，他算是徹底瞭解了這些人的決心，不去卡森城是堅決不會回頭的。鮑伯自己也很清楚，他沒有勇氣一個人回去，他不知道有什麼在值班室等著他，更不知道怎麼憑一己之力離開核工廠。

「你們別再往前走了，」鮑伯似乎是下了很大決心，斷斷續續地說。「我知道在這兒附近有個核工廠留下來的廢棄船塢，裡面或許有船。」

眾人跟著鮑伯沿湖邊穿過一片松針樹林，果然看到了一座船塢。船塢屋頂上蓋了厚厚的一層雪，外牆上原本青綠色的鐵皮氧化成了鏽紅色。也許是天氣的原因，船塢周圍似乎彌漫著一種潮濕的黴菌臭味，就像冰箱裡放了幾個月的變質沙丁魚，氣味十分噁心。

鮑伯繞著船塢走了一圈，發現前後門都被鐵鍊鎖住了。船塢兩側各有一個小視窗，釘了鐵網無法讓人爬進去，就連窗戶上也起滿了霜，只能隱約看見裡面有一些生銹的維修機械。鮑伯和瘋兔子對視了一眼，瘋兔子從口袋裡摸出一個小皮夾子，裡面有各式各樣的小鐵鉤，他取出其中一個，插進了前門鎖頭的鎖眼裡。

「沒想到詐騙大師還會這一手。」迪克揶揄道。「這種鎖開一槍就能打爛吧。」

瘋兔子白了他一眼，用鉤子在鎖頭的機械裝置裡來回轉動著：「我們能不用槍就不用槍，開槍是下策。你永遠不知道你的身分是怎麼暴露的，就像你不知道這片樹林裡還有沒有別的人一樣。現在的人都崇尚速食文化，總以為手上提一支槍就能擺平所有問題。那些好萊塢電影，沒有幾百個爆破鏡頭都不好意思說自己是警匪片，但這些在我們看來都是瞧不上眼的橋段。」

鉤子似乎沒有起到什麼作用，瘋兔子忙活了半天，鎖頭仍然沒有一絲要開的跡象。

「看來你學藝不精。」

「這裡面生銹了，」瘋兔子擦了一把汗。「也是我太久沒練，生疏了。以前這種活都是蘇珊娜……」瘋兔子頓了頓，沒說下去。

這是他第一次主動提起這個名字，達爾文和迪克對視了一眼。蘇珊娜，可能曾經是瘋兔子的搭檔。

瘋兔子終於鉤住了鎖扣，鐵鎖發出了沙啞的吧嗒聲，鎖頭彈開了。鐵門一打開就飄出夾雜著惡臭的粉塵，那股潮濕的腐爛味兒更加明顯了，熏得幾個人都直犯噁心。

瘋兔子還是帶頭走了進去，只見船塢四周散落著一些早就鏽得不成樣子的工具，其中靠牆的一堆木板早就腐朽了。靠近船塢後方還有一個簡易車間，車間隔壁有一間廁所，馬桶裡還留著泛黃的液體，邊沿上長滿青苔，半截菸頭飄在上面。

「這裡沒有船啊。」迪克嘟囔著。

「船在上面。」汪旺旺往頭上一指。

眾人順著她看著的方向望去，只見一條簡易衝鋒舟懸在船塢的半空中，船體下方沾滿了不知名的墨綠色汙泥和腐爛的樹葉，那股難聞的惡臭就是從這裡發散出來的。船體的後方似乎破裂過，兩條不太規整的鋼板被釘在了裂縫處。船頭底部有不銹鋼的倒掛鋸齒和倒鉤，可以在薄冰層起到破冰的作用。

眾人忍著惡臭把船放下來，幸好船身內部還算乾淨，船尾裝了一個簡易外掛發動機，連著一對鏽跡斑斑的螺旋槳。達爾文從車間裡找到了半桶柴油，順著發動機的槽口倒進去。鮑伯使勁拉了幾下抽繩，發動機在短暫的嗚咽過後，響起「突突突突」的聲音，螺旋槳跟著轉了起來。

「竟然還能用，看來今天是我們的幸運日。」鮑伯諷刺地笑了笑。

接著，幾個人又在船塢裡找出了一桶柴油，連帶兩個破船槳一起扔上船，再合力把船推到了岸邊，就地補充了點乾糧就出發了。也許是因為發動機老化，螺旋槳動力不足，衝鋒舟的速度異常緩慢。瘋兔子算了算時間，預計至少要兩個半小時才能到達對岸。

衝鋒舟的船艄緩緩破開薄薄的冰層，發出「咯吱咯吱」的聲音，破冰後的沼氣泡伴隨著黑水湧上來，發出一陣陣腐爛的味道。

「原來所有的臭味都來自這裡的湖水，簡直比餿水還難聞，要不是坐在船上，我真以為我掉進糞坑裡了。」迪克捂著鼻子，探頭看了看泛上來的黑水，不安地說道。「這底下到底是什麼玩意兒？」

達爾文瞥了一眼船舷上的溫度計，現在是已將近-20℃，按照目前的天氣來看，氣溫是只會降不會再回升的了。他心裡覺得奇怪，在這個溫度下，不管是什麼湖都應該冰封數尺了，為什麼單單就這個湖上只結了薄薄一層冰呢？

「霧越來越大了。」汪旺旺豎起衣領，緊緊盯著對岸的方向。天空中的烏雲早已遮住了最後一絲日光，湖面開始翻起薄霧，對岸唯一能作為參照物的十字教堂的尖頂已經漸漸模糊，更別提卡森城鑄幣廠的影子了。過不了多久，周圍的一切都會隱沒在大霧之中，到時候唯一能夠依靠的就是船沿上不知道準不準的指北針了。

「沒辦法再快一點了嗎？」坐在船頭的瘋兔子向船尾的鮑伯說。

鮑伯本來就害怕，此刻極其不情願地看了一眼外掛發動機，擺弄了一下上面的標籤：「這玩意兒的年紀搞不好比我還大，能運轉已經不錯了，你還能指望它飛起來嗎？該死的，我都跟你們說了別再往前走，為什麼你們就是不聽……」

鮑伯說著又開始抱怨起來，沒人反駁他，一早上的徒步讓大家都累壞了，此刻都各懷心事地沉默不語，整個湖面上只回蕩著他一個人的咒罵聲。

嘶嘶——

忽然，一個異常奇怪的聲音像針一樣刺穿了薄霧，只不到兩秒就戛然而止。船體輕輕震動了一下，隨即底部響起輕微的水花聲。

「你聽見了嗎？」瘋兔子一下警覺起來，眾人紛紛抬頭。

「是什麼聲音？」

「聽起來像是金屬摩擦……」

「不，是冰的摩擦聲。」汪旺旺說完，扶著船沿站起來向四周眺望。「我們周圍有什麼東西。」

「會不會是那些『Shining』，」鮑伯早就嚇得縮在船艙中間。「那些『Shining』也跟來了……」

「你他媽的再裝神弄鬼，老子第一個崩了你！」瘋兔子朝鮑伯使勁啐了一口，掏出手槍上了膛。「都別說話！」

一時間所有人都閉上了嘴，瘋兔子豎起耳朵仔細地四處張望著，等了將近五分鐘，除了螺旋槳的聲音之外，什麼都沒有。

「會不會是我們太緊張了？」迪克抬起頭輕聲說。「可能只是冰層之間的碰撞聲，畢竟這裡這麼多浮冰。」

又等了兩分鐘，仍然什麼動靜也沒有，瘋兔子的睫毛上已經掛滿了霜，急促的呼吸讓上唇都結了一層薄冰。

「也許是冰在作怪——」瘋兔子話音未落，那個聲音又響了起來！

隨著平地驚雷一般炸開的巨大浪花，衝鋒舟的前半部分被頂到了半空，坐在前面的汪旺旺沒有來得及抓住船把手，眼看就要翻出船外，達爾文眼明手快，一把拉住她往回一拉，自己則掉進了水裡。

「達爾文！」

浪花的力量一收，整條船又重重摔回了水裡。眼看達爾文就快沉下去了，迪克撲到船沿邊，也不知道哪裡來的力氣，雙手伸進水裡扯住了達爾文的羽絨服：「快來幫我！」

迪克吼出來的聲音又小又細，但眾人還是聽到了，反應最快的是汪旺旺，她立刻撲過去揪住達爾文的衣服。

「別再過去了，保持平衡，小心船會翻！」瘋兔子一邊叫，一邊拉著鮑伯壓住了船身的另一頭。幸好達爾文本來就瘦，汪旺旺和迪克終於把他拉了上來。

「你沒事吧？」迪克強忍住捂住鼻子的衝動，把達爾文濕透的衣服脫下來。

「嘔……」達爾文吐出幾口汙水。「水，水熱……」

「啊？」迪克一時半會兒沒反應過來達爾文想說什麼。「你是要喝熱水嗎？」

「我知道水沒有結冰的原因了，」達爾文搖搖頭。「冬季時這裡的水溫比氣溫高，冰點也比正常值高……這裡頭根本不是普通湖水，而是海水！」

「怎麼可能，這裡離大海十萬八千里呀！」迪克驚呼道。

「你們現在別琢磨這些了，立刻聚攏到船艙中間！」瘋兔子低吼著，他一隻手握著槍，上身探出船外盯著附近的水域。

水面再次恢復平靜，只剩下一圈圈的漣漪。

它很有耐心。瘋兔子給了大家一個眼神，所有人都明白過來，水裡有什麼東西——某種龐大、狡猾的東西，它正躲藏在湖水深處，對他們虎視眈眈。

第一個打破寂靜的人是汪旺旺。

「船底漏水了。」她的聲音顫抖著。此刻她正匍匐在衝鋒舟中間。

顯然，這艘上了年紀的船根本吃不消剛才那一下巨大的衝撞，船底本身修補過的位置裂開了一個缺口，湖水正從縫隙裡汩汩地向上冒。

「我們沒時間了，必須趕緊到對岸。」達爾文的心猛地一沉。

瘋兔子思索片刻，抄起船邊的那兩隻破船槳，扔到鮑伯面前：「女人先想辦法阻止漏水，剩下的一邊一隻槳，全速前進，在船沉之前，我們得離開這片霧。」

達爾文立刻接過槳，汪旺旺從脖子上抓起圍巾就往洞上塞，只有鮑伯一動不動，呆呆地像什麼都沒聽見一樣。

「你聾了嗎!?」瘋兔子朝鮑伯吼道。

「我說了，這裡是被詛咒的，根本不該來，」鮑伯瞪大眼睛。「為什麼你們就是不聽！」

「你現在說這些有屁用……」瘋兔子的話還沒說完，鮑伯就像突然發了狂一樣，雙手向前猛地一伸，揪住離他最近的汪旺旺的頭髮。汪旺旺疼得大聲尖叫起來，鮑伯拖著她就往船尾走。

「你想幹什麼！」達爾文和迪克異口同聲地叫道。

鮑伯退到外掛發動機旁邊，粗壯的手臂鉤著汪旺旺的脖子，手裡陡然多出一把生銹的彈簧刀——鬼知道他是從哪裡弄到的，也許是在船塢趁大家不注意的時候在工具間找到的，此時他正死死地頂住汪旺旺的喉嚨。

汪旺旺頓時只有出的氣，沒有進的氣，一張臉憋成了醬紫色。

「立刻返航！要不然我宰了她！」

「放開她，不然我崩了你！」瘋兔子抬起手，槍口對準鮑伯。

「橫豎都是死，我不怕拉個墊背的！」鮑伯的神志已經完全崩潰了。「都是這個小賤人，都是她！她就是『Shining』派來的奸細！她讓你們全瘋了！」

「你把刀放下來，有話好好說，我們馬上就返航。」達爾文第一個做出妥協，並向前邁了一步。

「別過來！別靠近我！照我說的做，現在掉頭！我不想死！」就在鮑伯手裡的刀劃破汪旺旺脖子的那一刻，冰面忽然炸響，巨大的浪從湖面翻騰而起，浪花中竟伸出一隻巨大的腕足，上面沾滿了墨綠色的苔蘚和汙泥，底部長滿了像藤壺一樣密密麻麻的吸盤，樣子令人作嘔。眾人還沒從震驚中回過神來，腕足就猛地向下纏住了鮑伯的腳，連帶著汪旺旺一起甩向半空。

「旺旺！」達爾文第一個反應過來，不顧一切向上一撲，拉住了汪旺旺的腳，可腕足的力量明顯大多了，它淩空翻扭，借力把達爾文甩向船尾。達爾文的頭撞到了外掛發動機上，頓時摔得眼冒金星。

迪克第二個接力撲上去，抱住了汪旺旺的腰。被纏住腳的鮑伯受了驚，本能地鬆開了卡住汪旺旺喉嚨的手臂。汪旺旺身子一軟從空中掉了下來，瘋兔子閃身接住了她。

鮑伯還來不及說完那句救命，就被捲進了湖裡，水面上浮上幾大串腥臭的沼氣泡，再次平靜下來。

「中尉！中尉！妳醒醒！」迪克一邊按住汪旺旺脖子上的傷口，一邊拍著她的臉。

「達……達爾文呢？」汪旺旺痛苦地睜開眼睛，斷斷續續地問道。

「我沒事，就是撞到頭了。」達爾文雙手支撐著船沿，努力直起身子。「妳沒事吧？」

汪旺旺還沒來得及回答，只聽「咯吱」一聲，船艙中間的漏洞驟然開裂，船立刻斷成了兩半，側翻過來。

所有人都掉進了水裡。

第十二章　項鍊

從千代田到中央區用了不到半小時，這時候正巧是下班高峰期，東京車站作為日本最大的轉運站，擠滿了熙熙攘攘的學生和上班族。沙耶加神色不安地混跡在人群之中，看著眼前錯綜複雜的鐵道運營線路圖，一時間不知道該往哪兒去。

事情進展太順利了，沙耶加頻頻向身後望去，心中的疑慮越來越深。她一路走到這裡，竟然連一個阻攔她的人都沒遇到。

保全人員對她沒有盤查就放行了，從家出來後，除了幾個遛彎的附近居民，沙耶加就沒有再見到別人。

剛才實在太衝動了，不應該走得這麼急。沙耶加心裡萬分後悔，她一回到日本，護照就被爺爺的手下收走了，現在自己身無分文，哪怕去羽田機場的通勤快線已經近在眼前，她也一點辦法都沒有。

正想著，沙耶加不經意間從指示牌的反光中看到自己脖子上那條御木本的珍珠項鍊，忽然靈光一閃，疾步跟隨著人群，朝銀座的方向走去。

雖然沙耶加長期生活在美國，對日本已經不太熟悉，但她依稀記得銀座是頂級的商店聚集地。不但雲集了全世界的奢侈品大牌，更擁有不下幾萬家二手奢侈品店和中古店。

日本人對舊物有著其他民族都不具備的執念，因此許多二手奢侈品甚至會比新款更搶手。從限量的奢侈品鞋包，到家傳的古董首飾，越稀有的物件兒越是奇貨可居、供不應求。因此每到傍晚時分，祇園的藝伎、秋葉原的援交大學生和家道中落的貴婦人，就會從四面八方擁向銀座，將紙袋裡的東西交給中古店的鑑定員，一番討價還價後，再拿著換的錢在夜幕降臨前離開。

沙耶加沒走多久，銀座四丁目的路牌就映入眼簾。霓虹閃爍，ＬＥＤ大螢幕上當下最紅的女團在唱唱跳跳，目之所及皆是高樓林立，百貨大樓和酒吧夜總會的廣告見縫插針，成千上萬道樓梯和手扶電梯通往不同的樓層。

沙耶加東望西望，終於選了一家臨街二樓不算太大的中古店。

「歡迎光臨！」一進門，一個滿臉堆笑的女服務生就向沙耶加深深鞠了一躬，用不太標準的中文說道。銀座在這幾年早就被中國和韓國的觀光團占領了，真正的日本人很少會來此購物。

「呃，我是想賣個東西。」沙耶加回了個禮，下意識摸了摸胸口的項鍊，用日語說道。

「噢！我瞭解了，請跟我來。」女服務生的笑容有些不自然地掛在臉上。

穿過琳琅滿目的大牌包包和服飾，沙耶加跟著女服務生來到一個小視窗前。隔著玻璃，她看到裡面坐著一個頭髮花白的爺爺，也就是俗稱的「掌眼」。掌眼和掌櫃不同，掌眼負責驗貨，掌櫃負責還價。

「請您幫我看看這個。」沙耶加從脖子上取下項鍊。

掌眼將項連結了過去，他的眼睛沒有直接看向項鍊，只是用拇指摸了摸：「是個貴重的東西啊……請您稍等一下。」

說罷，掌眼從窗戶後面拉出一塊紅絲絨的窗簾，一下就將沙耶加隔在了外面。

「咦？」沙耶加看著項鍊被拿走，頓時慌張起來，畢竟那是她身上唯一值錢的東西了。隔壁的服務生抿嘴一笑，拉住了她的手臂，告訴她掌眼鑒寶的時候都是這樣，因為怕賣家的舉動和言語影響鑒定，所以用簾子將兩方隔開。

果然，過了幾分鐘，紅絲絨窗簾再次被拉開。此時，掌眼已經從凳子上站起來，畢恭畢敬地朝沙耶加鞠了一躬：「讓您久等了，實在抱歉，但您這條項鍊本店不收。」

「為什麼？」沙耶加有些不解。「不是說很貴重嗎？」

「真的很抱歉。」掌眼也不解釋，只把項鍊放在託盤上推出來，示意服務生送客。

沙耶加一連跑了好幾家中古店，得到的結果都是一樣。每家店的掌眼都將項鍊盛讚一番，然後再退回給沙耶加，告知無法典當，也不解釋緣由。

幾條街跑下來，天已經黑透了，大部分中古店都不在夜間開放，陸陸續續地拉下了鐵柵欄，只剩下沙耶加一臉迷惑地站在路邊。忽然有什麼東西落在鼻尖上，沙耶加伸出手摸了摸，竟然是一片薄薄的雪花。

東京下雪了，此刻雪上加霜的是，肚子開始敲鼓。

沙耶加這才想起，自己到現在還滴水未進。

沙耶加漫無目的地向前走著，忽然聞到一股夾雜著醬油味兒的濃郁香氣，把她肚子裡的饞蟲都勾出來了。她抬眼一望，只見不遠處有一家小居酒屋，撩開塑膠門簾，暖烘烘的食物味道撲面而來，整個店裡溢滿了熱騰騰的煙火氣。老闆從廚房的小窗探出頭來，向沙耶加招呼道：「歡迎光臨！」

沙耶加更餓了，她有些拘謹地換了鞋，在小窗邊找了個座位：「那個，請給我一碗牛肉飯……」

「請您稍等片刻，要加蔥花嗎？」老闆遞過來一條熱毛巾。

沙耶加點了點頭，老闆就把頭縮回後廚忙活了。

攥著手裡的項鍊，沙耶加心中無奈，現在自己最缺的不是珠寶，而是真金白銀和一本護照。如果換不來這兩樣東西，再貴重的珍珠也和街上的廢品沒區別，不如拿去換一碗飯吃。

正想著，塑膠門簾又被掀了起來，一股冷風灌進店裡，沙耶加不禁打了個哆嗦，只見一個瘦瘦高高的中年人從外面鑽了進來。

「哎喲，真是冷死了！」中年人一邊抱怨，一邊在廚房窗口旁邊找了張凳子，挨著沙耶加坐了下來。

「是呢，這是東京今年的第一場雪。」老闆在廚房裡大聲地搭著話。「天氣一冷，人就不願意出門，只想快些回家在暖爐旁待著。這場雪呀，把我的顧客都帶跑了。」

沙耶加這才仔細打量起這家居酒屋來，和所有傳統食肆一樣，在寸土寸金的銀座，必須做到麻雀雖小五臟俱全。整個店面除了廚房，能利用上的空間都利用上了，甚至擺下了五張桌子和一個收銀臺。

現在剛剛過八點，應該是居酒屋生意最興旺的時段，或許新雪真的影響了今天的生意，除了沙耶加和剛進來的大叔，僅有一張桌子上坐了人。那兩位看上去應該是附近的上班族，他們點了天婦羅和清酒，此刻竟是有些醉了，半倚半睡地靠在牆角，看上去有些失禮。

「真的很香啊，」大叔吸了一口氣，眯起眼睛來。「今天有什麼特別推薦呢？」

「新進貨的鰻魚很新鮮，早上才宰殺的；燒物的口碑也是我們店裡最好的。」

「那真是太好了，」大叔有些興奮地用手指敲了敲桌子。「那就來一份蒲燒鰻魚飯，再來四串雞肉、兩串五花肉、一份燒茄子和一份蔬菜天婦羅吧。我從中午忙到現在，一口飯都來不及吃呢！」

沙耶加有些驚訝地瞥了一眼身邊的男人，沒想到他看起來和竹竿一樣瘦，竟然能吃下這麼多東西。

「生意不好，啤酒今日放題（無限量供應），先生需要嗎？」

「不喝了，」大叔笑著擺擺手，一臉倦怠。「一會兒還要忙呢，工作時間可不能喝酒。」

老闆一會兒就端上來一堆東西，沙耶加面前只放了一碗有些寒酸的牛肉飯，大叔面前則十分豐富，除了主食還有配菜。

「這是兩位的帳單。」老闆說著，把金屬託盤分別放在了兩人的手邊。

「我……」沙耶加還沒想好怎麼跟老闆解釋自己沒錢，只能用項鍊抵押的時候，就看到隔壁吃得滿頭大汗的大叔轉手把自己的帳單塞回老闆手裡。

「我的這張，也請旁邊這位小姐一塊兒付吧。」大叔一邊嚼著雞肉，一邊說道。

「什麼？」沙耶加一愣。「您是不是弄錯了？」

「沒有呀，」大叔又往嘴裡塞了一口食物，理直氣壯地指了指託盤。「一萬五千二百日元，請您幫我付了吧。」

沙耶加看了看裡面的帳單，銀座的消費本來就是全日本數一數二的高，這位大叔點的鰻魚飯是每日特別推薦，光一份就要六千日元，價格是沙耶加點的牛肉飯的三倍。

自己真的不認識這位大叔，他卻裝成一副熟人的模樣，理直氣壯地讓自己買單，如今銀座都流行起這種低級騙術了？沙耶加心想。

「哎呀，好飽啊，」大叔吃完最後一塊天婦羅，伸了一個懶腰。「我已經將近十年沒有吃得這麼飽了。」

將近十年沒吃飽過？沙耶加在心裡暗自思忖，難道對方是個窮光蛋？即使再窮，也不至於一頓飯都吃不飽吧？

想到這裡，沙耶加再次打量起這個奇怪的鄰座。他穿了一件日本中年男人普遍都有的卡其色短風衣，因為身材瘦削而顯得有些寬鬆。裡面是一件格紋羊絨衫，襯衣的領子從羊絨衫裡翻出來，沒有打領帶。沙耶加從上到下看了一遍，只覺得他就像是混跡在東京馬路上的最普通的普通人，找不出任何特色，也看不出是什麼職業，絕不會再讓人留意看第二眼，哪怕是再次見面也未必能認出來。

如果對方真的也和自己一樣走投無路呢？沙耶加摸了摸口袋裡的項鍊，忽然對這個大叔有些憐憫。日本男性的自尊心很強，即使在外受挫也不會回家跟家人哭訴，很多被裁員下崗的打工族，寧願每晚在外面裝作應酬，也不願意回家向妻子坦白實情。如果對方是這種人，沙耶加心裡還真的有點不忍心戳穿他的謊言。反正項鍊也換不了錢，幫他一把倒也是無妨。

「請再幫我留點生魚片，各種上等貨都留一份，」沙耶加還沒反應過來，大叔又指著菜單說道。「也記在這位小姐帳上，等我晚上忙完過來吃。」

一萬二千日元——沙耶加瞄了一眼菜單上生魚片的價格，感覺到一陣頭暈。

這肯定不是一個只為了吃頓飽飯的可憐人，這分明是貪得無厭！不會是遇到了歌舞伎町的無賴吧！

「這位先生，我根本沒見過你，更談不上認識了，你憑什麼要讓我給你買單？」沙耶加有些生氣了。

「我們沒有見過面嗎？你再好好想想。」中年大叔對沙耶加的憤怒視若無睹，不緊不慢地回答道。
「我並不記得在哪兒見過你。」
「歡迎光臨！」大叔的嗓音忽然變了一種聲調，用有些生硬的中文說道。
「怎麼可能……」沙耶加一愣，這是下午在中古店遇到的那個女服務員的聲音！
這不可能啊！沙耶加的腦子頓時一片混亂，那個濃妝豔抹的服務員一臉恭維的假笑，身高也才一百五十幾，從任何地方看都和眼前這個中年大叔千差萬別。
「不然呢？妳以為妳是怎麼一路安全走出來的，節子？」中年大叔放下筷子，淡淡地看著沙耶加。「只不過讓妳請救命恩人吃個飯而已，怎麼用這種語氣和我說話呢？」
「是你……一直跟著我？」
「可不是嘛，」中年大叔露出一臉疲倦的表情。「要不是我，妳至少死了四次了。」
沙耶加瞪大眼睛。
「不只這樣，」中年大叔瞥了一眼角落裡那兩個喝醉了的上班族，眼裡忽然閃過一絲凶光。「要是算上他們的話，妳至少死了六次了。」
空蕩蕩的居酒屋裡，除了偶爾從廚房裡傳出來的一兩聲雜音，安靜得連一根針掉在地上的聲音都聽得見。
沙耶加想了半分鐘，忽然站起來，轉身走向那兩個「喝醉了」的上班族。她把手放到其中一個人的脖子上，那裡冰涼的，他的胳膊從桌子上垂直落下來，腰間露出一個不起眼的小包，裡面插著幾把小刀。
「妳可別碰那玩意兒，」中年大叔提醒她。「那上面都抹了劇毒。」

他們的桌上擺著一壺沒喝完的清酒，旁邊放了一部手機，手機裡只有一封簡訊。沙耶加點進去，看到了自己的照片。

「酒也別碰，我在裡面下了毒。」

「是誰……要殺我？」沙耶加在問出這個問題的時候，她心裡已經有了答案。

「妳應該很清楚，如果妳還沒有忘記妳的姊妹是怎麼死的話，」中年大叔說道。「妳應該知道妳的存在威脅到了誰。」

沙耶加若有所思地點點頭。

「她的女兒現在也長大了，只要這一代沒有生出男丁，並且……」

「並且我不存在。」

中年大叔點點頭：「現在知道妳爺爺把妳保護起來的原因了吧，妳在某些人眼裡非死不可。」

「你是爺爺派來保護我的嗎？」

「哈哈，他可指揮不了我，說起來我可是那傢伙的長輩呢。」中年男子放下筷子。「正式介紹一下，我叫服部半藏，是祕密服務於你爺爺的志能備。我所屬的組織世世代代的任務，就是保護這個家族的繼承者。」

「志能備……」沙耶加琢磨著這個詞，幾秒之後忽然反應過來：

「你是忍者!?」

「我嘛，還是更喜歡志能備這個稱呼，」半藏撓了撓頭，像一個老頭子一樣囉唆起來。「忍者這個詞早被娛樂化了，現代人說起這個古老的職業，腦子裡能想起來的就是那些黑衣蒙面的漫畫形象，據說現在還出了一款忍者切西瓜的遊戲，對我而言可真是侮辱，我可是……」

「那你會幫我回美國嗎!?」沙耶加雙眼發光，她目前唯一關心的是這個問題。

「這個嘛，如果妳執意要回美國的話，為了妳的安全著想，我會跟妳一起去，」半藏摸著下巴。「但我覺得眼下妳要擔心的不是這個問題，而是怎麼活過今晚。」

「這話是什麼意思？」

「就我目前所掌握的情報，還有三組人要對妳下手，這裡面至少有兩個上忍。」

沙耶加陡然一震，過了半晌才自言自語道：「有這麼多人要殺我……」

「宮家那邊為了除掉妳，也是下了血本，連伊賀最高級的暗殺組織都買通了，」半藏無奈地笑了笑。「他們從妳走出門的那一刻就盯上妳了。」

「可我一路都很警惕，沒看到有人跟著我啊！」

「妳這一路，遇到慢跑的居民、遛狗的男孩、在東京電車站擦肩而過的中年人和在銀座四丁目揮著小旗子的那個旅行團，他們都是忍者。妳以為忍者是什麼樣子的，電視裡那種黑衣黑褲、背著日本刀飛來飛去的人？」半藏說道。「忍者的入門修行之首就是喬裝之術，用不被察覺的身分接近敵人。簡單地說，一個忍者想要在旅遊鬧市區接近妳，那就必須偽裝成遊客的樣子。高級的忍者不僅需要在服裝外形上裝扮成遊客，更要掌握遊客的特性，比如他們在旅遊時會說些什麼，運用哪種方言，看到什麼景點會拍照，甚至連書包裡買的旅遊紀念品都會備齊，這樣才能做到以假亂真，讓人無從分辨。這對忍者的生存十分重要，因為一旦身分敗露，很有可能性命不保。一個好的忍者，同時是一個優秀的演員。」

「就像你下午裝扮成服務員接近我一樣？」

「本來我不打算這麼快就接近妳，但根據我的觀察，有人想在那裡對妳動手，所以我不得不偽裝自己，貼身保護妳。」

「那家二手店……」沙耶加的腦海裡飛快地回憶著下午在中古店裡的經過，那時候店裡似乎沒有什麼人，唯一遇到的就是一對母子。

沙耶加記得自己在進門的時候，那個孩子正在玩一隻球，他的身後跟著正在挑選衣服的母親，母親手上拿著大包小包的購物袋。在沙耶加經過他們身邊的時候，孩子的球一不小心掉在了地上，沙耶加剛想彎腰去撿，女服務員卻搶先一步撿起了球。

「在商店裡可不能玩耍呀。」女服務員把球遞給小男孩，半責備半開玩笑地說。對方接過球，不但沒說感謝的話，臉上還露出一絲憤怒。

當時，沙耶加還以為，是因為女服務生批評了他，那孩子才生氣的。

「細想一下，不覺得一個媽媽帶兒子逛中古店買二手奢侈品很奇怪嗎？」半藏說。

「通常在傍晚的時候，只有遊客和歌舞伎町的牛郎會來挑選禮物。本地的主婦很少會帶著孩子來鬧市區，更別說進入魚龍混雜的中古商店了。他故意想讓妳撿起來的那顆球裡插滿了沾過蓖麻毒素的針，妳只要被紮一下，兩小時之後就會休克昏迷，即使送到醫院，醫生也只會診斷妳為急性心臟衰竭。」

沙耶加微微一震，脖子上的冷汗冒出來。

「所幸現在這些暗殺妳的人，也就是中下忍的水準。如今這些年輕人已經不如從前一樣嚴謹了，三、五年就急急忙忙出師，連殺人基本的耐性都沒有。像這種不入流的忍者，總能輕易露出破綻。」半藏說著看了看後面已經發涼的兩具屍體。「妳看這兩個人，裝扮成銀座的上班族，卻不知道如今東京體育廳鼓勵穿運動鞋上班，早就不會有人穿這種十年前流行的尖頭皮鞋了。」

沙耶加這才留意到，其中一個「上班族」腳上穿的是誇張的鱷魚皮尖頭男鞋，看起來跟電視裡的男藝人差不多。

「而且，在啤酒放題日居然點清酒，顯然不是為了來放鬆——只有上了年紀的部長才會喝傳統酒。」半藏補充道。「這些都是屬於學藝不精，扮相露出了破綻。」

沙耶加聽得寒毛直豎，她再次仔細地打量了一遍坐在身邊的半藏，緩緩地開口問：「你為什麼要告訴我這些？」

「因為我們志能備自古以來的家訓，就是對家主知無不言、言無不盡。我對妳必須坦誠相待，不能有絲毫隱瞞。我有意教妳這些，是為了在日後讓妳更加警醒，保全自己的性命。」

「可是在這種公開場合，你毫無顧忌地把這些祕密都說出來，難道就沒有危險嗎？」沙耶加向後退了兩步，警惕地盯著半藏。

「小姑娘很有防備之心呀，這是件好事，」半藏笑了笑。「妳大可不必擔心，這裡很安全，是不是啊，忠雄老弟？」

半藏朝廚房的小窗口喊了一聲，老闆探出頭來，向沙耶加點了點頭：「請您務必放心，這家店在志能備的勢力範圍內，暫時是安全的。」

沙耶加完全沒想到這個看上去老實巴交、認真搓著麵團的居酒屋老闆竟然也是忍者，這難道是巧合嗎？沙耶加百思不得其解，這家店明明是自己選的呀！

「妳一定以為是自己選的這家居酒屋，事實上，妳的選擇是根據我們給妳的暗示做出的，西方把這種心理暗示稱為『誘導決策』法，在忍術裡則叫『用間之術』——通過影響妳的五感，左右妳做出的選擇。」半藏笑道。「有沒有想過這家店為什麼明明只有一桌客人，妳卻老遠就能聞到濃濃的食物香氣？因為在妳最餓的時候，我們故意放出了燉牛肉的味道；門口貼著巨大的食物照片，卻不標明價格，讓身無分文的妳放鬆了警惕；店外的唱片機裡播著美國流行歌而不是日本歌曲，使從小在美國長大的妳有了莫名的親切感……這一切的一切，都在不知不覺中影響著妳的決策。中國有一個成語，叫作『請君入甕』，正是形容了這種忍術。」

沙耶加張大了嘴，震驚得一個字都說不出來，這時候她才意識到，為什麼半藏說如果沒有他的保護，自己已經死好幾回了。如果這真的是敵人的招數，那簡直是防不勝防。

「好了，離晚間休息結束還有五分鐘，」半藏看了看牆上的時鐘，打了個飽嗝。「一會兒我就要出門去把其他的殺手給解決了，妳還有什麼想問的，也一塊兒問了吧。」

「為什麼那些中古店都不肯收我的項鍊？」沙耶加想了想，問道。

半藏愣了半秒，繼而和廚房裡叫作忠雄的老闆相視而笑。

「還真可愛啊。」忠雄邊笑邊說。

「我不明白這有什麼好笑的。」沙耶加一臉疑惑。

「妳爺爺給妳的這條項鍊，每顆珍珠都是從世界各地的海域搜集而來，每一顆都價值連城，並用鐳射刻以家族的徽章。不是我誇下海口，那些中古店裡的所有貨物加在一起，都不及這條項鍊一半值錢，試問誰還敢收購這樣一條項鍊呢？」

沙耶加低頭看著手上的項鍊，她原本以為這只是一條普通的奢侈品項鍊而已，萬萬沒想到它竟然這麼貴重。

半藏對沙耶加說道：「好了，我要出門辦事了。妳在名義上還不是我真正的主公，我對妳的保護也就不在日常工作的範圍之內，所有的開支也不能報銷。別看我是志能備，其實只是個可憐的打工老人而已！我可是很窮的，所以這頓飯還是要請您替我結帳的。」

「可你明知道我沒有錢啊！」

半藏站起身來說道：「妳大約有兩個小時的時間，在我回來之前把這張帳單結了——事先聲明，可不准當掉妳爺爺的祖傳項鍊哦！」

「可我……」

「若是連這點小事都解決不好，就別回美國救什麼朋友了。」半藏說完，撩起簾子走了出去。

沙耶加萬般無奈地看著居酒屋老闆：「能打欠條嗎？」

「我也是要做生意的，只收現金。」忠雄搖了搖頭。「若是碰到吃霸王餐的，也只能報警了。」

半藏走後，店裡再次變得空蕩蕩的，只剩下沙耶加一個人坐在小吧臺旁邊。

「您還是快想想怎麼把帳單付了吧，」忠雄又從廚房小視窗探出頭。「一直傻坐著也不是辦法。」

「可是你店裡也沒有人呀，」沙耶加辯解著。「我坐在這兒也不會影響你的生意吧。」

「可店裡有店裡的規矩，沒錢結帳的客人不能一直占著座呀。」

「可我現在根本沒心情去想帳單的事！」沙耶加皺起眉頭，她已經夠煩心的了。「我急著去救我的朋友，為什麼一定要強人所難，既然你們都說自己是家僕，怎麼就不能通融一下呢？只是一頓飯而已。」

忠雄沒有接話，過了一會兒，廚房的門簾被撩開了，忠雄拿著兩杯烏龍茶從裡面走出來。他看起來似乎比半藏年長些，背有些駝，頭上包著毛巾，兩邊的鬢角已經雪白了。

他把其中一杯茶遞給沙耶加，自己也喝了一口：「雖然有些不好意思，但還是希望您能看看。」

忠雄說著，卷起其中一隻褲腳。只見他的小腿上，布滿了大大小小數不清的陳年傷痕，儘管已經變成了暗紅色的疤，但仍能看出當年的傷口有多麼觸目驚心。

「這是您執行任務時受的傷嗎？」沙耶加有些吃驚。

忠雄搖了搖頭：「為了提高跳躍的能力，五、六歲就開始受訓的下忍們會分配到一包特殊的蓖麻籽，這種植物長大之後的葉子尖銳鋒利，枝幹上掛著倒刺。從栽種的那天起，每日的修行就是要反覆跳過長出來的蓖麻叢。聽起來並不複雜，但做起來就不那麼簡單了。蓖麻每三到四個月就能長到四公尺，平均一日長三點三公厘。剛開始的跳躍很容易，可越到後面越困難，如果跳不過去，就會被鋒利的枝葉刺得鮮血直流。」

沙耶加倒吸一口涼氣。

「然而這只是忍者修行的其中一項，鄙人在伊賀的山中接受的訓練，遠遠不只這一項。」忠雄笑了笑。「鄙人從下忍到中忍修行了十年，從中忍到上忍又花了十餘年，可謂是最好的前半生都花在了這上面。然後我被派到了銀座四丁目，學習做一名料理師傅，又用了五年才出師，從此便在這兒開起了居酒屋。儘管表面上只是個普通的居酒屋老闆，但自幼的修行仍然一日都不敢疏忽，只為了某一日天降大任之時，能不負大人所托，用畢生所學完成使命。」

「這太辛苦了……」沙耶加不禁捂住嘴。

「忠雄尚且如此，何況是半藏兄。他身為近身侍衛，從出生開始，他的修行便是要能人所不能，訓練之嚴苛，哪怕是敝人也無法想像。曾經有江湖傳聞，半藏兄為了幫家主取得一條情報，在某位大臣家中的地板下藏了三十餘天，地板縫隙狹窄，必須保持身體一動不動，且三日一餐，只靠兵糧丸度日。若是沒有強大的精神力，任誰都會發瘋的。」

「你……為什麼要跟我說這些？」

「您認為，忍者為何以稱為忍者？」

沙耶加想了想，輕輕搖了搖頭。

「忍者的要義並不只是通過常人無法忍受的艱苦訓練，而是在於一個『忍』字。這個字不但是字面上的『忍術』，更代表了『蟄伏』，是為達到最終目的而做到常人所不能之『忍耐』。我明白妳想救妳的朋友，但是拯救朋友並不是橫衝直撞到目的地，大幹一場就能成功而返。一個大目標下面總連帶著許多的小目標，即使這些小目標看起來只是些無意義的小事，但也必須把每一樣都完成，一步一個腳印才能取得最終的成功。雖然結帳看似和救人無關，但這是妳邁向最終目的的第一步。這就是忍者真正的要義，也是半藏兄想傳達給妳的。」

沙耶加愣了一下，忽然恍然大悟：「你是說，半藏其實是在訓練我？」

「您說對了，」忠雄笑著點點頭。「雖然只是普通的結帳，但卻是您的修行。」

沙耶加細細思索著忠雄的話。

是啊，自己一直只會嚷嚷著回美國，嚷嚷著去救朋友，可是回到美國該怎麼辦，如何展開救人計畫，甚至連敵人的實力都一無所知，只是膚淺地認為走一步算一步。如果真的遇上了強大的對手，一點應對之策都沒有，別說全身而退，哪怕給自己十條命都不夠。

半藏之所以把自己留在這裡，就是為了讓自己能夠真正冷靜下來，想明白自己要做的事需要如何部署，以及要花費多大代價。

只不過是一張帳單而已，如果自己連這點謀略都沒有，又憑什麼讓半藏跟自己回美國送死呢？

想到這裡，沙耶加站起來，朝忠雄深深鞠了一個躬：「我明白了，一定會想辦法完成的。」

「那在下就先去忙了。」忠雄將杯中的茶一飲而盡，轉身進了廚房。

沙耶加開始在店裡來回踱著步，她仔細地看了一遍菜單，又觀察了店裡的每個角落，忽然在收銀臺後面瞥見一疊蒙上灰塵的宣傳單，一個計畫在心裡暗暗成形。她轉身朝廚房喚道：「老闆，這疊宣傳單還有用嗎？」

「那個啊，」老闆伸出頭。「那是好幾年之前印刷的了，一直放在櫃檯後面。如果您想要用，就拿去吧。」

「我還想跟您商量點事。」

「什麼事呢？」

「如果我給您拉回來客人的話，能給我提成嗎？」

忠雄愣了片刻，隨即哈哈大笑：「之前我們也請過宣傳員，但這可是食肆林立的銀座四丁目，加上這個鬼天氣，就別想拉到什麼客人了。」

「但我還想試一試。」沙耶加咬了咬嘴脣。

「如果您真能帶來客人，我按照一桌給您百分之五的提成；如果客人買酒了，就給您百分之十。」

「那請您再幫我做一份牛肉飯，也記在我的賬上。」沙耶加趁老闆做飯的時候，從櫃檯後面搬出宣傳單，又拿了一支筆，仔細地在每張宣傳單上寫寫畫畫了半天。「請您再借我一個保溫食盒和幾隻碗，我要出門了。」

「請您不要走太遠，不能走出這條街，出了這條街就不是我們能保護您的範圍了。」

沙耶加答應著，把飯裝進食盒裡貼身裝好，拿著傳單就出發了。

外面的雪已經下了好一會兒，銀座四丁目的街道上一片雪白。在銀座四丁目的街角，響起了一陣清脆的吆喝聲，說的卻不是日語。

「元喜居酒屋，Happy hour 免費喝，還有正宗的日式牛肉飯！」

老實說，這種吆喝對日本人是起不了什麼作用的，但是沙耶加的目標客戶並不是日本人。亞洲人都怕冷，下班的東京白領早早地就鑽進了地鐵裡。但這點雪對皮糙肉厚的外國人來說可真不算什麼，所以現在街上逛蕩的，大部分是白皮膚的外國遊客，這是沙耶加在去居酒屋之前就留意到了的。

沙耶加標準流利的美式英語，很快就吸引了這些外國遊客的注意。眾所周知，日本人的英文都不好，所以就算是在繁華的四丁目，大部分外國遊客還是會選擇麥當勞或星巴克，而不會自找麻煩去日式料理店吃飯。

「親愛的，你們提供英文服務嗎？」一個背著相機的美國大媽問道。

「我們不但有英文服務，而且還提供英文菜單。」沙耶加說著，從口袋裡掏出居酒屋的宣傳單，只見上面的每道菜品的名稱都仔細地標注了英文。

「看起來不錯。」幾個外國遊客拿起宣傳單研究起來。

「我們有最好的啤酒和最正宗的日本牛肉。」沙耶加一邊說一邊又從懷裡掏出保溫盒，剛打開蓋子，一股濃濃的肉香就飄散了出來。「嘗嘗看。」

啤酒和牛肉——完全迎合了歐美酒吧的飲食習慣。老實說，外國人在晚上絕不會喝清酒配刺身，所以大部分居酒屋的廣告打動不了他們，但啤酒和牛肉無論何時何地都能勾起外國遊客肚子裡的饞蟲。

「有炸薯條嗎？」另一個美國遊客問道。

「沒有炸薯條，但為什麼不嘗嘗日本傳統的馬鈴薯沙拉呢？」沙耶加笑了。「理論上來說，它們可都是一種食物。」

外國遊客哈哈大笑，隨即好幾個人都接過了沙耶加手裡的宣傳單。不到一個小時，沙耶加就招攬到好幾件生意，轉眼間，不大的居酒屋就坐得滿滿當當。滿載而歸的沙耶加還主動充當了服務員的角色，每道日本菜品在她的介紹下都巧妙地和歐美的食物聯繫了起來——

「要是你喜歡炸洋蔥圈的話，可以嘗嘗天婦羅——同樣的口感，只是不同的蔬菜而已。」

「照燒雞排和BBQ很相似哦，但經過我們的改良，不會像傳統墨西哥的燒烤那樣辣。」

「想挑戰一下我們的海膽拼盤嗎？嘗起來不比新鮮生蠔差。」

沙耶加的介紹讓外國遊客對居酒屋的食物不但不排斥，還產生了親切感。外國人的胃口可比日本人大多了，烤串炸物都是五份十份地叫，他們還給沙耶加帶來了意想不到的收益——小費。

要知道，日本居酒屋是不收小費的，但是他們都覺得這個一口美國腔的小姑娘不算是日本人，所以幾乎每桌都給她在帳單下面留了小費，沙耶加也樂呵呵地照收不誤。

又過了兩小時，半藏回來的時候，連一個空位都沒有了。

「帳單付過了嗎？」

「帳單已經結清了，」忠雄忙得滿頭大汗。「還另外幫你付了兩個豪華生魚片的錢。」

半藏臉上流露出一絲不易察覺的微笑，他對沙耶加說：「既然帳單付過了，我們就走吧。」

第十三章　先救妳自己

一架從東京羽田機場起飛的波音７４７緩緩升上了平流層。這是一趟典型的紅眼航班，美國航空從服務到飛機品質都是出了名的差，此刻，機上空調好像失靈了，機艙裡冷得就像是在冰櫃裡一樣。

沙耶加皺了皺眉頭，把衣服攏緊了一點。

在耶誕節前夕坐飛機的人本就不多，更別說飛到懷俄明州這種鳥不拉屎的中部地區了。縱觀整個經濟艙，只坐著寥寥數人，大部分裹著毛毯昏昏欲睡。唯一還有精神的就是半藏了，此刻他正揪著空姊，用帶著濃重日本口音的英文搭訕：「除了咖啡就沒有別的了嗎？」

「果汁和酒都要收費。」空姊是個標準的美國大妞，搖了搖手裡的菜單和刷卡機。

「我們這些日本老年人，還真是喝不慣這種黑飲料呢。」半藏一臉無辜。

「如果想喝牛奶的話，要等發早餐的時候。」空姊聳聳肩。

「不好意思，這是我第一次出國，」半藏一臉真誠地看著空姊。「美國真是個神奇的國家，那裡的女士都和妳一樣漂亮嗎？」

空姊猛地被半藏一誇，半天才反應過來，有些自我陶醉地撩了撩頭髮：「謝謝你的誇獎。」

「我可沒有誇獎妳，我說的可是事實，妳的頭髮讓我想起年輕時畫報裡那些好萊塢電影明星。」半藏歎了一口氣。「可惜我不再年輕了。」

「你也不是很老。」

「但老到不能再追求像妳一樣漂亮的美人了。真羨慕那些年輕人。」空姊抿嘴一笑：「我想，頭等艙的客人應該還剩下一些茶包。」

「那真是太感謝妳了。」半藏輕輕地點了點頭。

沙耶加坐在旁邊看著半藏，心裡不停地打鼓。他真的是忠雄口中傳說裡才有的那種忍者嗎？

儘管非常想相信，但無論從哪個角度看，他也就是一個油膩的中年大叔。穿著洗到發舊的棉大衣，一條皺巴巴的西裝褲，裡面還穿著一件不知道是多少年前買的夏威夷襯衫，印著芭蕉樹和喇叭花——比起忍者，他更像是大阪街頭賣章魚燒的小老闆。

接過空姊遞過來的熱茶，半藏喝了一口，舒服地舒了一口長長的氣，他忽然轉過頭對沙耶加說：「如果懷疑我的能力的話，下了飛機妳也可以自己走。」

沙耶加愣了一下：「你知道我在想什麼？」

「妳想的事就寫在妳臉上，」半藏笑了笑。「而我怎麼想的，只在我心底。」

「我並不是懷疑你的能力，」沙耶加咬了咬嘴唇。「我只是擔心……」

「擔心僅憑我們兩個如何救出妳的朋友，對吧？」半藏打斷她。「如果我告訴妳，以我們兩個的能力，無法救出妳的朋友，妳還會去救嗎？」

「會！」沙耶加沒有猶豫。「就算沒有你，就算可能性為零，我也會去試，否則我一輩子都會因此而愧疚。」

「那妳現在該想的就不是能不能把人救出來，」半藏一字一頓地說。「而是如何把人救出來。」

他的話敲在了沙耶加心上。沙耶加問：「那我到底應該怎麼做？」

「這種事我倒是有些經驗，妳想聽聽嗎？」

「洗耳恭聽。」

「在這之前，有些事我一定要跟妳確認一下——如果妳的朋友們和妳同時深陷危險，妳只能救一個，妳會救誰？」

沙耶加不由自主地抖了一下，半藏提出來的這個問題太尖銳了，自己連想都不敢想。

「好的情況當然是我們能把他們所有人都救出來，但壞的情況——也許他們已經下落不明，也許受了重傷，這些都有可能發生，他們之中必須有人犧牲，其他人才能活下去，那妳會怎麼選擇？」

「我要把他們都救出來……」

「先救妳自己。」半藏看著沙耶加。

沙耶加低下頭：「我不可能只顧自己的安危，拋下我的朋友……」

「如果妳因為救人而讓自己深陷危險，我保證會在他們拖累妳之前，先殺死他們。」

半藏冷冷地說。

「你說什麼!?」

「我和妳不同，我受命於妳爺爺，遇到危險時，我首先保全妳。」半藏道。「如果你們一同掉進了陷阱裡，必須殺死妳所有的朋友，才能讓妳踩在屍體上爬出去，那麼我會殺了所有人——無論妳同不同意。這是我的使命所在。」

「我就算自殺，也不會讓你碰我的朋友的！」

「妳是否自殺是妳的自由，我的使命是我的使命，」半藏冷笑了一聲。「換一種情況，如果是妳和妳爺爺掉進了陷阱裡，殺了妳才能讓他爬上來，那我也會殺了妳。」

隨著飛機引擎聲的轟鳴，半藏平靜的聲音讓沙耶加不寒而慄，她有點不相信這種冷血的話竟然是從眼前這個看起來毫無殺傷力的中年人口中說出來的。

「所以，妳要先讓自己安全，才能確保妳的朋友平安，聽明白了嗎？」

「……你在威脅我。」過了半晌，沙耶加緩緩地說。

「我在告訴妳我做事的原則。」半藏若有若無地揚了揚嘴角。「讓我幫妳，妳就要依照我的方式。當然妳也可以不聽，下飛機後妳可以自己一走了之。但我可以保證，以妳的能力，連他們的影子都找不到。」

「那麼在這個問題上我們算是達成一致了，」半藏又恢復到半分鐘前一臉憨笑的樣子。「在妳能全身而退的前提下，我們再想如何能救妳的朋友。這和救落水的人道理一樣——首先確保妳自己能游泳，然後救存活率最高的、離妳最近的、沒有受傷的。這個順序不能錯，否則妳一個也救不了，知道了嗎？」

「知道了。」沙耶加極不情願地點了點頭。

「很好，那我們可以開始討論怎麼救妳的朋友了。話說，妳知道我為什麼選這個航班嗎？」

「因為這是飛往美國最快的航班？」沙耶加從來沒有細想過這個問題。

「不，因為根據我的情報，這架飛機上有整整三十支潘朵拉病毒。」

「你說什麼!?」沙耶加簡直不敢相信，根據之前潘朵拉病毒的感染情況，哪怕洩露了一丁點病毒，飛機上的人還沒到目的地就會全部死光。

「聽起來很危險是不是？」半藏看著臉色鐵青的沙耶加。「這些是從上次日本爆發的病毒擴散事件中提取的樣本，準備送到懷俄明州的化驗中心做比對，其中一支的劑量就能殺死整個東京的人。」

「你明知道這麼危險，為什麼還選這班飛機!?」

「病毒再危險，也沒有想殺了妳的人危險。」半藏哼了一聲。

沙耶加擰著眉頭，一時間有點疑惑：「我不明白……」

「從表面看，跟致命病毒搭同一架飛機確實危險，」半藏說。「但往深想一層，運送病毒是兩個國家之間達成的協議，雙方都要力求這架飛機平安到達，不出任何意外，否則後果之嚴重無人能想像。如果在運輸途中出現意外，導致病毒洩露，甚至會觸發第三次世界大戰！從這個角度來看，這架飛機對妳而言就再安全不過了。對那些想要妳命的人來說，讓一架普通飛機出現乘客死亡不是難事，但在這架飛機上，任他們再有本事也萬萬不敢動手，沒人能付得起這個責任。」

「我明白了，」沙耶加恍然大悟。「你是想說，表面上看起來危險的東西，在特殊情況下恰恰是安全的保障。」

半藏點點頭：「危險的東西只要利用得當，就可以為安全保駕護航。有時候為了對抗猛獸，我們也會借助魔鬼的力量。不論是善還是惡，只要能正確使用，都能成為鎧甲。」

「你究竟要跟我說什麼？」

「妳很快就知道了，」半藏半閉眼睛，舒服地靠在座椅上。「我們很快就要跟魔鬼做個交易——但在那之前，妳必須把你們之前發生的一切事無巨細地告訴我。」

第十四章　荒原屠夫

和半藏說的一樣，飛機果然安全抵達了懷俄明州的國際機場。出關，入境，什麼都沒發生，甚至連沙耶加隨身帶的背包和行李都沒有過安檢機就直接放了出來。

「這也太順利了吧。」走出機場的時候，沙耶加小聲嘟囔著。

半藏穿上了他的棉襖，從兜裡掏出一副金絲眼鏡：「蟒蛇已經張開嘴巴了。」

沙耶加還沒反應過來半藏這句話的意思，就有幾個不知道從哪裡躥出來的人，從後面把她和半藏包抄起來。還沒來得及看清楚對方的樣子，沙耶加就覺得腰間被一個冰冷的硬物狠狠地頂住了，她想她知道那是什麼。

「上車。」其中一個人說。

半藏什麼都沒說，而是迅速跟沙耶加交換了一個眼色，暗示她不要反抗。

「放鬆點，你不需要使用暴力，」半藏似乎預料到了這一幕的發生。「我們會乖乖跟你走的。」

那幾個人把他倆押過了一條馬路，在機場出口的對面停了一輛黑色的七人座轎車。沙耶加被推了上去，半藏緊隨其後，車一發動，他們就被粗魯地綁住了手腳，並戴上了眼罩。

眼罩上有一股很臭的肉腥味，沙耶加不舒服地扭動了一下身子：「你們要帶我們去哪裡？」

對方沒有人回答，倒是半藏的聲音響了起來：「荒原客棧。」

「去見清水？」沙耶加急忙問。

「荒原客棧可不只一間。」這是半藏被塞住嘴巴之前說的最後一句話。

眼罩很厚實，一點也不透光，沙耶加甚至不能從縫隙裡窺探他們在往哪個方向開。她在心裡默默算著距離，大約開了不到一個小時，汽車顛簸起來，似乎開進了某條坑坑窪窪的小路。隨即，沙耶加聽到此起彼伏的豬叫聲。

是個農場，她在心裡想。

車停穩後，沙耶加和半藏被拉了下來，一陣塵土揚在她臉上，然後她聽到拉開鐵閘的聲音。有人摘下她的眼罩，沙耶加看見面前是一個巨大的屠宰車間。屋頂有一個移動的金屬架子，架子上掛著被宰殺的豬。每頭豬的內臟都已經被掏空了，四肢垂在空中，脖子上有一個巨大的切口。

沙耶加被推搡著走到一條巨大的傳送帶前，上面是已經被機器切成一塊塊的豬肉，正被傳送到另一邊的包裝間裡。在傳送帶旁邊有一個水槽，裡面的沸水翻滾著白沫，應該是燙毛用的。水槽後面有一個將近三公尺長的屠宰臺，豬的頭部已經被砸穿了，但身體還本能地抽搐著，血順著屠宰臺流向地面的下水道裡，一股難聞的血腥味讓沙耶加一陣噁心。

在屠宰臺旁邊的柵欄裡還有幾頭活豬，它們嚇得瑟瑟發抖，連站都站不起來了，紛紛蜷縮在柵欄的一角。

「叩尼……基哇。」一個不陰不陽的聲音冷不丁地響起來。

沙耶加忍住眩暈，看清站在屠宰臺後面盯著她的人是一個屠夫。屠夫不高，但至少有兩百斤重，胖得找不到下巴，挺著肚子穿一件卡其色的長袖襯衫，上面布滿了汗漬。襯衫外面套了一條透明的塑膠圍裙，和襯衫一樣沾滿了內臟一類的碎屑和血漿。與他一身打扮不相配的是，他竟然長著一張娃娃臉，皮膚白裡透紅，還有他的聲音，尖細得就像個女人。

「……我會說英語。」沙耶加好半天才憋出一句話來。

「那真是太好了，」屠夫一笑，臉上的肉擠得眼睛都看不見了。「小姐蒞臨寒舍，真是蓬蓽生輝。這位是？」

「某個半隻腳踏進棺材的老僕人。」半藏弓著背，臉上還是掛著那副表情。「不值一提。」

「我就喜歡你們日本人的謙卑。」屠夫向半藏伸出了手。

「日本人沒有握手的習慣。」半藏瞥了一眼屠夫沾滿血汙的手，微微鞠了個躬。

屠夫的手只在空中僵了半秒，忽然一縮上前牢牢握住半藏的手——更確切地說，是拉了過來：「那你應該習慣美國人的方式。」

頓時，半藏的手上也滿是豬血。半藏微微揚了揚眉毛，有些不滿，但是沒有再說什麼。

幸好他沒有跟我握手，沙耶加心裡想，不然我可能會吐他一身。

「妳可以叫我克里克，」屠夫向沙耶加說道。「雖然很多人都稱呼我『荒原屠夫』。」

「克里克・瓦克森，荒原客棧的店主之一，同時也是暗網上『屠夫小屋』的主辦者之一，愛直播一些……」半藏斟酌了一下用詞。「專業的人體解剖過程。據說一個觀看直播的機會已經在暗網上炒到兩萬多美元了。」

克里克似乎對半藏的介紹很滿意，臉上又擠出一絲微笑：「如果你也感興趣的話，我可以為你提供一個現場觀看的機會。」

「謝謝你的好意，但我年紀大了，心臟不好，見不得那些刺激的。」半藏說著，瞥了一眼屠宰臺上的豬道。「只是沒想到你還要親自做這些粗活。」

「有些事情我還是喜歡親力親為，和清水那老傢伙不同，她年紀大了，只願意做些小打小鬧的買賣和小雜貨店的營生，」克里克露出一口雪白的牙齒。「我對這個行業仍然保有高度的熱情，並且樂在其中。這一切對我而言是一種享受。」

克里克走到屠宰臺旁邊，從橫梁上取下吊鉤，只稍稍用了點力，就把桌上的豬倒掛在鉤子上：「現在美國到處在講人道主義，殺豬的時候都改成用電擊了，那些電工拿著高壓電槍把這些牲畜打昏，再開膛破肚。這簡直一點美感都沒有，就像是用塑膠打火機點煙一樣粗魯，所以我還是更喜歡老式的做派。」克里克說著，把手伸進柵欄裡，試圖撫摸其中一頭豬。那頭豬瞬間像觸了電一樣掙扎慘叫，眼睛裡全是驚恐。

「遵循傳統的方法，在它們活著的時候，拿鐵錘敲穿它們的腦袋。有經驗的人一錘下去就能把腦漿全砸出來。於是這些動物生前最後一秒的恐懼，會隨著它們的死亡烙印在屍體裡，滲透進肉和骨頭，成為無與倫比的美味。豬也是，人也是，嘗起來都很美味。」

隨著那頭豬向後躲去，沙耶加才看清楚，在那一群豬中間，還蜷縮著一個赤裸的女人。她和豬一樣渾身沾滿泥汙，頭髮蓬亂，此刻已經嚇得連話都不會說了，使勁地張大嘴巴，從喉結裡發出「咿咿呀呀」的聲音。

沙耶加的胃裡一陣翻騰。「哇」的一聲吐得滿地都是。

「這頭畜生讓妳受驚了嗎？」克里克看了看沙耶加，又看了看柵欄裡的女人。「那我們還是到辦公室裡說吧。」

跟著克里克穿過屠宰車間，沙耶加和半藏順著一道昏暗無比的窄樓梯爬下去。樓梯間裡彌漫著一股腐爛的惡臭味，兩旁堆滿了黑色的塑膠垃圾袋，上面爬滿了蒼蠅。沙耶加不確定裡面裝著的是豬的殘留物還是人的殘留物，她的胃又開始翻江倒海了。

克里克打開地下室的燈，這竟然是一間充滿中世紀風格的老式辦公室。地上鋪有暗紅色的地毯，巴羅克風格的牆壁上掛滿了各種動物的頭部標本和古典人像油畫。沙耶加匆匆掃了一眼，只覺得其中有些油畫在哪裡看到過，但不知道是不是真跡。

辦公室中間有一張雕花寫字臺，上面放了一盞琉璃綠色的檯燈，檯燈的旁邊有一個巨大的玻璃缸，裡面竟然養著滿滿一大缸螞蟥。沙耶加頓時毛骨悚然，一旁的側門裡忽然飄來了一陣奇異的香味，一位廚師端出一隻精緻的銅鍋，鍋裡正冒著熱氣。

克里克遞給廚師一個眼神，廚師又從餐櫃裡拿出兩個盤子，擺在沙耶加和半藏面前。

「茴香肉丸義大利麵，」克里克深深吸了一口氣，一臉陶醉。「讓我想起了媽媽的味道。」

廚師給沙耶加也夾了一些面，又從銅鍋裡舀了一大勺肉丸鋪在上面。沙耶加盯著那些紅色的丸子，胸口裡一陣噁心。

「怎麼不吃一點呢？」克里克的臉上雖然掛著笑，但眼裡露出一絲狠毒的光。「是覺得食物不好吃，還是不願意和一個殺人狂一起用餐？」

「小姐最近在節食，不怎麼吃肉。」半藏不緊不慢地接了話，他倒是淡定得很，舀起一個肉丸塞到嘴裡。「香料的味道太重了，日本女孩都喜歡吃食物的原味，比如生魚片、昆布味噌煮或者白豆腐，但對我這種老人來說這個味道正好，要不那份我也替她吃了吧……」說著，半藏拿勺子去舀沙耶加盤子裡的肉丸。

克里克一副恍然大悟狀：「原來是食物不合口味啊！」

沙耶加還沒有說話，忽然聽到「當」的一聲，廚師手裡拿的盤子掉到了地上，全身抖得像篩子一樣。

「你這個廚師真是太失敗了，」克里克聲音平靜。「看來不給你點教訓是不會長記性的。她盤子裡剩一個肉丸，你就少一根手指。」

沙耶加這時候才看清楚，那個廚師的兩隻手上都只剩下四根手指了。

「如果你的手指不夠的話，就……」克里克沒往下說，只看了廚師一眼，對方捂著脖子跪在地上。

「等等！」沙耶加叫了一聲。「我……我吃。」

此刻手邊的叉子就像有千斤重，但沙耶加還是勉強拿了起來，顫抖著往嘴裡塞了一塊肉。

「這就對了，」克里克笑了起來。「味道如何？」

沙耶加已經說不出話了，她極力忍住眼淚不讓它從眼眶裡流出來。她知道，這時候哭也沒用，她的眼淚在克里克眼裡和甜品上的糖霜差不多。

「妳一點也不胖，為什麼要節食呢？」克里克擦了擦嘴巴。「我更喜歡胖的，胖人的耐力更好些，死亡需要的時間也更長——妳真好聞。」

毫無徵兆地，克里克身體向前一傾，撩起沙耶加的一縷頭髮，深深吸了一口氣。

「別過來！」沙耶加一陣噁心，就差沒把手裡的叉子捅到克里克臉上了。

克里克對她的反應毫不在意，他的眼睛貪婪地盯著她，就像是剛從冬眠中醒來的蛇看到倉鼠一樣：「妳不知道妳在黑市上的價格已經炒到多高了吧？不要小看五百萬美元，今年生意不景氣，一個既不是政要也不是國際名媛的小姑娘，能有這個價格，從另一方面也證明了妳的價值。為了爭奪妳，我已經幹掉了前面幾批人，但我不會像他們一樣殺了妳的，妳這麼美麗，只挨幾個槍子兒太可惜了。」

「你不能殺了她，」半藏放下刀叉。「作為回報，我們會給你提供一筆更有價值的買賣。」

「哦，」克里克挑了挑眉毛，看了一眼半藏。「比她還有價值？」

「比她的十倍還值錢。」

克里克放下手中攥著的那縷頭髮：「說來聽聽。」

「你覺得潘朵拉病毒值多少錢？」

克里克愣了一下，隨即哈哈大笑：「別痴人說夢了，你不可能搞到的。現在為了防止擴散，病毒已經被嚴密保護起來，之前中毒的人也全都被隔離了。潘朵拉已經升級為國家一級機密，沒有人能搞到，連總統都不行。」

「我確實沒有辦法弄到，」半藏笑了笑，忽然指向沙耶加。「但她可以。」

「你以為我是傻子嗎？」克里克哼了一聲。「一個毛都沒長齊的小姑娘。」

「她知道散播病毒的人是誰。她甚至還認識那個人，知道他的全盤計畫，這些都記錄在了一本漫畫書裡。」

「我憑什麼相信你的話？」克里克肥胖的身軀往辦公椅上一癱，懶懶地說道。「證據呢？」

「沒有證據。」

「沒有證據？」克里克哈哈大笑。

「這比你手上任何一個買賣都能掙錢。」半藏不緊不慢地說。「想想，如果你拿到了病毒菌株，可以當成生化武器賣給任何一個勢力，那時你賺到的錢可就不是幾百萬了，處理得當的話，幾個億都不是問題。」

克里克沒說話，只是歪著腦袋看著半藏。

「相信我們對你百利而無一害。退一萬步說，就算我們真的耍滑頭，整個中西部都是你荒原客棧的勢力範圍，也逃不出你的手掌心。」半藏接著說。「想想我的誠意，我是真心實意地想跟你好好談才會乖乖就範的，沒有任何反抗地跟著你的手下來見你。如果我沒有十拿九穩的勇氣，我也不會到這裡來。」

「十拿九穩的勇氣？呵呵，我看你是在空手套白狼。」克里克冷笑一聲。「你想怎麼做？」

「你給我們提供裝備，我們需要去一趟內華達州，根據她的情報找到那個釋放病毒的人。」半藏說著，看了沙耶加一眼。「具體的地點我不能說，但我們會帶著病毒回來。」

「就這樣？」

「就這樣。」

克里克盯著半藏，似乎很認真地思考著他的話，就這樣過了不到半分鐘，突然爆發出一陣張狂的笑聲來：「不好意思，我憋不住了。就這樣？這就是你的底牌？對不起，這是我今年聽過的最好笑的笑話了……」

半藏一言不發。

「靠一個乳臭未乾的小孩和一個糟老頭子去找病毒？」克里克擦了擦額頭上因為大笑

而滲出來的汗和油。「不如這樣吧，我給你提供一個更好的辦法——」

「洗耳恭聽。」

克里克湊到半藏身邊，笑得很猥瑣：「女人得留下來，至於你，告訴我病毒在哪兒，我讓你死得痛快點，不用受什麼罪，你覺得怎麼樣？」

「那就是沒得談了，」半藏臉上有些失望。「真遺憾，但我什麼都不會告訴你的。」

「我覺得你現在還沒看清楚形勢，」克里克邊說邊按了一下檯燈旁邊的一個按鈕。「進來。」

話音剛落，外面就進來了四、五個彪形大漢。

「把女人拖下去關起來，至於這個老頭就扔進紅色房間，今天的直播可以開始了，主題是淩遲，」克里克說道。「我要慢慢地把你的肉一片一片切下來，直到你告訴我病毒在哪兒。」

那幾個人點了點頭，把半藏像提小動物一樣從椅子上提了起來。

「不好意思啦。」半藏的臉上還掛著若有若無的微笑，他的頭忽然往前一伸，吐出舌頭。沙耶加只見寒光一閃，為首的那名大漢脖子上就被劃出一條細長的傷口。「撲哧」一聲，血如泉湧，對方還沒來得及叫喊，就應聲倒地。

沙耶加這才看清，在半藏的兩指之間，竟然有一個薄薄的刀片，在這之前，他一定是把它藏在舌頭底下了。半藏又迅速地反手一揚，輕而易舉地切下另一個大漢的耳朵，對方捂著鮮血淋漓的臉，哀號一聲跪了下來。

「哎呀，雖然對你的實力早有耳聞，但親眼所見還是不一樣，亞洲人的功夫真令人歎為觀止啊。」克里克不但不害怕，反而興奮地鼓起掌來。「你的師父是李小龍嗎？」

「李小龍是中國人。」半藏笑著搖了搖頭，朝克里克走了幾步，忽然身子一晃失去了平衡，差點跌倒在地。

「原諒我孤陋寡聞，但我聽說他是吃錯藥中毒而死的。」克里克拿起半藏剛剛用過的叉子，舉到鼻子旁邊聞了聞。「其實我並不喜歡用毒，它們讓人死得太輕易了，一條活生生的人命值得擁有更多。」

「你在他的叉子上塗了什麼!?」沙耶加這才意識到半藏中毒了，克里克早就在他的叉子上做了手腳！

克里克沒有回答沙耶加，而是有些不耐煩地把視線從沙耶加身上移開了，他專注地看著桌子上玻璃缸裡的螞蟥，扔了一塊肉進去，吩咐屋裡剩下的手下：「讓她住單獨的隔間，餵胖一點，不要讓她自殘，別在身體上留下任何傷口，以後的屍體還能賣個好價錢。」

沙耶加僵坐在凳子上，她看著倒下去的半藏和眼前的這盤義大利麵，只覺得天旋地轉。她知道她現在的處境急轉直下，連說話的餘地都沒有了——這個地下室連窗戶都沒有，跑都不知道往哪兒跑。如今半藏中毒，底牌也一早亮過，在克里克的眼裡，自己和砧板上的肉塊沒有兩樣。沒有武器，沒有可以鉗制對方的任何東西——該怎麼辦？

沙耶加努力憋住眼淚，她知道自己的眼淚除了讓這個殺人魔興奮之外起不到任何作用。她強迫自己冷靜下來，即使現在自己的大腦已經亂成一團麻。如果換作達爾文會怎麼做？如果這一刻站在這裡的是汪旺旺，也會像自己一樣不堪一擊嗎？

和她的朋友們相比，沙耶加覺得自己一點優勢也沒用——她既沒有達爾文和M那樣聰明冷靜的頭腦，也沒用迪克的特異功能，甚至連汪旺旺孤注一擲的決心和橫衝直撞的勇氣也沒有。在光鮮的外表和顯赫的家族光環之下，她只是個循規蹈矩內心懦弱的小女生，只知道依靠她的小夥伴們，依靠爺爺，依靠半藏。

時間好像靜止了，她默默算自己還有多久將會被拖出這個房間，拖進某個骯髒漆黑的地窖，等待著死亡。難道沒有了別人的幫助，我就什麼都做不了嗎？沙耶加在心裡問自己。

我一定還能做些什麼。

無意中，沙耶加的目光落在玻璃缸裡的螞蟥身上。她在學校的生物學得不賴，她知道螞蟥的學名叫水蛭，是一種蛭綱類的環節動物，它們以吸取動物的血液或體液為生。一個屠夫，為什麼要在自己私密的辦公室裡飼養水蛭？僅僅是另一個變態的嗜好嗎？

她的目光又移到了牆上，那裡掛著的幾幅油畫她從進來的那一刻起就覺得眼熟——尤其是一張男人的側面肖像畫，她迅速地在腦海裡的歷史課本中尋找著這張古老畫像的出處。

十五世紀？十四世紀？俄國？歐洲？古羅馬？希臘——希臘！沙耶加屏住呼吸，她想起來這個人是誰了！希波克拉底，古希臘伯里克利時代最有名的醫師，直到現在他都被尊為「醫學之父」，即使在高中歷史課本裡，也被當成重點考點出現過。

為什麼一個吃人的劊子手會在牆上掛一幅希波克拉底的肖像畫？希波克拉底對於克里克來說意味著什麼？

沙耶加努力地回憶著有關這個幾千年前歷史名人的一切，忽然一個大膽的假設蹦了出來。

賭一賭吧！她在心裡對自己說。

「你……是不是也打算像這樣吃了我？」沙耶加努力讓自己的聲音平靜下來。「把我也做成肉丸？」

克里克揚起眉毛笑了：「把妳的肉剁碎太可惜了，我不僅要把妳的肉煎成肉排，還要喝妳的血……」

「即使喝了我的血，也不會治好你的病。」沙耶加咬著牙說。

空氣似乎突然一下子凝固了，坐在辦公椅上的克里克渾身一抖，就像被電擊了一樣。

「妳的病是無論喝多少人血都治不好的。」沙耶加咬著牙。「很痛苦吧？」

一句話沒說完，一把尖刀已經逼向沙耶加的眼睛。刀尖離她的眼球不到咫尺，正是克里克切肉丸的牛排刀。

「小婊子，妳敢諷刺我？」

沙耶加用盡全力穩住身體，不向後退一絲一毫。

他動怒了，她心想，那就證明我猜的沒錯。

「我有辦法治你的病。」沙耶加努力讓自己的聲音自信起來，一字一頓地說。

克里克的臉仍然陰沉著，但表情似乎多了一分好奇。他眯起眼睛，仔細審視著眼前這個手無寸鐵的女孩是否在說謊。

「我現在給妳一個機會，妳的這張小嘴如果胡說八道的話，我就把它切下來餵豬。」

過了整整一分鐘，克里克才說話。

「我們要去的地方有一個人，他能治好你。」

「哦，你們要去哪裡？」

如果說出這個地址對方還不買帳，他們就連最後一絲翻盤的機會都沒有了。沙耶加瞥了一眼倒在地上滿頭大汗的半藏，半藏也看了沙耶加一眼，輕輕點了點頭，示意沙耶加說出來。

「卡森城。」沙耶加回想起在和小夥伴分離之前，達爾文和迪克通過線索找到的那個地址。

「卡森城？」

「對，一座廢棄的城市，那裡曾經有一家鑄幣廠。」

意料之外的是，克里克並沒有表現出懷疑，而是一副若有所思的樣子，他皺著眉頭想了想，忽然放下了刀子：「妳怎麼能保證妳說的那個人可以治好我？」

「因為他不是普通人類，他能在被渦輪機攪得粉身碎骨之後重生，」沙耶加說。「如果你相信吸食人的血液能得到力量，那他是最好的選擇。」

「妳認識他？」

「我和他……不只是認識而已。」沙耶加說這句話的時候有些心虛，但她克制自己不要表現出來。「某種意義上來說，我們還曾是朋友。」

「那現在呢？」

「現在我們是敵人，因為他不只傷害了我的國家，還傷害了我的朋友。」

「妳說的是不是一個亞裔男性？」毫無徵兆地，克里克突然問。

克里克知道張朋！沙耶加的心臟再次狂跳起來：「對，他來自中國，自稱『張朋』，但那不是他的本名。」

克里克深深看了一眼沙耶加，拉開辦公桌的抽屜，從裡面取出一張照片放在沙耶加面前，問道：「是這個人嗎？」

那是一張偷拍的照片，只見張朋坐在一家廢棄的工廠裡，周圍有一些穿亞麻套裝的人。他們畢恭畢敬地低著頭，顯露出對張朋無限的尊重。雖然照片模糊不清，但能看到張朋手腕上有一道裂口，而跪在他身邊的人則趴在地上，貪婪地吮吸著張朋流到地上的血。

沙耶加倒吸一口涼氣，雖然他不知道張朋到底在幹什麼，但這張臉哪怕化成灰她也不會認錯。

「我們在幾年前就收到情報，說東部出現了一個人，他行蹤神祕，有計劃地招募一些先天殘疾或病重的人。」克里克說道。「他聲稱自己能和神一樣救人，甚至能讓人起死回生。而他所用的辦法，就是讓這些信徒喝他的血。當時我派了手下潛伏到他身邊，拍到這張照片。但沒過多久，我的人就失去了聯繫——八成是身分暴露，所以被幹掉了。」

根據克里克的描述，張朋在不久之後就帶著他的那些信徒失蹤了。直到幾個月前，有線報說他們藏匿在卡森城附近，重建了原本已經荒蕪的村子，並把那裡改名為「仙樂都」——傳說中的世外桃源。

克里克等不及要得到這名神祕的亞洲男子，他派了最頂尖的幾個手下前往仙樂都，可被派去的人就像石沉大海一樣，一去不返。

「難道連一個人都沒有回來過嗎？」沙耶加問道。

「要說從仙樂都裡出來的人，也不是一個都沒有，」克里克盯著沙耶加。「早前我的手下找到一個女人，她自稱是從那兒逃出來的。」

「她人呢!?」

「死了。」

「死了？」沙耶加的心一沉，立刻想到了M。

「是的，她感染了潘朵拉病毒——但很可惜那時候我們還不知道什麼是潘朵拉病毒，我們找了最好的醫生都無濟於事，很快她就因全身潰爛而死。」

「她長什麼樣子？是不是頭髮短短的，身材很纖瘦，智力有點兒問題……」沙耶加說不下去了，眼淚在眼眶裡打轉。

「她當時已經爛得看不出樣子，人也已經瘋了，連我看見都覺得噁心。」克里克想了想。「但我們在審訊她的時候拍下了錄影。」

「給我看看！」

克里克按下辦公桌上的對講鍵，和外面的人快速說了幾句，不一會兒就有人推著一臺老式電視機進來。克里克從保險櫃裡拿出一盤錄影帶，塞進播放機裡。

沙耶加的心提到了嗓子眼兒。

伴隨著螢幕上一陣雪花，電視畫面上出現了一個密閉的房間，一個披頭散髮的女人正坐在房間中間唯一的椅子上，低著頭不停地發抖。

不是M！

沙耶加長長地舒了口氣。

和M不同，畫面中的這個女人身材纖長，是成年人的體格，沙耶加從來沒有見過她。她的臉只有一半是完好的，另一半覆蓋著潰爛的瘡包，就像被什麼東西灼燒過一樣。黑色的膿水順著腮幫子流下來，染得到處都是。

這個女人是誰？

「妳叫什麼名字？」影片裡傳來一個畫外音，應該是克里克的手下正在發問。

沒有回答。

「妳是誰？妳叫什麼名字？妳從哪裡來？」

面對連珠砲似的發問，那個女人就像沒聽見一樣，目不轉睛地盯著前方，自顧自地哆嗦著，似乎沉浸在極大的恐懼之中。

「該死，她八成是瘋了，」克里克的手下在鏡頭背後議論著。「要麼就是嚇傻了。」

審訊者又問了幾個問題，女人都毫無反應，直到其中一個人問道：「妳為什麼要從仙樂都逃出來？」

女人毫無徵兆地劇烈顫抖了一下，似乎「仙樂都」這個名字刺激了她的某根神經。她雙目睜大，眼睛裡透露出無限的恐懼，就像此刻她面前站著的是魔鬼一樣。

「仙樂都……仙樂都……」她喃喃自語，忽然聲嘶力竭地尖叫起來。

影片到此變成了白色的雪花，沙耶加正看得丈二和尚摸不著頭腦，幾秒之後畫面再次出現。從螢幕左上角的編碼來看，已經是審問的次日了。

「已經注射了鎮靜劑，她時日無多，你們有什麼趕緊問。」還是同樣的房間，一個醫生模樣的人拿著針管走出畫面。

畫面裡，那個女人斜靠在椅子上，似乎承受著巨大的痛苦。相比一日之前，膿包已經擴散至全臉和脖子，它們似乎有很強的腐蝕性，能夠像硫酸一樣腐蝕皮膚，連牙床都露了出來。

沙耶加一陣哆嗦，這種症狀和電視裡報導的潘朵拉病毒一模一樣。

也許是受到藥物的影響，女人的精神狀態倒是比一天前穩定了許多，她沒有像昨天那樣歇斯底里，只是垂著灰白的眼睛，露出將死之人的神色。

「妳叫什麼名字？」

「以撒……以撒……」她含混不清地說著幾個詞。「安東尼奧……」

「妳叫以撒，還是安東尼奧？」

「安東尼奧！以撒！我的兒子！」女人眼裡猛然迸發出了幾秒鐘的光芒，用盡全力大叫了幾聲，隨後頹然一倒，渾濁的眼淚伴隨著膿水從臉頰上流下來。「安東尼奧啊，我的兒子，他還在那裡……亞伯不會放過他的……亞伯已經瘋了，所有人都瘋了……」

「安東尼奧是妳的兒子嗎？他和以撒是同一個人嗎？」

女人點了點頭。

「妳是怎麼逃出來的？」

「逃出來？沒人能逃出來。」女人說完，抬了抬自己的手，只見她的手上和臉上一樣，覆蓋著大量的膿包，有些破損的地方已經能看見森森白骨。

「我被打了藥，活不長了……他們把我扔到樹林裡，自生自滅。」

「妳為什麼要從仙樂都逃出來？」

女人沒有立刻回答，而是愣愣地盯著前方。

「為什麼要離開仙樂都？」那人又問了一次。

突然，女人怒目圓睜，眼睛裡閃爍著憤怒與絕望：「根本沒有什麼仙樂都！他們以為那是世外桃源，實際上是人間地獄，那個男人也不是上帝……不是上帝……是惡魔啊！」

「『那個男人』？他不是救了你們的命嗎？」

「是的，他救了很多人的命，從表面上來看確實如此……可在他眼裡，我們不是同伴，不是摩西帶領的以色列人，我們只是被他馴養的羔羊，用以祭獻給魔鬼的食物……」

「祭獻？」

「是的，祭獻，我們只是祭品而已……你們根本不知道仙樂都裡有什麼……你們根本無法想像，沒人能夠想像。」女人自言自語地說著。「那些怪物……都是他的同伴。所有人都會死，無論是男人、女人還是孩子，最後都會死……被撕碎，被吃掉，化為血水。仙樂都的人也好，其他人也好，沒人能倖免。每個人都會成為羔羊……」她的回答慢慢變成了低吟，逐漸模糊不清。

「『那個人』到底是誰？」

「……他不是人，」過了一會兒，女人說。「他沒有人類的情感。」

「妳還知道關於他的什麼事嗎？」

女人似乎已經用盡了所有的力氣，她不再回答問題，而是反覆念叨著以撒這個名字，眼神逐漸渙散。

影片播放結束，克里克舉起手上的遙控器，關掉了電視錄影：「有價值的資訊就是這些了。」

「她說張朋是惡魔……」沙耶加還沉浸在影片帶來的震撼之中，好不容易才回過神來。

「我不介意他是什麼，寶貝兒，只要他能治好我，」克里克哼了一聲。「我倒想看看，和我相比，他來自地獄哪一層。」

「這麼說，你同意協助我們了？」半藏的聲音突然響起來。

沙耶加嚇了一跳，只見半藏若無其事地從地上站起身，好像什麼事也沒發生。

「你不是……」克里克眼裡有一絲驚詫。

「在下跟隨主人這麼多年，被下毒也是常有的事。」半藏拍了拍衣服上的灰，說道。

「我下的藥足以毒死一頭大象了。」克里克看著半藏。

「毒藥是真毒藥，但我有沒有吃進去就另說了。」半藏說完，突然張大嘴巴仰起脖子，兩隻細長的手指朝喉嚨裡伸了進去。沒過幾秒，就從喉嚨裡夾出來一個細長透明的囊袋。囊袋裡隱隱約約可見完整的肉丸和義大利麵，完全沒有被消化的痕跡。

「你什麼都沒吃!?」沙耶加不禁叫了起來。

「鱒魚的魚泡十分結實，藏在喉嚨裡可以阻斷食物滑入食道，當然也不會被消化。」半藏聳聳肩，一臉無辜。「讓小姐受驚了。」

沙耶加頓時萬念俱灰，畢竟自己是實實在在吃了好幾個丸子啊！想到這裡，她禁不住乾嘔起來。

「談談正事吧，你想要張朋和病毒，我們想要救出朋友。」半藏對克里克說。「你給我們提供裝備和保護，由我們潛進仙樂都，事成之後各取所需。」

「我最優秀的手下都做不到的事，我又憑什麼相信你們能做到？」克里克斜著眼睛看著半藏，但與之前的眼神不同，這次明顯多了些忌憚。

半藏從口袋裡翻出一樣東西，扔到克里克面前：「即使我們沒出來，你只要拿著這個去跟買家交差，就可以證明我們已經死了。你完全能得到你該得的賞金，這筆買賣怎麼算你都不虧。」

那枚東西掉在克里克桌上，沙耶加定睛一看，正是自己幾天前負氣還給爺爺的信物——刻著家族徽章的戒指。半藏不知道什麼時候把它偷偷帶在了身上。

克里克用肥大的手指拈起這枚戒指，在燈光下仔細端詳了一下，轉頭看著半藏：「你需要我怎麼協助你們？」

「卡森城的GPS定位，一輛越野車，一些必需品……我會列一張清單給你，但這些都不是最重要的——最重要的是，你要保證我們在沿途不會被其他賞金獵人襲擊，我不想在路上浪費太多時間。」

「呵呵，其他的賞金獵人？我倒想看看，有誰敢動我嘴邊的食物。」克里克揚起嘴角，陰毒地笑了一聲。

「最好如此。」

直到越野車開出荒原客棧好幾公里，沙耶加都還沒從肉丸子的陰影裡走出來，光是吐就吐了好幾個塑膠袋。

「您再吐下去可是要連胃都要吐出來了。」半藏握著方向盤邊笑邊說。

看了一眼什麼都沒吃的半藏，沙耶加已經虛弱到無力反駁。如果他不是爺爺的手下，自己可能真的會忍不住殺了他——如果能殺掉的話。

「不過話說回來，小姐剛才真讓我刮目相看，」半藏感歎道。「在危險之中還能有如此智謀，實在讓在下佩服不已。話說回來，您是怎麼發現他身患疾病的呢？」

沙耶加把頭從塑膠袋裡抬了起來，回憶起剛才在克里克辦公室發生的一切，仍然心有餘悸——幸好自己賭對了。

這個猜測，是她在看見牆上掛著的那張希波克拉底畫像的時候，忽然從腦子裡蹦出來的。

希波克拉底，關於這個古希臘的「醫學之父」有很多傳奇故事，但最讓後人爭議的，是他提出的「吸血療法」。所謂「吸血療法」，就是要通過放出本身的血液，達到進化身體的目的。雖然聽起來很不科學，但直到十九世紀。「放血療法」在歐洲仍被當作治療疑難雜症的手段普遍流行著。

不過光憑一個希波克拉底，沙耶加也不敢妄下判斷，是克里克辦公室裡的螞蟥進一步印證了她的猜想。「放血療法」裡最常用的一種方法就是依靠螞蟥，傳說當年拿破崙都用螞蟥吸血治病。如果不是為了讓螞蟥把自己身上的血吸出來，沒人會在辦公室裡養這麼噁心的東西吧？

如果這個假設是對的，克里克迷信古代偏方，放血吃人，很有可能是因為自己患有現代醫學無法治癒的疾病。所以沙耶加才孤注一擲，用這個辦法重新取得和克里克談判的籌碼。

幸好自己在生物課上認真聽講——希波克拉底的歷史寫在課本最後的注釋裡，要不是自己複習的時候每一頁都認真做了筆記，這時候已經落在克里克的手裡，插翅難飛了。

「節子小姐懂得可真多。」聽完了沙耶加的分析，半藏感歎道。

「你還好意思說，」沙耶加有些生氣。「幸好剛才的危機化解了，不然我們該怎麼辦呢？你難道一點打算都沒有嗎？要是克里克不願意放過我們，我們連逃跑的可能性都沒有吧？」

面對沙耶加連珠砲似的問題，半藏不好意思地撓了撓頭：「如果對方不同意放人，那就太麻煩了……真要是那樣的話，就把他們全殺掉吧。」說這句話的時候，半藏就像一個抱怨不能準時下班的中年上班族，剛才在荒原客棧的驚險經歷在他看來就跟繫鞋帶一樣簡單。

「你說什麼？把他們都殺掉？就憑一塊刀片？」沙耶加一臉難以置信。

「在下近身殺人的辦法可有好幾百種呢。」半藏笑道。

「所以你去荒原客棧的時候，就做好了把他們都殺掉的準備？」沙耶加問。

「確實做了這個最壞的打算，」半藏聳聳肩。「所以說幸虧您扭轉了談判局面，留了他們幾個一條小命——當然這也是好事，確保一路上沒有別的蒼蠅再騷擾我們啦。」

沙耶加吞了一口口水，一時間無言以對。此時窗外的天氣無比陰沉，暴風雪就要來了，在離開荒原客棧的時候，克里克就提醒過他們，這場不尋常的風暴將會讓西南部城市的溫度達到二十年以來的最低點。

半藏把越野車開上了一一五國道，朝著西南方向駛去，那是卡森城的方向。

沙耶加從一疊資料裡抬起頭，皺著眉頭自言自語道：「這不合理呀。」

在他們倆離開荒原客棧之前，半藏列出的物資清單除了裝備和食物，還有重要的一條，就是要克里克必須把自己掌握的一切情報都交給他。知己知彼，百戰百勝，這是忍者的原則。

塑膠袋封裝的檔案有十幾大本，半藏開車的時候，沙耶加就負責閱讀這些資料，可是沙耶加越讀越覺得不對勁。

為什麼張朋要選擇一個如此荒涼的地方建立他的世外桃源呢？如果世界各地發生的

病毒爆發事件都是張朋策劃的，那他現在應該迫不及待地炫耀自己的傑作呀？

歷史上所有的變態殺人犯和恐怖主義者都有相似的套路。他們就是要挑釁傳統權威，讓世界知道他們，敬畏他們。十二宮殺手在連環殺人案之後，會把自製的線索寄給警方，以繼續殺人為由，脅迫警方在報紙上公布自己的資訊；邪教團體「曼森家族」在屠殺之後，會迫不及待地公開自己的作案細節和教義，以吸引更多追隨者；恐怖襲擊每次發生不久，各路組織就會立刻站出來公布是自己策劃的。無論是出於一己私欲，還是為了報復社會，他們都會在作案後把自己推向輿論巔峰。

反觀張朋，他不但什麼都沒做，而且還帶領著一群人躲進窮鄉僻壤，離群索居。沒有高調的認罪，沒有宣傳和挑釁，張朋似乎對出名毫不在乎，這種低調的行事風格完全不符合犯罪心理學呀！

如果獲得仰慕和權威都不是張朋所追求的，那麼他究竟想要什麼？到底是單純為了製造恐慌，還是如漫畫書裡畫的那樣毀滅世界？

潘朵拉病毒的爆發確實為世界各國帶來了大規模的恐慌，可距離毀滅世界的程度還相差很遠。卡森城周圍除了群山就是峽谷，離最近的拉斯維加斯也有好幾百公里的距離，如果張朋要毀滅世界，就不應該選擇一個如此偏遠的地方。

沙耶加越想越混亂，她實在不明白張朋大費周章地搞了一堆恐怖事件之後，躲進深山老林的動機是什麼。

「我們挖得還不夠深，」半藏看著公路遠處的烏雲說道。「所以我們看到的只是表像，還沒瞭解全部的真相。」

沙耶加皺著眉頭，看著手裡的資料：「可是我沒有看到更多有用的資訊了。」

「大蕭條至今，伴隨著美國的衰落而廢棄的城鎮少說不下幾百個，可他偏偏選擇了卡森城，」半藏沉吟道。「或許這個地方對他而言有特殊的意義。」

「所以你的意思是，應該從卡森城本身著手？」

「妳再仔細看看這一本。」半藏抽出一本壓在最底下的卷宗，扔給沙耶加。「或許這裡面會有些線索。」

沙耶加接過來翻了翻，這本檔案明顯厚了許多，上面還蒙著沒擦乾淨的灰，裡面的紙張都發黃了。檔案袋上貼了一張有些殘破的標籤，上面各有一個聯邦政府和地方法院的標誌，應該是由某位治安官或委員會所記錄的，裡面零零星星地記載了從二十世紀五〇年代到七〇年代發生在卡森城的各種大事件，從地稅變更到登記執照，從衛生計畫到小學食堂改革，包括福利基金發放和道路檢修，資訊之多簡直讓人眼花繚亂。

沙耶加耐著性子把檔案從頭看了一遍，和所有美國荒廢的小鎮一樣，卡森城也有著相同的故事，都是在工業革命中迎來了屬於自己的機遇，乘著改革浪潮輝煌一時，鑄幣廠曾帶給這裡的居民高額的利潤和泡沫般的憧憬。可這些虛假的繁榮不過曇花一現，大蕭條來臨後，卡森城一蹶不振，衰敗到永無翻身之地。

除此之外，似乎也沒有什麼特別之處，唯一有點奇怪的，就是那座核電站了。

檔案裡記錄著核電站在五〇年代中開始施工，可是到六〇年代末就徹底停止了運營。沙耶加記得核電站的建造過程是十分複雜的，施工週期也相當長，即使是現在，一座大型核電站的建造到運營都要十幾年，更別說六、七〇年代了。

假設卡森城核電站的建成只用了十年，那豈不是才使用了一兩年就廢置了？

這從成本上來說也太不合理了，畢竟修一座核電站的成本少說也要幾個億呀。

「果然，問題就出在這裡。」半藏想了想。「妳再翻翻，只要有關核電站的任何記錄都不要放過。」

沙耶加重新仔細閱讀了一遍，其中兩則很小的新聞摘要引起了她的注意。

「一九六一年十二月三十一日，兩名工人在核電站施工期間失蹤，警方介入調查。」

「一九六二年一月一日，一輛運輸車及司機在核電站施工範圍內失蹤，警方介入調查。」

老實說，這個世界每分每秒都有人失蹤和死亡，哪怕就這一本薄薄的檔案裡，也記錄了幾十起卡森城周圍的失蹤人口案，要不是半藏讓沙耶加專門留意關於核電站的記錄，換了誰都不會注意到這兩條摘要。

「這兩起失蹤案件說明不了什麼。」沙耶加說。「別說失蹤了，這麼大的一座核電站建立起來，就算工程意外死掉一兩個人，也並不出奇。」

「能不能說明問題，我們說的都不算，」半藏把手機遞給沙耶加。「在搜尋引擎裡把一九六二年十二月到次年一月卡森城的新聞都檢索出來，尤其是關於核電站的。」

沙耶加接過手機，鍵入了半藏所說的關鍵字。因為卡森城名氣太小，加之發生時間久遠，她只檢索到了十幾條相關新聞，大部分和檔案摘要上的如出一轍，簡略帶過。

沙耶加漫無目的地翻看著，忽然其中一條新聞吸引了她的目光。在那條新聞下方，刊載了一張失蹤工人的黑白照片，有兩個人正站在核電站地基上面，其中一人扶著牽引繩索從地面往上運送吊籃，另一個人把吊籃裡的碎石搬上運輸車。

看著照片，沙耶加的手克制不住顫抖起來。

讓沙耶加不寒而慄的不是那兩名陌生的工人，也不是龐大的地基和腳手架，而是他們吊籃裡的碎石。那些石頭上刻著歪歪扭扭的古文字，沙耶加再熟悉不過了，這和她從迷失之海帶出來的石頭一模一樣。

「這些石頭……我見過。」沙耶加顫抖著聲音，把他們在迷失之海裡發生過的事斷斷續續地告訴了半藏。

「我有一個大膽的猜測，」半藏聽完後說道。「會不會是當年他們在修建核電站的時候，無意中挖出了什麼東西，而這些東西和妳在迷失之海看到的奇景有關。」

「你的意思是，因為挖出這些東西而導致工人們的失蹤，甚至讓核電廠在幾年之內匆匆關閉？」

半藏點了點頭：「如果這個假設成立，那麼接下來發生的事情就很好解釋了。」

他從大衣口袋裡掏出一張疊得整整齊齊的紙遞給沙耶加，沙耶加打開一看，竟然是一張衛星圖。從圖上寫著的座標來看，應該是核電站無疑了，奇怪的是，除了中間聳立著的幾座冷卻塔和電廠設施之外，向外擴散數十公里的地上，竟然布滿了大大小小的坑洞。

「這些坑是怎麼回事？」沙耶加指著衛星圖問道。

「是核彈坑。」半藏回答道。「這張衛星圖是我在出發前拜託一個軍方的老朋友弄到的，我第一次看到時就能判斷出這些坑是什麼造成的。妳沒有經歷過廣島的爆炸，只有核彈才能製造出這種形狀和規模的爆炸。」

沙耶加在心裡默默數了一下，圍繞在核電廠附近的坑洞至少有幾百個。

「沒有人會在核電廠附近做核彈實驗，就好像不會有人在十噸ＴＮＴ炸藥旁邊玩煙花一樣，這很不尋常，」半藏說道。「於是我找到了當年參與過這個項目的一些人，包括一名當時負責投彈的退役飛行員。」

「那他們怎麼說？」

半藏搖了搖頭：「沒有人知道為什麼要在這塊區域進行核彈試驗，實驗的目的是最高機密。」

「一點線索也沒有？」

「是的，唯一知道的就是，飛行員每次會收到由上層下達的一個座標，要求是務必精準投擲在座標上。」

沙耶加盯著手裡的衛星圖，細細思索著半藏的話，忽然明白了半藏的意思。如果軍方在建造核電廠的時候無意中挖掘出了什麼，那他們之後的頻繁轟炸，會不會就是為了找到這些東西？

就好像無意中在河流中找到金塊的淘金者，恨不得把周圍所有的山脈都炸出窟窿來，以找到金礦的入口。

沙耶加的眼前又浮現出那兩塊從迷失之海帶出來的石頭，在找到M的時候，是自己親手把它們裝進書包裡的。當時她並沒有想太多，直到清水對那些石頭表現出強烈興趣的時候，她才意識到它們也許並不只是某種遺跡。再加上駱川也表示自己在科羅拉多考古時穿過由這種石頭排列而成的牆壁才抵達了那個詭異的世界，難道這個核電站也和迷失之海、科羅拉多峽谷一樣，擁有另一個「入口」？可這個入口和張朋的計畫又有什麼關係？

沙耶加想著想著，忽然打了個冷戰。難道張朋是想找到這個「入口」，以打通兩個世界？

這個猜測讓沙耶加震驚得說不出一個字。

克里克果然兌現了他的承諾，越野車一路暢通無阻，幾小時之後就開進了內華達州。在接下來的高速路上開了一段之後，半藏就根據克里克提供的地圖轉進了鄉道，沒開多久就進到了郊區叢林。車沿著鄉道繞來繞去，半藏在某個轉彎口看見一道紅漆新噴的左轉路標。在路標的下方，畫了兩個「圓」和一個「叉」，是克里克那個屠宰場的標誌。

「連路標都標誌好了。」半藏滿意地摸了摸下巴。「看來那個屠夫除了愛殺人之外，辦事也挺細心的。」

半藏沿著標記開進了森林，一開始還有些石礫鋪成的小路，沒多久就只剩下滿地松針了。幸好森林裡的樹十分稀疏，汽車的性能也好，兩人沿著路標一直深入，直到眼前出現了一個巨大的湖泊。

這應該就是當年炸出的核彈坑了，沙耶加一邊想，一邊朝不遠處眺望，在松樹林的邊緣出現了一些尖頂的房屋。

「接下來就要靠走了。」半藏說。

沙耶加也跟著下了車，被吹來的狂風凍得一陣哆嗦。樹林和湖水還隔了大約一百公尺的距離，中間是布滿碎石的淺灘，湖面已經冰封了，可沙耶加還是聞到了一陣噁心的臭味。

「什麼東西這麼臭？」沙耶加問道。

「等等！」半藏一把拉住她，皺著眉頭說。「這水不正常。」

「你怎麼知道？」

「直覺。」半藏的眼睛直勾勾地盯著湖面，表情忽然凝重起來。「這裡的寧靜只是表像。」

沙耶加看著半藏，到現在為止，他從來沒有流露出這麼嚴肅的表情，哪怕面對克里克的時候，臉上自始至終都帶著一絲玩世不恭的笑意，而此刻，他看起來真的像一個如臨大敵的忍者。

半藏讓沙耶加在車裡等著，自己則走上石灘，一直走到結冰的湖邊，蹲下來用手指輕輕刮了一點湖面上的冰碴兒聞了聞，就轉身返回到車上。

「水裡有什麼？」沙耶加迫不及待地問道。

「這湖裡不是普通的淡水，而是含有大量礦物鹽的人造海水。」

「人造海水為什麼那麼臭呢？」

「臭不是來自海水的味道，而是來自水中生物的排泄物和屍體腐爛的味道，哪怕是魚缸裡都或多或少有一點。通常這些排泄物和腐爛物都能被微生物吃掉，以維持正常的生態迴圈。能製造出如此強烈的沼氣，證明水裡的生物不一般。」半藏沉吟道。「而且這水裡有大量核輻射洩漏物質。」

「那我們現在該怎麼辦?不能穿過湖面潛進去，難道大搖大擺地從正面走進村子裡，像案板上的豬肉一樣任人宰割？」沙耶加看著半藏。

「我覺得這是個好主意。」出乎意料地，半藏竟然笑了。「還記得在下說過的忍者入門修行之首嗎？」

沙耶加愣了愣，想起最初和半藏在居酒屋裡的對話，問道：「你是說……喬裝之術？」

「對，如果想要兵不血刃，既能救出妳的朋友，又不需要花費太大的代價，喬裝潛入是最好不過的。小姐演過戲嗎？」

「我……」沙耶加一時語塞。「小時候演過白雪公主。」

「那還真是本色出演啊。」

「我還是不太明白，你要讓我演什麼？」

「妳想想，如果村子裡住著一群曾經各自得過絕症的病人，那麼他們最容易接納什麼樣的人，對什麼樣的人最容易放下戒心？」

「你的意思是說……」沙耶加睜大眼睛。

「妳能否扮演一個患有重病父親的絕望女兒呢？」

沙耶加頓時明白了半藏的意思，沒過多久，一陣急促的呼救聲就劃破村莊的上空。

「救命……救命！」

村口不遠處，一個亞裔女孩跪在雪地上，她的頭和肩膀都落滿了白雪，手邊還攙扶著一個昏迷的男人，一路長途跋涉似乎用光了他們所有的力氣，此刻兩個人都癱倒在雪地裡。

「救救我們……救救我爸爸……」沙耶加大聲哭喊起來。

最初聽見呼救聲的是在廣場上搬運過冬物資的人，沒過多久，又有一些人被聲音吸引了過來。雖然一部分人只是停下了手裡的活，呆滯地看著他們，但沙耶加的哀號還是成功地讓一些女人起了惻隱之心，但那幾個想上前幫忙的女人很快就被身邊的男人制止住了。

「別管閒事。」男人搖了搖頭。

「她只是個孩子而已，」女人爭辯道。「難道就這麼看著她死在那裡嗎？」

「亞伯呢？」男人向身後的人問道。「我們應該等亞伯來了再決定。」

「沒人看到他，」身後有聲音回答道。「應該是去準備祭典了，從今早開始就沒人見過他。」

「沒有亞伯的指令，我們最好什麼都不要做。」

沙耶加坐在雪地上，號得更大聲了。

「她再這樣哭下去，不僅會影響祭典，而且還會驚動『他』，這樣對我們都不好。」

女人露出了焦慮的表情。「你們都不想受到處罰吧？」

女人的話讓圍觀的人都露出了忌憚的表情，但他們既不敢過去幫忙，又不敢返回村莊。就在這時，沙耶加哀號一聲，直接倒在了雪地裡。

第十五章　優秀的演員

沙耶加縮在沙發一角，接過其中一個白袍女人遞過來的熱牛奶，房間裡的大多數人和那個女人一樣，都露出淡漠的表情。

她已經從寒冷中緩過來了，而房間的另一邊，半藏正躺在床上抽搐著，嘴裡胡言亂語地說著日語，滿頭大汗，嘴唇蒼白。

「一個頂級的忍者同時也必然是一位優秀的演員。」

沙耶加想起幾個小時之前，半藏對她說過的話。

「偽裝自己，混入敵人內部刺探情報，才能做到兵不血刃。屠夫派去的人之所以都沒成功，很有可能是他們偽裝得不夠好，太早暴露了自己。只有取得那些村民的信任，才能找到我們想要的東西。」半藏從貼身的口袋裡摸出一顆藥丸，一口吞了下去。

「你吃了什麼？」沙耶加問。

「這是一種忍者的祕藥，」半藏說道。「在服用之後的一個小時之內，我會出現休克、抽搐、血壓降低等症狀，意識也會模糊不清，和假死狀態差不多。哎呀，我已經有相當長一段時間沒用過這種藥啦！現在我老了，不知道還能不能扛過這麼強的藥性。」

「你……」沙耶加一驚。「什麼叫扛不過藥性？」

「理論上講，藥效在服藥後五個小時左右會逐漸消退。如果在下沒醒來，小姐不要逞強，趕緊找辦法離開這個地方。」

「這麼危險的藥你為什麼要吃，難道就不能裝病嗎？就算是扮演普通父女也可以啊！」沙耶加又急又氣。

「人類往往會同情和自己有相同遭遇的人，認為彼此能感受到對方的痛苦，因而同病相憐。如果那個村子裡住的全都是曾經罹患過重病的人，自然也不會對重病纏身的我見死不救。」半藏倒是淡定地笑了笑。「既然要裝，就要裝得像。如果連自己都騙不過，怎麼能騙得過他們？」

沙耶加看著半藏，一時間眼睛竟然有些濕潤：「對不起……讓你受苦了。」

「在下是志能備，是誓死效忠家主的僕人，哪怕犧牲性命……」

「你不是我的僕人。」沙耶加打斷了半藏的話。「我沒有把你當成什麼僕人。每個人的生命都是平等的，我沒有權利讓你去犧牲自己。」

「如果小姐真的想保護在下的性命，從現在起，就投入自己的角色中吧。」半藏說道。「如今我倆的性命，都一併交到妳的手裡了，讓我們聯手演一齣好戲。」

沙耶加認真地點了點頭。

「現在起，在下要稱呼您為節子了。」藥效開始發作，半藏的臉色變得蒼白，大顆的汗珠從額頭上滾落。

「我一定不會讓你的犧牲白費的，爸爸。」沙耶加說著，攙扶起半藏向村子走去。

幾個男人站在半藏的床頭竊竊私語，他們沒有什麼醫療器械，更別說藥品了，過了好一會兒，其中一個人搖了搖頭說道：「他看上去快死了。」

「或許現在救他還來得及……我的意思是，我們要不要給他喝……」

「他不是我們的人。」另一個搖了搖頭。

「你們是怎麼找到這裡的？」其中一個男人走向沙耶加，問道。

沙耶加趕緊將之前編好的謊言講了一遍，她說自己本來打算帶著父親從芝加哥到拉斯維加斯旅遊，但途中遇到大風暴，原本計畫好的路線被封路了，於是決定繞路前進，卻因為導航沒信號在山裡迷了路。汽油耗盡了，這時候待在沒有暖氣的車裡就是找死，他們最後決定棄車，步行尋找救援。沒想到父親的心臟病在路上復發了，萬念俱灰時，她看到森林深處尖頂的房屋和嫋嫋炊煙。

「我父親需要搶救，」沙耶加抓住離她最近的一個女人。「求求你們，幫我們報警吧……」

「我們這裡沒法報警。」女人的聲音裡沒有任何感情。

「那有醫生嗎？我爸爸現在需要醫生！」

「我們這裡也沒有醫生，」屋裡的幾個成年人交換了一下眼神。「我們不需要醫生。」

「怎麼辦……難道我爸爸就要死在這裡嗎？」沙耶加跌跌撞撞地撲向床邊，拉住半藏的手，哭得上氣不接下氣。「誰能……誰能救救我爸爸……」

不知道是不是因為沙耶加的眼淚，人群中有一個中年婦女終於軟下心來，她喃喃地說：「也不是救不了，我們這裡有個人能救他……」

「是誰!?」沙耶加的心狂跳了起來，眼看有人要上套，她拚命抑制住內心的激動。

「他在哪兒？」

「或許今晚妳就能見……」中年婦女話音未落，忽然有一個人推開大門走了進來。

那是一個很瘦的男人，低垂著嘴角，用極度冰冷的眼神打量著沙耶加和半藏。

「亞伯。」屋子裡的人這樣稱呼他。

那個叫亞伯的男人穿著純白的亞麻長袍，屋裡的人都對他畢恭畢敬。沙耶加迅速打量了他一眼——從頭到腳。

這一眼很重要，半藏曾告訴過沙耶加，忍者的要義在於偽裝攻心，而在深入刺探之前，對現場的判斷直接關乎性命。合格的忍者必須能夠通過對對手細緻的觀察，為之後的臨場應變做好準備。

任何一個人都會在外觀上留下生活的痕跡——肥胖的人多數懶惰，陳舊的戒指代表多年的婚姻，濃重的香水味或許是為了掩蓋愛出汗的體質……

這些細節提供著無數這樣那樣的資訊，而這其中的某一條，或許就能成為掌握局面的關鍵。

沙耶加的細心，決定了她能把這種洞察力發揮到極致。

猛地一看，亞伯和其他人沒有區別，但沙耶加敏銳地注意到他的脖子上掛著一條十字架項鍊。十字架是銀質的，十分質樸，看起來很有年份了。

亞伯在床的另一邊坐下，雙手自然交叉疊放在膝蓋上。這是一個典型的禱告手勢，沙耶加心想，他一定是個虔誠的教徒。

「床上的人是妳父親？」他看了一眼床上的半藏，轉頭問沙耶加。

沙耶加點點頭，淚跡未乾。

「你們能找到這裡，是萬中無一的巧合。」亞伯在說這句話的時候，拖長了「巧合」兩個字，他盯著沙耶加，眼神銳利，還夾雜著一絲冰冷。

他在說反義詞，沙耶加心裡一緊，這個人不好敷衍。

「這裡的位置很特殊，」亞伯接著說。「所有的電子信號都遮罩了，也不能靠ＧＰＳ導航，一般人是沒法找到的。」

沙耶加低著頭，大腦飛速轉動著，他說這句話是什麼意思，一種試探嗎？幾秒鐘過去了，亞伯還盯著沙耶加，顯然他希望沙耶加能繼續解釋自己是怎麼找到村子的。沙耶加想起半藏說過，只有處在劣勢的人才會不停地說話以掩蓋自己的謊言。因此面對質疑時，說得越少越好。

沙耶加沒有接話，而是巧妙地轉移著話題：「你們這沒有醫生嗎？我爸爸需要醫生。」

「對不起，我們這裡的人不怎麼生病，所以這裡沒有醫生。」亞伯答道。「這裡同時保持著自給自足的傳統農耕形式，沒有犯罪，所以也不需要員警。搬到這裡，是因為我們不願與外界產生接觸，也不歡迎外來者。」

沙耶加抬起頭，裝作迷惘地看著亞伯，很顯然，她的可憐沒有引起他的惻隱之心。

「你們必須離開。」亞伯站起來。

「離開？怎麼離開？」沙耶加露出一臉迷惑。

「怎麼來的怎麼離開。」

「我們沒有車，也沒有食物……」

「我很遺憾，但我們無能為力。」

「我有點明白你的意思了，你想讓我們死在外面，死在雪裡，」沙耶加盯著亞伯脖子上的十字架。「原來這就是上帝的門徒所行之事。」

亞伯明顯遲疑了片刻，但不到一秒，又恢復了一臉冰冷，站起身向外走去。

沙耶加的大腦飛速轉動起來，她想起剛來美國的時候入讀的那所教會小學，修女在每天早上朗讀的《聖經》。

「……不要效法惡，只要效法善。行善的屬乎神，行惡的未曾見過神。」沙耶加咬了咬牙說。她不太記得這句話出自《聖經》的哪一章，但現在只能拼一拼了。「上帝為了拯救世人獻出了他的獨子，你卻要把將死之人推進暴風雪裡！像你這種冷酷無情的人，神也必定不會對你眷顧！」

也許是沙耶加最後這句話觸動了亞伯，他轉過身瞪著沙耶加，有這麼一秒，亞伯的眼睛裡閃過一絲凶狠。

沙耶加心裡一顫，是不是自己說得太過火，激怒了亞伯？畢竟現在他們深陷狼窟，這個人哪怕是動動手指，都能把她像按螞蟻一樣按死。但沙耶加自己心裡也清楚，這時候千萬不能露出任何膽怯，否則就裝不下去了。她只能硬抬起頭，理直氣壯地瞪著亞伯。

一時間，空氣幾乎凝固了。

幾秒之後，亞伯眨了眨眼睛：「風暴結束之前，你們可以留在這兒。」

其他的村民都跟著亞伯離開了。沙耶加坐在床邊，火爐裡的木柴烤得劈啪作響，狂風呼嘯著吹過窗櫺，她的內心仍繃著一根弦，不敢鬆懈下來。

現在暫時是安全的，計畫進行得還算順利，接下來就要等半藏醒過來了。

沙耶加擦擦眼睛，看著床上的半藏。他臉色灰白，皺紋像一道道溝壑一樣印在臉上，仿佛這一刻他不是一個殺人無數的忍者，只是一位平凡的老人。

「節子……」半藏的身子突然動了動，嘴裡模糊不清地發出幾個日語單詞。

「我在呢。」沙耶加俯下身，她不確定半藏是不是清醒了，看樣子他還在承受著巨大的痛苦。

「幾點了……」半藏用日語問。

「大約晚上七點。」沙耶加這才發現自己沒戴手錶，屋子裡也沒有鐘，她看了眼窗外，天已經完全黑了下來。

「過了多久……」沙耶加猜測半藏的意思是距離服藥間隔了多長時間，她稍稍皺了皺眉頭，這麼算起來，已經有五個小時了，可是半藏並沒有在預計的時間裡清醒過來。也許就像他自己說的，他太老了，扛不住這麼強的藥效。

「你別擔心，再過一會兒，會好起來的。」沙耶加用日語輕聲安慰著。

「千萬不要單獨行動……」半藏像是使出了全部的力氣，拉了拉沙耶加的手。「如果有危險，就趕緊逃，不用管我……」

沙耶加心裡忽然一熱，她和半藏相處的時間很短，但不知道出於什麼原因，她對他莫名的親近：「放心，爸爸。」

沙耶加也不知道為什麼會突然說出爸爸這個詞，她身邊已經沒有別人了，不需要再演戲。長久以來，這對她來說都是一個陌生的詞。她本以為，自己一輩子都不會再說出這個稱呼。

半藏聽到沙耶加的回答，放心地閉緊眼睛，沒過多久又昏睡過去。

沙耶加走到窗外，她忽然發現街道上空無一人，周圍的房屋都熄了燈，連原本留在門外的看守也不知所蹤，他們倆似乎被人遺忘在這裡了。

人都上哪兒去了？她心裡暗自思索。

沙耶加在屋子裡走了一圈，這裡除了基本家具之外什麼都沒有。灶臺上蒙了一層灰，廚房的儲物櫃裡只有幾個過期的罐頭。沙耶加從裡面找出了一個缺口的陶瓷杯，她想給半藏倒點水喝，也許用水稀釋身體裡的藥物對他有好處。不知道是不是天氣太冷導致水管結了冰，水龍頭裡一滴水都沒有。

就在沙耶加準備放棄的時候，忽然聽見水龍頭裡傳來一個奇怪的聲音。

「咕咚咚，咕咚咚。」聽起來不像是水流，更像某種回聲。

沙耶加把頭貼到水管上，仔細辨認著這個奇怪的聲音，聽起來就像是有人在說話，但聲音模糊不清。

她忽然想起來，以前學校老師帶隊去參觀鎮子附近的汽車工廠時，自己也在車間裡聽到過這種聲音。老師對此的解釋是，十八世紀之前的維多利亞式建築都有統一的排水系統，這種排水系統在地底有一個巨大的空間，而銅質水管又有良好的共振功能，非常利於聲音的傳播，因此某種特定的情況下，可以把不遠處的聲音傳過來。

沙耶加忽然靈光一現，卡森城建於十七世紀，會不會就是用了同樣的銅管地下排水系統？

想到這裡，沙耶加立刻打開洗手盆下面的水槽，開始順著水管尋找聲音的源頭。幸好這間房屋已經很老了，大部分木板十分薄，甚至有些已經腐朽了。沒過多久，沙耶加就順著水管摸到了一扇牆前面。

在牆邊上有一扇木製的小門，上面掛了一把老鎖。沙耶加沒費多大勁就把鎖扣連著螺絲一起敲了下來，一道樓梯出現在她面前，並且直通往漆黑的地下室。沙耶加摸黑走了下去，這裡起碼有幾十年沒人下來過，水管長滿銅銹，木頭發出腐爛的味道，還有很多蜘蛛網和積塵。沙耶加把手放在水管上，一邊感受著振動，一邊艱難前行。

在轉過幾道彎之後，銅管的聲音忽然清晰起來。沙耶加不知道這些聲音究竟是從哪兒傳過來的，也不知道距離自己多遠，但她幾乎立刻就辨認出了其中一個聲音——亞伯。

還有幾個嘈雜的人聲，在跟他討論著什麼，沙耶加的心懸了起來。

「那對父女怎麼辦？」其中一個人問道。

「把他們鎖在屋裡，直到風暴結束。」亞伯說。

「為什麼不把他們殺了？」

「沒有『朋友』的示意，我們不能殺人。」亞伯回答。「而且我檢查過那個男人，他確實快死了，不需要我們動手。」

「朋友」是誰？沙耶加自然而然地想到張朋。他們把張朋稱為「朋友」，對他絕對地服從。

「另外那幾個呢？」又有一個人問。

「留下那個華裔女孩，她是『朋友』重要的客人。除此之外，其他人都不需要活著了——在今晚的祭典之前把他們帶到湖邊，綁上石頭扔下去。」亞伯的聲音。

「他們現在在哪兒？」

「鑄幣廠下面的地牢，我讓雅各看著他們——為了防止他們逃跑，他把那兩個男孩的腿打斷了，不知道他以前當兵的時候是不是也這麼對待戰俘的。」亞伯像是在笑。

沙耶加的腦子「嗡」的一聲，華裔女孩，除了汪旺旺還會是誰！其他的人……究竟有多少人被他們抓住了？

M、迪克、達爾文……還是他們所有人？亞伯要把他們都殺了！

沙耶加捂住嘴，連滾帶爬地從地下室跑出來，床上的半藏仍處於昏迷中。

來不及了，沙耶加一邊想，一邊從褲腿裡拔出匕首——那是半藏早前讓她藏起來以防萬一的。

對不起，我不能遵守和你的約定了。

沙耶加最後看了一眼半藏，就朝門外跑去。

第十六章　地牢

雪已經停了，濃濃的霧氣把卡森城籠罩起來，除了隱隱約約的房屋輪廓，舉目灰蒙，似乎連呼吸都能卷起空氣中的微塵，形成灰白色的旋渦。沙耶加只能聽到自己的腳步落在雪上發出簌簌的聲音，除此之外是死一般的寂靜。

這太不尋常了。

沙耶加沒有明確的方向，只能借著夜光沿著大路向前走。路邊矗立著一些老房子，雖然有些地方翻了新，但仍然掩蓋不了那種歲月的痕跡。

沒有一戶人家有燈光，每扇窗戶後面都漆黑一片，那些村民就像憑空蒸發了一樣。

「有人嗎？嘿！」沙耶加不知道該往哪兒走，只好喊了一聲。

沒人回答，但她總感覺在黑暗中有一雙眼睛盯著她。

沙耶加的視線猛地掃過一個轉角，似乎有一道白色的人影一閃而過。

「等等！」沙耶加叫著追了上去，那似乎是個孩子的身影，有點纖瘦，但動作敏捷。

沙耶加轉了個彎，人影消失了，四周重新安靜下來。

「嘿！」她又大叫了一聲，一部分原因是為了給自己壯膽。事實上連沙耶加自己都不確定，剛剛到底是真的看見了人，還是只是幻覺而已。

這是一條死路，路的盡頭有一排鐵網。沙耶加走到鐵網旁邊，眯起眼睛費力地看向前方——似乎在濃霧深處有一座尖頂的建築物，比普通住宅更大一點，隱藏在樹林邊緣。

就在沙耶加準備回頭的時候，一陣風呼嘯而過，似乎把濃霧吹開了一些。她忽然看到，在不遠處的雪地上出現了許多淩亂的腳印，這些腳印正是通往建築物的方向。

沙耶加咬了咬牙，把身上的羽絨服脫了下來，蓋在鐵網頂端的鐵絲上，然後她把手套扔到了鐵網對面，扒著鐵絲爬了過去。

儘管沙耶加不想把羽絨服留在鐵網上暴露自己的行蹤，但是羽絨已經被鐵絲穿破，固定在了上面。沙耶加拉了幾次都拉不下來，只好穿著她單薄的毛衣跟著腳印前進。

順著一條彎彎曲曲的上坡往前走，霧氣將沙耶加一層一層地牢牢包裹，她越發感到窒息，這是哪怕在密室之海的洞穴裡都沒有感到過的壓力。

也許是因為那時候有汪旺旺和達爾文在吧，她心想。

為了讓自己暖和起來，沙耶加越走越快，後來乾脆跑起來。她不知道自己跑了多久，最後終於在一棟廢棄的建築物前停了下來。

霧中的尖頂是維多利亞風格的鐘塔，塔上的鑄銅大鐘永遠停在了三點一刻。在大鐘下方，鑲著一行斑駁的鍍銀金屬字：卡森城國家鑄幣廠。

腳印在正門前的樓梯上消失了，沙耶加走上樓梯，她面前是一扇古典的旋轉門，若是放在一百年前一定是一道奇觀，可如今輪軸都生了鏽，玻璃門髒兮兮的，什麼也看不到。沙耶加從一扇碎掉的玻璃門鑽了進去，借著雪地反射進來的光，貼著牆向前走。

因為看不到腳下，有幾次沙耶加都險些絆倒。她看到一些鳥糞和許多死老鼠，老鼠已經被凍硬了，但仍能看出身上的皮毛乾癟癟的，肉都潰爛成膿水，乾涸在地上。

沙耶加忍住噁心，又發現了一些腳印。她跟著腳印拐進一條狹窄的走廊，一個沉悶的聲音從走廊盡頭傳過來。

「砰——砰——」

乍一聽就像是某個笨重的人在跺腳。

沙耶加把匕首握在手裡，這時候她忽然冷靜下來，也許是找到小夥伴的迫切心情戰勝了恐懼，她又朝前走了一段路，直到看見走廊的盡頭出現了一絲暗紅色的光。那是一道微微敞開的金屬門，門板有至少一英寸厚，門後有一道向下的樓梯，就像是通往地獄。那些聲音正是從裡面傳來的。

沙耶加走下樓梯，一股惡臭讓她差點背過氣去。在她面前出現了一道比地面上還要狹窄的走廊，走廊的兩側每隔一公尺就有一扇狹窄的金屬門，門上的塗層已經腐朽了，像爛樹皮一樣掛在表面。每扇門上還有一個像船舵一樣的旋轉鎖，在鎖的上面有一面巴掌大的小窗，上面嵌了雙層鐵網。

這裡是鑄幣廠的金庫，沙耶加忽然意識到。每座鑄幣廠都需要大量的銀和錫，這裡正是囤放它們的地方。

剛剛聽到的沉悶聲響開始清晰起來，伴隨著尖銳的剮蹭聲，沙耶加踮腳往其中一扇小窗裡看去，只僅僅一秒，她就一個趔趄差點暈過去。

這些金庫裡關著的，是一個個被注射了病毒的行屍走肉！

這些人和克里克給自己看的錄影帶裡那個女人一樣，臉上長滿膿包，身上大面積的潰爛，腐壞的皮肉底下是白森森的骨頭，苦不堪言，下地獄都比這樣活著舒服。沙耶加甚至想，如果自己有槍的話，她會毫不猶豫地幫他們解脫。

她現在明白了，自己在走廊裡聽到的，正是這群絕望的人用指甲抓撓牆面、猛撞頭部以求速死的聲音。

但這還不是最可怕的，沙耶加看到他們穿著的，是和村民一樣的亞麻質白袍。

怪不得村子裡的人在離群索居的部落裡還能保持如此高度的忠誠和服從，一旦有人提出不同的觀點或想要逃離背叛，這些人就是他們的下場。最可怕的不是被關在這裡的人，而是地面上的人，他們都瘋了——他們甚至準備用這種瘋狂支配世界。

沙耶加彷彿置身地獄。

達爾文他們會不會也被這樣對待？沙耶加忍住眼淚，不敢往下想。

不會的，她安慰自己，如果他們已經被注射了病毒，亞伯就不需要多此一舉把他們扔到河裡去了。

但誰能說得準？沙耶加想起之前逃出去的那個女人，腳又開始忍不住顫抖。她知道自己在這個時候不能倒下，因為她還有更重要的事要做。沙耶加扶著牆向前走，順著視窗一一看去，仔細辨認著那些人中有沒有自己熟悉的影子，她低聲喚著：「汪旺旺……達爾文……你們在哪兒？」

沒人回答。

沙耶加拐了兩個彎，忽然聞到一股濃重的腥味，只見不遠處有一扇虛掩著的鐵門，門口有未乾的血跡。

沙耶加的心沉到谷底，大腦一片空白，不管不顧地跑了過去，一把推開了門。

「達爾……」沙耶加的話還沒說完就愣住了，房間裡一個人也沒有。

不，這樣說並不確切，這裡確實有一個人，正安靜地坐在凳子上看著沙耶加，臉上掛著笑意。

是亞伯。

「看看，狡猾的小狐狸，這麼輕易就上鉤了。」黑暗中，亞伯手裡的注射器閃著銀色的光。

「我早就知道你們幾個是一夥的。」亞伯看了看沙耶加。「但今天是個大日子，沒有『朋友』的指令，我們不能隨意殺人，尤其在村子裡——但如果是妳自己闖進地牢，無意中感染了病毒，就另當別論了。」

「『朋友』是張朋吧！」沙耶加聽到這個名字，怒氣一下迸發出來。「不能殺人，你們殺的還少嗎!?為了維護地面上的太平盛世，你們在這裡幹了多少殘忍血腥的事！害死了多少人！」

「看來妳並不瞭解刑法的作用。任何群體都離不開律法，法律懲罰罪人，獎勵善人。」

「罪人？他們有什麼罪!?你憑什麼……」

「有沒有罪，不是妳或我可以決定的，」亞伯打斷她。「神無所不知——凡不信神的，都脫離不了罪。凡背叛神的人、質疑他威嚴的人，都要受到懲罰。」

他竟然把如此卑劣、扭曲的事說得順理成章，沙耶加覺得一陣噁心，過了好半天，沙耶加才從牙縫裡擠出一句話：「你瘋了。」

「末日審判很快就要降臨了，迎接昔日之神，結束舊世界，開闢新世界——神與魔的較量早已分出高下，」亞伯晃了晃手裡的注射器。「你們站錯了隊。」

「我的朋友們在哪裡!?」沙耶加吼道。「告訴我他們在哪兒！」

亞伯看了看沙耶加，眼睛裡突然流露出一絲喜悅：「他們不在這裡，他們都死了。」

「你說什麼？」沙耶加的心像是被鐵錘猛擊了一下。「你撒謊……你撒謊！」

「你們沒人能活過今晚，」亞伯拿起針管，朝沙耶加走過去。「其實我說村子裡沒有醫療用品不是在騙妳，因為這些東西並不是用來救人的。」

沙耶加在這一刻反而無比鎮定，她從未如此憤怒過，也沒有如此憎恨過一個人——他害死了自己的朋友們！

「別反抗，孩子，讓我們都省些力氣，並不會很疼，很快妳就會跟妳的朋友們在地獄見面了。」亞伯的手搭在了沙耶加的肩膀上。

「該下地獄的人是你！」沙耶加從口袋裡掏出緊握著的匕首——幸好房間昏暗，她在看到亞伯的時候迅速把手裡的刀揣進了口袋。這是半藏教過她的一個小技巧，雖然沙耶加的身高只到亞伯的肩部，但身材矮小在此刻成為她的優勢。她一彎身子，反手就把匕首向亞伯的下腹部刺去。

沒想到亞伯的亞麻長袍十分寬鬆，他身子一扭，刀就從身側穿了過去。

「小雜種！」亞伯揮動拳頭打在沙耶加臉上，沙耶加狠狠撞向牢門，頓時覺得天旋地轉。亞伯向後退了兩步，一使勁把匕首拔了出來，用力一甩，扔到遠處的牆角裡。

沙耶加剛回過神來，想轉身往外跑，亞伯大步一邁，揪住她的頭髮，把她拉了回去。

「我是侍奉神的人，」他舉起注射器就要朝沙耶加的脖子紮下去。「我得到他的庇佑，沒人能殺死我。」

寒光一閃，沙耶加還沒看清發生了什麼事，就聽到亞伯痛苦地尖叫一聲，放開了自己。

「在下來遲了。」是半藏的聲音。

注射器滾到了一邊，只見亞伯捂著自己的手，鮮血從指縫裡流出來。

半藏不知道什麼時候出現在這裡，他的手中多了一把苦無——一種日本忍者經常使用的小型刀具，而半藏的苦無比普通的苦無長了一倍，除了前端尖細之外，兩側邊緣被打磨成了薄如蟬翼的刀鋒。

「異教徒——」亞伯還沒說完，半藏一揮手，他的胸口就出現了一道長長的刀口，血染紅了亞麻長袍，沒過幾秒，他的胸前就濕乎乎的一片，空氣中頓時彌漫著一股血腥味。

「你殺不死我的……」亞伯咧開嘴，笑了笑。

半藏沒有說話，他的臉隱沒在黑暗中。沙耶加看不見他的表情，卻感覺到一種逼人的殺氣。

只不過一瞬間，刀光一閃，亞伯的脖子上又出現了一條血痕。這一刀堪稱致命，亞伯的動脈直接被切開，他向後緩緩倒下，傷口像水龍頭一樣噴出血來。

沙耶加看著趴在血泊中的亞伯，他還沒斷氣，胸口一起一伏，怨恨地盯著自己和半藏。

這是沙耶加第一次看到半藏殺人，沒有一絲猶豫，手起刀落。

她吸了口涼氣，這不是她平常印象中那個會跟空姊搭訕的老頭子，一個人究竟有多少面？

「沒事吧？」半藏收起苦無，看了沙耶加一眼。

「沒……沒事……」沙耶加有些結巴，不是因為害怕，而是她明顯感覺到了半藏的冷淡。

老頭子生氣了。因為自己不守承諾，沒有按照他倆計畫好的行動。

「對不起……」

「不需要道歉，我們先離開這裡吧。」半藏沒有抬頭。

「我在地下室的水管裡偷聽到他們把人關在這裡，當時你還沒醒來……」沙耶加有些心虛，忍不住解釋道。

「愚蠢。」半藏忽然轉過頭，看向沙耶加。

「我……」

「妳的愚蠢現在最多只會害妳和妳的朋友們丟了性命，」半藏說道。「當妳走到權力頂峰的時候，妳丟掉的或許是一個家族和成千上萬人的性命。如果妳連權衡利弊都不會，眼前的形勢都看不清，還是做個平凡人吧，妳不配擁有別人的一番厚望。」

半藏的話很重，說得沙耶加心裡一陣委屈：「如果他們真的被關在這兒，我難道見死不救嗎？」

「如果不是我及時趕到，妳已經死了。」半藏轉過身去。

沒人注意到，此時在地上瀕死的亞伯，從衣服口袋裡摸出了一個玻璃瓶，瓶子裡裝著一種暗紅色的液體。亞伯把它舉到嘴邊，喝了一大半，另一半淋在脖子的傷口上面。

不到半分鐘，他脖子上的傷口以肉眼可見的速度止住了血，肌肉像藤蔓一樣聚攏，傷口正在迅速癒合。

當半藏反應過來的時候已經晚了，亞伯就地一滾，撿起之前扔在一邊的匕首，一把揪住沙耶加的頭髮，把她拉進懷裡，鋒利的刀尖抵住了她的脖子，退到了牆角。

「我說了，我得到神的庇佑，你們殺不死我的……」亞伯吐了一口嘴裡的血沫，乾笑了兩聲。

「放開她。」半藏冷冷地說。「趁我沒把你碎屍萬段之前。」

「哦？」亞伯突然發力，刀尖刺進沙耶加的脖子。血順著她的衣服淌了下來，沙耶加發出一聲痛苦的呻吟。

「《出埃及記》二十一章二十三節：『若別有害，就要以命償命，以眼還眼，以牙還牙，以腳還腳，以烙還烙，以傷還傷……』」亞伯露出一個猙獰的笑容。「剛才脖子上的一刀，我得還給你們。」

「如果你想還上一刀，把她放了，我還給你。」半藏盯著亞伯。「要是你敢再刺下去，我保證你的頭和你的身子只能從房間裡出去一樣。」

「我倒真想看看你挨刀的樣子，不過我想到一種更好的辦法。」說到這裡，亞伯的眼神落到了地上的注射器。「撿起來，比起割喉，我更想看到你潰爛而死。」

「不要——」沙耶加還沒說完，就疼得抽了一口冷氣，亞伯的手一用力，脖子上的刀口又深了兩分。

「你看好了。」半藏毫不猶豫地從地上撿起了注射器。沙耶加還沒來得及尖叫，他就已經舉起針管朝自己手臂上紮下去。「希望你不要違背約定，只要我還有一口氣，就能再殺你一次，下次你可沒有那麼好運了。」

亞伯盯著注射器裡的液體全部打進了半藏的體內，才心滿意足地笑了笑。他勒著沙耶加的脖子退到外面，用力把沙耶加往裡面一推，轉身鎖上了門。

「你們浪費了我太多時間，」亞伯整了整衣領，他脖子上的傷口已經開始結痂了。「幸得我主庇佑，一切仍在計畫之中。永別了，日本先生，對於你沒有殺死我，我深表遺憾，但你也無須痛苦。這個世界所有的罪人很快都會如你一樣，化為灰燼墜入地獄，你只是比別人稍早一步而已。」

說罷，他又看著地上的沙耶加：「至於妳——妳還活著。這或許是神的旨意，他不讓妳死在這裡，希望給妳一個機會洗清罪孽。所以我改變主意了，妳將會和那幾個孩子一樣，成為最後的祭獻。妳應該感謝神，他讓妳的死有價值。」

「什麼祭獻？你到底在說什麼？」沙耶加掙扎著從地上爬起來。「汪旺旺在哪兒？」

「很快妳就會知道的，和村子裡其他人一樣，他們都是獻給神的羔羊。」亞伯露出一個微笑，轉身離去。

亞伯離開後，半藏就像是忽然被抽光了全身的力氣，猛地往牆上一靠，就地坐了下去，喉嚨裡發出了一聲痛苦的呻吟。他抬手使勁一拉，把半邊袖子撕了下來，對沙耶加說道：「把刀遞給我。」

借著昏暗的燈光，沙耶加看到半藏的手臂上有一個還在出血的針孔。針孔周圍出現了一大塊烏黑，裡面的血管凸起，肉體組織開始腐壞，滲出惡臭的膿水。

「怎麼辦……」沙耶加哽咽著說不出話來。

半藏把撕下來的袖子一分為二，一半遞給沙耶加：「小姐，只能麻煩您自己先把脖子上的血止住，在下無能，讓小姐受傷了。」

沙耶加慌亂地接過布料，把刀遞了過去，此時她的大腦一片空白。

半藏舉刀朝胳膊上揮去，刀鋒銳利，瞬間就削掉了一大塊爛肉，露出森森白骨。

「接下來，就需要您幫忙了。」半藏吸了口氣。「手裡劍無法削斷骨頭。」

沙耶加忽然明白他要幹什麼了。

「看到那裡有幾塊石頭了嗎？」半藏用眼神示意她。「去挑一塊，要一側比較尖銳的，然後朝骨頭砸下去。」

「那你的手不就沒了？」沙耶加的眼淚流出來。

「沒了手總比沒了命強點。」半藏露出一個難看的微笑。「快。」

沙耶加走到牆角撿了一塊石頭，那塊石頭的邊緣有一個像刀刃一樣的尖角。

「往這裡砸，」半藏指了指露出來的大臂骨，把剩下的布料塞進嘴裡之前說道。「用盡全力，讓在下少受點苦。」

沙耶加咬住嘴唇，她的眼淚順著臉頰流進嘴裡，又鹹又苦，然後她閉上眼睛，猛地砸了下去。

一下、兩下，沙耶加不敢再往下數，她也不知道最後砸了多少下，終於聽見「喀嚓」的斷裂聲。

「可以了。」半藏拿起刀，把剩下的皮肉削掉，然後又撕下衣服的一角，包裹住傷口。

「對不起，對不起……」沙耶加終於忍不住坐在地上掩面痛哭，她心裡的內疚堵在胸口，像火焰一樣燒灼喉嚨。「我不該不聽你的話，是我害了你……」

「不要自責，」此時的半藏很平靜，他並沒有像剛才那樣指責她，而是抬起僅剩的那隻手拍了拍沙耶加的背，又恢復了之前輕鬆的語調。「我們志能備在受訓的那一天起，就已經有為了主公獻出生命的覺悟。我已經很幸運了，我的許多手足——明忍也好，暗忍也罷，都在不為人知的黑暗中犧牲了自己。我能活到這個歲數，時間都是向那些死去的亡魂借來的，連受傷都有小姐為我哭，真是感動。」

「這時候你還開玩笑，」沙耶加看著地上的斷手，哭得更大聲了，她寧願這時候半藏罵她，也比看見他安慰自己好受一些。「都是我不好……是我的錯……」

「在下此生醉心忍術，無所畏懼，但最見不得女人哭了。」半藏替沙耶加擦了擦眼淚。「我向您保證，這不是我受傷最嚴重的一次。從前為了您爺爺失去了一條腿，如今沒了手臂也不算什麼。」

「……腿!?」沙耶加吸了吸鼻子，才反應過來，在此之前，她從來沒覺得半藏走路有什麼不正常之處。

半藏笑了笑，撩開褲腳，只見他的左小腿竟然閃著金屬的光澤。

小腿的支架由四根金屬骨骼製成，在支架內部有一塊半透明矽膠套，裡面纏繞著許多電線和電路板，另一側則設計了許多精巧的插槽，裡面除了有手裡劍，還有幾枚苦無和其他忍具。

「電線是連接大腿神經的，」半藏指了指矽膠套。「如今日本的仿生技術已經十分發達了，這條腿是專門定製的。」

沙耶加想起自己曾經看過一個電視節目，裡面講述了仿生義肢在美國的普及情況，大部分截肢患者最後因為無法忍受義肢而放棄了治療，因為在神經接駁的時候所承受的比截肢還要痛苦千萬倍。

就算熬過了接駁的疼痛，也需要花費大量時間來練習使用義肢，通常是哪怕訓練了好幾年，即便能夠正常行走，也無法從事更劇烈的運動。可沙耶加從來沒有看出半藏有絲毫異於正常人之處──哪怕在他攻擊亞伯的時候，其速度都可以跟專業運動員媲美。

「使用這個一定經歷了巨大痛苦吧？」沙耶加皺起眉頭。

「和忍者的訓練比起來，這都不算什麼。」半藏毫不在意地撓撓頭。「現在小姐心裡好受些了嗎？我們還有更重要的事做，請您務必堅強起來。」

沙耶加點點頭，眼前閃過的是那些牢房裡潰爛屍體的畫面，她仍忍不住擔心：「這樣做真的能阻斷潘朵拉的擴散嗎？我怕……」

半藏從義肢的插槽裡摸出一個小罐，裡面有一顆指甲大的藥丸。

「這是什麼？」沙耶加問道。

「說起來，忍者是日本最早的醫生，無論是製毒還是療傷，我們有一套祕而不傳的製藥技術。」半藏笑了笑。「這枚藥丸是特製的，能解百毒。」

「這麼神奇？」沙耶加驚訝道。「就好像電影裡演的那樣？」

「對，就像電影裡演的那樣。」

「你真的……沒有騙我嗎？」沙耶加還是不放心。

「忘了我跟您說過的嗎，知無不言，言無不盡，在下是永遠不能向您撒謊的。」半藏示意沙耶加把自己扶起來，走向門口。「此地不宜久留。」

說著，半藏不知道從哪裡拿出兩根錫紙針，遞給沙耶加一根：「如今在下少了一隻手，開鎖要廢點力了，還需要小姐配合才行。」

「我要怎麼做？」

「兩根針同時往鎖孔裡插，我拿一根朝下頂住鎖裡的鎖齒，妳用另一根壓住牙花，只要壓紋正確，就能擰開。」

沙耶加拿著錫紙針往鎖孔裡面捅了好一會兒，鐵鎖紋絲不動。

「根本不行，我做不到。」她又試了幾次，臉上已經憋出了薄薄的汗。「要不我們試試撬……」

「噓。」沙耶加還沒說完，半藏突然壓低聲音，拉著沙耶加退到黑暗中，手裡已經握緊了苦無。

果然，幾秒之後，沙耶加聽到從走廊的另一側傳來微弱的腳步聲。

「亞伯該不是又回來了吧？」沙耶加小聲問道。

「腳步聽起來不像，這回是個小個子。」半藏豎起耳朵聽了片刻。「不管是誰，一開門我就會攻擊他，然後妳找準時機跑出去。」說完，半藏示意沙耶加躲在開門的一側，而自己則留在陰影裡，隨著腳步聲越來越近，氣氛越來越緊張。

外面的腳步停在了門口，那人擰了擰門把手，然後傳來鑰匙插進鎖孔的聲音，沙耶加屏住呼吸。

「爸爸？」門推開一條縫，一個稚嫩的聲音響起來。

半藏揮起苦無就向門外的黑影刺去。

「等等！」在千鈞一髮之時，沙耶加攔在了兩人中間，用身體擋住了半藏的攻擊。

半藏的苦無停在空中，房門被推開，外面竟然站著一個小男孩，他驚恐地睜著大眼睛，嚇得愣在原地。

沙耶加轉向男孩問道：「你是誰，來這裡幹什麼？」

「我……」男孩抿起嘴，眼神充滿了戒備。「你們又是誰？為什麼會在這兒？」

「我聽見你開門的時候在叫『爸爸』，」半藏走到男孩身邊，他手裡的刀沒有放下。

「你的爸爸是亞伯嗎？」

男孩沒有說話，但他的眼神已經告訴了半藏答案。

半藏一把抓住男孩：「他可是個好籌碼。」

「放我下來！」男孩一邊掙扎一邊大叫，他舞動著手臂，一下打在半藏斷臂的傷口處。

半藏疼得反手把他摔在地上，冷笑了一聲：「先還我一隻手吧。」

「等等！」沙耶加攔在男孩的身前，把他扶了起來。「別這樣，他只是一個孩子。」

「妳要救的是妳的朋友們，不包括其他人。」半藏看了一眼沙耶加。「要是放走他，我們一點勝算都沒有了。」

沙耶加看了看男孩，又看了看半藏，一時間難以決定。半藏剛剛提出的不失為目前最好的處理方法，可是自己實在沒法對一個孩子下手，就在沙耶加猶豫的時候，男孩的目光落在了沙耶加身上。

他盯著沙耶加胸口的項鍊，鏈子上掛著的正是當初M送給他們的二十五美分硬幣。她一直視若珍寶，平常都把它貼身掛在衣服裡面，不知道是什麼時候掉了出來。

「你見過這枚硬幣？」沙耶加反應過來，激動得語無倫次起來。「在哪裡見到的？你見過他們嗎？你見到了誰？是不是……」

「……汪旺旺。」男孩和沙耶加異口同聲說道。

「她在哪裡？她好不好，還活著嗎……」沙耶加說著說著，眼淚就開始往下掉。

「她是個好人……她有媽媽身上的氣味，我不想她去的，我真的不想，我說我會求爸爸放過她，偷偷幫她逃跑，可是她不肯……」

「她去哪裡了？」

「她去受洗了……」男孩猶豫了一下。「去見神了。」

「在哪裡？你能帶我們去嗎？」沙耶加拉住男孩的手懇求道。

「我不能……你們也去不了，」男孩搖搖頭。「要去受洗之地，先得穿過大半個村子和城市廣場，現在那裡都是人，你們會被發現的。」

一直沒說話的半藏看了一眼沙耶加，輕輕搖搖頭。

沙耶加明白他的意思，他讓她不要相信這個男孩子。

「這裡的村民某種意義上來說都是一夥的，他讓我們不要出去，也許是擔心我們逃跑。」半藏用日語快速地說道，以免男孩聽懂他們倆在說什麼。「別忘了這孩子的爸爸是誰。」

沙耶加看了看半藏空蕩蕩的半邊胳膊，上次就是因為自己才導致半藏付出了慘痛的代價，這次如果再不慎重考慮他的建議，付出的就不只是一條手臂這麼簡單了。

「妳是汪旺旺的朋友嗎？」男孩問。

沙耶加垂下眼睛，點了點頭。「我們幾個好朋友都有一枚這樣的硬幣。」

「汪旺旺……」男孩低下頭。「我總是看到她把這枚硬幣放在手上，她說她有幾個很好的朋友，比自己的生命還重要。」

沙耶加淚如雨下。

「她常常跟你說起我們嗎？」

「她說過要保護你們，所以有不得不做的事，」男孩一邊說，一邊從口袋裡翻出一張皺皺巴巴的紙。「她還說，如果我想幫她的話，就撥通這個號碼。」

沙耶加接過來一看，這是一張叫莎莎的私人助理的名片，號碼下方有賢者之石的標誌。

是羅德先生，沙耶加頓時反應過來。

「我告訴汪旺旺我沒有在村子裡見過電話，也不確定爸爸是不是有一臺，也許他把電話藏起來了。」男孩輕聲說。「如果爸爸知道了，肯定會狠狠懲罰我……可我想幫她。」

「所以你來這裡，是為了找電話？」

「我是順著鑄幣廠裡的電線下來的，那些電線在發熱，或許它們有一根接著一部電話。」

顯然這個孩子在村子裡住的太久了，對外面的世界一點也不瞭解，電話線和電線是不一樣的。沙耶加想了想，暗暗下了決心。

「我覺得我們應該相信他，」她轉過來對半藏說。「如果汪旺旺不信任他，就不會把這張名片交給他，我想再冒一次險。」

半藏看了沙耶加幾秒，最後歎了口氣：「但願妳是對的。」

「孩子，」沙耶加蹲下來對男孩說。「我和汪旺旺是很好的朋友，事實上我來這裡就是為了把她救出去。我相信你也清楚，她現在身處險境，孤立無援，我們必須立刻從這裡出去，趕到她的身邊，你願意幫我們嗎？」

男孩盯著沙耶加看了半天，點了點頭，隨即又沮喪地搖了搖頭：「你們沒法從這裡出去的，外面都是爸爸的人，你們贏不了。」

「難道沒有別的辦法了嗎？你再好好想想。」

男孩歪著腦袋沉思了一會兒，有點猶豫地說：「其實這個地牢底下還有另一條隧道，可以通往湖邊。」

「那你快點帶我們去吧！」

男孩皺著眉頭：「可是這條隧道在大半年前就被禁行了，爸爸親自把下去的路口封死的，他告誡所有的人都不能打開，如果誰不聽話，就要受罰……」

沙耶加和半藏交換了一下眼神。

「你只需要帶我們去隧道口就可以了，別的你不用管。」半藏說道。
「如果隧道不通呢？」男孩問。「裡面坍塌了怎麼辦？」
「如果裡面真的坍方，你爸爸就不用費力去封死路口了。」半藏回答。「事不宜遲，我們沒時間了。」
沙耶加和半藏跟著男孩繼續向走廊深處走去，轉過兩個彎之後就是一道向下的陡坡，他們往下走了兩三分鐘就徹底沒了光亮。幸好男孩帶了一盞提燈，靠著蠟燭發出來的微弱光芒，幾個人繼續摸索著牆壁前行。
這裡不知道有多久沒人下來過——走廊已經腐朽透了，牆壁上布滿了毛茸茸的蜘蛛網，天花板上的牆皮一片片垂下來，似乎連微弱的震動都能讓它們剝落。揚起的灰塵讓沙耶加透不過氣，地上還有不知道哪來的積水，這裡的空氣異常糟糕，而且這股令人窒息的氣味和之前在湖邊聞到的一模一樣。
「是沼氣，」半藏停下來，拿過男孩手裡的提燈。「再往裡走就不能用蠟燭了，有可能會爆炸。」
說完，半藏把苦無往牆上撞了一下，苦無底部發出一束微弱的ＬＥＤ光，原來苦無的另一個功能是簡易手電筒。
「只能支持大約半小時，我們得加快了。」
三個人又走了一會兒，終於看見一扇布滿鐵銹和蜘蛛網的鐵門，上面貼了幾張相對較新的封條，還纏繞著一大根拇指粗的鎖鏈。
「這倒像是通往地獄的門。」半藏把手放在門上，似乎在摸索著什麼。「門後有輕微的震動，還有流動的空氣，不是死路。」

男孩從腰間拿出一串鑰匙遞給半藏，他剛剛就是用這串鑰匙打開的房門：「這是爸爸的備用鑰匙，我偷出來的，希望能派上用場。」

半藏在試到其中第二把鑰匙時，就聽見「啪嗒」一聲，鎖開了，一股流動的空氣伴著濃重的惡臭襲來，這臭味比之前聞到過的更濃更腥，燻得沙耶加差點暈過去。

「這是什麼味道？」

男孩搖搖頭，表示自己也不知道。

「你回去吧，」半藏對他說。「我們進去後你重新把門鎖上，儘量拖延其他人，別讓他們發現我們逃走了。還有，如果你還想打電話，去湖邊的森林裡，那裡有我們的車，車上有一部無線衛星電話。」

男孩猶豫了一下：「你們小心點。」

沙耶加跟著半藏朝門裡走了兩步，忽然想到了什麼，回頭對男孩說：「謝謝你……對了，你叫什麼名字？」

「我叫以撒。」

沙耶加忽然意識到什麼，抽了一口冷氣。

她想起克里克給她看的錄影帶，那個瀕死的女人一直重複著的名字。

「以撒……安東尼奧？」

以撒顫抖了一下：「你……你怎麼知道我的名字？」

「你媽媽是不是逃出去……」沙耶加的話堵在嘴邊，她不知道該不該問。

「妳見過我媽媽！」以撒的眼淚瞬間流了下來。「她在哪兒？她怎麼樣了？」

「對不起……」沙耶加垂下眼睛，她不敢直視以撒，她不確定讓一個孩子知道如此殘酷的真相是不是對的。

「她還記得我嗎……她還會不會回來？」以撒卻不依不饒地抓住沙耶加的手。

「她不會回來了，」半藏代替了沙耶加的回答。「她死了。」

「死了……」以撒睜大眼睛，他的眼神忽然黯淡下來，鬆開了沙耶加。

「爸爸沒說錯，外面的世界邪惡又危險，為什麼她一定要出去呢？」以撒沮喪地自言自語。「媽媽她是怎麼死的？」

「她被病毒感染了，」半藏轉頭看向隧道深處。「潘朵拉病毒，和剛才地牢裡的那些人一樣。」

不解、委屈、怨恨、絕望和震驚等一系列複雜的情緒在以撒的眼睛裡快速閃過：「不可能……不可能……只有爸爸才有……」

「我很遺憾。」沙耶加不知道該說什麼。

以撒的臉上只剩下麻木，他走到門邊，機械地抬起手緩緩關上門，就在門要合上的一瞬間，他忽然抬起頭，平靜又堅決地看著沙耶加：「把這裡毀掉吧，把神毀掉。」

沙耶加愣了片刻，隨即點了點頭。

第十七章　湖底洞穴

達爾文恢復意識之前，首先感覺到的是頭部的疼痛。

他努力地回想之前發生的事——翻滾的水花、裂開的船體以及汪旺旺的尖叫。

他因為重心不穩，一頭撞向了船尾的發動機，在掉進湖面卷起的巨大漩渦之前的最後一個畫面，是在半空中舞動著的巨大生物的腕足。

我現在在哪兒？達爾文一邊想一邊睜開眼睛，四周一片漆黑，該不會是在那怪物的胃裡吧？

達爾文想起了《一千零一夜》，那個把鯨魚誤當成島嶼，最後落入魚腹的阿拉伯人。

他的手順勢向外摸去，很快就否決了這個想法，因為他摸到的是潮濕冰涼的岩石層，而不是蠕動著的胃壁。

直到眼睛逐漸適應了黑暗，他才模模糊糊看清一些輪廓——這裡原來是一個地下洞穴。

達爾文心裡盤算著，一定是剛才怪物攪動湖面產生的巨大漩渦把自己卷了下來，也算是不幸中的萬幸。

這種洞穴並不常見，達爾文曾經看過一些報導，許多大型的湖泊下面都有這種洞穴。部分洞穴因幾百億年前的地殼運動形成，洞內空氣產生的氣壓剛好抵擋住了水壓，所以湖水無法灌進來。

和迷失之海一樣，這裡的岩石層也含有豐富的磷，為洞穴籠罩了一層十分昏暗的隱隱藍光。借助著這些光，達爾文發現自己正在一個淺灘邊上，離他五、六公尺的地方是一大片漆黑的湖水，湖面泛著同樣惡臭的沼氣，卻沒有結冰，溫度也比外面暖和許多。

「汪旺旺！迪克！」達爾文撐起酸痛的身體叫了一聲，除了自己的回音之外，無人回答。

他又叫了幾聲，脫了濕透的羽絨服扶著牆站起來。在淺灘的不遠處，達爾文發現了一些船體的碎片和一個爛掉的背囊。背囊裡的東西都被水沖走了，什麼都沒有，達爾文又找了半天，仍然一無所獲。

達爾文不知道自己到底昏過去多久，只知道自己整個人已經瀕臨脫水狀態，現在是憑著意志力支撐著身體。就在這時，他忽然看見有什麼東西在深水區閃了閃，反射出微弱的光。那是半瓶喝剩的礦泉水，在水面上起起伏伏，就像是在朝他招手。

達爾文幾乎想都沒想，就朝湖水深處走過去，水面很快沒過了他的腰部，就在礦泉水瓶近在咫尺的時候，一隻手忽然從後面猛地拉住他。

「快上來！」是瘋兔子的聲音。

達爾文還來不及轉頭，有什麼東西忽然劃破水面，隨著「嘩啦」一聲，浪花炸響，湖底揚起一隻巨大的腕足！

這是達爾文第一次近距離看清楚這隻腕足，雖然它只揚起來了一部分，但至少有四、五公尺長，完整的身軀龐大得不可想像。腕足的底部和頭足綱生物相似，有無數醜陋的吸盤，表面覆蓋著沾滿綠色藤壺的鱗片，顯得更加可怖。

腕足迅速伸向達爾文，眼看就要把他捲入水底，瘋兔子抬手就是兩槍，子彈打穿了怪物的鱗片，它往回一縮。就趁這兩秒不到的空隙，瘋兔子拖著達爾文回到了淺灘。

只見湖面氣泡像沸水一樣翻騰起來，隨之而來的還有一陣低沉的咆哮聲。

「那是它的陷阱，」瘋兔子擦了一把汗。「它很聰明，比我見過的所有生物都聰明。」

達爾文這才回過神來，他知道瘋兔子指的是那個礦泉水瓶。

「它甚至能猜測出你口渴，或者需要食物，它懂得用你的欲望誘惑你，直到你上鉤為止，就好像釣魚一樣。」瘋兔子一邊說，一邊把達爾文拉到石壁邊坐下來，他從一塊岩石後面摸出一根士力架和半瓶伏特加。「這是我在岸邊撿的，酒是鮑伯的。抱歉，我也沒水了，你省著點喝。」

達爾文猛灌了一大口伏特加，頓時頭暈目眩，差點沒嘔出來。

「你怎麼知道它很聰明？」達爾文吃完士力架總算緩過來一些，他舒了一口氣，向瘋兔子問道。

「因為你不是第一個上當的人，老子剛才就差點中招。」說罷，瘋兔子把褲子艱難地撩開，只見上面用碎布條纏了幾圈，仍往外滲著血。「它是透過模仿落水者的呼救聲吸引我過去的，說出來你可能不信，但我當時真的以為是鮑伯，它模仿得太像了。幸好我遊過去的時候有些猶豫，因為我記得鮑伯在湖面上的時候已經……」瘋兔子做了個抹脖子的動作。

「那怪物還能模仿人類的聲音!?」

「遠處聽起來真的一模一樣，幸虧我也是個騙子，及時發現了破綻，要不然我這條腿早保不住了——它比你我想像的更狡猾。」瘋兔子吸了吸鼻子。「它要吃掉多少人，才能這麼瞭解人類啊！」

「你是說，它吃了很多人？」達爾文警覺起來。

「你看看那邊，」瘋兔子揚了揚下巴。「瞧見了什麼？」

達爾文順勢望去，借著昏暗的光，他看到湖面另一側突出的石壁旁邊堆滿了屍骨，少說有一層樓高，一直蔓延到水裡。

屍骨大部分不是全屍，有的沒了上半身，有的沒了下半身。除了人的屍骨之外，還有各種動物的，大概是從靠近森林的湖邊拖下來的。

「現在知道這水裡的沼氣從哪兒來的了吧，」瘋兔子接過伏特加喝了一口。「這怪物把這片湖變成了下水道。」

達爾文沒有說話，低頭思索起來。

「也不知道這怪物是不是消化不良，能剩下這麼多。」瘋兔子繼續說道。

「不，」達爾文輕輕搖搖頭。「這不是它的『下水道』，而是它的『藏寶箱』。」

「『藏寶箱』？」

「頭足綱動物的特性之一，它們把自己喜歡的玩具藏在巢穴深處。」達爾文吞了吞口水。「就算是海洋裡的普通章魚，也會把自己喜歡的貝殼或者小玩意兒藏在所居住的石頭縫裡，以便隨時把玩。」

「我不明白，」瘋兔子被達爾文說迷糊了。「這跟屍體有什麼關係？」

「它不是消化不良，而是故意不吃光。」達爾文看著石壁的方向。「它更喜歡把獵物抓到這裡，在藏寶箱裡慢慢折磨他們，玩弄他們，看著他們無助地死去。就像貓捉老鼠時往往最後才殺了它，目的不是為了果腹。」

瘋兔子愣了好半天，才緩緩開口。「你的意思是……我們現在也是它的玩具之一？」

「對，因為它知道我們已是囊中之物。在缺乏食物和水的支撐下，我們會走向湖中心的礦泉水瓶。」

「靠！」瘋兔子罵了幾句粗口。「像鮑伯那樣死了還算痛快。」

「我現在不確定它到底有幾個『藏寶箱』，如果還有幾個像這樣的湖底洞穴，那汪旺旺和迪克就有可能還活著。」

瘋兔子抬頭看去，整個洞穴就像一個不規則的橄欖球體的內部，地形狹長，湖面占了一多半，剩下的淺灘一眼望到邊，沒有多餘的路可以通往其他地方。

借助著岩石的微弱磷光，達爾文和瘋兔子沿著洞壁摸索著。這裡很潮濕，石縫之間長著深紅或深綠色的青苔，上面布滿某種寄生的細小蘑菇，蘑菇表面凹凸不平，布滿黑黃相間的詭異條紋，像是變異後的結果。除此之外，青苔表面還覆蓋著露水，但他倆誰都不敢喝，這些露水總能跟腐臭的湖水聯想到一起。

「我以前遇到過一個老漁夫，在阿拉斯加捕了一輩子的魚，他跟我吹噓過遇到海底烏賊王的歷險——那傢伙能直接把一艘小型驅逐艦擊沉。我現在有點相信他沒說謊了。」瘋兔子自言自語道。「但這怪物是怎麼到內陸湖裡來的？難道是被龍捲風刮來的？」

達爾文皺著眉頭：「它讓我想到米諾陶洛斯。」

「什麼？」

「希臘神話裡的恐怖怪物，傳說是克里特島的皇后和海神送來的牛通姦所生，國王為它建造了一個複雜的迷宮，並定時送入年輕男女供它食用。」

「你的意思是，這隻怪物是被專門飼養在這裡的？」

「之前我掉進水裡的時候嗆了兩口水，水是鹹的。」達爾文說。「所有人工湖都應該是淡水湖，可這裡卻是海水……只有一種可能，有人改造了這裡的湖水，以養殖這隻怪物。」

瘋兔子深深地看了達爾文一眼，他倆都不願意再提起堆積在石壁邊上的屍骨，那些屍體從何而來，此刻在他們心目中已有了答案。

「你說，村子裡的人知道他們會成為這怪物的食物嗎？」過了一會兒，瘋兔子問達爾文。

達爾文聳聳肩：「不好說。」

「為什麼他們不逃走呢？」

「信仰的力量是很可怕的。在古代，成為祭品是無上的榮耀，不是隨隨便便就能得到的機會，」達爾文說。「不是身家清白或者處子之身，還沒資格呢。」

「但我寧願相信另一種可能，」瘋兔子歪了歪嘴。「也許逃跑受到的懲罰，比成為祭品還可怕。」

兩個人都不再說話，很快他們就把淺灘上的石壁都搜遍了，別說山洞，連一個窟窿都沒有，他們被困在這裡了。

他們筋疲力盡地回到岸邊，瘋兔子把剩下的物資清點了一下——小半瓶伏特加、四發子彈、一個替換彈匣、幾條能量棒，還有一盒受潮的火柴。

「這些食物最多夠我們再撐一天。」瘋兔子自嘲地笑了笑。「要麼餓死，要麼被怪物吃掉……當然，我們也可以在這之前吞槍自盡，選擇還挺多的。」

「等等，那是什麼？」達爾文指著湖水另一側，正是他們剛才看見的那堆屍骨，屍骨上方似乎有一處凹陷下去的地方。

「或許那只是石壁的陰影。」瘋兔子仔細觀察了一下，但是光線太暗，他倆都看不清。

「不，我覺得那是一個洞。」

「你想幹什麼？」

「如果我猜得沒錯，或許我們可以爬上去，然後順著那個洞爬出去。」

瘋兔子聳聳肩：「如果你猜錯了呢？也許那只是個淺坑，一條死路，它甚至有可能是水裡那怪物設計的另一個圈套，專門哄騙岸上的倖存者游過去，讓我們以為看到了希望，而它正藏在背後張大嘴巴等我們呢。」

「看來你是打算自暴自棄了，」達爾文深深地看了一眼瘋兔子。「拿槍打爆自己的太陽穴，你敢下手嗎？我看你連這個膽量都沒有，要不要我幫你一把？」

「小子，激將法對我沒用。」瘋兔子冷笑了一聲。「遊過去可就回不來了。」

「那你或許可以想想自己為什麼會在這兒，九死一生是為了誰，」達爾文盯著瘋兔子胸口的那個銀製項墜。「那女人叫蘇珊娜是吧，你還想再見到她嗎？」

瘋兔子的眼神有一瞬間變得十分複雜，他轉過頭不再看達爾文，半晌才歎了一口氣：「所有人都說她背叛了我，但我不信。」

達爾文沒接話，但他想起不久前鮑伯和瘋兔子的爭執，鮑伯說過同樣的話。

「蘇珊娜和我以前不但是情侶，還是搭檔，像她這麼聰明又性感的女人，找遍整個美國也不會再遇到另一個，」瘋兔子靠著岸邊的石墩坐下來。「有時候像貓一樣嫵媚，有時候又像豹子一樣冷酷。如果真的像柏拉圖說的那樣，每個人都有自己必然的另一半，那她就是上帝用我的肋骨製造的夏娃了。」

「那一次我們說好做完最後一票大的，就一起金盆洗手。我們會坐船去古巴，換個身分，改一個可笑又浪漫的名字——我改成伍迪，她叫夢露……伍迪和夢露會在熱帶島嶼建一座靠海的房子，喝著椰子可哥酒一起變老，哪怕有一天她胖得穿不下比基尼，我也會愛她如初。」

「可惜失敗了，然後你就被關進了監獄？」達爾文問。

「我攬下了所有罪行，我告訴員警錢已經全部花完了，但只有蘇珊娜知道我把它們藏在了哪裡。她答應我會等我出來，可是刑滿釋放之後，她和錢都不知所終。」

怪不得鮑伯會說蘇珊娜從來沒愛過瘋兔子，達爾文心裡想。

「我變成了一個笑話，一個從來沒失手過的騙子不但被騙走了錢，還被騙走了心。我恨她，發誓要追到天涯海角殺了她。」瘋兔子抬起頭。「在我終於追蹤到她的消息時，卻得知她患了重病，已經死在南部某個簡陋的醫院裡。那一刻——」

瘋兔子聲音有些哽咽，他吸了吸鼻子：「那一刻我才知道，我不可能會傷害她。我還愛著她，甚至連她送我的項鍊都還掛在身上。

「本來我已經放棄一切希望，直到半年以前，有人告訴我在這兒附近見到了她——和那些『Shining』在一起。」

「是鮑伯告訴你的嗎？」

「他不會告訴我的，他迷信那些老黑的亡靈傳說，堅定地認為蘇珊娜已經是另一個世界的人。但是他在一次喝醉酒之後，告訴過別人。」

「你來就是為了見她？」

「只要能再見她一面，哪怕是地獄我也敢闖。去他媽的錢，去他媽的這個該死的世界，我都不在乎了。」瘋兔子站起來。「我從沒對別人談起過，你可能是這個世界上最後一個聽到這個故事的人了。你說得沒錯，我不能死在這裡，走吧。」

達爾文點了點頭，他看著瘋兔子的背影，忽然覺得他有點可憐。他雖然和瘋兔子只認識了不到一週，但他明白這種感情，達爾文的眼前浮現出那張熟悉的笑臉、那個女孩。

兩個人蹚水朝湖對岸走去，瘋兔子一邊給槍上膛，一邊說：「如果你被那怪物抓走了，我會在你被吃掉之前給你一個痛快。」

「謝謝。」

水面漆黑，毫無波瀾，但他倆心裡都知道，這是暴風雨之前的平靜，那怪物一定躲在某處窺伺著它的獵物。

水越來越深，很快沒到了胸口，從淺灘到對岸至少需要四、五分鐘才能到達。達爾文在前，瘋兔子斷後，兩個人用盡全力向前遊去。就在他倆快到對岸的時候，水面忽然出現一道裂縫，隨即一隻巨大的腕足騰空而起，像閃電一樣朝達爾文襲來！

就在腕足快要碰到達爾文的時候，瘋兔子開槍了，子彈擦著腕足的皮膚而過，另一槍打在了吸盤上，綠色的黏液從彈孔裡噴射出來。可這一次怪物只是稍作停頓，就繼續向他們撲過來。

「你先上去！」眼看達爾文快到岸邊，瘋兔子大叫著。

達爾文拚命向岸上爬，一邊爬一邊伸腳猛踹水裡的腕足。不知道是不是這個舉動激怒了怪物，忽然浪花四起，在翻滾的湖水裡露出了一顆巨大的布滿褶皺的球狀物。

那是怪物的頭部。

這簡直是一個難以置信的尺寸，儘管瘋兔子和達爾文已經有過心理準備，但親眼看見的時候還是嚇了一跳。它的體積比一輛轎車還大，絕不可能是這個星球上任何一種已知的生物。它的頂部覆蓋著鱗甲和汙泥，包裹著發綠的泡沫和無數長短不一的觸鬚。它的嘴藏在頭的底部，裡面布滿密密麻麻多關節的肢體，併發出讓人寒毛直豎的叫聲。

「快過來！」達爾文已經爬上了對岸，他對著被驚呆了的瘋兔子吼道。

也就是瘋兔子愣神這的一刻，腕足猛地朝他襲來，一下子纏上他的腰，瘋兔子整個人被懸空拋了起來！

就在瘋兔子要跌進水裡的前一刻，達爾文從屍骨堆上抓過一根銳利的人肋骨，跳下來朝著腕足狠狠刺了進去。

腕足在水中來回扭動，達爾文順勢用手中肋骨把腕足的皮肉切開一條大傷痕，怪物痛得往回縮了一下。達爾文見縫插針，猛地一拉瘋兔子，兩個人一起摔在屍堆上。

「爬呀！」達爾文大吼一聲。

瘋兔子這才反應過來──和達爾文預計的一樣，屍堆上方不是陰影，而是洞口！瘋兔子甚至能感覺到洞口邊有微弱的空氣對流。兩個人立刻使出吃奶的力氣順著屍骨向上攀爬，此時，發怒的怪物把湖水攪動出巨大的漩渦，幾隻腕足騰空而起，擊打著屍骨堆，就在骨堆坍塌的前一秒，達爾文拉著瘋兔子鑽進了洞裡。

怪物在洞外不甘地怒吼著，攪動水花所發出的巨響震耳欲聾。達爾文用盡全力拖著瘋兔子往裡面爬，直到聽見身後的聲音越來越小。

「唔──」瘋兔子發出了一聲痛苦的呻吟。

他被怪物卷起來拋向骨堆的時候被紮穿了小腹，血已經把衣服浸透了。達爾文檢查了他的傷口，暫時沒有傷及要害，但這樣下去很可能因為失血過多死掉。他們沒有任何醫療用品可以處理傷口，除了那半瓶伏特加。

「你忍著點疼。」達爾文一邊擰開瓶蓋，一邊說。
「要是我死在這兒了，記得幫我找到她……」瘋兔子斜靠在石壁上，嘴唇因為失血變得慘白。
「我才不會幫你，沒見到她之前，你最好活下去。」達爾文從來不會安慰人。
酒淋在傷口上的時候，瘋兔子差點因為疼痛休克。
達爾文又脫了一件衣服撕成布條，簡單地包紮了傷口。兩個人靠著石壁休整了片刻，就繼續往裡面爬，也不知道爬了多久，達爾文終於聽到前方傳來清晰的水流聲。
這是另一個洞穴，和達爾文猜測的一樣，那怪物的「藏寶箱」不只一個，而是分布在湖底四周。這個洞穴明顯比剛才的大了不只幾倍，至少有三、四層樓高。洞內十分潮濕，覆蓋著及膝的淤泥，除了沼氣之外，還瀰漫著一股刺鼻的腥味。
達爾文和瘋兔子跳進淤泥裡勉強往前行走，越往裡走泥沙越少，漸漸形成了湖泊，前面甚至還有一個小瀑布，水流的回音在空曠洞穴上方盤旋著，震耳欲聾。
「那怪物不會跟到這裡來吧？」瘋兔子握著槍，警惕地盯著水面。
達爾文還沒來得及接話，猛然瞥見不遠處的一塊巨大岩石上，趴著一個熟悉的身影。
「汪旺旺！」他顧不上瘋兔子，大吼著跑過去爬上岩石。
汪旺旺看起來也是被水沖到這裡來的，她的面色蒼白，雙目緊閉，濕漉漉的頭髮貼在額頭上，太陽穴有一塊明顯的瘀青，嘴角還有血跡，連呼吸都十分微弱。
「快給她灌口酒。」跟在後面爬上來的瘋兔子趕緊把伏特加遞了過來。
達爾文掰開汪旺旺的嘴巴，連灌了好幾口，她才猛烈地咳嗽起來。汪旺旺費力地睜了睜眼睛，達爾文扶起她的身子靠在牆上，不知道是不是達爾文搬動她的力道太大，她的臉上露出了痛苦的表情。

「怎麼了？是不是受傷了？」

汪旺旺還沒完全清醒過來，只迷迷糊糊地點了點頭。

「可能是翻船的時候撞傷的。」達爾文又倒了些酒給她傷口消毒。

「我看不像，」瘋兔子湊上來看一眼。「這像是打鬥造成的。」

「打鬥？」達爾文忽然反應過來。「你是說她也遇到了那怪物？」

「不太確定，你應該先檢查一下她有沒有骨折。」

「不是……」汪旺旺似乎聽見了他們的對話，她張了張嘴，想跟達爾文解釋什麼，卻只在喉嚨裡發出一些模模糊糊的詞語。

「妳現在很虛弱，別逞強了，」達爾文拍拍她的頭。「睡一會兒，有我們在。」

汪旺旺搖搖頭，雖然還說不出話，但她極力抬了抬手，手指在空中一劃。

達爾文順著她所指的方向看過去，只見湖對面的陰影裡，還有一個人影。

岩石發出的磷光很微弱，再加上瀑布的水汽阻擋了一部分視線，雖然達爾文一時間看不清楚對方的樣子，但仍然從體型上辨認出，那是迪克的身影。

達爾文欣喜若狂——太好了，大家都活著！

「迪——」誰知達爾文剛想叫迪克，就被汪旺旺猛地拉住了衣服。

「是他……他剛剛要殺了我……」汪旺旺的聲音因為恐懼和悲傷顫抖著。

「怎麼可能，妳在說什麼？迪克怎麼會傷害妳？」

汪旺旺眼睛一紅，眼淚順著臉頰流下來：「他不再是以前的迪克了……」

「妳到底在說什麼……」

就在這時，一圈巨大的漣漪打破了湖面的平靜，水花漸漸向湖岸靠近，就在距離迪克不到五公尺遠的地方，一隻巨大的腕足騰空而起。

那怪物又來了，而且這次它的目標是迪克！

「不！」達爾文大吼著，可是水流聲太大了，他的叫喊聲根本不可能傳到對岸。

他一把奪過瘋兔子手裡的槍，就在要扣動扳機的前一刻，不可思議的事情發生了——

只見那隻腕足在迪克身邊停了下來，安靜地懸在半空中。它在試探，在遲疑，最終停止了對迪克的攻擊。

迪克往前走了一步，似乎有一絲猶豫，他隨即伸出手，輕輕搭在那隻恐怖的腕足上。

那隻腕足慢慢地順著他的手心向上纏繞，攀向他的手臂和肩膀，然後輕柔地摩挲著——

那樣子，就像在撒嬌。

水面再次翻出巨大的浪花，那怪物的腦袋再一次浮了上來。可這一次它平靜地靠向迪克，瞪著那雙布滿肉瘤和綠色黏稠物的眼睛審視著岸上的人，緩緩地發出一種古怪的嗡鳴聲，這個畫面看起來詭異無比。

更古怪的是迪克，他不但沒有逃走，而且似乎連一絲害怕都感受不到，他看著水中的怪物，眼睛裡閃爍著異樣的神采。他們似乎正在用一種特殊的方法相互溝通。

一時間，達爾文的大腦一片混亂。

不一會兒，腕足離開了迪克的身體，縮回了水中。那隻怪物最後看了他一眼，就往水裡沉了下去。

「乒！」槍走火了，這聲音終於穿過瀑布的激流，傳進了迪克的耳朵裡。他朝對岸望過來，直視著達爾文。

迪克臉上露出的不是欣喜，而是一種古怪的表情，只見他揚起手臂，張大嘴巴吼叫著，可是達爾文聽不見他在說什麼。

達爾文心裡知道，那個他不願意面對的事實——他最好的朋友也許已經完全變異，他無法再從喉嚨裡發出聲音了。

迪克看著對面呆若木雞的兩個人，忽然拔腿就朝對岸跑過來。

他的速度非常快，甚至已經超越了正常人類身體的極限，眼看他就要來到岩石邊上的時候，汪旺旺忽然拉住達爾文的衣袖，眼神裡只剩下恐懼：「別靠近他……他能控制那隻怪物……它們會把我們都殺了的。」

「那怎麼辦？」瘋兔子低吼道。「這裡根本無路可走！」

「只有一個辦法了。」汪旺旺看著達爾文手裡的槍。「我們只能跟他和那隻怪物硬拼了！」

「乒！」

槍聲再次回蕩在洞穴上空，久久沒有散去。達爾文跳下岩石，跑到迪克身邊。

「對不起，兄弟。」他對迪克說。「我來晚了。」

「……怎麼會？」發出這個疑問的，不是迪克，而是在岩石上方的汪旺旺。達爾文的那一槍，不偏不倚地打在了她的胸口上。

「為什麼？」汪旺旺用手支撐著身體從岩石上站起來，臉上還掛著沒乾的淚痕，她愣愣地看著達爾文，眼裡露出一陣迷茫。

達爾文手上的槍還沒放下，他招呼著同樣嚇呆的瘋兔子：「快到我這邊來！」瘋兔子這才回過神，匆忙從石臺跳下來，跑到達爾文身後。

「怎麼回事？」瘋兔子問。「她不是你們的朋友嗎？」

「她是假的，」達爾文冷哼。「她根本不是汪旺旺。」

「你為什麼要這麼說？」「汪旺旺」皺起眉頭。「我這麼愛你，你為什麼要這麼對我？」

「愛我？把妳剩下的那點該死的演技帶到地獄裡去吧！」

迪克氣喘吁吁地站在達爾文背後，同樣警惕地盯著岩石上的人。

「老兄，我剛剛看見你跟這個人同時出現在對岸，我差點沒嚇死，這絕對不可能是中尉，」迪克啐了一口。「她剛剛差點殺了我！」

「你沒事吧？」達爾文側頭問。

「幸好老子也不是什麼省油的燈，她給我那幾下老子都還給她了。」迪克看著「汪旺旺」臉上的傷說道。「剛才我看到你們和她在一起，還以為她要對你們不利，沒想到這女人心腸更歹毒，竟然想用離間計，讓你對我開槍。」

「妳究竟是誰？」達爾文的槍口對準「汪旺旺」。「汪旺旺在哪兒？」

「好痛……我的心好痛……」「汪旺旺」捂著心口，她臉上痛苦的表情逐漸變成了一絲古怪的笑意。「也不知道這種感覺，是不是人類說的心碎呢？幸好我的心不長在這裡。」

說罷，她緩緩把手放下來，只見胸口的槍眼周圍除了燒焦的布料之外，並沒湧出任何血液。

「她究竟是什麼東西……」瘋兔子喃喃地說。

「真沒想到，你能開槍打你最喜歡的女人。」

「別拿她跟妳比！」達爾文吼道。

「汪旺旺」似乎對達爾文的回答毫不在意，她摸了摸自己的臉，有些疑惑地說道：「我覺得我已經很像她了，皮膚、頭髮、五官，還有愚蠢的腦子……問題究竟出在哪兒呢？」

「我早就懷疑妳了，從我們找到妳的時候。」達爾文沉聲說。

「是什麼讓我露出了破綻，那個吻嗎？」「汪旺旺」舔舔嘴唇。

「你竟然親過這個怪物！」迪克做了一個噁心的表情。「什麼時候的事，我怎麼不知道！」

「你閉嘴，」達爾文臉一紅。「是我說燒烤店的時候。」

「汪旺旺不喜歡燒烤店嗎？」站在石臺上的那個「汪旺旺」問道。

「妳跟我說要和我一起開燒烤店，」達爾文冷笑了一聲。「以前我們剛成立社團的時候，為了攢錢去郊遊，每週賣烤串。我們專門租了一套玩偶裝給她穿，沒想到她硬是穿了一個學期……」

「我想起來了！中尉還說過她從此對雞肉串都有陰影，這輩子再也不吃雞肉串了！」迪克恍然大悟。

「就憑這一點？」「汪旺旺」問。

「我最初也只是懷疑，」達爾文說道。「直到剛才，我才能肯定妳是假的——汪旺旺是絕對不會讓我向迪克開槍的！無論什麼時候，她都不會傷害自己的朋友！」

「原來如此，」「汪旺旺」沉思了片刻，煞有介事地點點頭。「看來人類所謂的感情真的比我預料中的更……幼稚。」

「幼稚的是妳，我們的友情不是妳這種怪物能理解的。」達爾文厭惡地說。「快把妳那張臉皮撕下來，妳讓我噁心。」

「可我喜歡這張臉，還有這副皮囊，」「汪旺旺」舔了舔嘴唇。「我也很享受那個吻，還有你，其實我沒打算殺了你，你很聰明，和其他人類不一樣，很多人隨便玩玩就死了。」

「呸！」達爾文吐了口口水。

「你很有趣，我真是太喜歡你了，」「汪旺旺」歪著頭看著達爾文，咧嘴一笑，從石臺上向他走下來。「我願意再給你一個機會，只要你順從我，我可以一直保持這個樣子，扮演你喜歡的人，汪旺旺也好，別人也好，和你玩到我厭倦為止，好嗎？」

「別動！」達爾文吼道。「妳再往前走一步，我就開槍了！」

「其實我不討厭人類，在我看來你們就像是小貓小狗一樣，雖然低等，但偶爾也有一兩隻很可愛。我開心的時候馴化你們，不開心的時候也能宰殺你們……」「汪旺旺」對達爾文的警告置若罔聞。「就像你們對待其他動物一樣。」

「我們他媽的不是動物。」

「有什麼區別嗎？雖然我不想這麼說，但我覺得你是能夠理解的，物種的演化是宇宙的規律，」「汪旺旺」歎了口氣。「新的取代舊的，完美的代替有缺陷的，這是自然的法則。當更高等的生物出現時，它有權利高高在上，有權利讓其他一切生物對它俯首貼耳，有權利隨意支配比它低等的生命……這沒什麼不對，你們人類幾千萬年來也一直是這麼做的。」

「妳究竟是什麼？」

「我不是說了嗎，我是更高等的生物呀，」「汪旺旺」笑道。「和我弟弟一樣——對了，忘記介紹了，我弟弟就是你們所說的怪物，也是剛剛誕生在這個世界的新生命。」

「妳弟弟……你們是同一種生物？」想起湖裡那隻大型八爪魚，幾個人都露出了難以置信的表情。「為什麼體型差距這麼大……」

「一定要像你們人類一樣才正常嗎？」「汪旺旺」笑了笑。「母狼蛛的體型是公狼蛛的數百倍，雌性毯子章魚也比雄性重四萬倍，巨大的體型差異完全可以存在於同一個物種之中，因為彼此分工不同。我弟弟主要負責體力活，所以它的體格有些強壯，而我呢，進化的主要部位是這裡——」

說著。「汪旺旺」指了指自己的頭：「腦子。」

「不管妳是什麼鬼東西，今天都要死在這兒，」達爾文咬著牙。「還有妳那個怪物親戚也一樣！」

「你很勇敢，」「汪旺旺」歪著腦袋看著達爾文。「但請容許我指出一個細微的數字錯誤，這裡可不只我和我弟弟兩個人喲。」

達爾文心中一沉，隱約生出不好的預感。

「汪旺旺」忽然抬起頭，朝空中發出了一個單調怪異的音節，那不是人類能夠發出的任何一種聲音，倒像是某種蟲類的嗡鳴。只見洞頂同時亮起了無數個細小的綠色光點，齊齊發出同樣的嗡鳴聲，就像是在回應底下的人。

達爾文這下終於知道那股縈繞四周讓人作嘔的腥臭味的來源了。在洞穴頂端，竟布滿了成千上萬顆半透明的卵。

「親愛的兄弟姊妹們，跟他們打聲招呼吧！」

那些蟲卵似乎聽懂了「汪旺旺」的話，幽綠色的螢光越發明亮，隱約可見裡面黑色的章魚身影。它們伸長腕足舞動著身體，似乎迫不及待地想破卵而出。包裹蟲卵的墨綠色黏液像雨滴一樣落下來，洞穴裡頓時腥臭撲鼻。

「這些是什麼玩意兒!?」瘋兔子一邊大叫著晃動著身體，一邊脫下外套，只見一攤綠色黏液滴落在他的肩膀上，衣服立刻被灼燒出一個大窟窿。

「這些黏液有強酸性！」達爾文說到。「千萬別粘到皮膚上！」

「還沒到時候，再等等，」「汪旺旺」耐心地安撫著那些卵。「你們很快就能飽餐一頓了，別著急。」

達爾文只覺得頭皮發麻，他不敢想像這裡的每顆卵孵化出一個和湖裡一樣的龐大怪物後，這個世界會變成什麼樣。

「汪旺旺」開心地笑了起來，嘴角都快咧到耳根後了，感覺整張臉都被僵硬地向後拉扯著，看起來驚悚異常。

「孩子們都很喜歡你們呢，」她邊笑邊說。「要不是你們，它們也沒辦法從地下實驗室出來。」

「這些卵……是雅典娜的孩子們！」達爾文恍然大悟，在阿什利鎮地下實驗基地的卵竟然在這裡被成功培育出來了！

「Bingo（答對了）！」「汪旺旺」拍起手來，眼睛裡閃爍著興奮的神采。「和它們的母親不同，它們沒有像雅典娜對人類那種複雜的情感，也沒有人類那套虛偽的道德約束。

它們和世界上所有的新生兒一樣——只有求生的本能和原始的欲望，困了就要睡，餓了就要吃。」

「汪旺旺」頓了頓，再次露出那個恐怖的笑：「它們已經準備好大快朵頤了。」

「該死！」達爾文咬著牙。「妳……」

「不要老是『妳妳妳』的稱呼我，很不禮貌呀，」「汪旺旺」打斷了達爾文。「正式介紹一下，我叫加百列，如果你喜歡的話，繼續叫我汪旺旺也行。」

「加百列……虧妳還敢用大天使的名字。」瘋兔子嘀咕著。

「你算是說到關鍵點了，」加百列不怒反笑。「恰恰相反，這個名字是我專屬的，除了我沒人能擔得起加百列的職責——她是在末日審判中吹響號角，把瘟疫、毀滅和苦難帶到這個世界上的天使。」

「妳也是它們之中的一員吧？」達爾文看著那些卵，說道。

「我是最初被孵化的，然後是我弟弟路西法。」加百列說。「它還很小，等到發育成熟的時候，這裡就裝不下它了。」

達爾文不自覺地朝湖面看了一眼，這麼大的一隻怪物還沒有發育完全，那在成熟形態下該會是什麼樣子？

「妳到底把汪旺旺藏到哪兒去了!?」

「她現在應該已經在另一個世界了，她不會有事的，畢竟她跟我們一樣，傳承了同一種血液，」加百列說得漫不經心。「與其擔心她，不如擔心你自己——我的提議你想好了嗎？」

「我寧願死，也不會做妳身邊的狗！」達爾文冷冷地說。

「機會我已經給過了，」加百列聳聳肩。「既然這樣，那你們就只能做我弟弟妹妹們的零食了。」

「少跟她廢話！」迪克一把搶過達爾文手裡的槍。「先殺了這怪物，再把這兒毀掉！」

「你要殺我嗎？」加百列帶著一絲嘲諷的神色，朝達爾文和迪克走來。「真的嗎？」

「乒」的一聲，子彈打在加百列腳邊的沙石上，冒出一絲火光。

「我可沒有我兄弟這麼好說話，」迪克只不過一閃身，就到了加百列身邊，他手裡的槍頂在她胸口上。「把我們朋友的下落說出來，我讓妳死得痛快點。」

「我好害怕呀，」加百列的臉上卻面無表情。「但恐怕你下不了手。」

「就因為妳披著的這副虛偽皮囊嗎？我隨時樂意在上面開幾個洞，」迪克把槍移到加百列的下巴。「我早就看穿妳了，妳連人都不算，還在裝什麼？」

「我不算人，那你算嗎？」加百列沒有一絲驚恐，反而憐憫地把手放在迪克的臉上。「為什麼不在開槍之前，到湖邊照照你自己呢？看看你的臉，看看我們兩個誰更像是怪物。」

迪克愣了片刻：「妳什麼意思？」

「別騙自己了，我知道你也有所覺察，是不是？」加百列抿嘴一笑。「或者問問你的兄弟，為什麼一直瞞著不告訴你。」

迪克朝達爾文看過去，聲音有些不解：「我怎麼了？」

「你……沒事，你很好。」達爾文一時間有些遲疑，也正是這份遲疑，讓迪克更加懷疑起來。

「去吧，親愛的，」加百列說。「去照照鏡子，然後再回來決定是否殺了我，我保證一動不動。」

迪克狐疑地看著加百列，最終走向湖邊。

「迪克！」達爾文還沒來得及阻止，迪克就已經從湖水的倒影裡看到了自己的臉。

那是一張什麼樣的臉啊，蒼白的皮膚沒有一絲血色，毛髮早已掉得精光，肩膀向下垮著，耳朵和鼻子嚴重變了形，失去了人類原本的特徵。

迪克緩緩解下達爾文之前給他包得牢牢的圍巾——是的，那條圍巾一直堅持到現在還沒有鬆開——露出了圍巾下那張完全無法辨認的臉。

迪克不記得自己在這一生中照過多少次鏡子，但從來沒有一次像這樣仔細端詳過自己。

掩蓋在圍巾下的半張臉，熟悉又陌生。熟悉，是因為他曾在一個叫作約翰的八爪魚人身上見過這種樣子；陌生，是因為他無法相信這張曾經讓他覺得無比恐懼的臉，如今長在了自己身上。

「怎麼會……怎麼會這樣………」

「看來你的父母和你的朋友們都向你隱瞞了服用 MK-58 的影響，」加百列轉頭看向達爾文。「可紙包不住火，無論你們再怎麼藏著掖著，他總有一天會知道的。」

「知道什麼……」迪克盯著湖水的倒影，用顫抖的聲音問道。

「知道你已經不再是人類的事實，」加百列回答道。「你已經成為我們的同類了。」

「別聽她胡說！」達爾文打斷加百列，一把抓住迪克的衣服。「迪克，看著我！你不要聽她胡說，你就是人類！我們從來沒有把你當成過別的什麼，以前不會，現在不會，以後也不會！」

「你和汪旺旺，早就知道了？」迪克的眼神從湖面移到達爾文臉上，他的表情露出一種深深的悲傷和埋怨。「沙耶加知道嗎？為什麼你們一直不告訴我？」

達爾文一時語塞，似乎連空氣都尷尬地凝固住了。

「他們不告訴你，是因為即使他們能把你當作人類，知道真相的你也不會再把自己當成人類了。這個世界上的所有人類都不會視你為同類，」加百列歎了口氣。「哪怕你能以這種模樣離開這裡，你想想，等待你的會是什麼？那些人類會怎麼看你？把你當成怪物？哈哈，這還算好的，他們會恐懼，會尖叫著拔腿就跑，會向你開槍，會把你抓去實驗室解剖成一塊一塊的，再和福馬林一起裝在瓶子裡。你只能東躲西藏，生活在骯髒的下水道裡，跟不見天日的老鼠和蛆蟲同穴而居——比在這裡還慘成千上萬倍。」

迪克呆呆地盯著湖面，摩挲著自己變形的臉。

「雅典娜的命運，約翰的命運，其他八爪魚人的命運——他們遭受了怎樣的對待，又是如何命喪黃泉……想想都可怕，是嗎？」加百列走向迪克。「他們本身並沒有做錯什麼，他們有高於人類的心智和體能，卻遭到了低等動物的統治、利用、淩虐……這就是『人』的劣根性，他們不但會對異類揚起拳頭，還會對同類自相殘殺，你願意成為這種生物嗎？」

「……不。」迪克發出微弱卻堅定的聲音。

「這場悲劇唯一能被避免的方式，就是由我們來統治這顆星球——你是我們的一分子，也是我們珍惜的朋友和親人，因為我們流淌著相同的血液。我們會組成一個大家庭，沒有人類那些齷齪的原罪和自私的欲望，沒有等級之分，摒除傳統的善惡，成為一個完整的精神共同體……」加百列看著轉過身面向自己的迪克，眼神溫和下來。「不要騙自己了，你感受到了，不是嗎？」

「不要再說了！」達爾文的內心亂作一團，完全慌了神，在這一刻，他從內心對迪克產生了一種不由自主的恐懼，他第一次覺得最好的朋友離自己如此遙遠。

加百列並沒有理會他，而是上前摟住了迪克：「剛才路西法沒有攻擊你，因為它已經確認過，你是它的同類啊！我知道你也有同樣的感受，當路西法和你接觸的一剎那，我們都感受到了，這就是通感。因為血緣的聯繫，我們之間無須言語，就能感受彼此的快樂和悲傷。路西法也好，我也好，你也好，我們都是一體的，擁有一種思維方式，這才是進化的最終奧義。」

迪克沒說話，他拿著槍的手正微微顫抖著。

加百列輕輕抬起他的手，把槍口緩緩轉向達爾文和瘋兔子。迪克竟然出乎意料地沒有反抗，他只是靜靜地看著達爾文，臉上各種情緒交織在一起——氣憤、困惑、悲傷、絕望……最後化成一個複雜的眼神。

「這些是你曾經的朋友，你向他們交付真心，可他們卻騙了你，」加百列說道。「他們不告訴你真相的原因，不是因為怕傷害你，而是怕你終將站在他們的對立面。他們害怕你的強大，害怕你的力量，他們只想讓你當那個跟在他們屁股後面天天犯錯的傻瓜、他們的依附者、跪在地上祈求他們的施捨的無用之人、永遠被嘲笑的可憐蟲。」

「不是這樣的！根本不是這樣！」達爾文拚命搖著頭。「迪克，你不要相信她！」

可迪克沒說話，他手裡的槍被加百列拔掉了保險栓，準星瞄準了達爾文。

「相信你已經做出選擇了，」加百列靠在迪克的耳邊。「是做人類中的怪物，還是為過去畫上一個句號，跟我們結束舊世界，成為新主人。」

說到這裡，加百列笑了，她還披著汪旺旺的皮囊，笑得那麼滿足和愉悅——她的笑不是在虛張聲勢，而是志在必得，她的笑讓達爾文怒火中燒。

「乒」的一聲，加百列臉上的笑容忽然消失了，她的半隻耳朵沒有了。

迪克的臉上露出一個令人難以捉摸的表情，決絕又冰冷——他的內心確實做了一個決定。

他的手還在顫抖，槍法不準，子彈擦著加百列的太陽穴過去，在皮膚上燒灼出一塊清晰的焦痕。

「老子他媽的是人！老子的媽媽是人，爸爸也是人！」迪克微弱卻撕心裂肺的聲音從腹腔裡傳出來。「老子就算是站在全世界的對立面，也不會傷害我的朋友，更不會跟妳為伍！」

加百列的表情陰沉下來，她摸了摸自己的耳朵，又揉了揉被燒焦的頭皮，頭皮的傷口被她順勢撕扯開來，露出裡面暗綠色的膠質皮膚，她的臉頓時變得古怪無比。

「就算你做了人類的英雄，他們也不會因此善待你的。」加百列歎了口氣，自言自語道。

「不用妳來教我怎麼做，」迪克的槍再次對準加百列的頭部，死死地盯著她。「更不用妳來教我怎麼選！這把槍裡剩下的子彈都是留給妳的——就算一槍殺不死妳，還有第二槍和第三槍，直到把妳打成篩子，我就不信打不死妳！」

「後期被改造的果然跟我們這些天生的不一樣，」加百列搖搖頭，並略顯失望地攤了攤手。「試驗品就是試驗品，只能是廢物。」

迪克又開了一槍，打在加百列的左肩上：「去死吧！」

「雖然我不欣賞你愚蠢的決定，但還是對你的勇氣深感佩服。」加百列忽然上前一步，握住迪克的槍，將槍口頂在自己的上腹部。「所以我決定告訴你一個祕密——我的心臟在這裡。」

迪克完全沒預料到加百列會有這樣的舉動，不由得愣了一下。

「要是你朝這裡開一槍，我會受到重創。」加百列一邊說，一邊抬起手指了指洞穴的某個方向。「雖然我不會因此喪命，但我肯定會難受好一會兒，你會有時間逃走——路在那邊。」

「為什麼要告訴我這些？」加百列的舉動讓迪克迷惑不已。

「我告訴你，是因為我知道你不會開槍的。」加百列突然露出了一個嘲諷的眼神，她譏笑道。「你沒這個機會，你們都會死在這裡。」

加百列說著，忽然抬頭看了一眼站在達爾文身後的瘋兔子，還沒等達爾文反應過來是怎麼回事，忽然感覺到身後一涼。

瘋兔子此刻正拿著另一把槍，指著達爾文的後腦——他之前一直沒說實話，他身上的槍根本不只一把。

達爾文和迪克都徹底僵住了：「你瘋了嗎!?」

面對忽然反目的瘋兔子，達爾文心中充滿了怒火與不解。加百列正好相反，臉上的笑容更「燦爛」了，所有的表皮組織都被扯得歪七扭八——她一邊笑，一邊在嘴裡嚼了兩下，人類的假牙碎成了粉末，露出一圈圈凸起的鋸齒狀獠牙，沾滿讓人作嘔的黏液。

「果然是聰明人。」她對瘋兔子說。

「為什麼？」達爾文質問道。

「我沒有選擇……」瘋兔子撥開左輪手槍的保險栓，他似乎想說很多話，可最終還是吞了回去。「對不起。」

「你難道沒看清楚形勢？」達爾文又問了一遍。「你現在正在殺死我們三個人，也包括你自己！」

瘋兔子眨了眨眼睛，艱難地吐出一個名字：「蘇珊娜……蘇珊娜在她手裡。」

蘇珊娜，當然是蘇珊娜。達爾文心想，也只可能是這個原因了。瘋兔子連自己的命都可以不要，但蘇珊娜對他來說高於一切。

加百列正是利用了這一點。

「你還沒看出這個怪物有多狡猾嗎？」達爾文氣急敗壞。「難道你不知道她這麼說是為了威脅你？你怎麼能相信這麼低劣的謊言……」

瘋兔子的眼神有一絲疲倦，他搖了搖頭，把手伸向內側的領口，掏出了那條帶著鏡框的銀質項鍊。達爾文想起來，這條項鍊早前在瘋兔子和鮑伯打鬥時曾經掉落過，被假裝汪旺旺的加百列撿起來還給了他。

「我曾經對蘇珊娜說過，我們應該一起拍張照片……」瘋兔子把鏈墜捧在手心裡，仔細端詳著。「她說我們的關係很敏感，要是有一天落網了，員警也許能從照片裡分析出我們的關係不只搭檔這麼簡單……她還說以後我們能拍照的機會有很多，等我們拿到錢去海島的時候……」

瘋兔子沒再說下去，聲音有些哽咽，他清了清嗓子：「我從牢裡放出來的時候，她已經走了，唯一留下來的就是這條她曾經一直帶著的項鍊……我一遍又一遍地回想她的樣子，她的音容笑貌早就刻在我腦海裡，她……」

說到這裡，瘋兔子打開了那個鏈墜，裡面空空如也：「……她從來沒有留給我一張照片。」

達爾文的大腦轟的一下炸開了，他忽然明白為什麼瘋兔子會相信加百列的話了。

在這條項鍊被鮑伯扯下來扔在地上的時候，加百列曾經打開過這個鏈墜。當時達爾文和迪克都沒有注意鏈墜裡面有什麼，加百列卻說：「這就是蘇珊娜嗎？她真美，尤其是臉上那顆痣，像瑪麗蓮．夢露。」

什麼人能夠對空空如也的鏈墜說出蘇珊娜真實的樣貌？

只有確實見過她、對她十分瞭解的人，這也是為什麼瘋兔子相信蘇珊娜在加百列手裡的原因。

聰明人無須多言，加百列這幾句漫不經心的話，在那時就已經把瘋兔子拉向了她那邊。

「就算你現在殺了我們，就算蘇珊娜回到你身邊，你們也不可能獲得夢寐以求的生活。」達爾文語氣生硬。「這些怪物會屠殺我們，毀滅我們，顛覆世界。」

「是的，我知道，我比你更清楚這一點。」瘋兔子用另一隻手擦了擦發紅的眼睛，表情一下沮喪起來。「我正是看清了這一點，才做出這個選擇……你也看見湖裡的怪物，這裡有成千上萬隻……它們比我們強大太多了，我們什麼都做不了，就算你能把加百列殺死，你也阻止不了它們，沒有人能夠阻止它們……我們的實力太懸殊，沒有機會的。」

「這確實是眼下最聰明的決定，」加百列笑笑。「我們沒想過要滅亡所有人類，末日審判會留下那些能夠審時度勢的人。」

「投降吧。」瘋兔子指著達爾文的頭，一字一頓地對迪克說。

迪克的手在發抖。

「你打我一槍，我不會死，但你的朋友可就不好說了。」加百列看向迪克。「要不我們賭一賭？」

「該死！」迪克的手放了下來，他就像被抽光了所有力氣一樣，體力不支地向前一個踉蹌，差點跪到地上。

「我說什麼來著，你們沒有機會的——怎麼樣，你現在很難受吧？」加百列變形的臉上洋溢著得意的笑容，她撿起迪克的槍扔進湖裡。「我知道你已經沒有體力了，因為翻船的時候，你掉落了你一直賴以生存的神奇藥丸。」

說著，加百列從衣服口袋裡掏出了那個熟悉的藥瓶：「你錯過了吃藥的時間。」

達爾文心頭一緊，他猛地想起來，自從迪克變異的速度加快後，MK-58的藥量也加大了。他在鮑伯車上的時候就一把一把地吞藥丸，才能勉強止住身體變化帶來的疼痛。

達爾文不知道他們現在距離翻船的時間過了多久，但照目前看來，迪克已經有很長時間沒吃藥了。

「想要嗎？想要嗎？」加百列手拿著藥瓶，像逗小狗一樣逗弄他。「想要骨頭就要表演節目。」

迪克雙唇緊閉，全身發抖，一聲不吭。

「很簡單，」加百列忽然看向達爾文。「殺了你最好的朋友，我就把藥瓶還給你。」

「妳做夢！」

「我當然知道你不會，所以我從來沒對你抱什麼希望。」加百列大笑著。「即使你不接受，也會有別人接受我的條件。」

她走到瘋兔子身邊，眼裡露出一絲嘲諷：「現在你的機會來了，把他們都殺了，我帶你去見蘇珊娜。」

「真的？」瘋兔子眼裡閃過一絲遲疑。「她還活著？」

「當然。我們救了她，她現在安然無恙地在村子裡。」加百列聳聳肩。「本來她會跟其他村民一樣成為祭品的，但只要你聽話，我就成全你們。」

「她在村子裡……有妳這句話就行了，」瘋兔子忽然高喊一聲。「就是現在！」

他瞬間反轉槍身，照著加百列的腦袋上狠狠砸下去——與此同時，瘋兔子把達爾文往前一推。達爾文迅速從衣服口袋裡摸出一個明晃晃的東西，朝加百列的腹部猛地插了進去！

「妳說槍打不死妳，那妳該嘗嘗這個！」達爾文喊道。

他手上握著的，正是瘋兔子在他倆上車之前，分給他的那支從馴獸員手裡買的能放倒一頭大象的麻醉針。

「什……」加百列瞪圓雙眼，還沒來得及說完話，就兩腳不穩地向後倒退幾步，跌坐在地上。

「小怪物，妳的智商也許比人類高，可惜情商太低了，」瘋兔子冷哼一聲。「老子做騙子的時候，妳還在妳媽媽的肚子裡呢！」

達爾文和瘋兔子對視一眼，原來瘋兔子之前用槍指著達爾文的時候，他的另一隻手一直偷偷在達爾文的背上寫字。

「Narcotic（麻醉藥）」，就是瘋兔子寫下的單詞。

「我知道我在妳眼裡什麼都不是，即使我對妳言聽計從，」瘋兔子看著倒在地上逐漸失去意識的加百列，啐了一口。「就算我把他們都殺了，妳也不會把蘇珊娜還給我。」

「所以你……使計……」加百列沒說下去，她的眼神開始渙散。

「不演一場苦肉計，我怎麼能知道蘇珊娜在哪兒？」瘋兔子冷笑一聲。

他早就打定主意，知道開幾槍未必能制伏這隻怪物，不如將計就計，讓加百列放鬆警惕，再給她致命一擊。

「別低估人類，」瘋兔子看著加百列。「尤其是一個行騙了十幾年的『人類』。」

達爾文蹲下身從加百列口袋裡摸出藥瓶，扔給迪克。瘋兔子一邊把槍揣回兜裡，一邊說：「我們趕緊走，不知道這怪物什麼時候會醒過來……」

「嘿。」加百列忽然發出一聲極其微弱的聲音，她已經說不出話了，卻面露嘲諷，抬手指了指自己的腦袋。

什麼意思？

達爾文和瘋兔子奇怪地對視了一眼，他們還沒來得及細想，只見平靜的湖面泛起一圈巨大的漣漪。

「該死！它和路西法之間有通感！路西法能感覺到！」迪克一邊痛苦地抱住頭，一邊大喊。

「快往後退！」達爾文朝迪克大吼一聲，拉住瘋兔子就從湖岸往後撤。

一條水柱在他們身後轟然而起，蒸騰的水霧中出現一個巨大身影的輪廓，不用細看就知道那是什麼。這些怪物和它們的同類，在思想維度上有一種共鳴，任何一個遇到危險，它的同類就能感同身受。

此時路西法一定感知到加百列的遭遇，所以變得狂暴起來。

「往那兒跑！它抓不著！」瘋兔子一邊跑，一邊指著洞穴的某個地方，那裡距離湖面最遠，石壁有一處深陷下去。

迪克很快趕了上來，三個人飛速跳進凹陷的石壁裡。兩隻粗大的章魚腕足就在離洞口不到咫尺的地方瘋狂揮舞著，拍打在石壁上，頓時地動山搖，巨大的轟鳴聲幾乎能把耳膜震穿。

「要是我有一個這樣的弟弟，我他娘的一定會懷疑人生。」迪克捂著耳朵喊道。

「我從到核電站的時候就已經開始懷疑人生了！」瘋兔子擦了一把臉上的土。「現在究竟怎麼辦？難道要等到它發完脾氣之後，我們再出去？」

「我不介意你先出去，要不你拿點糖果去安慰一下它。」達爾文沒好氣地白了一眼瘋兔子。「你什麼時候在身上多藏了一把槍，還有什麼是我們不知道的？」

「我不是刻意瞞著你們，只是習慣多留一手。」瘋兔子聳聳肩。

「你怎麼樣？」達爾文轉頭問迪克。「藥吃了沒？」

「我沒事。」迪克垂下眼睛，把頭扭向一邊。「但不代表我原諒你了。」

那是受害的表情，迪克仍然對達爾文之前騙他的事耿耿於懷。

達爾文一時語塞，他從來不善於解釋。

「我雖然沒你聰明，但我不傻。」迪克的聲音裡透著無盡的失落。「我一直把你當成兄弟，可現在看起來我就是個蠢蛋。」

「對不起。」達爾文想拍拍迪克的肩膀，卻被他無聲地躲了過去。

他還猶豫著想再說些什麼，忽然聽到瘋兔子的一聲哀號。

「疼死我了！」瘋兔子齜牙咧嘴地叫著。

只見他痛苦地在地上來回打滾，一邊肩膀上掛著幾滴墨綠色的汁液，濃酸正在迅速腐蝕著他的衣服，連耳朵和頭皮都被燒傷了，膿血順著腮幫子流得到處都是。

「怎麼回事！」達爾文幫瘋兔子按住傷口，抬頭向上看去，只見布滿整個洞頂的卵囊正劇烈地晃動著。那些被包裹著的小怪物狂躁地扭動身體，試圖用腕足捅破卵壁，掙扎著要破卵而出。

加百列的通感影響了這些小怪物，它們要提前孵化了！

達爾文的腦海瞬間一片空白，出去也是死，不出去也是死。他們就像烤爐裡的火雞，根本無處可逃。

隨著一個尖銳的撕裂聲，達爾文的後背傳來一陣劇痛，他還來不及大叫，瘋兔子就抬腳猛踹過去。

一道黑影從他的後背滾落下來，達爾文這才看清，已經有幼體破開了卵囊，從洞穴上方掉在了自己背上。這些東西嘴上有尖銳的牙齒和吸盤，還能噴射強酸，只要貼上皮膚就很難分開。

掉在地上的幼體只掙扎了幾秒，就翻身再次朝達爾文爬過去。瘋兔子掏出手槍，精準地打在它的腦袋上，頓時黏液四濺。

幸好它們才剛剛孵化，皮膚很薄，子彈還能穿透。三個人對視了一眼，他們不知道這東西長成像路西法那樣需要多少時間。

畢竟剛才加百列說過，路西法也才出生沒多久。

小怪物在地上掙扎著抽搐了兩下，它身體裡沒有血，只有黏稠的灰綠色黏液，腕足至少有半公尺長，上面覆蓋著魚鱗一樣的瘤狀物。最讓人毛骨悚然的是，它從口器裡冒出十幾隻長滿鞭毛的腕足，伸到被槍打穿的地方，像舌頭一樣舔舐著傷口。

「糟糕，它在自我修復！」迪克最先發現了端倪，被鞭毛包裹的傷口正在以肉眼可見的速度痊癒。

瘋兔子跳上前，狠狠一腳踩在怪物的幼體身上。那隻小怪物頓時四分五裂，這才真正死透了。

三個人還沒來得及喘口氣，就有更多孵化的怪物幼體從空中掉落。它們似乎天生對血腥味十分敏感，從四面八方向洞穴的凹陷處湧了過來。

瘋兔子拔槍射擊，但子彈有限，彈匣很快就空了。一隻怪物幼體趁機騰空而起，眼看就要落在瘋兔子的臉上，忽然刀光一閃，它的腕足齊刷刷地落在地上。

一枚鑄鐵的黑色手裡劍在空中劃過，打了個迴旋，飛回站在不遠處的一個人手上。

三人順勢看過去，只見一個缺了一隻胳膊的中年人正彎著腰從洞口鑽出來。他的身體十分靈活，巧妙避過了所有掉落的小怪物，朝他們的方向跑了過來。

跟在他身後的，是一個再熟悉不過的身影。

「沙耶加！」達爾文和迪克生怕是自己出現了幻覺，使勁眨了眨眼睛，大聲叫起來。

「達爾文！迪克！」沙耶加一邊叫，一邊往他倆的方向跑過來。「你們真的在這裡！」

「妳不是回日本了嗎？妳怎麼會到這裡來？妳是怎麼進來的？見到汪旺旺和M了嗎？」

沙耶加剛想回答，就被撲上來的怪物幼體打斷了。半藏手起刀落，削斷一隻怪物的頭。

「來不及解釋了，我們現在要想辦法從這兒出去。」瘋兔子插嘴道。「你們是怎麼進來的？能原路退回去嗎？」

「恐怕不行，」半藏和沙耶加對視一眼，搖了搖頭。「我們那條路已經被鎖死了。」

「真沒想到，地牢下面的路竟然會通到這裡來，」沙耶加忽然想起亞伯，感到不寒而慄。「怪不得他要封路，就是因為這裡還有這麼多……」

沙耶加沒再說話，盯著地上怪物的屍體。

「這些都是雅典娜當時產下的卵，」達爾文接過話。「我們不能讓它們孵化，要是它們到外面的世界去，就完了。」

「與其關注外面的世界，你現在還不如想想怎麼逃命吧，英雄。」瘋兔子啐了一口。

「迪克，你還好嗎？」沙耶加忽然注意到迪克離他們幾個人遠遠的，縮在坑洞最遠處的石壁旁邊。

迪克不知道什麼時候已經重新把圍巾圍好，沙耶加看不見他的臉，只能看見他的眼睛，裡面似乎閃著淚光。

「別過來！我沒事……」迪克發出微弱的聲音。

「妳放心，只是剛剛他臉上受了傷，怕被妳看見。」達爾文替迪克圓了謊，他心裡比誰都清楚迪克心裡的痛苦。

他不願意讓最喜歡的女孩看到自己現在這個樣子。

達爾文不知道自己還能替迪克隱瞞多久，沙耶加總會知道的，他所能做的只是讓這一刻儘量來得遲一些而已。

「那就好。」沙耶加不安地看了一眼迪克，又看了看達爾文，沒有再問下去。

她的性格就是這樣，哪怕心裡有再大的疑惑，也只會在眾人面前表現出自己的教養。要是換了汪旺旺，那絕對是會打破砂鍋問到底的。

「我知道你們都迫不及待敘舊……」瘋兔子打飛一隻幼體，大吼道。「拜託看看現在什麼情況！能等活著出去之後再敘舊嗎？」

「這些東西太多，而且根本殺不光，」半藏的腳邊堆出了將近半公尺高的怪物屍體，他明顯有些體力不支，漸漸向坑洞退去。「我們要找到出路。」

「我知道出路！」迪克想起加百列剛才提過的那個洞口，趕緊伸手指了一個方向。

那個洞口離他們至少有兩百公尺遠，以現在的情況看，沿途的怪物幼體只會更密集地掉落，他們根本衝不過去。

「我們怎麼辦？」瘋兔子擦了一把臉上的血。「當初來的時候，老子就應該多搞些武器，要是現在有兩個手榴彈的話就不至於像現在一樣任人宰割了，老子一拉弦就把它們全炸了。」

「現在我們已經是砧板上的肉了，你還有心思開玩笑。」達爾文不耐煩地打斷他，就在這時，他腦中突然靈光一閃。「手榴彈！」

「怎麼了，難道你身上有？」

「沒有，我突然有個想法，」達爾文揉著太陽穴。「雖然沒手榴彈，但不代表我們不能搞一個爆炸。」

「怎麼搞？」此刻，瘋兔子身上都是血。

「這個洞穴裡一直彌漫著沼氣，也就是甲烷，」達爾文說道。「極容易發生爆炸。」

「是個好主意……但眼下我們全身都濕乎乎的，子彈也用光了，到哪裡找火引子？」

瘋兔子翻了翻白眼。

半藏反手砍了一隻怪物：「在下的苦無後端是用火石打造的，快速摩擦的時候就會產生火花。」

「我的衣服沒有濕，」沙耶加此時也顧不了那麼多了，她迅速脫下外套，把裡面的襯衣撕下一條來。「夠不夠？」

「太好了，有這些東西絕對能引爆，你們掩護我！」達爾文說完，翻身爬出坑洞，一手把布料揉成一團，一手接過半藏扔過來的苦無。「我一擦出火花就把布團扔出去，你們往山洞那邊跑！」

「小心點！」沙耶加在後面叫道。

兩枚苦無在達爾文手裡快速摩擦，很快就冒出煙來，火光一閃，布料被引燃了。達爾文一使勁就把布團向外拋去，布團在天空劃過了一道紅色的弧線，掉落在地上，沒一會兒就熄滅了。

「我靠，你行不行啊？」瘋兔子嚷道。「說好的爆炸呢！」

達爾文剛想回答，另一隻怪物幼體就落到他衣袖上，腕足一卷，竟然把他手裡的苦無搶了過去，扔進了湖裡。

這下，連唯一的打火器都沒有了。

幸好半藏及時趕到達爾文身邊，幫他打掉了手臂上的怪物。他的袖子被燒穿了一個大洞，連皮膚都被燙傷了。

「一定是哪裡出錯了……」達爾文被燙得齜牙咧嘴，忽然大吼一聲。「我知道了！這裡的沼氣還沒有到達爆炸的臨界點，濃度不夠！」

「但我們現在也沒辦法讓濃度上升啊！」沙耶加握著匕首說。

「我們的確有辦法操控甲烷的濃度，」達爾文一拍腦袋。「但我們現在處於甲烷稀薄的洞穴底端，甲烷比空氣輕許多，它們是向上飄的，這就代表洞頂的氣體一定是最濃的！」

「你的意思是，我們要到洞頂去引爆？」沙耶加恍然大悟，隨即皺起眉頭。「洞頂都是這些怪物的卵，我們怎麼上去？」

「在下可以爬上去……」半藏的聲音透出一絲虛弱。

「不行！」沙耶加立刻搖頭。「你已經沒了一隻手，怎麼爬得上去？就算上去了，你根本沒法一邊引爆，一邊躲避那些怪物的攻擊。」

「讓我去，我可以的。」一直沒說話的迪克發出了微弱的聲音。

「你怎麼可以，你都受傷了……」沙耶加還沒說完，就被迪克打斷了。

「我能爬上去，」迪克看了沙耶加一眼，示意她放心。「而且這些怪物不會攻擊我。」

沙耶加疑惑地看著他，她這時候才注意到，那些掉落的怪物幼體都只向瘋兔子他們衝過去，大多數都忽略了迪克，似乎對他不感興趣。

「為什麼會這樣？」沙耶加問道。

「因為迪克一直吃的藥，讓這些怪物誤以為他是它們的同類。」達爾文和迪克對視一眼，解釋道。

「放心，交給我。」迪克深深地看了一眼沙耶加。

「嗯。」沙耶加最終點了點頭。

「點火器怎麼解決？」瘋兔子看向半藏。「你還有什麼法寶？」

「在下的苦無都用光了。」半藏搖搖頭。

一瞬間，剛剛燃起的希望又破滅了，大家再次陷入焦慮之中。怪物越來越多，就算硬撐也撐不過幾分鐘，他們馬上就要失守了。

「看來我們只能到下面再見了，」瘋兔子苦笑一聲。「如果有地獄的話。」

「我可不願意跟你下地獄，我們中國人是講輪迴的，而且現在說這些還為時尚早。」達爾文從胸口摸出一個小盒，拋給迪克——竟然是之前他和瘋兔子清點剩餘物資的時候，餘下的那盒火柴！

迪克接過火柴，反身就朝洞頂爬去，如今他的體能已經超出了正常人類的水準，攀爬速度之快讓瘋兔子等人咂舌。

眼看迪克就要爬到洞頂，瘋兔子像忽然想起什麼來，忽然叫道：「不行，肯定不行！不可能成功的——那盒火柴浸過水，已經完全潮了……」

達爾文並不理會，抬頭朝迪克喊道：「不用劃火柴！把火柴頭塞到那些酸液裡！」

迪克聽到了達爾文的叫聲，點了點頭，猛地把所有火柴頭全部插進一隻卵囊中，裡面包裹的酸液頓時發出「嘶嘶」的聲音。

達爾文料定了這一點，強酸能讓所有東西脫水，潮濕的火柴接觸濃酸的時候就會跟氯酸鉀產生反應自燃。幾秒之後，火柴頭果然冒出了藍色的火光，火焰瞬間蔓延開來。

「就是現在！跑！」沼氣在他們頭頂爆炸之前，幾個人迅速向出口衝去。

第十八章　最後的儀式

在汪旺旺把頭埋在冒著蒸汽的熱水裡時，她恍惚覺得自己還在做夢。

這是一個破碎又混亂的夢，夢裡被不一樣的臉和不同的人生貫穿，有的人深深烙印在她的腦海裡，有的轉瞬即逝。在這夢境的中心，有一團漆黑的影子，那裡面躲著一個原本應該已經死去的童年摯友，如今已經變成了一個讓人不寒而慄的惡魔。

「想見M嗎？」這是張朋在木偶劇落幕時跟她說的最後一句話。「如果妳想見她，就乖乖聽我的話。」

於是，汪旺旺被一些陌生的村民套上鎖鏈和腳鐐，帶到了遊樂園游泳館裡陳舊的沐浴間。這裡有四個水槽，其中三個看上去已經荒廢多時，剩下的一個竟然能奇跡般地冒出源源不斷的熱水。

帶著汪旺旺進去的幾個女人都上了年紀，她們的表情十分呆滯，指著水槽旁邊的木盆說道：「把自己洗乾淨。」

「你們不能出去嗎？」汪旺旺問。

四個人都沒動。她們要看著她洗澡，檢查她身上有沒有什麼多餘物品，最重要的，是要摧垮她的內心，讓她馴服、順從。

汪旺旺沒再說話，她緩緩走進熱水裡，閉上眼睛。

沒有人比她更清楚，這個看似和諧安寧的地方，是地獄的最底層，這裡連每一絲空氣都散發著邪惡的味道。

她要找到M，帶她逃出去。

洗完澡後，村民們給她穿上一套血紅色的寬鬆麻織裙，裙子的領口很高，就像是《聖經》裡的裹屍布。換完衣服後，又有人給她拿來了一頂頭冠，冠上同樣綁著紅色麻布，讓她想起那些神話傳說裡的女祭司。

隨後，他們領著她走到一面巨大的鏡子前，鏡面上有一道巨大的裂痕，把自己慘白的臉割成兩半，汪旺旺終於明白張朋要幹什麼了。

這就是他在乎的儀式感，他透過這樣的手段，在一切來臨之前，把自己變成和他一樣的人。

一個浸在鮮血裡的殉道者，一個破碎的靈魂，一個以神的名義發聲的惡魔。

換好衣服後，汪旺旺被幾個人帶著離開了沐浴間。他們走出了遊樂園，在汪旺旺凍僵之前走進卡森城鑄幣廠的車間區，這裡保留著的鑄模器、傳送帶和機床早已鏽跡斑斑。透過車間區的窗戶，汪旺旺看見不遠處湖的對面有兩座黑色的高塔，她在進村子之前並沒有看到過這座建築。

「那是什麼？」她心裡有些不安。

沒人回答她。

車間區的中心有一部老式升降貨梯，仍在依靠維多利亞時期的蒸汽機械軸承運作，領頭的人帶著汪旺旺上去後，電梯開始緩緩地往地下降，沒過多久眼前就一片漆黑。電梯老舊，速度也慢，汪旺旺手指輕叩，用拍子計算時間，至少過了二十多分鐘，眼前才重新出現了光亮。

她們面前出現了一道像迷宮一樣的走廊，汪旺旺很難辨別這些地道是原本就有還是後期修建的，走廊斑駁的牆上還畫著《啟示錄》的預言——巴比倫城堡轟然倒塌、上帝坐在寶座之上再臨人間、大天使加百列吹響號角帶來瘟疫和死亡、巨獸利維坦從海中冒出、活的人死去、信者從棺木中復活……這些畫面在影影綽綽的燭光中讓人心生畏懼。

領頭的人走得很慢很慢，汪旺旺的衣服很快被汗水浸透了，帶著鐐銬的腳踝已經磨出了血泡，脖子上的鎖鏈似乎有千斤重，每一步都走得無比沉重。這一路走來，她依靠的是僅存的意志，可這種意志正在逐漸被摧毀。

沒人能從這裡逃出去。她的腦海裡浮現出一個可怕的想法。

張朋要奪走的不只她的朋友，還有她的勇氣、她想反抗的鬥志，和僅剩的那一點點希望。

不知道自己走了多久，走廊逐漸寬敞起來。汪旺旺看到走廊盡頭出現了一扇金屬大門，門上有一個密碼鎖，其中一個女人走上去按下密碼，她似乎一點都不避諱汪旺旺，也許是因為她從心裡覺得這個瘦弱的女孩不可能憑自己的努力逃出去。

門的另一邊是個巨大的圓形洞穴，汪旺旺被簇擁著走進去，忽然毫無預兆地感到一陣眩暈，頭轟的一下像是要爆炸一樣，身體裡的血液開始沸騰起來，她甚至能聽見自己每毫秒的心跳聲。

這是什麼地方？

她不知道，但有一種無法用語言形容的強烈直覺衝擊著她的腦海——

這是世界的邊緣，是兩個宇宙的交點，是自古存在的無盡黑暗和混沌，是莫比烏斯環開始和結束的地方。

更讓她意想不到的，是遍布整個洞穴的密密麻麻、深深淺淺的數字。

這些數字被銳利的尖石刻出來，從洞穴牆上四散開來，形成了一個巨大又複雜的數學公式。

這些數字的字體是那麼親切，就在不久前，寫下它們的人還坐在汪旺旺的身邊，告訴她過去和未來都能通過計算知曉，宇宙早已在冥冥中定下劇本。

「美年達！」汪旺旺大叫著。

M從那一大堆複雜的數學公式中抬起頭，眼神有些呆滯，此刻她正席地坐在洞穴的正中間，穿著和汪旺旺一樣的紅色罩袍，頭髮亂糟糟的，面容蒼白憔悴，不知道有多久沒有睡過覺了。

她的手指早就被磨破了，血染紅了手裡的石塊，地上都是斑駁的血跡。

「汪……」過了好幾秒，她才艱難地發出聲音，或許她早就知道這一刻會發生什麼，她的眼神裡沒有驚喜，而是閃過一絲恐懼。

汪旺旺朝她跑了過去，拖地的裙擺險些讓她摔倒，此時她忘了自己的能力，張開雙手要抱住M，當她的手指碰到M的時候，成千上萬幅末世景象淹沒了她——

那是M關於未來的記憶，它們一瞬間像潮水湧向汪旺旺的腦海，灌入她的每個毛孔，像沙塵暴一樣在她的身體裡盤旋，將她撕成碎片。

汪旺旺看到從漆黑湖面上升起的蘑菇雲；看到伴隨著暴風雨降落的黑色粉塵，它們在天空盤旋，覆蓋了一個又一個城市，如蝗蟲過境，沾到它們的人立刻全身潰爛，在雨水中燃燒起來；她看到彌漫在空氣中的死亡，此起彼伏的雷聲和爆炸聲都掩蓋不住人們的哭喊和慘叫聲；她還看到從地底和海中來的巨獸，揮動著腕足翻起滔天大浪，所到之地無人生還。

在這場末日浩劫中，有一個人站在堆積如山的屍體上，笑聲震耳欲聾，欣喜若狂。那是汪旺旺永遠不會忘記的臉。

張朋終於得到他想要得到的，他把自己的痛苦轉移到這個世界上，轉移到每個人身上。

汪旺旺被眼前的畫面嚇得渾身一顫，條件反射地放開了M，巨大的信息量讓她頭暈目眩，癱坐在地上乾嘔起來，連一句完整的話都說不出來：「這些畫面是……」

「妳果然看見了嗎？」一個聲音緩緩響起。「喜歡這個未來嗎？」

張朋坐在黑暗中，他還沒痊癒的臉上露出一絲怪異的微笑。

「爆炸……粉塵……」汪旺旺眼前又浮現出那朵黑色的蘑菇雲。「是你……」

「妳知道這是哪裡嗎？」

汪旺旺虛弱地搖搖頭。

「在我們頭頂的正上方，有一座建於二十世紀的核電站，」張朋笑了笑。「它本來應該是中部最大的核電站，至少會沿用一個世紀。事實上建成沒多久就被廢棄了，你一定很好奇是為什麼吧？」

汪旺旺抿著嘴，死死盯著張朋。

「早在二十世紀，政府在建造這個核電站的過程中就發現了『門』的存在。」張朋走向汪旺旺說道。「施工隊的工人挖出了刻著特殊文字的石塊，那是啟門石，連結兩個不同空間，就是我們現在所處的世界和氣泡世界。隨著冷戰的局勢，相關部門決定在蘇聯人之前先一步打開通道，找到創造人類文明的高級生物。於是核電站在短暫的運營後宣布關閉，並驅散了卡森城的原住民，這一大片地區都被封鎖。很長一段時間，都有專門的科研人員在這裡研究如何進入氣泡世界。」

張朋的話讓汪旺旺想起駱川對她說的那段往事，駱川和舒月曾經在科羅拉多大峽谷附近的印第安遺址發現過氣泡世界的入口。當時的科考隊同樣由政府出資，但考古只是一個幌子，真正的目的只有帶隊的埃倫教授才知道，可惜他已經慘死在氣泡世界中了。

「所以這個氣泡世界在二十世紀就已經被發現了？」汪旺旺不知道自己為什麼會突然想問這個問題。

「妳說得不完全對。」張朋回答道。「氣泡世界遊走在地殼內部，每次出現的時間、位置、大小都不確定，而它的入口更是每分每秒都在變化。必須精準地找到『鎖眼』，誤差不能超過十平方公厘，才能使氣泡世界和目前的世界產生共振，打開通道。儘管當時政府頂尖的數學家和科學家全部參與計算，但他們算出來的『鎖眼』始終無法精確到這麼小的數值內，因為這個運算量已經遠遠超出人類目前的科技水準，就像要一隻老鼠去計算天體尺度一樣不切實際。他們最終能做的，就是在這片地區用小型核彈狂轟濫炸一通而已。」

汪旺旺看著滿地的數字和在旁邊瑟瑟發抖的M，忽然什麼都明白了。

張朋把M帶到這裡，正是為了利用她超越常人的計算能力！

「所以你是要讓她……」汪旺旺的聲音發著抖。

「她已經計算出了『鎖眼』的位置——就在這裡，不偏不倚，核電站發射塔的正下方。」說著，張朋豎起食指，朝洞穴頂部指了指。「難道妳不覺得這就是神的安排嗎？一切在冥冥之中早有定數，我就是登上西奈山的摩西，也是第一個召喚神的先知，它會如約許給我流著奶與蜜的土地——這顆蔚藍色的星球！」

「你錯了，」汪旺旺看著有些癲狂的張朋，歎了一口氣。「即使氣泡世界真的有神存在，它也不會為了你的一己私欲滅絕人類。」

張朋歪著腦袋看著汪旺旺，忽然笑了出來：「我沒說它會毀滅人類呀，這種事我來做就好。」

汪旺旺一愣：「你要幹什麼？」

「上面……核爆……全死了……」一直沒開口的M結結巴巴地說。

「人類的貪欲是一個無底洞，」張朋煞有介事地歎了一口氣。「貪婪雖說是所有生物的本性，但人類的欲望早已超越了能夠被這顆星球所容忍的範圍。他們為了滿足自己的欲望，不惜以毀滅地球作為代價。他們在電視裡迴圈播放新型核能源的高效環保，卻忽略一旦稍有不慎，核能源就可以摧毀這顆星球的殘酷事實。」

「你究竟要幹什麼？」汪旺旺覺得天旋地轉。

「當時政府撤出這裡的時候，把沒用完的彈藥都留在了冷卻塔里。畢竟對於當年擁有兩萬七千枚核彈的美國來說，區區幾十枚不算什麼。」張朋聳聳肩。「這些核彈在這幾十年來仍保留了當年的威力，我不是核彈的製造者，我只是改造了它們，並在其中一些彈頭里加了潘朵拉病毒而已。」

汪旺旺終於明白剛才看到的畫面意味著什麼，也終於明白M要說什麼。

洞穴的正上方即將迎來一場核爆，伴隨爆炸的還有潘朵拉菌株。

「二十年難遇的大風暴，就像是專門為我準備的，」張朋滿是期待地向上看去，就像是能穿透洞穴和時空，看見未來一樣。「核爆之後，這股強冷空氣會帶著黑色的菌株繼續南下，直抵加州，再飄向德克薩斯，穿過內陸到達紐約，最後化為酸雨撒向太平洋

——不到一週，整個美國都會被汙染，三個月之後，全世界的人口會被潘朵拉消滅百分之九十。」

汪旺旺閉上眼睛，她已經哭不出來了，她在盡全力對抗著內心越來越深的絕望。有這麼一瞬間，她更希望張朋一槍崩了她，也好過把她如蠶蛹一樣困在密不透風的絲繭中。

但她知道張朋不會這麼做，他把她留到現在，就是為了和她像小時候那樣，玩到遊戲結束。這個遊戲的終極目的，就是摧毀汪旺旺所愛的一切——她的朋友、她的生活、她所處的世界。張朋對此樂在其中，而她能做的，只有在籠子裡的跑輪上不知所措地奔跑，直至在疲倦和恐懼中死去。

就在汪旺旺最痛苦的時候，她的手上忽然感覺到一絲冰涼。

M趁著張朋不注意，用她的指尖輕輕碰了碰汪旺旺。

一個熟悉的畫面出現在她眼前，勾起了她塵封已久的記憶。

那是一隻海豚。

它乘風破浪，奮力從海面躍出，在夕陽下形成一道優美的弧線。

它的叫聲清晰嘹亮，穿過泛著粼粼波光的海面，穿過破舊的工業區和化工廠房，穿過兩個不同國籍不同膚色的小女孩的身體，震撼著兩顆心。

那是她們第一次見到海豚，也是M和汪旺旺唯一一次徒步穿過半個城市去看傳說中的海豚灣。

她還記得廢棄的鐵軌和樹林，還記得迷路時的茫然無措，還記得當一個人提出回家時，另一個人的傻傻堅持。

那時候，她倆根本不知道海豚灣是不是真正存在於城市的邊緣，卻憑著信念戰勝了對未知的恐懼。

無知，有時候是解釋青春的褒義詞，因為無知者無畏。

長途跋涉後，她們終於趕在日落之前來到海邊，在那裡看到了這個美到窒息的畫面。

正是這隻海豚，打破了她倆最後的隔閡，讓兩個年輕的靈魂穿透身體彼此擁抱。世界上沒有任何一種語言能形容那是什麼感情，那種屬於最純潔的靈魂才擁有的共鳴，是友誼真正的開始。

正因為這種共鳴，M才會為了保護汪旺旺，不顧一切地跟隨張朋來到這裡；也正是因為這種共鳴，汪旺旺才堅定地相信M還活著，歷盡千辛萬苦也要找到她，把她救回去。

「不要放棄。」M做了一個口型，無聲地說著。

汪旺旺眨了眨眼睛，我不會放棄的，她在心裡回答道。

「看來你們已經能運用通感了。」沒想到張朋早就看穿了她們的小動作。

汪旺旺怕他因此傷害M，立刻縮回手，本能地把自己的身體擋在他和M之間，把M護在後面。

「妳現在還沒有完全覺醒，當妳徹底掌握通感後，甚至連觸碰都不需要。」張朋攤了攤手，擺出一副無所謂的樣子，表示自己根本不在意她倆在說些什麼。「我們三個都能知道彼此在想什麼。」

汪旺旺一愣，她沒想到張朋也能使用這種能力。

「不只是我，妳爸爸和妳的舒月阿姨都具備這種能力，這是更高等的溝通方式。」張朋解釋道。「妳的通感能力之所以還很弱，是因為妳是靠自我意識覺醒，而不是靠外界力量強行覺醒的。妳的爸爸是在注射了納粹的血清之後覺醒的，而M和我則是因為擁有了雅典娜的基因。妳也不需要妄自菲薄，雖然妳的覺醒之路非常艱難，但等到完全覺醒後會比我們的能力更強大。打個比方，自然受孕的孩子體質一定比試管嬰兒好，因為後者是人工干預而來的，但除去這一點點差別，我們都是更接近神的存在。」

「我不明白你在說什麼……」張朋的話讓汪旺旺雲裡霧裡。

「妳還不懂嗎？血統決定一切。」張朋的眼睛發出詭異閃爍的光芒。「無知的人類總以為自己是在進化中打敗了其他生物才爬到頂端的。一個單細胞生物從海裡遊到岸上，幾億年進化出腦子，成為人猿，又變成智人……」

「難道不是這樣嗎？」汪旺旺反問。

「恰恰相反，人類在地球的漫長歷史中，一直在退化。」

「退化？」汪旺旺皺起眉頭。

「在幾千萬年以前，神最初創造的人類──我們的祖先，比現在的人聰明得多，不但擁有通感的能力，還能看見過去和未來。他們體格強健，無堅不摧，壽命是現在的十倍甚至幾十倍。」張朋補充道。「其實妳見過他們。」

「我見過他們？」汪旺旺懷疑自己聽錯了。

「確切地說，妳見過他們的遺骸。」張朋笑了笑。「想起來了嗎？」

汪旺旺忽然明白他在說什麼了──拿菲力人，《聖經》裡的半人神，傳說中天使和人類結合生出來的巨人，曾和人類一樣生活在地球上，卻因為墮落被發怒的上帝集體摧毀。

在汪旺旺之前十五年的認知裡，拿菲力人不過是人類想像出來的物種，可在迷失之海的那些巨大頭顱和在賢者之石看到的照片，都讓她不得不承認這種巨人曾經真實地存在於地球上的事實。

汪旺旺本以為拿菲力人是早已滅絕的物種，僅僅是和人類長得相似而已，她從來沒想過它竟然會是自己的祖先。

「神是最初的創造者，無論是妳、我、人類和拿菲力人都不是它唯一的產物。」張朋說道。「本來人類也擁有過和拿菲力人一樣接近神的能力，可是因為幾千萬年來人類跟類人猿雜交繁衍，最後變成現在這樣。但這個世界上還有少量種族用近親繁殖和族內通婚的方式保留了相對純粹的血脈，比如某些吉卜賽人、印第安霍皮族人、亞洲的某些古老家族，還有妳的家族，等等。你們的血液可以和拿菲力人完美融合，召喚出舊日的能力。但對普通的人類來說，強行融合就會變成不倫不類的怪物。在很長的時間裡，人類科技都無法解決這個問題，直到他們發現了雅典娜，後面發生的事，妳應該很清楚了。」

他一邊說，一邊抬起手想替汪旺旺撩開額前被汗水浸濕的頭髮。汪旺旺下意識往後退了半步，她的腳從裙子底下露出來，張朋的視線停在她腳踝被磨出來的水泡上，勃然大怒。

「他們怎麼能這麼對妳！」他激動地吼著。「我反覆強調過，妳是我尊貴的客人，絕對不能傷一分一毫，他們竟然敢用這種東西綁住妳！」

張朋的臉因為憤怒而青筋暴起，表情更加猙獰，他幾乎歇斯底里地叫著：「是誰！是誰敢這麼對她!?」

門口的幾個女人都嚇得渾身發抖，她們互相看了一眼，其中一個女人往前走了一步。

她很漂亮，即使已不再年輕，也仍能看出眼角眉梢的風韻，她嘴角的一顆痣和金黃色的頭髮讓她看起來有幾分像昔日巨星瑪麗蓮・夢露。此刻她嚇得面色蒼白，哆哆嗦嗦地說不出一句話。

張朋絲毫沒有因為她的美麗而心軟，他大叫著朝她身上猛踹了好幾腳：「妳怎麼敢！妳怎麼敢！」

「我怕她逃了……」地上的女人抽泣道，她不敢抬手捂住頭，只能任他踹在自己的臉上。

「她怎麼會逃？怎麼可能會逃！她是我唯一的朋友！才不會逃跑！」張朋就像是發了狂。「妳這個賤種、畜生！」

「夠了！」汪旺旺終於忍不住喊起來。「別再打了！」

「妳不需要對她們心存憐憫，要是沒有我，她們早就死了，」張朋憤憤地說。「她們都是些貪生怕死的螻蟻，只要為了活下去，什麼都肯做。」

「要錯，錯過了……」M稍稍抬起頭，輕聲說。「開，開門的時間。」

張朋啐了一口，這才做罷。另外兩個女人趕緊給汪旺旺鬆了綁，拖著地上那個已經被打暈的女人出去了。

「妳沒事吧？」張朋這才在汪旺旺身邊蹲下身，心疼地說。「一定很疼吧？」

汪旺旺沒說話，只是一臉厭惡地看著張朋。

「為什麼這麼看著我？」張朋歪著腦袋。「妳生氣了嗎？我要怎麼做妳才能原諒我？」

「如果你真的在乎我的感受，就住手吧，不要再錯下去，放了M，結束這一切。」汪旺旺閉上眼睛。「如果你只是需要我，我可以留下來陪著你，我發誓絕對不離開這裡半步。」

張朋盯著汪旺旺看了一會兒，眼裡忽然流露出一絲悲傷：「妳生氣僅僅只是因為我要毀滅人類嗎？」

「難道這還不夠嗎？」

「難道我不毀滅人類，人類就不會毀滅自己嗎？」

張朋抬起手輕輕按在胸口上：「是的，我承認，當我接受了這顆心臟之後，我的恨意和雅典娜的恨意已經交融在一起了，我恨不得將他們千刀萬剮──但妳以為這只是我的一己私欲，妳錯了。我和雅典娜結合之後，感受到的不只是雅典娜的感情，更能感受到這顆星球上所有動物的感情──從海洋到陸地、從低等到高等、從爬蟲類到哺乳類……每一秒都有動物因為人類而死，因為土地改造而失去家園，因為汙染而滅絕，它們的哀號不為人知，也沒人在乎，我能感受它們對人類的強烈憤怒和失望。這顆星球已經傷痕累累，伴隨著沒完沒了的戰爭、核能的濫用、過度的開發……人類早就把自己當成了唯一的神，他們早已失去了對大自然的敬畏，他們正在摧毀這顆星球，是他們自取滅亡。」

「如果真像妳說的那樣，神不會摧毀自己一手創造的人類，那為什麼妳會這麼害怕我打開『門』呢？」張朋看著汪旺旺。「其實妳心裡很清楚，對不對？妳害怕一旦打開『門』，即使我不出手，神也會做同樣的事，結束人類在地球上的一切文明，一如他們曾經摧毀拿菲力人和所多瑪城一樣。」

汪旺旺的心抽了一下，沒有再說話。

「我早跟妳說過，人類的道德和法則在浩瀚宇宙中都是沒有意義的，就像螻蟻的情感對人類來說沒有意義一樣。妳會關心蟻群在想什麼嗎？妳只會關心它們是否會破壞妳的花園而已。我們都沒辦法揣測神的思想，因為我們和它們之間差了不只一個維度，」張朋繼續說。「任何一個藝術家在摧毀自己失敗的作品時都不會惋惜，毀滅即創造，是更新換代的必然過程。」

「我們心裡都清楚，人類註定會滅絕，我只是加速了這一天的到來而已。」說完，張朋站起來轉向M。「能看到未來的妳，同樣也心知肚明吧？」

M躊躇片刻，木然地點了點頭。

「開始吧！」張朋大聲說。

M猶豫了一下，重新拿起手邊的那塊尖石，寫下等式的最後一個數字。

「就，就在這兒，」她一邊說，一邊在數字後面畫了一個符號。「鎖眼……」

「不要，」汪旺旺搖著頭。「M，不可以，不能打開。」

「反抗……是沒有意義的。」M看了一眼汪旺旺，眼神複雜。

「她說得對，命運是早就寫好的劇本，我們都有屬於自己的使命。」

張朋說著，從長袍裡摸出了一把匕首，刀光一閃，手心被劃出一道細長的口子，血順著刀刃流下來，滴落在地上。

詭異的事情發生了，地面刻滿數字的岩石層像是突然「呼吸」起來，石礫表面升起了無數菌絲一樣的灰白物質，向空氣中貪婪地吮吸著血液。原本堅硬的石塊變成了某種液體，泛起層層漣漪，把原本刻在上面的數字扭曲成一堆歪歪扭扭的曲線。

「就，就是現在。」M說道。

張朋揮刀而下，刀尖竟然輕易地插進了M刻下的符號中，就像是插進了有血有肉的活體組織一樣！

刀尖上的血蔓延開來，所到之處又蕩起一圈血紅色的漣漪，灰白的菌絲此刻慢慢變得透明，汪旺旺忽然看清了地下的情景。

那是一塊古老石板的局部，由無數刻著怪異文字的石塊組成，這些石塊與她在迷失之海祭臺上看到的一模一樣。

「到妳了。」張朋轉頭對M說。

M的臉上沒有半分恐懼，只有一絲肅穆和淡淡的憂傷。她用早已被尖石劃得傷痕累累的右手握住刀鋒，緩緩發力，把刀向地面一寸寸深插進去。

她的血同樣順著刀刃往下流，地面就像是某種有機生命體受到觸動一樣劇烈顫抖起來，漣漪幻化成一重重寬闊的波浪，汪旺旺用盡全力才穩住重心。

菌絲如墨汁在清水中一樣散開，底下的石板越來越清晰，上面雕刻的文字閃著柔和的暗金色光芒，像是受到了召喚一樣蘇醒過來。

「這就是入口。」張朋臉上露出一抹狂喜，他跪在地上，伸出手摩挲著石板。「還差一點……還差一點就打開了。」

「還差什麼？」汪旺旺不自覺地問道。

「還差妳。」張朋抬起頭，目不轉睛地盯著她。「還差一滴最純潔的、與生俱來的古老血液——妳才是整個儀式裡最重要的一環，我的朋友。」

汪旺旺盯著漣漪的中心，那裡似乎有什麼東西在召喚著她，一種奇怪的情感在她心裡油然而生，像是一顆飄浮在混沌和黑暗宇宙中的種子，迫切地想要降落在屬於它的土壤上。

她身體裡的每個細胞在此刻都像有了意識一樣，它們想穿過石板，回到故土，而她的自我意識在逐漸褪去，變成白茫茫一片，腦海中只有一個詞浮現出來：

回家。

汪旺旺深吸一口氣，她的手不自覺地伸向露在外面的刀鋒，直到刀刃割傷手心，疼痛才讓她清醒過來。

「不！」汪旺旺大叫一聲，猛地抽出刀刃，轉而用刀尖逼向張朋胸口！

「你不會如願以償的！」汪旺旺聲音顫抖著。

時間在這一刻彷彿凝固了，三個人都跪坐在地上，無數菌絲纏繞在他們周圍。

結束吧，汪旺旺在心裡默念道，讓一切都結束吧。

「……為什麼妳還是這麼幼稚呢。」張朋定格在臉上的瘋狂逐漸消退。「妳忘了我的能力嗎？我不會死的。」

「我沒有忘記，我知道我殺不死你，」汪旺旺手腕忽然一轉，把刀鋒對準了自己的脖子。「但我能殺了我自己。只要我死了，你就永遠都去不了氣泡世界！」

張朋愣住了，過了幾秒，他大笑起來：「妳以為這樣能威脅我？」

「我不會讓你打開『門』的。」

「如果妳死了，我確實會很遺憾，但『門』還是會被打開的。」張朋露出一個抱歉的眼神。「據我所知，除了妳之外還有一個血統純正的人，而且她就在附近哦。」

汪旺旺渾身一顫。

「這個人妳也認識，也是你們的好朋友呢——本來我沒想到能抓住她，因為她背後的保護傘十分強大……但她竟然為了救你們孤身跑來這裡，妳說這算不算是自投羅網？」

「……沙耶加。」汪旺旺艱難地吐出這個名字。「你騙我，她不可能在這兒！」

「如果妳擔心我騙妳，為什麼不問問M呢？她不會騙妳，而且她知道一切。」張朋聳聳肩。

「不，不只……不只沙耶加……」M痛苦地閉上眼睛。「還有迪克……達爾文……他們都，都在鎮子上。」

「怎麼會……」汪旺旺頓時覺得天旋地轉。

「要麼妳乖乖聽話，要麼我就要拿妳的好朋友們開刀了。」張朋靠近汪旺旺，把她手裡的刀拿了下來。「核彈爆炸的時候，他們都會感染潘朵拉病毒。只要妳能好好配合我，或許我能把血分給他們，讓他們繼續苟延殘喘。」

「汪，旺旺……」M也搖了搖頭。「他，他說得沒錯，這是唯一的出路。」

「誰說她是智障的，」張朋滿意地看了M一眼。「她可比妳聰明多了。」

與此同時，一個清晰的聲音忽然在汪旺旺的腦袋裡響起。

是M，不知道什麼時候她悄悄地抓住了汪旺旺的手，用通感的方式把語言直接傳達到汪旺旺的腦海裡。

「不要怕，打開吧。雖然我們殺不死張朋，但是能把他永遠困在氣泡世界裡。」

張朋臉上浮現出得逞的笑意，汪旺旺吸了口氣，把手掌伸向漣漪中心，一滴紅色的血液順著指尖滴落。

從地上蔓延而上的菌絲貪婪地吸著汪旺旺的血，它們的身體從透明逐漸變成淡紅色，忽然四散開來，露出底下的石板。

頃刻間，大地劇烈震動，石頭轟然墜落。M重心不穩，一個踉蹌差點摔倒，幸好汪旺旺手疾眼快，一把拉住了她。

在她們腳邊，出現了一個至少有百公尺寬的大洞，巨大的階梯由一種從未見過的黑色岩石開鑿而成，每級階梯將近有半層樓高，向下延伸看不到盡頭。這石級絕對不是天然形成的，而是為了巨人開鑿的。臺階上面刻滿銘文，卻不屬於這個世界上的任何一種文字。

在洞穴之下，一個奇怪的聲音傳來。汪旺旺還沒來得及分辨這個聲音是空氣旋渦形成的回音，還是某種生物發出的呼喊，一滴眼淚就順著她的臉頰流了下來。

「我們要回家了。」她聽到自己身體裡的聲音說。

「這就是氣泡世界……」和汪旺旺不同，張朋眼裡流露出的更多是與普通人無異的敬畏和震撼，他急不可耐地率先向下爬去。「我們下去吧。」

三個人開始向下攀爬，她們踩著鑿刻銘文的凹痕，不知道爬了多久，汪旺旺終於可以看清腳下的景象了。

和想像中的一片漆黑不同，整個氣泡世界籠罩著一層淡淡的光芒，雖然暗得猶如星光一樣，卻泛著奇異的紅色，就像是太陽表面的熔岩。

在他們腳底佇立著一座巨型石碑，這座石碑下寬上尖，呈塔形，一眼看不到頂，周圍也沒有什麼能充當比例尺的東西，但她覺得這座石碑絕對比紐約帝國大廈還要高。石碑並不是由小石塊堆砌而成，而是渾然一體，整塊石碑呈暗紅色，質感像是某種砂岩，石頭上布滿了不知名的黑色巨藤和深深淺淺的詭異紋路，石碑的底部有一處凹陷下去了，像是一道閉合的拱門。

「這裡為什麼和駱川描述的氣泡世界不一樣……」汪旺旺自言自語道。

她記得駱川描述過他和舒月曾經去過的氣泡世界，那裡只有一片濃霧，霧裡還有很多只有舒月才能看見的怪物。

「這，這裡的時間，和地球表面不，不一樣。」M爬下一塊石級，輕聲說道。「我能感，感覺到，這裡時間流逝的軌跡，和，和四季的構造，都和我們生活的地，地方不同。我在這，這裡，看不到……」

「看不到未來嗎？」汪旺旺問道。

「不，不是，」M搖搖頭。「這裡不存在過去與未來，時，時間沒有意義。」

「這裡的霧氣怎麼這麼大？」就在這時，走在前面的張朋突然抱怨道。「我們應該帶提燈下來的。」

「你說什麼？」汪旺旺心裡暗暗吃驚。

「我說這裡霧氣很大，白茫茫的什麼都看不到。」張朋轉過頭，疑惑地看著她。「難道不是嗎？」

汪旺旺的心狂跳起來，張朋和駱川一樣，什麼都看不到！

她迅速和M對視了一眼，兩個人雖然什麼都沒說，但M的眼神告訴她，她看到的東西和汪旺旺是一樣的。

就在她們對視的時候，張朋立刻敏銳地感覺到了不對勁，他狐疑地問：「你們看到的東西是不是和我不一樣？」

「我……」汪旺旺一時間答不上來，她不善於撒謊，更不善於在毫無準備的情況下臨時編織一套謊言。

「石，石碑，」和汪旺旺不同，M抬手一指，說出她看到的景象。「紅色的光，巨大的城市，廢墟。」

「不可能！怎麼會這樣！」張朋猛然狂怒起來。「我也是被選中的人！我也流著一樣的血！為什麼我看不到！」

汪旺旺心裡也在想著同樣的問題，駱川看不到是情有可原的，因為他本來就是沒有血統的普通人。可是為什麼擁有雅典娜心臟的張朋，還是什麼都看不到呢？

她忽然有個大膽的猜測——M與自己和舒月都有一個共同點，她們的血統都是與生俱來的。雖然M的媽媽經歷過MK-57的基因改造，但是她屬於印第安霍皮族，原則上和自己與舒月一樣，都是傳承了無數世紀的古老血脈。

但張朋不同，他是通過心臟移植才意外獲得了雅典娜的血統，在那之前，他只是個智力有問題的普通人而已。

眼下唯一的解釋，就是被「神」認可的純正血統，並不包括後天獲得這一項。

張朋沒有的能力，或許能成為戰勝他的關鍵，汪旺旺心想。本來她沒有一絲勝算，畢竟從體力和無限再生的能力上來說，張朋早就站在了鏈條的頂端，可以說無堅不摧，但如果他變成瞎子的話，把他永遠困在這裡就十分可行了——正如M計畫的那樣。

「既然這樣，那就由我帶路吧。」想到這裡，汪旺旺說。

張朋還在困惑中無法抽身，他幾乎沒怎麼猶豫就點了點頭。

幾個人繼續向下爬，不知道過了多久，他們終於爬下了最後一層石級，來到了地面。地上覆蓋著厚厚的灰白細沙，乍一看十分柔軟，當汪旺旺蹲下來觀察時，卻發現這並不是沙灘上的那種沙粒，而是某種生物的骨骼。它們大部分已經化為齏粉，只有小部分顆粒仍保留了骨頭的形狀，當汪旺旺想把它們拾起來細看的時候，它們卻在空氣中被吹散成塵埃。

「怎麼樣，妳看到了什麼？」張朋在後面問。

「屍骸……」汪旺旺抬頭看向前方，喃喃自語。

汪旺旺向前看去，巨型石碑下堆滿了森森白骨。汪旺旺走到其中一具屍骨邊，赫然發現他的衣服上醒目的納粹徽章。

「什麼情況？」張朋問道。

「他們是納粹……」汪旺旺茫然抬頭望去，忽然覺得這個地方有幾分熟悉。

她想起迪克在賢者之石地下檔案室找到的資料，裡面夾著的黑白照片似乎就是這裡。

汪旺旺隨即又注意到那些屍骨的姿勢，他們大多數握著刀和槍，可惜這些武器早就腐朽了。她心想，或許納粹當年進入氣泡世界，就是在這裡遇到了拿菲力人。

她的猜想很快就被證實了，在這些人類屍骨後的不遠處，有一個黑色的巨大陰影，和汪旺旺在迷失之海的祭壇上見到的一模一樣。

那是一具蜷縮在石碑旁的拿菲力人屍體，乍一看就像是一個放大了幾十倍的人類。雖然拿菲力人的屍體只剩下森森白骨，但也能從頭部的幾個大窟窿分辨出他是受到大型炸彈攻擊而死的，想必他生前和當時進入氣泡世界的納粹發生過一場慘烈的戰爭，最終兩敗俱傷，如今的屍橫遍野就是當年留下的。

「走吧。」M拉了拉汪旺旺的衣角，把她從萬千思緒中拉了回來，輕輕搖搖頭。

是的，他們還有更重要的事要做。

兩個人跨過屍體繼續向石碑走去，張朋一直沒有說話，而是靜靜地跟在她們的身後，或許他還在思考為什麼自己不是「被選中」的人。

借助著暗紅色的光芒，汪旺旺終於看清石碑上刻著的繁複圖案。這些圖案由許多凸起的點和扭曲的線條組成，似乎是某種更高級的記錄方式，給人一種古老得無法想像的感覺。

儘管汪旺旺從來沒有見過這些文字，但她心裡生出許多強烈的感情——振奮、失落、盼望……某種古老的感知被喚醒，那是來自基因的記憶，來自血脈的傳承。

不知道被什麼力量牽引著，她不自覺地把手放在了門上。

奇怪的事情發生了，門上那些圓點和線條就像是活了過來，它們纏繞著彼此，重新排列成一幅幅快速閃過的畫面和銘文。

汪旺旺發誓她從來沒有學習過這種語言，但她似乎根本不用學，一瞬間就看懂了所有銘文的意思，這種語言就像是刻在她的基因裡一樣。

原來這是一塊紀念碑，上面記錄了上古神明在混沌時代的歷史和這顆星球的形成。

「妳看見什麼了？」張朋在後面問道。

「蓋亞，它們把自己稱為蓋亞……遠古神話裡的萬神之神……」汪旺旺盯著牆上的畫面，忽然就像是魔怔了一樣，不自覺地開始翻譯那些銘文和畫面。「它們從銀河的另一邊來，從時間盡頭的起點而來，它們早在這個混沌宇宙形成之初就存在了無數年，不屬於我們所瞭解的任何一種生命體，更像是一種生命集群，有點像……有點像……」汪旺旺一時間找不到合適的詞。

「蟻群……」M補充道。

「對。它們享有同一個大腦和集體思維，為同一種意識形態服務，用通感連接彼此的想法。就像在蟻群中只有蟻后有繁殖能力，其他的生命體類似工蟻、兵蟻，完全以蟻后的意識為自我意識，它們雖然看起來是個體，卻更像是蟻后的神經元。當然這只是一個粗淺的比喻，實際上它們的生命形式比這複雜更多，也高級得多，不是我們能完全理解的。」

「繼續。」張朋說。

「它們穿越了無數星系，直到發現了這顆行星。」汪旺旺吞了口口水。「它們把智慧的火種帶到了地球，並且用它們中的『蟻后』基因製造了地球上的第一批智慧生物。」

「拿菲力人。」

「是的，拿菲力人繼承的血統是最純正的。可是因為某種原因，它們認為拿菲力人不適合在地球繁衍生息，於是就有了第一次物種滅絕，為數不多的倖存者逃到了氣泡世界，生活在這裡。」

「可惜人類的入侵讓它們徹底絕種了。」張朋聳聳肩。

「第二代智人是用工蜂的基因和地球生物結合製造的，它們擁有頑強的生命力和發達的大腦，生命比拿菲力人短，卻能快速繁衍，更適合這顆星球。」

「聽起來還不是現在的人類。」

「不，他們比人類完美得多，是接近超人的存在。他們憑著自己發達的大腦和繁殖能力，很快創造了空前發達的史前文明，建造了亞特蘭蒂斯、瑪雅城邦和巴比倫城，可惜……」汪旺旺垂下眼睛。「可惜他們太過自負，竟然動了反抗蓋亞的念頭，而反抗眾神之神的結局，就是自取滅亡。」

汪旺旺的思緒飄回了很久之前，四十三從屋頂跌落之時，用通感傳到她腦海的那個畫面。

所多瑪城頃刻悉數盡毀，海灘上成千上萬的人在一秒鐘內被燃燒殆盡，直到現在，她才明白她看到的並不是人類，而是在人類之前的智人被毀滅的畫面。

那個和女兒們一起逃出來的智人，就是保留了純粹血脈的吉卜賽人、亞利安人……他擁有當初智人的基因，低調地用家族的方式延續著最初的血脈，而他的女兒們則和類人猿雜交繁衍出後來的人類。

地球的歷史有幾十億年，雖然對蓋亞來說只不過是一瞬間，卻足以讓人類的進化樹發生千變萬化，又豈是幾句話就能概括的？隨著石碑上線條的改變，汪旺旺只覺得這些歷史資訊化為滔天巨浪湧入自己的大腦，自己的身體根本無法承受，她頓時頭疼欲裂，像觸電一樣戰慄起來。

「不……」M猛地衝上去，拉開她還摸著石碑的手。汪旺旺這才渾身一軟，癱坐在地上。

「這……這不只是個石碑……」汪旺旺斷斷續續地說著。「這是……」

她話音未落，石碑上的線條四散開來，形成一個又一個圓環，一枚紋樣從圓環之間浮現出來。

時輪曼荼羅！

伴隨著隆隆的轟鳴聲，塵土從曼荼羅的中心飛揚出來，大地震動，石碑的中間出現一道巨大的裂縫，一扇大門出現在她們眼前。

大門後面是無數高聳著的巨大石牆，這不僅僅是一座上古混沌時就被建立的偉大城邦，更像是在宇宙中存在了千萬年的祕密。

「門是不是開了？」張朋雖然看不見，卻也在內心產生了莫名的共鳴。

汪旺旺過了好一會兒，才從眼前景象帶來的震撼中平復下來，她深深吸了口氣，點點頭：「開了。」

「那我們還等什麼？快點進去吧！」張朋催促著。

汪旺旺躊躇地看了看M，此刻她皺著眉頭，一動不動地站在一邊。

「有，有聲音。」M結結巴巴地說。

「什麼聲音……」汪旺旺話音未落，就聽到某種尖銳的電流聲劃破了寂靜。

「這是什麼聲音？」意料之外，連張朋都聽見了這個雜訊。

汪旺旺四下看去，極力尋找著聲音的源頭，目光落到了門口那堆腐朽的納粹屍骨中間。

「在那裡！」她朝著屍堆某處指了指，跑了過去。

搬開一具只剩下上半身的屍骨，汪旺旺發現被壓在下面的竟然是一部老式步談機。因為年代久遠，上面已經蒙了一層厚厚的灰塵，只有一個小紅燈泡在微弱地閃爍著。

步談機是一種小功率的無線電發信機，在三〇年代還很稀有，只有飛機、坦克這些高級軍用產品裡才會配備。步談機的缺點是接收信號的距離十分有限、體積也大，優點是內置的電池可以較長時間使用。可以看出當時的德國高層對這次考察十分重視，否則不會給他們配備這種高級的設備。

汪旺旺猶豫了一下，把步談機拾了起來。

「這是什麼？」張朋有些警惕地看著她。在他看來，步談機是汪旺旺從腳下的濃霧中拾起的。

汪旺旺沒有回答張朋，而是輕輕撥弄著步談機上的調頻開關，這種老式步談機功能遠遠沒有現代對講機這麼多，只有兩個公用頻段。她才撥弄了兩下，原本刺耳的電流聲就清晰起來。

一個微弱帶著哭腔的男聲從步談機另一頭傳來，說著一個他們都聽不懂的單詞。

「Hilfe...Hilfe...」

這裡不只他們三個！還有別人！汪旺旺的心撲通撲通地跳著。

可這個人是誰呢？汪旺旺正想著，步談機再次傳來聲音。

「Help...Help...」

這一次他們都聽懂了，步談機另一邊的人正在求救！

這個人的發音很不標準，還夾雜著濃濃的鼻音，絕不是一個以英語作為母語的人。

「你是誰？」汪旺旺與張朋和M交換了一下眼神，按下步談機的開關。

「救我！救我！」對方顯然沒有意料到竟然有人會回復他，簡直是欣喜若狂，緊接又嘰裡呱啦說了一大串他們聽不懂的語言。

「你是誰？你在哪兒？」汪旺旺只好繼續用英語問道。

對方的英語明顯很不好，他躊躇了一下，帶著奇怪的口音回答道：「我是二級下士馮・羅德菲爾德，黨衛軍探險隊聯絡員，我……我不知道我在哪兒，求求您救救我……」對方無法控制情緒，竟然哭了起來。

黨衛軍？汪旺旺皺了皺眉頭，下意識地看著滿地的納粹屍骸。

這些人早就成為一具白骨，少說也死了六、七十年了。如果步談機另一頭的人真的是黨衛軍的一員，姑且不說他在氣泡世界裡有沒有食物，或者有沒有因為獨自一人而發瘋，光是他的年紀起碼也有九十歲了吧？

「別掛斷……請繼續說話，不要把我一個人拋棄在這裡，救救我吧……」對方只是半分鐘沒有聽到汪旺旺的回音，就已經快要崩潰了。

「別管他，」張朋說。「他跟我們的目的無關。鎮子上的人妳都救不了，難道妳還妄想救被困在這裡的連身分都不知道的人？」

「你錯了，」汪旺旺抬起頭看著張朋。「我們現在對石碑後面的巨石陣一無所知，而步談機的通話範圍是十幾公里，如果這個人不是在巨石陣外面，而是在裡面呢？」

汪旺旺抬起手，指向石門：「那麼他提供的資訊就極有意義了。我們必須知道他發生了什麼，才能避免陷入同樣的困境。」

張朋看著汪旺旺，似乎在她眼裡尋找著有沒有謊言的成分，過了半晌才稍微點了點頭。

「下士，能向我們描述一下你的處境嗎？你為什麼會在這裡？」汪旺旺按下步談機說道。

「我們來了很多人，大家收到的指令是進入香巴拉，」馮咳嗽了一聲。「我們最初以為要尋找的只是一座史前遺跡、一座古城，可是……我們遇到了不明生物，太可怕了，你們無法想像那種巨人竟然是真實存在的……它們幾乎無堅不摧，我的戰友一個接一個地倒下……很多人都死了，只剩下幾個人……然後奇怪的事發生了……」

「什麼奇怪的事？」

「我看到一扇石門——我不知道說石門是否確切，」馮似乎在努力搜索著他有限的英文詞彙。「總之，我看到一座大石碑，當我碰到它的時候，它竟然打開了……那些怪物對石碑似乎很忌憚，不敢進來，於是緊急中我叫上剩下的人往裡面撤退，可是……可是……」

「可是你的戰友說，看不見石門，只看見一團濃霧，是嗎？」張朋不緊不慢地接過話。

這個自稱黨衛軍的下士，無疑也是擁有純正血統的人，只是他自己還不知道。如果他的家族是德國的一些古老貴族，也不是不可能，因為德國最初的皇室血統就是來自亞利安人。可是從軍銜來看，這個不幸的落難公子哥兒家裡一定是遭遇了什麼變故，不然不可能只混到一個下士的軍銜。

對方歎了一口氣，汪旺旺能感覺到他的疑惑：「或許是我神經錯亂了，或許是他們瘋了，他們都不肯跟我進來。我只好一人躲進石門裡……我一直走，一直走，可是當我想回頭時，卻發現來時的路沒有了……」

「所以你在巨石陣裡？」汪旺旺問。

「我聽不太懂，如果妳說周圍都是石頭的話，是的。」對方回答道。

「你在裡面待了多少年？」

「什麼意思？」馮在步談機那頭明顯頓了頓，在揣摩著汪旺旺的話。「我不明白。」

「我是說，你在裡面出不來，所以就這麼活了幾十年，對不對？」汪旺旺清清嗓子，又換了一種更容易理解的表達方式。

「我還是不太明白，」過了幾秒，馮回答道。「我沒有表，但我進來這裡絕不超過兩小時，我胃裡的午餐還沒有完全消化。」

汪旺旺再次狐疑地看了看那堆蓋世太保的屍體，她在內心思考著有沒有可能是因為彼此語言的差異導致溝通不暢，對方無法很好地表達自己的意思。

「看來，我們是在跟一具本該風乾了幾十年的屍體對話。」張朋冷笑一聲。

「救救我，求求你們救救我……」步談機裡再次傳來馮絕望的呼救聲。

汪旺旺正準備再問一些更詳細的問題時，步談機上的紅燈閃了幾下，變得暗淡起來。

「快，快沒電了。」M輕聲說。

「好吧，馮，之前發生了什麼我們暫且不談，你能說明現在所處的位置嗎？」汪旺旺歎了口氣，問道。

「我……」馮明顯頓了頓，像是在極力回想著。「我當時跑進門之後，就直接向右轉了，中間沒有轉彎，直線跑了大約四、五分鐘……我已經精疲力竭，然後……當我回頭望去，路消失了。」

「你所處的地方有什麼明顯的標誌或特徵嗎？」汪旺旺又問道。

「唔——」步談機另一端傳來了一陣沙沙的摩挲聲，馮似乎爬了起來，盡力觀察看周圍。

「這裡有很多石牆……有些相連，有些不相連，」馮儘量用他所掌握的極其匱乏的英語單詞描述著。「不相連的石牆中間有通道一樣的空隙，裡面很黑……我不知道這麼描述恰不恰當，但我所處的這面石牆上雕滿了旋渦圖案，旋渦有大有小，大的有幾公尺寬，小的只有巴掌大。」

「好，」汪旺旺貼近步談機。「我們現在來找你，但是步談機快沒電了，在找到你之前，我要把它關掉，好嗎？」

「……好。」馮猶豫了一下，說道。

「我們進去吧。」汪旺旺關掉步談機，轉頭對M和張朋說道。

三個人終於邁進了石門，呈現在他們面前的是無數面密密麻麻的石牆，上面長著樹藤類的植物。牆的材質和入口的石門相同，每面牆都至少有十層樓高、二十公尺厚，有的彼此相連，有的在中間留有或寬或窄的空隙——和馮描述的一樣，縫隙內部深不見底，只能借助暗淡的紅色光線看到模糊的輪廓，再往裡就只剩白茫茫一片了。

汪旺旺的左右兩邊都是狹長的走廊，她深吸一口氣，按照馮的描述朝右邊走去。

如果這裡曾經是座城市的話，這些龐然大物一定不是被人類修建的，汪旺旺邊走邊想，這裡的每面牆上都雕刻著完全不同的詭異圖案，有的是一些大小不一的方塊，有的是類似心電圖的斜線，還有的像蜘蛛網一樣。儘管看上去應該是某種文字，但她從來沒在任何一種人類文明的遺址中見到過類似的。

「你們發現了嗎？」張朋想的也跟汪旺旺一樣。「這些應該是某種文字，但不是地球上的。」

「是蓋亞創造的文字嗎？」汪旺旺問。

「不，萬神之神早就已經拋棄文字了，他們進化出更高級的交流方式。」張朋回答道。「我懷疑，這些都是它們在穿越銀河幾億光年的過程中發現的文字。」

M點了點頭，表示贊同：「不同的星球文明，不同的文，文字，但，但記載同樣的內容。」

「同樣的內容？」汪旺旺的視線掃過一面石牆。「什麼內容？」

M搖搖腦袋，表示自己也不知道。

按照馮的說法，他向前跑了幾分鐘，後面的路就突然沒有了，可是三個人沿著同樣的路走了十幾分鐘，依然暢通無阻，沒有被任何東西攔截。

就在汪旺旺心裡疑惑的時候，張朋突然指了指前方：「這是不是他說的那面牆？」

汪旺旺順著張朋手指的方向看過去，那扇石牆上果然布滿了大大小小的旋渦花紋，和馮描述的一模一樣。

可是周圍什麼都沒有。

「馮？」汪旺旺叫了一聲。

回答她的只有空曠的回音。

汪旺旺打開步談機，一陣刺耳的電流聲之後，她說道：「馮，你在嗎？」

幾秒之後，馮急切的聲音響了起來：「是的，我還在原地。一直在等你們。」

「可是……」汪旺旺又抬頭四周看了看。「我們沒見到你啊。」

「你們進來了？這不可能……」馮的呼吸急促起來。「我一直在這裡，我向上帝發誓沒有離開過一秒鐘，幾乎連眼睛也沒眨過！我後面的路已經被封死了，只有左邊的路還通。」

「我們確實是在你所描述的旋渦花紋的石牆下。」汪旺旺答道。「難道這種石牆還有好幾面？我們走錯路了？」

對方一時間安靜下來。

「該死！該死！」步談機對面的馮終於崩潰了，他一邊咒罵著，一邊用力敲打著什麼。「狗娘養的！我他媽的死定了，我要死在這兒了，嗚嗚……」

「你不要這樣，或許還有別的辦法……」汪旺旺試著讓馮鎮定下來，儘管她自己也知道這不太可能——任何一個正常人忽然被困在這種鬼地方，看見顛覆自己過去認知的事物，十有八九會發瘋。

「等等，」張朋突然向那面牆走過去。「看這裡。」

汪旺旺和M看過去——在牆下方的其中一個旋渦圖案中間，忽然出現了一道明顯的裂紋——在上一秒還是沒有的。

「馮，你剛剛做了什麼？」汪旺旺突然反應過來，急忙朝步談機喊道。

「我……」馮愣了一下。「我什麼都沒幹，我不明白妳的意思……」

「我是說，你剛剛砸牆了嗎？」汪旺旺又解釋了一遍。「比如說用槍托什麼的，砸牆撒氣？」

「我只是用頭盔敲了兩下，」馮的聲音聽起來迷惑不解。「怎麼了？」

「我明白了！」汪旺旺緊盯著石牆上的裂縫大叫著。「我想我們找到你了！我們就在你身邊！」

汪旺旺話音未落，距離牆面最近的張朋忽然大叫一聲，只見在他的手邊出現了一個冒著火光並迅速擴大的黑洞，張朋的一隻手臂很快就被攪了進去。

儘管此時的黑洞只有手掌大小，但產生的吸力猶如十幾級颶風，汪旺旺和M差點就被一同卷了進去，幸好她倆眼疾手快，分別抓住了另一面牆上的樹藤。

「這是怎麼回事！」汪旺旺在風裡大叫著，一隻手儘量去抓住步談機。

黑洞以肉眼可見的速度越擴越大，最近的那面刻滿旋渦圖案的牆漸漸開始坍塌，掉下的碎石被悉數捲入黑洞中。

眼看局面即將失控，張朋忽然反手一扭，竟然把那隻被吸進去的胳膊齊肩扭斷！胳膊被迅速捲入黑洞之中，張朋向前一滾，遠離了旋渦牆，不過一瞬間，黑洞就消失了。

一切又平靜下來，除了濺在牆上的大片血跡，龐大的巨石森林中像是什麼都沒發生過一樣。

張朋失去了一隻手臂，但他似乎並沒有什麼太大的反應，只是在地上坐了一會兒，就站起身來走到汪旺旺身邊。

與此同時，他手臂斷裂的介面處蔓延出很多鮮紅色的棉絮狀組織，很快就形成了一隻手臂的雛形。

這是汪旺旺第一次見到如此迅速的再生過程，儘管她早就知道張朋有雅典娜的能力，但仍然驚愕得睜大了眼睛。

「我想妳已經知道原因了。」張朋對她說。「那個黑洞是怎麼來的。」

「這裡存在著至少兩個時間維度，」汪旺旺吸了口氣，眼睛落在石牆上。「怪不得M說這裡存在著過去、現在和未來，時間在這裡是交織到一起的。」

目前一切的證據顯示，馮處於三、四〇年代，而他們三人則來自二十一世紀初。兩批人分別存在於不同的時間維度，卻能通過步談機相互溝通。

儘管如此，他們卻不能看到彼此、感知彼此，更萬萬不能交疊在同一個點上，剛才的黑洞就是他們產生交集的後果。

如果把汪旺旺三人所處的時間維度和馮所處的時間維度分別比喻成兩輛在高速公路上行駛的汽車，那麼兩個時間維度的重疊就好比一場車禍，兩輛汽車相撞產生的爆炸就是黑洞。

黑洞將吞噬一切，雙方都會車毀人亡。

「我早就說過不要管他。」張朋看了一眼汪旺旺。「把他扔在這兒自生自滅，我們立刻離……」

張朋的話還沒說完，汪旺旺忽然看他們的後方，發現來時的路竟然消失了。

「怎麼會這樣……」汪旺旺轉過頭，他們剛才走過的走廊此時竟消失得無影無蹤，取而代之的是一面厚重的石牆。她們甚至沒有聽到機關轉動或鎖鏈絞合的聲音，石牆就像是從天而降，毫無徵兆地出現在他們身後。

「這個地方沒有回頭路，」張朋的臉上流露出的並非驚恐，而是掩蓋不住的興奮。「看來蓋亞很歡迎我們。」

「不能後退，也不能往前走，」汪旺旺看著前方。「看來它對待客人的方式不太友善。」

「這，這裡。」就在這時，一直站在角落的M向其中一面牆指了指。「可以進，進去。」

原來剛才那面坍塌的牆在底部露出來一個豁口，只要爬過去，就能繼續往裡面走。

一陣電流聲又從步談機裡傳出來，是馮的聲音。

「你們……還在嗎？」這時候他平靜了一點，哽咽著說道。「你們還會救我的吧？不會拋棄我吧？」

汪旺旺剛想回答他，張朋就搶先一步關掉步談機，冷冷地說道：「不要再理會他。」

「可是我……」

「我說——不要再理會他。」張朋突出的眼球裡忽然凶光一閃，身體前傾著漸漸逼向汪旺旺，他臉上的皮膚還沒長好，顯得表情更加猙獰恐怖。

汪旺旺握緊拳頭，嘴唇緊閉，就這樣和他對視著，兩個人僵持了幾秒。

「快走，」張朋催促著。「如果妳還想回去救妳的小夥伴，就不要浪費時間。」

汪旺旺咬咬牙，轉身朝石牆走去，她把身上的紅色長袍撕掉了一大塊，順著坍塌下來的石礫開始往上爬。爬到石牆頂端時，雖然視野仍舊十分有限，但她終於能看到這座遺址的一部分了。

石牆並不是只有一圈，而是從外到內層層排列，一層比一層更高，地形錯綜複雜。汪旺旺仰起脖子，也只能勉強看到三層石牆之外的景觀，內部被更高的石牆和霧氣包裹著，隱約透出暗紅色的光芒。

她忽然覺得，這個地方有點莫名的熟悉，卻一下子想不起來在哪兒見到過。汪旺旺轉過頭，看見張朋和M仍站在石礫之下。

「怎麼樣？」張朋朝她喊道。

汪旺旺看著張朋，忽然腦子裡躍出一個危險的想法。

如果張朋在爬上來的過程中摔下去會怎麼樣呢？

當然，憑這點高度他不可能摔死，如果他掉下去的位置能再遠一點呢？如果他剛好掉到剛才兩個時空的交會點又會怎樣？

黑洞會再次打開，他未必會像上次那麼好運，被吸進去的就不只一條手臂了。

只要他爬上來——汪旺旺心想，當他爬到一定高度的時候，趁他不備狠狠踹上一腳，成功的話他就能掉到時空交會點。

「我問妳上面怎麼樣？」張朋看汪旺旺沒有答話，再次開口。「後面有沒有路？」

「……有路。」汪旺旺吞了吞口水，心裡盤算著她的計畫。

張朋脫下斗篷，露出他還沒完全長好的臉和腦袋，只見稀疏的頭髮緊緊貼在頭皮上，紫色的血管還在一伸一縮運動著。

「等，等會兒。」汪旺旺失聲叫道。

「怎麼了？」

「先讓M上來。」

汪旺旺說完這句話就後悔了，她太性急，差點把心裡那點打算都寫在臉上了。

「讓M先爬，」汪旺旺只好又重複了一遍，並表現出冷淡和不經意的樣子。「她體能比你差。」

不該解釋的，汪旺旺在心裡罵了自己一句，只會越描越黑。

「要是妳不提，我都快忘了我們還有這麼一個夥伴了，」張朋轉頭看向站在一邊的M，伸出手拍了拍M身上的土。「有著無與倫比的大腦和孱弱到不堪一擊的身體……我曾經十分珍惜她，把她當成命運送給我的吉祥物，可現在我不得不說，她已經完成了使命，對我而言，她再也沒用了。」

汪旺旺的心裡咯　一下：「你要幹什麼？」

張朋拉起M的手，一步步把她往旋渦牆的裂縫處拖，儘管M拚命掙扎，但她的力量和張朋根本就不是一個等量級的，眼看就要被張朋拉到剛才爆炸的時空交會點。

「妳知道我不會傷害妳的，」張朋抬起頭看向坍方高處的汪旺旺。「但她——或許和那個倒楣的德國士兵一起留在這兒也不失為一個好主意。」

「不！」汪旺旺大叫著，差點從石牆頂端掉下來。「離她遠點！」

「妳好像沒有跟我提條件的資格了。」

「你要是敢動M一根毫毛，我發誓你永遠走不出去！我發誓！」汪旺旺聲嘶力竭。「這裡根本不只是史前遺跡這麼簡單！這裡是一個巨大的迷宮，除了我以外，沒有任何一個人知道怎麼走才能出去——你要是敢傷害她，我發誓我絕對不會讓你找到出口！哪怕是跟你一起死在這裡！」

是的，汪旺旺終於想起來了，她終於記起為什麼這裡這麼眼熟了。

這些石牆森林，正是她小時候玩了很多年的紙盒模型放大版——舒月給她做的七路迷宮！

汪旺旺的思緒一瞬間飄回多年前的那個午後，舒月神神祕祕地從書房裡捧出一個粗糙的紙盒。紙盒被裁成不同大小的圓環形，一個套一個，總共有七層，中間岔路叢生，錯綜複雜。

「這是什麼鬼？」汪旺旺放下手裡媽媽給她買的毛絨玩具，看著紙盒翻了翻白眼。

「這是一個遊戲。」舒月微微抿嘴一笑，從口袋裡掏出了七個顏色不同的彩球。

「看起來好弱智，我才不要玩。」汪旺旺撇了撇嘴。

「很多東西都不能只看表面，」舒月輕聲哄著汪旺旺。「妳的任務就是要把這些球按照順序一個接一個地推進迷宮中間的洞裡。」

「……我試試吧。」

「這裡，」舒月指著迷宮中心那個黑色的洞口。「這裡就是出口。」

第十九章　第三批人

「迷宮嗎？」張朋歪了歪頭，似乎正在審視汪旺旺是不是撒謊。

「對，迷宮，」汪旺旺垂下頭，M還在張朋手上，她只能說實話。「迷宮的整體格局對我們來說都太龐大了，這裡的牆最矮也有幾百公尺高，所以我們一開始都沒發現它像樹木的年輪一樣是環形的。」

「妳怎麼會知道路？」張朋又問。

汪旺旺沒有回答，她試圖在腦海裡重新拼湊出當時那個紙板模型的全貌，幸好這個遊戲她前前後後總共玩了快十年，從小學二年級到初中畢業之前從未間斷，迷宮的圖案早就烙在她腦子裡。

七路迷宮，七路迷宮。

「你見過別人打檯球吧？玩家不能直接打彩色球，只能通過白球去推動其他顏色的球進洞——我們這個遊戲也一樣，彩色球只能由透明球推進洞，但是彩球彼此之間不能觸碰，否則遊戲結束。」

這是舒月在教她玩遊戲時一直反覆強調的話。

「為什麼會有這麼奇怪的規則？」當時，汪旺旺百思不得其解。「這不科學。」

「這是宇宙的法則。」舒月笑了起來。

汪旺旺看著手裡有些粗糙的紙盤模型，當時她根本不理解宇宙的法則是什麼。如今身處放大了幾億倍的迷宮之中，汪旺旺忽然理解了舒月的話——最重要的宇宙法則之一，就是兩個不同時空的人不能接近或交疊，否則就會被吸入黑洞之中。

在迷宮裡不同時間軸的人，就是當年在紙盤模型上不同顏色的球。

舒月設計這個迷宮的初衷是什麼？僅僅是因為來過氣泡世界，還是她早在十年前就預計到有這麼一天？

「出口在哪裡？」張朋的聲音打斷了汪旺旺的回憶。

汪旺旺伸手指向紅色霧氣中的一個方向：「無論是出口也好，還是你要找的東西也好，都在那兒。」

「我早就說過，妳生來就是為了完成這項使命的，」張朋露出一排白森森的牙齒。「明明能成為更高等的生物，妳偏偏要死要活地想成為一個普通人類。」

汪旺旺已經懶得反駁他了，她抿著嘴唇。「但你要答應我……」

「不傷害妳的寶貝兒，」張朋接過話。「我當然不會傷害M，只要妳別繼續打什麼鬼主意——比如說想甩掉我之類的。」

說完他做了個「請」的手勢，示意M可以爬上石堆了，但他同時用了一個卑鄙的手段，張朋把自己和M綁在一起，讓M背著他一起爬。

「你知道的，我根本看不到路，M就相當於我的眼睛，我怎麼會自己戳瞎自己呢？」

他早就看穿了汪旺旺的計畫，要是她在石堆高處把他踹下去，M也會跟著一起摔下來。

一行人好不容易翻過了石堆，稍微休整了一下就繼續往前走。汪旺旺很快就憑藉周圍幾面牆推算出自己現在所處的位置。他們只有三個人，走出這裡並不難，汪旺旺在心裡計畫著接下來的路線，她指著左手邊的一處石牆間的空隙說道：「往這邊走。」

幾個人在汪旺旺的帶領下拐過幾個轉角，貼著一面石牆走了一會兒，看見左手邊出現了一道長長的走廊。

「只要沿著這道走廊一直走，就能走到迷宮的中心了。」汪旺旺微微喘著氣說。「這是最近的路線。」

「那我們還等什麼？」張朋拉著M就往走廊深處走去。

「等等，」汪旺旺跟在後面，突然覺得一陣不對勁。「我覺得……」

太晚了，她的話還沒說完，走廊正中忽然多出一面石牆——

這一次汪旺旺算是明白這些石牆是從哪兒來的了，它們之所以在出現的時候沒有聲音，是因為它們根本不是由什麼機關絞索控制，而是憑空從一團黑霧裡落到這兒來的，雖然牆壁看起來有千斤重，但落在地上卻悄無聲息。汪旺旺看不見那團漆黑裡有什麼，更不知道它通向何方。也許這個迷宮對更高級的生物來說不過是一座玩具積木的城堡，他們三個則是困在中間的螞蟻而已。

「怎麼回事!?」張朋雖然看不到，但他敏銳地感覺到身邊的M突然向後退去。

「路，路沒有了。」M看著前方回答道。

「什麼叫路沒有了？」張朋氣急敗壞起來，他惡狠狠地看著汪旺旺。「我告訴過妳不要耍滑頭……」

「我沒有耍滑頭！」汪旺旺辯解道。「你見過獵人跟獵物一起掉進陷阱裡的嗎？我要是有心給你設計圈套，就不會跟你一塊兒進來了！」

「那為什麼路沒有了？」

汪旺旺再次回憶起小時候玩的紙盤模型，其實遊戲的難度不在於迷宮的複雜程度，而在於球的數量。

一個球想要通關很容易，但是當球的數量增加時，遊戲的難度也會遞增。每個球不但不能相碰，也不能後退，這就造成了彼此之間互相制衡的關係，任何一個球在移動的同時都要想好如何給其他球留出後路。如果其中一個球亂走了，就會把後面的路堵死，那麼其他的球也出不去。

「我說了，我們剛剛不應該把馮拋下的，」汪旺旺轉頭對張朋說。「我們必須把所有人想成一個整體才能走出去，如果留下他一個人到處亂走的話，他很可能會觸發別的機關，影響我們的路徑。」

「那現在怎麼辦？」

「步談機快沒電了，只能試試看還能不能聯繫到他。」說著，汪旺旺打開了步談機的開關，一陣刺耳的雜訊之後，她按下發送鍵，朝話筒裡喊道。「馮，你還在嗎？」

「……是妳！是妳！我還以為你們已經拋棄我了。」步談機很快傳來了馮的聲音，由於距離的關係，聲音比之前更模糊了一些，但並不能掩蓋馮的激動。

「你現在在哪裡？」

「我還在原地，妳說過讓我等妳的。」

汪旺旺心裡一驚，和張朋面面相覷——如果馮根本沒動過，那是誰觸發了機關？

就在這時，另一個聲音信號切了進來。

「有人嗎？」一個女人，帶著粗重的喘息聲。「聽到請回答！我這裡有人受傷了，急需搶救！」

汪旺旺腳一軟，跌坐在地上。

這個聲音實在是太熟悉了，她聽了整整十年。

舒月，是舒月！

「舒……舒月……」汪旺旺失聲叫道。

「對不起，信號太差了，妳說什麼我聽不清，」步談機裡又飄過一陣嘈雜的電流聲。「我們的科考隊遭遇不明生物的襲擊，許多人都遇難了……我們急需救援！」

科考隊這個詞，一下把汪旺旺拉回了現實。

她記得駱川曾經跟她說過，舒月在七、八〇年代跟他一起在科考隊進行考察，在科羅拉多峽谷裡找到了氣泡世界的入口。如果這是舒月唯一一次進入氣泡世界，那麼舒月現在所處的時間維度是一九七〇年左右。那個時候，舒月還是研究所的學生，她根本不認識汪旺旺。

「還有人嗎？」舒月焦急的聲音又從步談機裡傳來。「我身邊還有一位夥伴……傷得很重，需要輸血，你們有醫生嗎？」

她的聲音絕望又脆弱，汪旺旺這麼多年來從沒聽過舒月用這種語氣講話。在汪旺旺的印象中，她的舒月阿姨永遠都是一張略帶嘲諷、冷若冰霜的臉，無論遇到天大的事情都喜怒不形於色，沒想到在她年輕的時候竟然也會六神無主的時候。

她的同伴……應該就是駱川了。

汪旺旺看著步談機上逐漸暗淡的紅色能源燈，思索著她還有沒有時間告訴舒月，不久她會在中國遇到一個小女孩，因為不得已的原因撫養她，如今那個孩子長大了，在未來的時間維度和她重逢。

對舒月而言，汪旺旺如今只不過是步談機裡突然出現的陌生人，即使她說了，舒月會相信嗎？

「我同伴的性命危在旦夕，」舒月繼續說。「無論如何我必須帶他離開這裡，你們知道怎麼出去嗎？」

「我知道。」汪旺旺吞了一口口水，在這一瞬間，她做了個決定——為了舒月，也為了大家都能走出去，她暫時什麼都不說。

「妳知道？」舒月的聲音聽起來除了驚喜，更多的是疑惑。「那妳能告訴我這裡是個什麼地方嗎？」

「這裡是一個迷宮，」汪旺旺吸了一口氣。「不只是物理上的，更是時間上的迷宮。」

「那我們要怎麼出去？」

「出口在迷宮的中心。」

話一出口，恍如隔世，這原是舒月告訴汪旺旺的，沒想到此時此刻，竟是由未來的自己轉述給過去的舒月。

「我們是科考隊的成員，但現在其他人都死了，只剩下我和……」舒月頓了頓。「他傷得很重，如果現在不搶救的話，很可能……」

她沒有再說下去，汪旺旺聽到她的哽咽。這是汪旺旺第二次聽見舒月哭，第一次，是她講述和自己父親的兒時回憶。

「我知道。」汪旺旺本能地回答。「別害怕，他不會有事的，我們一定都能活著出去。」

「妳知道？」舒月愣了一下。

「呃，我的意思是妳剛剛已經說過他的情況了，」汪旺旺清了清嗓子，這時候無論跟舒月解釋什麼，都會把情況複雜化。「現在我需要你們答應我幾件事——馮，你在嗎？」

步談機裡傳來馮的聲音：「我在。」

「這個迷宮有它的規則，儘管違背我們已知的一切物理常識和空間定律，但規則就是規則——想要走出去，我們必須彼此配合，如果有一個人走錯了，很有可能會把其他人的路也堵死，你們明白我的意思了嗎？」

「……我有點不太理解。」半晌，馮困惑地說，他的英語最差，而且時間維度也最早，姑且不考慮受教育程度，他對世界的認知還停留在「二戰」時期，哪怕讓他去想像一部《奪寶奇兵》，對他而言也太過困難。

「這麼跟你說吧，馮，」儘管步談機的電量沒多少了，但汪旺旺還是耐著性子解釋道。「你會跳舞嗎？德國現在流行什麼舞？」

「波爾卡，」馮被汪旺旺問得不知所措。「上流紳士和小姐們愛跳華爾滋，但我們會圍著篝火跳波爾卡。」

「隨便吧，無論是波爾卡還是華爾滋，舞步很重要，對嗎？如果一方不配合，邁錯了腳，就會踩到他的舞伴。」

「是的。」

「現在就好比在跳舞，我們誰都不能邁錯步子，否則另一方就會有危險，必須互相合作，你進我退，我進你退，這樣才能跳到舞蹈結束，明白了嗎？」

「明白了。」

「所以現在你們都要聽我的指揮，一步也不能錯，我們只能彼此配合才能都活下來。」

「好。」舒月和馮異口同聲地說。

汪旺旺又看了一眼張朋，儘管她在幾小時之前恨不得把眼前這個人千刀萬剮，但是這時候不得不選擇和他合作。

張朋聳聳肩，罕見地沒有表現異議。

汪旺旺對著步談機問道：「我該怎麼稱呼妳？」

我當然知道該怎麼稱呼妳，她心裡想。

「……舒月。」停頓了一會兒，步談機那邊傳來了聲音。

「好，舒月，現在我需要知道妳在什麼位置，」汪旺旺說。「能給我描述一下妳周圍的環境嗎？」

「我進來之後就一直往右走，因為我還背著我的同伴，所以走得不是很快……」舒月回憶道。「沒走多久，我就看見一個轉角，走過一道非常窄的走廊，中間沒見過岔路。」

「然後呢？」單憑這點資訊，汪旺旺還是很難做出判斷。

「然後我一直往前走，中間又拐了幾次……但我有些記不清了，」舒月頓了頓。「直到剛才，我面前出現了一個奇怪的岔口，五面牆、五條路，每條路裡面都有走廊。」

五面牆、五條岔路——汪旺旺回憶著迷宮模型裡的每個細節，忽然想起來確實有一條五口岔路，位置靠近迷宮內部。

「我知道妳在哪裡了！」汪旺旺對步談機說。

「我還背著一個人，有些走不動了。」

「堅持住，妳距離出口已經很近了，現在聽我的指揮。」汪旺旺說。「妳從左數過來第二條路，一直往前走，第二個岔口往右轉，走大約一百公尺後停下，然後就該憑了——你在嗎？」

「在。」步談機傳來馮的聲音。

「你能站起來嗎？」

「能。」

「拋掉你身上一切可以扔下的東西，你在這裡已經用不上槍了，相信我。」

「……好。」

「然後你一直沿著剛才的走廊往前走，不久應該會看到一個三岔路口，左轉，第二個岔口再右轉。」

「然後呢？」

「然後告訴我，我這邊再開始移動，」汪旺旺又想了一下。「鑒於我們的步談機快沒電了，所以收到指令之後我們先把它關掉，當你們走到目的位置後再開啟，明白了嗎？」

「好的，女士。」步談機裡只傳來馮的聲音，舒月卻沒有回音。

「舒月，妳在嗎？」

「……我看到了一些東西。」過了好一會兒，舒月的聲音才傳過來。

「什麼東西？」

「你們注意到石牆上的雕刻沒有？」

汪旺旺四下看了一眼，這問題M早就在之前和她討論過。

「是的，我們認為這上面刻著的應該是某種未知文明的語言，雖然每一面石牆上的文字都不一樣，但我們猜測這上面刻著的意思應該都是相同的。」

「這我倒是沒想過，不過我現在面前有一面石牆，上面雕刻的是藏文。」舒月的聲音有些顫抖。

「藏文，」汪旺旺問道。「妳確定嗎？」

「是的，古藏文，介於梵文和古代象形文字之間。」
「妳能看得懂嗎？」
「本來我的同伴是能看懂的，可是他現在已經昏迷了……」舒月吸了一口氣。「我只能看懂現代藏文，但我可以試著解讀一下。」
「……好。」汪旺旺猶豫了一下說道。
「一切眾生本寂靜，迷心不停時輪轉，一時頓悟無聲法，世現萬象轉時輪……」舒月結結巴巴的聲音從步談機對面傳過來。「這應該是《時輪經》的內容，主要講的就是時間和空間都和生命一樣，本是一個輪回。」
汪旺旺回想起駱川也和自己說過同樣的話，當大徹大悟的一刻來臨時，過去就是現在，現在就是未來。
萬物輪回，一切皆空。
「接著說。」張朋突然在旁邊說道，他的臉上罕見地也流露出一絲好奇。
「吾屬之地，汝等不可及……故建此城以釋蒼穹之萬象……」舒月翻譯得很慢。「就是說迷宮最初的主人來自一個我們平凡人類無法到達的地方，他們的智慧和文明都遠遠超過我們，在他們的觀念裡，時間和空間都只是很單一的概念。他們訪問過無數個適合孕育生命的星球，地球則是其中之一，他們在每個星球都留下了智慧的種子。同時，他們還建立了這個迷宮，迷宮代表了他們所處世界的微觀模型。他們希望用這個迷宮幫助我們瞭解他們的宇宙觀。」
「所以我們的推論是對的，」汪旺旺轉頭對M說。「這些石牆上的文字是為了不同星球的文明而刻，氣泡世界不只存在於地球，它存在於被萬神之神訪問過的每個星球！」

「……汝以己之力，以其身尋而至此，以示與吾意犀相通，若示以永世臣服，神恩以賜……賜……」

「賜什麼？怎麼不說了？」張朋問道。「這句話是什麼意思？」

「迷宮的主人認為，能夠找到這裡並且走出迷宮的人，已經擁有了可以和他溝通的才能，作為獎勵，會在出口實現他的一個願望，只要他表示永生永世的敬畏和臣服。但……」

「但是什麼？」

「但是……我也不知道，後面還有一些銘文我看不懂了，」舒月頓了頓。「我有一種預感，不要許願為好。」

汪旺旺冷冷看著張朋，他眼裡迸發出來的瘋狂，讓她知道此刻再說什麼都是徒勞的。

如果真的能實現一個願望，汪旺旺心想，她希望張朋從沒存在過，也沒有氣泡世界，沒有潘朵拉病毒，沒有軍方的實驗，沒有四十三……她希望爸爸還活著，媽媽醒過來，相比一切結束，她更希望什麼都沒發生過。

可是，這真的可能嗎？

汪旺旺回想起小時候舒月給她講的童話故事，能夠實現願望的人，大多數不是身披七彩羽紗的善良仙女，而是森林裡熬著湯藥的邪惡女巫。

「我們……接著走吧。」她按下步談機的發送鍵。電量已經快用完了，必須在步談機關閉之前，把所有人帶到出口，否則沒有一個人能活著離開。

汪旺旺整理了一下思緒，指導著舒月繼續穿過南面一道長長的走廊。

「一直走到盡頭，然後站在原地，等憑從另一側通過之後，你就離出口不遠了。」舒月現在所處的位置，已經十分接近迷宮的中心。

「我擔心我的夥伴已經堅持不住了。」舒月的聲音帶著明顯的哭腔。

汪旺旺在心裡說道：我向妳發誓，我一定要讓妳走出這裡，無論是妳，還是駱川。

隨著步談機的燈光越來越微弱，汪旺旺的指令也快了起來。

「馮，你穿過分叉路口，朝左手邊的走廊走，在第一個路口轉彎，然後朝盡頭跑——拼盡全力。」她急促地說道。「沒有時間了。」

「收到。」馮的聲音也十分緊張，他是職業軍人，也是幾個人中體力最好的，都是依靠他的行動速度才節省了時間。

汪旺旺這邊也跟著移動起來，她帶著張朋和M在昏暗的迷宮中穿梭，張朋無論到哪兒都和M寸步不離。

他很聰明，知道自己一旦落單，汪旺旺就很有可能會利用迷宮的機關把他永遠關在這兒。

抓住了M，就相當於抓住了她的軟肋。

幾個人在走到一個巨大十字路口的時候，他們的頭頂上籠罩著淡紅色的雲，雲中隱約有閃電在閃爍著，天空中竟然下起毛毛雨來。雨滴看上去如薄霧一般，仔細觀察的話，會發現這陣雨是由一些細小的不知名晶體組成的，每一顆晶體就像有生命一樣，在空氣中變換著形狀，落在地面的時候就會變成塵埃，如融雪一般融化了。

在他們面前的牆體之後，就是一直籠罩在穹頂的紅色光芒的源頭。

汪旺旺放慢了腳步，她的聲音掩蓋不住激動：「我們就快到了。」

「接下來該怎麼走？」步談機的電量已經十分微弱，舒月的聲音變得模糊不清。

「妳應該看到西北邊有一道彎曲的通道吧？」汪旺旺回答道。「這是最後一步了，穿過通道，妳就能看到出口。馮和我們也會很快就到。」

「好。」舒月一邊說一邊喘著氣，能感覺到她背著身上的人全力奔跑起來。

汪旺旺剛想舒一口氣，忽然一個尖銳的電流聲從步談機裡傳來，汪旺旺還沒反應過來，就感覺腳下突然一陣地動山搖，緊接著，原本近在咫尺的通道閉合了。

「怎麼會……」

汪旺旺話音未落，就聽見步談機裡傳來舒月焦急地叫喊：「我前面的路突然關閉了！」

「不應該啊……」汪旺旺百思不得其解。「妳確定是按照我說的走的嗎？」

「我確定！」舒月喊道。「西北邊只有一條路，根本不可能走錯。是不是妳說錯了？」

我不可能會錯，汪旺旺心想，她從小到大在紙質模型上走過沒有一萬次也有八千次，早就把這條路線深深烙印在腦子裡了。

路沒有錯，一定是有人走錯了。

「馮，是你嗎？你在哪兒？」想到這裡，汪旺旺對著步談機喊道。

「我剛剛跑到走廊盡頭，」馮的聲音氣喘吁吁。「現在正靠著牆休息，一步也沒多走。」

如果誰都沒動過，為什麼通道會自動閉合了？汪旺旺抿著嘴唇，百思不得其解，難道自己真的記錯了？

「這，這裡，還有別人。」一直沒說話的M忽然抬頭看著淡紅色的天空，緩緩開口道。

汪旺旺渾身一震。

是啊！唯一剩下的解釋，就是在這個迷宮裡還有別的人，他們擅自走動，啟動了迷宮的機關！

「舒月，妳的步談機是從哪裡來的？」汪旺旺急忙問道。

「這個東西是我在入口的石門處撿的，在一堆屍體中間。」舒月的聲音傳過來。「直到你們說話之前，一直都沒有聲音傳出來，我之所以會帶在身上完全是因為上面閃爍著的電子燈……我覺得它代表著希望，運氣好的話也許能聯繫到外界。」

「馮，你們的人下來的時候，總共帶了幾臺步談機？」

「我有一臺，還有一臺一直是指揮官背著的，另外有一臺備用。」馮清了清嗓子。

總共只有三臺，汪旺旺心想，如今他們、馮和舒月各有一臺。如果真的還有其他人存在，他們肯定沒撿到步談機。換言之，她根本沒辦法聯繫到那些人。

怎麼辦？如果對方繼續亂走，他們所有人走出迷宮的可能性就會變得很小。

但這還不是最壞的情況，大家所處的時間維度不同，都看不到對方的存在，一旦兩個時間維度重疊，所產生的黑洞將會迅速吞沒彼此。

「現在怎麼辦？」馮的聲音再次絕望起來。

怎麼辦，我也不知道該怎麼辦。汪旺旺頹然地坐在地上。

「嗚嗚——」就在這時，步談機裡傳來舒月的哭聲。

「駱川、駱川……你醒醒……不要扔下我一個人……」

「他怎麼了？」汪旺旺心裡一緊。「出了什麼事？」

「駱川他吐了好多血……」舒月已經有點喘不上氣來了。「他沒有心跳了……」

汪旺旺的心瞬間沉了下去——她還是太慢了，她把駱川害死了。

他們現在都處於迷宮內圈，所以相隔的距離不是太遠，汪旺旺下意識地往舒月所在的位置跑去。

去它的時空碰撞。去它的氣泡世界。汪旺旺此刻的大腦一片空白，她什麼都不想管。她只想用最快的速度衝到舒月身邊。

眼看前面就是舒月和駱川所處的走廊，那裡空無一人。和馮的情況一樣，因為大家所處的時間維度不同，汪旺旺什麼都看不到。

「不，不能再往前走了。」M跟在後面，伸出手拉住汪旺旺的衣袖，使勁搖著頭。她雖然不善言語，但此刻也知道，如果汪旺旺再往前，兩個時間維度一旦重疊，黑洞就會再次產生。

「現在情況怎麼樣了？」汪旺旺只好再次打開步談機，問道。

「……他死了。」過了好一會兒，舒月的聲音傳來，她一字一頓，沒有太多悲傷，只剩下麻木。

沒有人說話，空中只有細碎的紅色粉塵飄落，像雨又像霧。

「……對不起。」汪旺旺關掉步談機，掩面而泣。

「那是什麼？」就在這時，M注視著前方說道。汪旺旺順著她的方向看過去，在走廊盡頭，有一團從牆上蔓延到地面的暗褐色陰影。

那是一片乾涸的血跡。

舒月一定是把駱川的屍體靠在牆根，而自己則精疲力竭地蜷縮在牆角，深陷絕望。

駱川的血，就這樣流在了牆壁和地上。

在舒月的時間維度，這些血液應該仍是鮮紅一片，可在汪旺旺的時間維度看，血跡已經乾涸了。

一個念頭忽然從汪旺旺腦海中閃過。

馮處於四〇年代，舒月所在的是七〇年代，而自己在二〇〇五年末。

雖然年代靠後的人無法從真正意義上「看見」年代靠前的人，但年代靠前的在迷宮中留下的某些印記，能和年代靠後的人產生連接。

比如說在三組人之中，馮所處的年代最早，所以另外兩組可以撿到他們的人留下來的步談機，也能看到當年死者的屍體。

而舒月和駱川所處的年代比汪旺旺一行人早，所以汪旺旺能看到駱川在牆上流下的血跡。

那麼迷宮裡多出來的那個人，又在什麼時間維度呢？

如果他所處的時間維度在三組人任何一組的後面，那就意味著，三組人總有一組能和他取得聯繫。

想到這裡，汪旺旺立刻打開步談機，對馮和舒月喊道：「我想到辦法了！」

「什麼辦法？」

「舒月，妳現在還在剛才閉合的石牆附近吧？」汪旺旺問。

「嗯。」

「我也在這面牆附近，我注意到被牆堵住的十字路口變成一個三岔路口，如今我們需要一人占據一個路口——但記得不要靠太近——如果剛才有第四個時間維度的人在那兒附近啟動了機關，他一定也沒走太遠，我們都不希望跟他的時間維度碰撞。」

「向那面牆移動……這不是很危險嗎？」馮有些疑惑。

「但這是我們能跟他取得聯繫的唯一方式，聽我說，」汪旺旺一邊說，一邊原地撿起一塊石頭，在地面上刻起字來。「當你們足夠接近石牆後，就想辦法刻上一行字，『請勿再前進，停下來，如果你想活著出去的話，先回答一個問題，現在是哪一年？』字刻得越大越明顯越好。」

「就這一句話？」

「對，就這一句話。」

眾人都紛紛行動起來，就在距離牆角處血跡不遠的地方，地面上逐漸浮現出舒月的字跡：

「請勿再前進，如果你想活著出去的話。」

「回答我們的問題，現在是哪一年？」

在三岔路口的另一個方向，地面和牆上也逐漸浮現出歪歪扭扭的陳年刻痕——那一定是馮留下的，從他拼錯的單詞就可以看出，他的英語真的很爛。

很難說過了多久，汪旺旺的手指已經磨出了血泡，她把能刻的地方都刻了，可是放眼看去，什麼都沒發生。

「看來那個人已經走了。」張朋聳聳肩。「離開了這片區域，我們再也無法跟他取得聯繫了。」

「你們那邊有沒有回音？」汪旺旺在步談機裡問道。

「沒有。」舒月的聲音聽上去疲憊不堪。

「或許他走了，或許他所處的時間維度比我更早，在十八世紀或者十七世紀。」馮失落地說。「也許他是遠古人類，不識字也說不定。」

汪旺旺忽然發現，就在前方不遠處，路口的中間多出一行螢光記號噴漆噴出來的字：你們是誰？

「他看到了！」汪旺旺向那行字跑過去。

「你看到什麼了？」步談機另一邊，舒月和馮也因為她的叫聲緊張起來。

「你們看不到嗎？」汪旺旺問道。「用螢光噴漆在地上噴的字，他問我們是誰……」

「我們這邊什麼也沒有。」過了一會兒，馮和舒月說道。

汪旺旺急切地在地上寫下一行字：我們是和你一樣被困在這裡的人。

可過了好一會兒，對方都沒有回復。

難道他又走了？汪旺旺心想。她也不敢輕舉妄動，如果對方真的還在她附近的話，也許一不小心就會產生黑洞。

「怎麼樣，他說什麼了？」舒月在步談機另一頭問道。

「他沒有回答……」說到這裡，汪旺旺靈機一動，對步談機裡說道。「你們不要停下來，繼續寫，問他現在是哪一年！」

不遠處很快浮現出更多陳舊的刻痕，舒月和馮都聽從了汪旺旺的指令，在地上和牆上反覆地寫下那句話。

一分鐘、兩分鐘……地面上忽然再次出現螢光筆的痕跡：二〇〇一。

「他在二〇〇一年！」汪旺旺恍然大悟。「馮處在四〇年代，舒月在七〇年代，而這個人和我最近，只比我早幾年而已！所以他能看到馮和舒月留下來的痕跡，卻無法看到我的，因為我在他後面！」

「但妳是我們當中唯一能夠看到他的留言的人，因為我和馮都在他的時間之前，所以我們只能寫下問題，卻看不到他的答案！」步談機那頭的舒月也明白過來。

就在這時，汪旺旺看見地面上再次出現了螢光噴漆的痕跡。這次對方沒有寫下更多的資訊，而是在剛才他問的第一個問題下面畫了一條加粗線。

「舒月，把我們的情況告訴他吧。」汪旺旺對著步談機說道。

沒過多久，舒月的字跡逐漸浮現在地上。

「我們總共有六個人，存在於三個不同的時間維度——一九四〇年、一九七六年和二〇〇五年。相信你也發現，迷宮裡的路徑並非固定，而是隨著我們的移動變換的。因此我們之間必須互相配合，才能從這裡走出去。」

「你們有地圖嗎？」

「我們之中有一個人知道路。」舒月回答。

過了好一會兒，汪旺旺終於看到地上出現了一行螢光字跡：我加入，等待下一步指令。

「太好了！」可惜現在達爾文他們不在自己身邊，汪旺旺心想，她連個擊掌的人都沒有。

「接下來該怎麼辦？」舒月在步談機裡問道。

「現在我們的距離太近了，如果大家一起行動很容易碰撞產生黑洞。」汪旺旺垂下眼睛，腦海裡繼續思索著迷宮的路徑。「必須按順序分開走。」

「我一定要帶我的夥伴一起出去，哪怕他已經……」舒月的聲音有些哽咽。

「好，那就由馮先走，」汪旺旺一邊說，一邊用指尖在地上比畫著。「讓我想想……」

「這很難嗎？」舒月問道。

「現在跟剛才的情況不同，每增加一個人，遊戲的難度係數就以次方倍數遞增，就像六個球到七個球的難度……」

汪旺旺忽然全身一震，七個球！

「我就是怕這個迷宮裡還有別人，像這位螢光筆先生一樣，最後我們所做的一切又成了徒勞。」馮也在步談機另一頭說，他似乎一直是個悲觀主義者。

「不，不會再有人了……」汪旺旺喃喃地說。「七個球，七路迷宮……我應該早就想到的。」

她早該想到的，為什麼舒月設計迷宮模型的時候交給她七個球——不是六個，偏偏是七個。

因為那時的舒月已經從這裡出去了，她經歷過這裡發生的事，所以她知道總共有七個人。

汪旺旺、舒月、駱川、M、張朋、馮，還有這位螢光筆先生。

可是舒月忘了一件事——七個球是這個遊戲裡最不可能完成的任務，汪旺旺迄今為止一次也沒有成功過。

她該如何把這七個人全帶出去？

「怎麼樣，妳想到出路了嗎？」舒月又問。「恐怕妳要快點了，我的步談機也許還能撐十分鐘。」

「我……」汪旺旺抱著頭坐在地上，她不知道怎麼開口告訴他們，七個人是走不出去的。

這一刻，汪旺旺很想像兒時那樣，抱著舒月的手臂撒嬌：「哎呀，不玩了，我們去吃麥肯基。」

每當這時候，舒月都會戳戳她的額頭：「妳呀！豬和愛因斯坦的智商就差了一個妳的距離。」

可是現在的舒月還不是她認識的那個人，她還沒成為自己的保護傘。

相反地，這個給她一個家、為她遮風擋雨的女人，如今命懸一線，只有自己才能救她。

可是到底該怎麼辦？汪旺旺急得冒出眼淚來。

「妳是在哭嗎？」舒月還沒掛斷，她聽到了汪旺旺的抽噎聲。

「我沒有哭。」汪旺旺擦了擦眼淚。

「妳年紀……還很小，是嗎？」猶豫片刻，舒月問道。

「十六。」

「妳已經很了不起了，對一個孩子來說，」舒月的聲音很溫柔。「能夠帶著我們所有人走到這兒，妳比很多人都勇敢。」

「這個迷宮是我的一個……阿姨教我的，她設計了一個和這裡地形一樣的迷宮遊戲，」汪旺旺清了清嗓子。「可是她只教會了我六個球的玩法，沒有教會我七個球怎麼走。」

「原來如此……妳跟妳的阿姨關係一定很好吧？」

「她很疼我。」汪旺旺吸吸鼻子。「我很想再見到她，我很想她。」

我很想妳。汪旺旺在心裡說道。

「如果我是她的話，」舒月說。「我的意思是，如果讓我給我的孩子設計一個遊戲，一定不是只想讓她學會如何去贏，而是在遊戲的過程中學習逆轉困境的變通能力。」

逆轉困境……變通……這幾個詞閃過汪旺旺的腦海。

對啊！我不能光看表面的數量，忽略遊戲中的變數！汪旺旺突然有了一絲靈感。

駱川就是這個變數。

如果他現在真的死了的話，那他加上舒月也只能算是一個人，那棋盤上就還是只有六個球。

「我想我知道怎麼走了，」汪旺旺吞了吞口水。「舒月，妳還有力氣背著駱川嗎？」

「我可以。」舒月的聲音從步談機裡傳過來。

「現在我們之中體力最好的是馮，所以我們先製造路徑讓他出去——」汪旺旺在地上畫出腦海裡的路線。「舒月，妳現在告訴螢光筆先生，讓他往最左邊的走廊一直走，走到第二個轉角停下來，標誌他的位置，等待下一步指令。然後妳在原地等五分鐘，也按照這條路走……到第二個轉角停下，記得跟螢光筆標誌的位置保持一段距離。」

「那我呢？」馮在步談機裡問道。

「如果沒有意外，他倆都走到拐角之後，你面前的石牆會打開，你只需要走到頭，右轉之後再一直走，就能看到出口。」

說完汪旺旺轉頭看著張朋：「現在我們三個也要分散開，才能讓部分石牆機關開啟，保證大家都能出去。」

「妳知道我在這裡就等同於瞎子，我怎麼確定妳不會拋下我？」

「你不相信我的話，我們就永遠被困在這裡吧。」汪旺旺看著張朋。

張朋歪著腦袋想了想：「可以是可以，但我有個條件。」

「什麼條件？」

「馮出去後，我要成為第二個到達出口的人。」張朋聳聳肩。「否則就如妳所願，一直困在這兒好了，我想我能比你們任何一個人活得長。」

「……好。」汪旺旺咬咬牙。

「哈哈，我就知道妳不會棄這些人類不顧的，」張朋笑了。「妳一直都是這麼心軟。」

「廢話少說，」汪旺旺懶得看他。「現在你往回跑兩百公尺後停下來，十分鐘之後再回到這裡。」

張朋哼著歌轉身走了。

「M，張朋走到拐角時，這邊的石牆就會開啟，我需要妳跑到盡頭，十分鐘之後再回來，好嗎？」汪旺旺轉頭看向M。

M點點頭。

「通道開啟之後你有十分鐘。」汪旺旺在步談機裡對馮喊道。

一分鐘、兩分鐘……步談機裡傳來了馮粗重的喘息聲，他在用盡全力奔跑，汪旺旺抬眼望去，不遠處的石牆升起了淡紅色的煙霧。

每個人都到達了自己的位置，通道開啟了。

天上散落下來的晶石從綿綿細雨變成了暴雨傾瀉而下，飄忽不定地擊打在迷宮的石牆上，發出劈裡啪啦的聲音，就像下冰雹一樣。

一道半球形的閃電從天空中劃過，仿佛伸出手就能摸到一樣。汪旺旺從沒有見過這樣的閃電，一時間竟然有些出神。

「上，上帝啊……」馮自言自語地說著他的母語，他的聲音在電流聲中逐漸模糊不清。

「他出去了嗎？」舒月有些不安地問道。

「馮，你還在嗎？」汪旺旺使勁地晃動了一下步談機。

「太，太壯觀了……」過了一會兒，馮的聲音再次響起。「原來神真的存在……」

「你到達終點沒有？」

「……」

「馮，重複一遍，你在哪裡？」

「一扇門……有一扇門……」

「什麼門？是出口嗎？」

「它說我應該穿過去……」

「誰讓你穿過去？」汪旺旺的心莫名其妙地狂跳起來。

「它說只要穿過去，就能實現一個願望……」馮喃喃地說。「任何……任何願望……」

「馮？」

「我不想再做一個小兵了，更不想在戰場上充當砲灰！」馮尖銳的叫聲打斷了汪旺旺的話。「我要一人之下萬人之上！我，馮・羅德菲爾德！想要擁有取之不盡的財富！」

又一道閃電劃過雲層，紫紅色的亮光驟然一閃，照亮迷宮裡所有的石牆，那些刻在牆上的詭異文字仿佛都活了起來。

汪旺旺的步談機掉在地上，她忽然想起為什麼這個名字讓她覺得似曾相識。

馮・羅德菲爾德，就是羅德先生，那個擁有全世界一半以上財富的人。

汪旺旺忽然明白，為什麼那個坐在輪椅上只剩下一口氣的老人，會一次又一次地對她伸出援手，從最初把她從四十三手裡救出來，到讓迪克進入賢者之石的地下，後來又幫他們幾個小夥伴從阿什利鎮全身而退……

她最初還天真地以為，羅德先生為她做的這一切，只是為了跟她吃一頓飯而已。

汪旺旺的思緒飄回到那座陰暗的山頂豪宅裡，回想起老頭子說的那段莫名其妙的話。

「為什麼你要救我？」

「因為我欠妳的，就當我還了一個人情。」

「我從沒見過你，也不認識你……」

「是的，妳從來沒見過我，我認識妳的時候妳已經長大了。」

羅德先生早就回答過她，可她當時以為那只是一個將死之人的胡言亂語而已。

如今看來，羅德先生所還的人情，就是現在所欠下的吧。

事實上，他之前為汪旺旺所做的一切，目的都是讓她活下去——只有她活著進入氣泡世界，才能拯救當年被困在這裡的年輕的自己。

如果沒有汪旺旺，他不會活到一百多歲，更不會有數之不盡的財富。

天空再次暗淡下來，傾斜的晶石雨也逐漸變小，步談機的另一頭只剩下雜音。

「馮……你出去了嗎？」汪旺旺小聲道。

「他已經到達出口了，」張朋已經從迷宮的另一頭跑了回來，站在汪旺旺身邊。「妳該履行妳的承諾了。」

汪旺旺咬了咬嘴脣，一言不發。

「接下來該我了。」張朋乾脆直接把話挑明，他已經沒什麼耐心了。

「……不行。」汪旺旺的聲音很輕，卻很堅定。

「妳說什麼？」

「舒月要先走。」汪旺旺盯著步談機。「迷宮裡的每個人都是互相牽制的，如果你要現在出去，舒月和駱川就只能成為死棋，永遠沒辦法從這裡出去。」

「他們出不出去跟我有什麼關係？」

「你剛才看到馮了吧？他就是羅德先生，如果他這時候沒有出去，我早就死在四十三手裡了。同理，如果舒月不回到一九七〇年，歷史就會被全部改寫——她不會收養我，更不會教我怎麼走迷宮，我們還是會永遠被困死在這裡，難道你不懂嗎？你現在正在影響過去發生的事！」

汪旺旺緊盯著張朋，一字一頓地說：「他們必須先出去，我們的恩怨留給我們解決。」

「妳是在跟我討論先有雞還是先有蛋的問題，想把我繞糊塗嗎？」張朋冷笑一聲，但是汪旺旺從他的眼神看出來，他猶豫了。

「你不相信我的話，可以儘管試試，」汪旺旺的口氣更加強硬起來。「如果出了什麼意外，我們都回不了頭。」

「讓我猜猜妳是怎麼想的，」張朋忽然笑了。「妳是想把他們一個個都安全送走，再把我永遠困在這裡吧？」

「我只是不想改變歷史的軌跡。」汪旺旺深吸一口氣，迎向張朋的目光。「還有那個螢光筆先生，你根本不知道他是誰，如果你把他也困在這裡，搞不好連你的軌跡都會被影響——他們都是歷史早已鋪下的軌道，如果這時候你要把這些軌道砍斷，我們所有的過去都會翻車！」

兩個人就這樣針鋒相對，一時間誰都沒有說話。

「……妳變聰明了，小晴，」張朋的眼神忽然溫柔下來。「我還記得離開學校的那一天，妳告訴我妳的真名叫徒傲晴，那時候妳就像活在玻璃球裡的雪人一樣單純。」

他似乎變回了以前那個熟悉的張朋，她的鼻子忍不住一酸：「張朋……」

「可越是這樣，我越是想狠狠地把妳的玻璃球敲碎，」張朋眯起眼睛。「妳是我唯一的朋友，對我最重要的人……但我對妳所有的愛，加起來也沒有對妳的恨多。除了摧毀妳，我不知道該怎麼樣才能讓妳跟我融為一體。」

汪旺旺渾身一震，她差點忘記了張朋是一個什麼樣的怪物。

他把她的命留到現在，就是為了從內而外徹底摧毀她。

「我不管妳用什麼方式把他們帶出迷宮，但從現在起，我不會離開妳半步。」張朋貼近汪旺旺的臉。「別再耍花招了。」

汪旺旺沒有再和他爭辯，心裡暗暗舒了一口氣，和她預計的一樣，張朋最終還是讓步了。

M這時也跌跌撞撞地跑了回來，汪旺旺重新打開步談機：「舒月，告訴螢光筆先生，穿過左手邊的走廊往前跑，在第三個轉角向右轉就會看見出口，他出去後妳就往南跑，原本的石牆會打開，妳也可以出去了。」

「好。」舒月回答她。

「我們也要走了，」汪旺旺說。「幫他們把出口打開。」

張朋緊緊跟在汪旺旺身後，和M寸步不離，他們跑過一道長長的走廊，石牆在他們身後無聲地移動變換著，不知道跑了多久，舒月的聲音終於從步談機裡傳來。

「我……看到了。」她喃喃地說。「一扇門。」

「祝妳好運。」汪旺旺在心裡默念著，我們會在未來重逢的。

「我希望……希望駱川可以活著。」這是舒月留下的最後一句話。

猩紅風暴幾乎到達了最猛烈的時候，密密麻麻的晶體如瀑布般從天而降。汪旺旺眯著眼睛向迷宮深處眺望，她沒有辦法聯繫到那個留下螢光記號的人，也不知道他究竟許了什麼願望。

但願他已經出去了。

「他們都走了，」張朋在汪旺旺耳邊說。「讓我們一起迎接屬於我的時代吧。」

一面漆黑的石牆在他們面前緩緩開啟，汪旺旺被眼前的光芒刺得一陣眩暈，只朦朦朧朧地看見，在走廊的盡頭出現了一團漆黑的陰影。

「我終於看到了……」張朋喃喃地說，他的臉上湧現出一種交織著恐懼與狂喜的複雜表情。

汪旺旺也屏住了呼吸。

這是一個什麼樣的世界啊！

除非身臨其境，世間一切的文字都無法描述出眼前畫面的震撼。

汪旺旺不自覺地向前跨了一步，身體融入淡紅色的微光之中。

耳邊一切的聲音都不復存在，如果說氣泡世界是地球和異世界的臨界點，那麼這一步則讓她徹底越過了界限。

這不是任何物理單位能夠丈量的距離，這一步超越了地球和太陽的距離，超越了一切可以計算的長度和範圍，超越紅塵俗世和億萬光年，最終到達茫茫宇宙深處某個從未被人類知曉的地方。

紅色微塵彌漫在空氣中，它們從地面上升起，消失在穹頂盡頭。

汪旺旺抬頭望去，她看到的不再是一片漆黑，而是從未見過的奇幻星辰，像夜晚的海洋一樣翻滾咆哮著，像血液一樣奔騰湧動，卷起無數顆星星。

任何一個人類、一顆星球，在這番景象面前都如微塵般渺小。

這就是造物者所看到的世界，這就是萬神之神眼裡的「時間」。

銀河的變遷在它們眼中如海浪起伏，任何細小的浪花都是人類無法見證的，哪怕人類再獲得幾萬年的生命，在這面前也與蜉蝣的生命一樣短暫。

在星辰的正下方是一個巨大的天坑，有點像火山坑，裡面是像熔岩一樣緩慢湧動的絮狀物，也是晶體雨滴的源頭，晶石屑形成的霧氣組成土星光環的無數顆隕石粒子，懸浮在坑洞底部。

在天坑上方，上百條陡峭蜿蜒的羊腸小路從四面八方向中間交會，就像高架橋一樣架在天坑上面。

隔著雨霧，汪旺旺只能隱約看到其他小路上也有零零星星的影子。它們時而模糊，時而清晰，有的狀如人形，而有的則像某種動物正匍匐前進。

汪旺旺也搞不清楚，這些影子究竟是來自不同時間維度的地球人，還是茫茫宇宙中不同星球和文明的生物。但有一點她可以肯定——他們都是成功穿過迷宮的倖存者。

他們有的走得匆忙，有的異常緩慢，所有小路最終在天坑的中間聚攏，在那裡有一扇巨大的「門」。

說「門」並不確切，那其實是一棵巨大的「樹」，一棵張牙舞爪扭曲著的「樹」。樹枝上布滿了無數顆眼球，像是細胞一樣在樹皮表面遊動，似乎在俯視著道路。

在樹幹的底部，每一條路的方向都張開了一個孔洞，孔洞緩慢地一張一合，看起來就像血淋淋的嘴巴一樣。

汪旺旺的直覺告訴她，這個生物應該就是迷宮入口石碑上描述的「蟻后」了。它是一種超越一切人類認知範圍的生命體，樹枝上的眼球則是和它相依共生的「工蟻」與「兵蟻」，而這些巨大的孔洞則是馮和舒月所說的「門」。

「快來我的孩子們，繼承我血統的孩子們，快回到我的懷抱，讓我們融為一體！」

一個尖銳的聲音刺穿汪旺旺的神經，她尖叫著跪在地上。

「快到我身邊來許下願望，永遠臣服於我，做我的奴婢，獻出靈魂成為我的一部分！」

「不！」M抱著頭，發出歇斯底里的叫喊。她拚命撓著身體上的每一寸肌膚，直到滿是血痕——她脆弱的腦神經根本承受不住這種壓力。

汪旺旺也用力捂住耳朵，和M蜷縮在一起，但一點用都沒有，那種聲音並不是通過耳蝸傳到大腦的，而是毫無徵兆地驟然出現在腦海當中。每個字就像利劍一樣，肉體凡胎逃無可逃。

「神在召喚我們。」張朋的耳朵和鼻子也往外冒著血，但他似乎渾然不覺，而是一把從汪旺旺懷裡揪起M，將她們兩個往前推去。「快走吧，我們終於要回歸它的懷抱了。」

汪旺旺就這樣跌跌撞撞地走上了面前的蜿蜒小路。說是小路，只是因為在肉眼可見範圍之內沒有參照物，當她真正走上去的時候，才發現光是路面就有幾十公尺寬。

這裡就像蟻丘，從四面八方向中心湧來的生命體就像是迷途的螞蟻，爬向蟻巢中心。

那條路看上去很遠，真正走起來卻很快就到了盡頭——時間的維度在這裡亂成一團，根本無法用常理推算。汪旺旺此刻終於看清了那棵「樹」，它的每一寸枝幹都由不同的生命體組成，它們在快速增殖、膨脹，再被新增的「細胞」取締，最終化為齏粉消失殆盡。

「許下願望，永遠臣服於我，成為我的奴婢、我的一部分，許下願望！」那聲音又在腦海裡響起，就像維蘭德筆下的《魔笛》一樣，有著不可抗拒的力量。

「你終於得到你想要的了，許願吧。」汪旺旺忍住嘔吐的欲望，朝張朋大喊。

「我當然要許願，我已經迫不及待了……」張朋露出一排尖牙，摩拳擦掌。「但我給妳一個機會，妳先來。」

「我沒有……願望。」

「我知道妳有願望，」張朋笑了。「你們兩個都有同樣的願望——讓我消失，阻止核爆，保護地球不被毀滅，對嗎？」

「我的願望就是，無論你要幹什麼，都不會得逞！」汪旺旺咬著牙說道。

「無論妳許什麼願望，我都衷心希望妳能成功。」張朋突然露出一個嘲諷的笑容。「但妳只有一次機會。」

汪旺旺還沒反應過來，張朋忽然從袖子裡掏出一個明晃晃的東西——那把在開門儀式裡使用的匕首，他舉起匕首朝身邊的M心口狠狠刺進去！

「不！」汪旺旺大叫一聲！

但為時已晚，一口血從M的嘴裡湧了出來，她有些猝不及防地摸了摸自己的胸口，抽搐著向一旁倒下。

「M！」汪旺旺一把抱住她。「不要……不要……」

M的手撫摸著汪旺旺的臉頰，想幫她擦拭眼淚。那道刀口很深，傷口十分致命，M的生命正在快速逝去。

「別擔心，妳還有一個願望，」張朋的嘴角浮現出一個得逞的微笑。「但妳該好好想想，是救全人類重要，還是救她比較重要。」

「這就是你的目的，你要我做出選擇。」汪旺旺看著M逐漸蒼白的臉頰，她忽然明白，這才是張朋蓄謀已久的計畫。

什麼世界毀滅，什麼病毒，都只是他的小伎倆而已，他做的這一切，都是為了看到此刻她痛苦的表情。

這就是張朋摧毀她的方式。

「向神許一個願望，」張朋在汪旺旺耳邊輕聲說。「把我千刀萬剮，讓我從此消失吧。」

在一分鐘之前，這確實是汪旺旺心裡唯一的願望，但這一刻她知道，如果她把這個願望用掉了，就代表她永遠沒辦法挽救M。

「我說過，如果全世界有一個人可以阻止我，那一定就是妳，我的『朋友』——我帶妳長途跋涉到達宇宙的中心，把這個寶貴的機會留給了妳，現在就是妳的機會。當然妳也可以做出另一個選擇，許願讓M活過來，然後我們一起回到地面，看世界末日降臨。快點做出選擇吧，毀滅我，還是毀滅妳最好的朋友。」

M已經說不出話了，她蜷縮在汪旺旺的懷裡，用力眨了眨眼睛，輕輕搖晃著腦袋：「這是我們唯一的機會，不要救我，我不怕死……沒關係的。」

「是啊，我也覺得她說得很有道理，」張朋揶揄地看著汪旺旺。「即使她活過來，等到末日來臨的時候，像她這種連生活都不能自理的人很快就會淪為混亂世界的犧牲品。人的生命就是這麼脆弱，為什麼要保護這種生命呢？如果是我，一定不會把這麼重要的願望用在一個微不足道的人身上。」

「她不是微不足道的人！」汪旺旺咬著牙。

「當然，她是妳的朋友！」張朋聳聳肩。「可是像妳這種人，真的在乎朋友嗎？我們也曾經是朋友，可妳又怎麼對待我的呢？妳選擇了視若無睹，選擇了把我孤零零地拋下，選擇告訴所有人妳並不認識我——因為我的智力缺陷，因為我會讓妳出盡洋相，因為妳不想讓人家笑話妳跟傻子玩。」

「不是那樣的，」汪旺旺崩潰地大叫著。「不是那樣的！」

「對我而言就是那樣！妳就是這麼摧毀我的！從那一天開始我就已經死了！以前的張凡誠就是在那一瞬間死掉的！妳為什麼不轉過頭來？為什麼不？我曾經多麼珍惜我們的友誼，我曾經多麼希望我能找到妳，多麼希望妳能拉住我，告訴我我們是朋友，為什麼妳沒有!?」張朋咆哮著，像是把所有的怨恨和不滿都發洩了出來。

「我……」汪旺旺的聲音卡在喉嚨裡。

「沒關係，真的沒關係，都過去了，」張朋忽然平靜下來，臉上再次露出戲謔的冷笑。「那時候妳還小，不懂事，這次妳可以更聰明、更圓滑地許下願望結束這一切，讓我消失，自己則安全地回到地面上，再自豪地告訴所有人妳拯救了世界。至於她——」

張朋看了一眼滿身是血的M。

「妳只要像當年扔下我一樣，把她留在這裡，沒人會知道妳做過什麼，妳可以告訴所有人已經盡力了，妳打敗了惡龍，力挽狂瀾，但妳還是遺憾沒有救出那個低能又愚蠢的智障。妳甚至可以說，在千鈞一髮的那一刻，妳意識到雖然M是妳的朋友，但是全世界的生命對妳更重要……妳可以編織任何一套謊言，把真相和我們都留在這個世界裡，留在妳身後。」

「快來孩子們，回到我的身體裡，成為我的一部分！」

那個聲音再次刺穿大腦，傳到中樞神經裡，汪旺旺的眼角流下兩行鮮血，懷裡的M逐漸變得冰冷。

「看來妳還沒想好。」張朋抿嘴一笑。「可我已經迫不及待了。」

說完，張朋轉身朝面前的黑洞走去，黑洞中蔓延出無數隻巨大的觸手，迫不及待地朝張朋撲去。

「快許願吧，成為我的奴隸，臣服於我，祭獻出血肉許願吧，成為我的一部分！」

震耳欲聾的聲音此起彼伏，汪旺旺只覺得眼前一切的事物都扭曲起來，每一個毛孔都滲出鮮血。

「我將獻出我自己和全人類，以換取你偉大的力量！讓我們彼此融合，讓我成為你的一部分，而你則借給我力量，讓我成為這顆星球新的統治者！」

說完，張朋一躍而入，撲進黑洞深處。

伴隨著一陣地動山搖，一聲撼動宇宙的吼叫從深淵裡傳來。

汪旺旺擦了擦臉上的血，把M輕輕放在地上，她已經沒有呼吸了，手臂還保持著上揚的僵硬姿勢，似乎想抓住什麼。汪旺旺想起在田納西的那次野外考察，他們從迷失之海逃出來的時候，天剛剛泛起微光，無數隻在山谷中被驚醒的蝴蝶迎風起航。

就在那一刻，M小心翼翼、略帶遲疑地第一次拉住了自己的手。

汪旺旺忽然意識到，M在那一刻是鼓足了勇氣的。她該有多害怕啊，她多害怕被甩開，多害怕抬起頭看到異樣的眼神，多害怕心底盼望的友誼只是自己的一廂情願。

汪旺旺突然很慶倖，當時的自己也緊緊握住了M的手。

如果時光倒回，回到小學二年級那次演講比賽的舞臺上，她會不會做出另一個決定，走向前拉住張朋的手呢？

如果自己再勇敢一點，迎上那個充滿熱切的眼神，會不會一切都不同？

汪旺旺站起來，朝著那個深不見底的黑洞走去，無數的觸手緩緩圍繞在她的身邊。

張朋說得沒錯，拯救世界的機會只有一次。

除去M可以計算未來的能力，她只是一個患有自閉症的低能兒，一個來自貧民窟的孩子，她的生命在全人類面前無足輕重。

可這個孩子，把自己最最貴重的東西給了自己，正如當初的張凡誠一樣。

同樣重要的東西，汪旺旺不想再失去一次。

「我希望M能活過來。」

成千上萬只觸手環抱著汪旺旺，她的意識逐漸模糊不清。

張朋、M、舒月、達爾文、迪克、駱川，他們就像是暗房裡過度曝光的照片，在顯影液裡逐漸褪色，最終沉到了蓄水池的底部。

生命的本質是什麼？

是幻象。

願望是打破幻象的枷鎖，而打破枷鎖需要付出代價。

當你付出了代價，就能接近真相本身。

「妳願意付出什麼，打破幻象的枷鎖呢？」萬物靜寂，只剩下一個聲音。

「只要M能活過來，我願意付出任何代價。」汪旺旺在大腦裡回答著這個問題。

一座望不到頂的高塔出現在汪旺旺的眼前，她看見無數種生物，正密密麻麻地排成一行，向高塔的頂端爬去。

它們面無表情，就像西西弗斯一樣把巨石推上山頂，再從山峰上滾落，不斷重複，永無止境，直到身體的每一部分都粉碎成紅色的晶體，灰飛煙滅。

「妳窺見了真相，這就是真相。」

汪旺旺忽然覺得身體空了一塊，她低下頭，發現自己的心臟不知道什麼時候沒有了，胸口上只剩下一個洞。

「……我要死了嗎？」

「『活著』的反義詞並不是『死亡』。我的世界裡沒有生，沒有死；沒有黑暗，沒有光明；沒有盡頭，沒有停歇。妳獻出生命和靈魂後將成為我的一部分，肉體的腐朽只是一個開始。」

「不！」汪旺旺覺得自己的身體被無數雙手拆解成齏粉，又一次次重新拼合，每一次她的靈魂都被抽走一點，一切都開始變得麻木冰冷。

忽然，有一股巨大的力量拉住她，她還沒有反應過來，一個影子就出現在她身後，將她往外拖去。

「許下願望，付出代價！」黑洞咆哮著。

尖銳的聲音從四面八方傳來，就像洶湧的海浪衝擊著汪旺旺的每一根神經，又像千萬把尖刀戳向她的每一個毛孔。她忍受不了這種痛苦，就好像溺水的人一樣掙扎著，試圖掙開那股力量。

「不要許願！」

一個聲音劃破眼前的黑暗，汪旺旺忽然清醒過來，身上每一寸肌膚仍然無比疼痛，但這並不能阻止她認出這個再熟悉不過的聲音。

此刻，那些密密麻麻的觸手已經鬆開了汪旺旺，而是緊緊纏繞著把她擋在身後的那個人。汪旺旺終於看清楚了，她的眼淚瞬間決堤。

「爸爸！」汪旺旺用盡全力大叫著。

時間彷彿靜止了，紅色的水晶雨霧緩慢地在四周飄散。汪旺旺用力伸出手臂，可是和徒鑫磊的距離越來越遠。

那張臉，汪旺旺永遠不會忘記。

「真的是妳，我的女兒……我猜得沒錯，看到地面上留下來的文字時，我就猜到了。」徒鑫磊露出了一個疲憊的微笑。

「爸爸，爸爸！」

直到這一刻汪旺旺才意識到，那個用螢光筆留下記號的人是誰——他一直沒有離開。

「孩子……妳長大了。」

或許是因為時空重疊的關係，徒鑫磊的面孔時而清晰時而模糊，他的眼裡似乎也隱隱閃著淚光。

二〇〇一年，二〇〇一年。

汪旺旺腦海裡浮現出地上螢光筆的字跡。

為什麼自己沒有想到，汪旺旺的內心無比懊惱，二〇〇一年，爸爸最後一次出遠門。

他曾經說過他要去處理一些舊事，結束某些過去。

觸手繼續緊緊纏繞著徒鑫磊，硬生生將他拉離汪旺旺。

「我沒想過我們會以這種方式重逢，看來這一次我很難回家了。」徒鑫磊微微歎了一口氣。

汪旺旺忽然明白了這句話的意思。

二〇〇一年，她最後一次見到爸爸的時候，只看到一具躺在醫院裡冷冰冰的屍體。

如果那時候爸爸沒有去世，那她就不會拿到那本日記，也不會遇到四十三，不會去美國，更不可能出現在這裡。

「看來妳打開了那本日記……否則妳不會出現在這裡，妳會有一個平凡的人生……爸爸真的很不希望妳打開，我更寧願妳成為一個普通人。」

「爸爸……」汪旺旺一邊忍受著全身的劇痛，一邊拚命地朝徒鑫磊的方向掙扎著，可惜無論她怎麼用力都是徒勞的。

「……妳過得好嗎？」

「我過得很好，認識了很多朋友，他們都是對我很重要的人。」

「妳要救的那個孩子，也是妳的朋友吧？」

汪旺旺點點頭。

「她一定對你很重要，哪怕犧牲自己，也要許願讓她活著，對嗎？」

汪旺旺一愣，她忽然發現，自己胸口的那個洞已經消失了，她抬頭看著徒鑫磊，只見他的胸口逐漸浮現出一個與她之前一樣的洞。

徒鑫磊把她拉了回來，是為了用自己代替她。

「孩子，妳聽我說——」徒鑫磊的聲音慢慢微弱下去。「時間不多了，許過的願望是不能撤銷的，但這個代價由爸爸替妳承受。」

「不要！不要！」她撕心裂肺地大哭起來。

原來爸爸是因為自己死掉的，那個她發誓要尋找的凶手，竟然是自己。

「爸爸！你不要死，不要死！」汪旺旺尖叫著，奮力向前撲過去。

徒鑫磊只是搖了搖頭，眼裡有一種不容置疑的威嚴。

「不要，爸爸，你不能死……我不能沒有你……」

「聽我說，當我意識到那個指引我們走出迷宮的人是妳的時候……當我意識到妳是我女兒的時候，我真的很自豪。」

徒鑫磊看著汪旺旺，他的眼神裡沒有痛苦，只有深深的不舍：「雖然妳沒有按照我期望的方式長大，但是妳長成了比我想像中更好的樣子……更勇敢，更有擔當。我沒想過能帶領我走完生命裡最複雜、最艱難的一程的人是我的女兒，妳長大了，妳不再只需要一張安全網，妳也有妳想保護的東西、想守護的人，能夠為之獻出生命的事情。」

汪旺旺拚命地搖著頭：「不要，爸爸，我不能沒有你……」

「妳能為了妳覺得重要的人獻出生命，就好像爸爸現在為妳做的那樣。」徒鑫磊想伸手摸摸汪旺旺的頭，可是他們的距離越來越遙遠。

「我做的一切都是為了保護妳，以前是，現在也是，」徒鑫磊的聲音逐漸變得低沉微弱。「孩子，妳要記住，我們人類的生命或許既渺小又脆弱，包裹著自私和原罪，但是我們同時也具有一些哪怕更高級的生物也無法擁有的東西。妳要記住，無論在哪一個維度、哪一個時空，我都會以另一種方式陪伴在妳身邊，守護著妳，給予妳力量。」

黑洞轟然閉合，徒鑫磊消失在黑暗的盡頭。

「爸爸！」汪旺旺跌坐在地上。

與此同時，躺在旁邊的M逐漸甦醒。

第二十章　不要認輸

汪旺旺永遠忘不了這一切開始的那天。

父親在手術臺上早已冰冷的屍體，胸口的大洞，家裡多出來的迷宮機關，撕裂了原本平凡寧靜的生活。

當舒月把日記放在她面前，她選擇要把它打開的時候，唯一支撐她的信念，就是要找到真相。她以為只要自己不臣服於命運，就一定能夠與之抗爭，找到殺死爸爸的真凶，為他報仇。

可是她從沒想過，當層層幕布掀開的時候，自己是否能承受住真相的殘酷與無情。這就是真相，她終於看清了謎底，為此她永遠失去了最愛的人。

她以為她一直在竭盡全力掙脫命運，卻不知道早在一開始的時候，就走進了命運精心設下的陷阱。

如果當時她選擇做一個平凡人，是不是一切都不會發生？

爸爸是不是就不會死，媽媽也不會成為植物人。舒月、達爾文、M……他們都會有原本的人生軌跡，過著普通的生活。

是自己親手把所有人捲入了旋渦。

眼前那個巨大醜陋的生命體此刻正在快速地膨脹，像大王花迷惑昆蟲一樣吸引著從迷宮四面八方趕來的生物。遍布在它表面如肉瘤般的眼睛都集中到一起，居高臨下地注視著汪旺旺，露出一種嘲諷的意味。

或許張朋是對的，把一切都摧毀好了。汪旺旺心想。
這一瞬間，汪旺旺忽然什麼都不想做了，就像在懸崖邊垂死掙扎的人，意識到無論等多久自己也不會獲救，決定斬斷繩索墜入深淵。
只為了不再忍受絕望。
「沒有生，沒有死。沒有黑暗，沒有光。沒有盡頭，沒有停歇。」那聲音再次響起來。
讓一切就這麼結束吧。汪旺旺萬念俱灰。
就在這時，一個模糊的畫面浮現在她眼前——這是M的回憶。
禮堂裡的人群已經散去，只留下一些遠去的譏笑聲，迪克一個人一臉惆悵地坐在凳子上。他剛剛還在舞臺上興致勃勃地表演自己的特異功能，但魔術在半途穿幫了。
「我想我又搞砸了。」他小聲嘟囔著，擦了擦頭上的汗。
「從所有觀眾退場的時間看，比上一次強點，」達爾文撿起地上的魔術道具說。「這一次觀眾的熱情有所提高。」
「他們是在看笑話吧，」迪克失望地站起來。「我知道沒人相信。」
「哥們兒，別這樣，反正也不是第一次失敗了。」達爾文聳聳肩。
迪克默默地摘掉了帽子，從兜裡掏出十塊錢。「會費還給你們……」
一個女孩猶豫了半天，拍了拍迪克的肩膀：「下次別再搞那些騙人的把戲了，好好練習你的隱身術，我們明年還來參加。」
迪克歎了一口氣：「到此為止吧。」
「喂，你這麼快就放棄了？」
汪旺旺看到了M眼中的自己——單薄的身形掩蓋不了眼裡的一股倔強。

迪克愣了一下，隨即還是一臉沮喪：「其他人根本不信我有特異功能，我也不想再出醜了。」

「別人相不相信很重要嗎？」汪旺旺白了他一眼。「關鍵是你相不相信自己。」

「我相信自己又怎麼樣？根本沒人在乎，我就是個傻瓜。」

「你為什麼要成立這個什麼……超能力社團？」

「當然是為了成為超級英雄，」迪克撓了撓頭。「鋼鐵人、美國隊長……反正在別人眼裡這是毫無用處、浪費時間的事。」

「那你覺得成為超級英雄的前提是什麼？」

「當然是超能力啊！」迪克有些不耐煩。「這還用說嗎？連超能力都沒有，怎麼做超級英雄？」

「真的是超能力嗎？」汪旺旺一邊問，一邊轉頭看向沙耶加。「妳覺得呢？」

「我覺得……超能力不是最重要的，」沙耶加一下紅了臉。「美國隊長不是沒了盾牌就不能拯救世界。」

「很多超能英雄本身也沒有超能力，」達爾文在旁邊補充道。「比如鷹眼和黑寡婦。」

「超能力不重要，那什麼重要？」迪克像看傻子一樣看著汪旺旺。「妳可別告訴我練好英語發音才最重要。」

汪旺旺沒理會迪克的挖苦：「美國隊長在打怪的時候也不是一拳就能制勝的，沒有一次次從絕望中站起來，都不好意思說自己是美國隊長。」

「妳要跟我說那些大道理嗎？」迪克一臉生無可戀。「什麼勇氣啊，不懼失敗之類的。省省吧，道理誰都懂。」

「道理確實誰都懂，可是能做到的人很少，這就是為什麼超級英雄很少的原因——被人按著打真的很痛，被鐳射彈打到身上，不管什麼英雄都會掛掉……但是他們能一次一次地站起來，靠的不是什麼超能力，」汪旺旺把手搭在迪克身上。「是因為他們相信扛過下一次攻擊就能贏，只要一直打下去，就能使出致命一擊。」

「相信自己，才最重要。」汪旺旺說。「不過是別人的幾句冷笑，你就受不了了，怎麼成為超級英雄？」

「聽起來好像妳很在行一樣。」

「我雖然沒有超能力，但我才不要屈服，哪怕對手再強大，我都相信只要能一直打下去，就有機會贏。」汪旺旺聳聳肩。「認輸？我的字典裡沒有這個詞。」

「對呀，誰先放棄誰就先輸。」沙耶加也附和道。「只有不相信自己的人，才會任人擺布。」

「雖然我還是很失落……但我才不認輸。」迪克朝汪旺旺伸出了手。「謝謝你們。」

「今年只有四個人，雖然有點遺憾，但等你明年招募會員的時候，我們還來參加。」

汪旺旺握住了他的手。

就在這時，陰影裡的M輕輕舉起了自己的手：「請問……我能不能參加……？」

儘管這只是一段零散的回憶，但當汪旺旺看到這段畫面的時候，仍能清晰感受到M當時的心情。

在這之前，汪旺旺從來沒有細想過M加入他們的原因，或許是因為M夠不上其他社團的門檻，又或許是她想尋找一個和她一樣有特異功能的同伴。

原來這些都不是理由。

「我才不要屈服，哪怕對手再強大，我都相信只要能一直打下去，就有機會贏。」

這句話，才是M加入社團的原因。

模糊的畫面逐漸散去，汪旺旺回過神來，看到M瘦弱冰冷的小手緊緊地牽著自己。

她把自己最重要的一段記憶，分享給了汪旺旺。

作為一個從小就能看到未來的人，M面對的那個無處不在的敵人，是命運。

她從未打贏過這隻巨獸，它幾乎無堅不摧，能夠操縱萬物。她只能習慣認輸，習慣臣服，習慣在命運的夾縫中小心翼翼地躲避著危險。

她從來沒有過與之抗衡的決心，和這隻巨獸相比，她渺小得不值一提。

直到遇見了汪旺旺。

她第一次想闖進那些早以預知的危險中，紮進狂風暴雨裡，哪怕巨浪會將自己瞬間吞沒。

她開始覺得比起毫無價值地活著，有更重要的東西值得去守護。

「不，不要放棄……」M用盡全力拉著汪旺旺。「不要認，不要認輸！」

震耳欲聾的咆哮聲從「門」裡傳出來。「門」裡的星辰不知何時消失殆盡，取而代之的是一隻巨大的不知名生物，揮舞著巨爪，掙扎著從「門」裡爬出來。

它的嘴大得能吞下一艘航空母艦，那怪物的下巴裡包裹著像熔岩一樣火熱的物質，它慢慢地湊近汪旺旺和M，垂下巨大的眼睛看著兩個人。

汪旺旺認出了那個熟悉又陌生的眼神。

是張朋。

他以自己作為代價，獲得了萬神之神的力量——摧毀一切的力量。此刻他已經與那種力量融為一體，變成一隻像利維坦一樣的巨型怪物。

「跑！」M大喊著，用盡全力拉起汪旺旺。

「往哪裡跑？」汪旺旺看了一眼「門」，它正快速地和張朋的身體彼此糾結纏繞，融合在一起。

「往，往回跑！」

兩個人用盡全力奔跑著，身後迷宮的高牆石壁被張朋碾軋得粉碎，只留下燒灼的痕跡和飛揚的黑灰。

張朋的身體還在快速膨脹著，成千上萬隻巨大觸手支撐著它的身體向前爬，每一隻觸手上都浮現出不同生物的臉。它們介於活著和死去之間，睜大空洞的眼睛和嘴巴，發出狂躁的聲音。

猩紅色的暴雨雲包裹著張朋，一路劈下無數閃電，地面開始下陷，露出底下深不見底的熔岩。

汪旺旺想回頭看，M使勁拉住她：「這裡，這裡很快就，就要坍塌……不穩定……快跑！來，來不及了！」

兩個人一邊躲避著掉落的巨石碎塊，一邊咬著牙往前跑，整個氣泡世界開始支離破碎，就像是浮動在宇宙邊緣的荒島一樣。

她倆終於跑到了來時的巨大階梯，汪旺旺看到上方投下來的一束暗淡的微光——那是她們用血打通氣泡世界入口的地方。

「爬！」M大叫著，推著汪旺旺就往上爬。

眼看張朋就要追出迷宮了，汪旺旺忽然明白了他的意圖：「他也想從這裡出去！」

他要用他的力量摧毀地球上的一切。

她根本不敢想像，張朋爬出氣泡世界之後會發生什麼。以他現在的速度繼續增長，很快連人類最先進的武器都對他毫無用處了。

兩個人費了九牛二虎之力才爬到了石級的最上層，巨大的震動讓她倆險些跌回去，張朋也已經爬到了石級下層，巨大的觸手順著石級快速攀爬，朝出口撲過去。

「我們不能讓它從這離開！」汪旺旺一邊爬一邊對M喊。「快走，我們要關閉通道！」

汪旺旺這時才想起來，她們三個人雖然用自己的血打開了通道，但是都不知道該怎麼關上。

眼看張朋的觸手已經到了石級的最上層，M用盡全力把汪旺旺往上一推，自己卻停在了出口邊緣。

「快走啊！」汪旺旺使勁拉著M的手，可M就像一座千斤重的石像一樣，佇立在出口幾公尺之外的地方，一動不動。

「妳，妳不要擔心，它出，出不去。」M看著汪旺旺。「別，別理我，妳快點走！」

「妳在說什麼？」一種不好的預感忽然湧上汪旺旺心頭。「妳到底在說什麼！」

「對，對不起，我騙，騙妳了。我許了願。」

M的聲音變得沙啞起來，汪旺旺這才注意到，她的身體裡開始蔓延出無數紅色的菌絲，像蜘蛛網一樣交織在一起，形成一堵牆，逐漸將出口封閉住。

「這是什麼？怎麼會這樣！」汪旺旺大叫著。

「我許了，許了願，把張朋永遠困，困在氣泡世界。」M湧出的眼淚也迅速被菌絲吞沒。「作為代價，我也會永遠留，留在這裡。」

「不要！我不能把妳留下！要走一起走！」汪旺旺撲向M，用盡全力抓住她的手，可是M身體裡的菌絲似乎形成了某種保護網，將汪旺旺隔絕在外。

「替，替我活，活下去，不要認輸！」

「不要！」

那些菌絲迅速擴散，形成一種無形的阻力，將汪旺旺朝外推去。

「認，認識你們，真好。」M說。「你，你們給我的友情，就是我最想保，保護的東西。不要難，難過，沒有什麼好難過。我很高興，真的很高興……這是我和命運抗，抗衡的第一次，第一次勝利。」

在通道閉合的瞬間，汪旺旺看到的不是滿身菌絲的M，也不是揮舞著醜陋觸手的張朋，而是被夕陽映紅的大海和那隻奮力躍起的海豚。

那是M留給她的最後畫面。

與此同時，冗長漆黑的隧道裡傳來一陣劇烈的晃動。

「沒想到沼氣爆炸的威力這麼強。」瘋兔子嘟囔著。「那些八爪魚都該變成烤串了。」

「我總覺得哪裡不對勁，」達爾文搖搖頭。

「這不是爆炸造成的，」半藏用僅剩的那隻手貼著隧道的地面。「這次的震動從地底來。」

達爾文和沙耶加對視了一眼，兩個人都有不好的預感。

「這裡快要塌了，再不出去我們都得被活埋。」

「有光……」爬在最前面的沙耶加忽然說。「應該是出口了。」

幾個人繼續向前爬了一會兒，一道昏暗狹長的走廊出現在他們面前。走廊的天花板上吊著幾盞老式電燈，從風格上來看像是維多利亞時期的，牆上畫著一些哥特式宗教壁畫，一部分牆皮已經掉落了。

「《啟示錄》，」沙耶加喃喃地說。「這裡畫著的是《聖經》裡面的內容。」

「我們該往哪兒走？」瘋兔子左右看了看，兩側的走廊都深不見底，蜿蜒曲折，看起來並無不同。

「誰有指南針？」

「現在這種情況誰還會有指南針？」瘋兔子翻了個白眼。「能活著出來就不錯了。」

「那也就是說，我們現在根本摸不清方向了？」

「也許我們已經遠離鎮子了，」瘋兔子說。「這裡我真的一點概念都沒有，雖然說我好歹也算當年搬離卡森城的最後一批居民，但是我熟悉的也僅限於地面上的地形而已，我從來不知道底下還有這麼一個地方……」

瘋兔子沒說完，地底再次傳來劇烈的震動。幾個人都被晃得差點摔倒，牆上的燈悉數熄滅，黑暗再次籠罩了他們。

「這下徹底走不出去了。」

半藏拿出以撒留給他們的那盞提燈，在燈芯處摩擦了好久，提燈才發出一絲微弱的光芒：「這裡面的油快沒了，我估計還能撐五分鐘。」

「這裡不像是五分鐘能走出去的，要不交給命運決定吧，把你的幸運硬幣拿出來，」瘋兔子做了一個無可奈何的表情，把手伸向迪克。「正面走左，背面走右。」

「啊！」沙耶加忽然尖叫了一聲，一隻手扶著牆面，哆嗦地蹲了下來。

「怎麼回事？」半藏第一個衝到沙耶加身邊，在提燈火燭搖曳的陰影裡，他看到沙耶加的瞳孔收縮成細小的一個點。

半藏蹲下問道：「怎麼了？是不是不舒服？」

「我看到一個……突然出現在眼前的畫面，但很快就沒有了……」沙耶加使勁眨了眨眼睛，瞳仁又恢復成正常的狀態。

「她不會是嚇傻了吧？」瘋兔子轉頭看向迪克。

迪克沒有說話，用圍巾緊緊包裹住自己的臉，只露出兩隻眼睛盯著沙耶加。他的眼神裡充滿了關切，卻始終不敢靠近她，只是一直把自己藏在不遠處的陰影裡。

他不想讓她看到現在的自己。

「深呼吸，」達爾文也蹲了下來。「妳覺得哪裡不舒服？」

「不是，我不知道怎麼形容……我可能出現了幻覺……」沙耶加吸了吸鼻子，說。

「妳到底看見什麼了？」

「我看見……我看見汪旺旺……但畫面只是一閃而過。她穿著很古怪的紅色裙子，從這裡走了過去……」

「妳確定？」達爾文的心忽然提起來。

「我只能說，那個畫面很真實……」沙耶加使勁按了按太陽穴。「而且我以前從來沒有出現過這種感覺……」

「那妳看見她往哪邊走了？」

「那邊……」沙耶加用手指了一個方向。

「妳確定嗎？」瘋兔子皺了皺眉。「我怎麼覺著還是拋硬幣靠譜。」

「小姐看見的不是幻覺。」半藏扶起沙耶加，朝她指的方向走去。

一行人跌跌撞撞地跟著半藏順著走廊的一側疾走起來，燭光越來越微弱，沒過多久就只剩下一絲火星，大家只能跟盲人一樣在黑暗裡摸索著前進。

「我感覺這條路不是通往地上的，」瘋兔子使勁吸了吸鼻子。「空氣越來越稀薄了。」

半藏敏銳地感覺到沙耶加在黑暗中微微顫抖：「小姐，妳還好嗎？」

「我不知道……我很害怕。」

「怕什麼？」

「我感覺到有一種很強大的力量，離我們越來越近了，那是一種……超出我們認知的力量……」

「妳害怕那種力量嗎？」

「不，」沙耶加搖搖頭。「我不是害怕那種力量，而是……我的身體、我的感知、我的血液對那種力量的熟悉和渴望，我很害怕。」

一時間，所有人都沒有說話。

在這種情況下，沙耶加的回答本身就讓人不安。

瘋兔子清了清喉嚨，對半藏說道：「你剛剛說她看到的不是幻覺，你憑什麼這麼肯定呢？我的意思是，我們把所有的籌碼都壓在一個小姑娘身上，這個決定本身就很冒險……我不知道你們是否瞭解幽閉恐懼症，狹小黑暗的地方本身就容易讓人產生幻覺……」

半藏徑直走著，根本不屑於回答瘋兔子的問題，除了沙耶加，他也根本沒必要對任何人負責。

「半藏……」瘋兔子的問題也激起了沙耶加的疑惑。「我自己都不太確定剛才是不是幻覺，為什麼你這麼相信我？」

「因為妳爺爺曾經也有過這樣的『幻覺』。」半藏回答道。

「爺爺？」

「說起來是很久以前了，你爸爸曾經走失過，那時候情況十分危急，外面戰火紛飛，民眾暴亂，我們發動了很多人去找，但是一無所獲。危急關頭時，妳的爺爺忽然感應到了他的位置。」

「那是什麼時候的事？在哪裡？」

「一九四五年八月六日，廣島，清晨五點十分，離九點十四分的原子彈爆炸還剩四個小時。」

「爺爺當時看到了什麼？」

「他看到妳爸爸在一所戰地醫院裡。我們的人用最快的速度趕到那裡，把他帶回東京。後來的事妳也知道了。」

「所以你才這麼確定我沒有出現幻覺……」沙耶加的聲音顫抖著。

「具有同樣血脈的人能感覺到彼此，你們有同樣的能力。在某些特定的情況下，甚至能達到精神層面的溝通，即使預見未來也不出奇。」

通感！

達爾文的心頭一顫，迅速和迪克交換了一個眼神。

加百列和路西法的能力，沙耶加和汪旺旺之間也有！

「你的意思是……我和我的朋友有相同的血脈？」

半藏點了點頭。

又到了一個岔路。

「往哪兒走?」達爾文問。

沙耶加把手放在地板上,瞳孔一陣緊縮:「那……那邊……」

她話音未落,地震再次襲來。這一次的震動比之前都大,沙耶加一時沒站穩,黑暗中一塊巨大的碎石就朝她頭上砸了下來。

「小心——」

只見黑影一閃,迪克以迅雷不及掩耳的速度衝到前面,他一把將沙耶加護在自己身下,碎石砸到了他的肩膀。

「妳沒事吧?」地震過後,迪克用小得和蚊子一樣的聲音問。

「我沒事,」沙耶加抬起頭,忽然臉色變得蒼白。「迪克,你的臉怎麼了?」

只見迪克的圍巾不知道什麼時候滑了下來,雖然提燈只剩下微弱的光線,但沙耶加仍透過一絲亮光,看到了他那張已經不屬於人類的臉。

沙耶加下意識地抬起手,迪克像觸電一樣朝旁邊閃開:「別過來!」

「你的樣子……」沙耶加的眼裡含著淚花。「你不是感冒,這絕不是感冒……」

狹小的隧道裡,沒有人回答。

「都說了沒事……」過了幾秒,迪克微弱的聲音響起。

「到底怎麼了?」沙耶加聲嘶力竭地喊道。「為什麼騙我!」

「我說了沒事!跟妳無關!妳管不著!」

迪克從來沒有用這麼粗魯的口氣跟沙耶加說話,她愣了一下,忽然把頭埋在膝蓋裡大哭起來。
「嘿，雖然他說了跟妳沒關係，」瘋兔子揮了揮手。「妳也犯不著哭。」
「別再說了。」達爾文悶悶地打斷瘋兔子。
「我們不是朋友嗎？」沙耶加淚眼婆娑。「我以為我們是朋友……」
換成平常，迪克肯定屁顛屁顛地接話，可如今他躲在遠遠的陰影裡，一言不發。
他心裡比任何人都難過。
「走吧。」半藏拍了拍沙耶加的肩膀。「無論什麼事，出去後再說。」
一行人又摸索著走了一段路，提燈徹底熄滅了，通道裡只剩下眾人喘息的聲音。半藏和迪克的夜視能力最強，走在前面領路。最吃力的要數瘋兔子，他的傷口一直沒止住血，體力很快就要消耗完了。
「還有多久？」瘋兔子問。
沙耶加抿著嘴脣，她的情緒還沒穩定下來。她閉上眼睛極力想看到些什麼，最後還是搖搖頭，手頹然地垂了下來。
「我不知道。」她喃喃地說。「我現在很混亂，我看不到……」
「該死！」瘋兔子啐了一口。「早知剛才還不如用硬幣，她不會是帶錯路了吧。」
「閉嘴吧。」達爾文看了看兩邊的岔路，一時也不知道該怎麼辦。
「有人過來了。」就在這時，半藏一個閃身，貼在牆壁上。「噓。」
他雖然剛經歷了一場惡戰，還沒了一隻手，但是他的敏銳程度並沒有減退，在這種時候，他的警惕甚至堪比一隻獵豹。
果然如半藏所言，將近半分鐘後，大家都聽到窸窸窣窣的腳步聲，昏黃的提燈光芒在某條岔路的另一頭亮起來。

只見兩個穿長袍的女人正在往這邊走，她們一邊一個地架著一個腦袋低垂的人。那個人雖然也穿著長袍，衣服上卻沾滿了灰塵和血跡，偶爾發出幾聲痛苦的呻吟。

「是你們的人嗎？」半藏沉聲問。

達爾文和沙耶加此刻躲在通道邊緣，用力盯了好一會兒：「不是。汪旺旺沒那麼高，M的頭髮是紅色的……這個人的頭髮是金色的。」

「大概又是某個犯了錯的村民。」半藏想了想。

就在這時，中間那個女人抬了抬頭，她的嘴角還掛著血，在搖曳的提燈光中，一顆淡褐色的痣隱約可見。

「蘇，蘇珊娜！」瘋兔子全身一震，失聲叫道。

「你認識她？」半藏還沒說完，瘋兔子就已經急不可耐地往前衝去。

他的行為立刻暴露了他們幾個人的位置，通道另一側的那兩個女人一驚，扔下提燈就往回跑。她們剛準備張嘴大叫，就被跟上來的半藏用手肘打在了後頸處，眼一翻，暈了過去。

半藏的速度之快，讓達爾文都瞠目結舌。

「對付那些怪物在下也許未必在行，但換成人類的話……」半藏拾起地上的提燈。

「雖然我很少對女人出手，但特殊情況特殊對待。」

「他究竟是幹什麼的？」這時候達爾文才反應過來，他還一直不知道這個男人到底是什麼來路，為什麼會和沙耶加一起出現。

「他是志能備……」沙耶加一時間也不知道該怎麼解釋。

「一個臨近退休的老頭子。」半藏替她回答了這個問題。

「蘇珊娜！蘇珊娜！」瘋兔子從地上扶起那個女人，把她摟在自己懷裡。「嗨，妳還好嗎？」

蘇珊娜眨了眨淡藍色的眼睛，努力辨認著眼前的人，沒過一會兒，眼眶就紅了：「傑瑞……傑米，是你嗎？」

「嘿，我的小鼴鼠，好久不見……」瘋兔子眯起眼睛，控制著眼淚不讓它流出來，這是達爾文第一次看見他臉上流露出這種表情。

溫柔的、毫無遮掩的思念。

「我……是不是在做夢？」蘇珊娜把手放在瘋兔子臉上。「我是不是已經死了……」

「妳沒有死，妳不會死……我來接妳了。」瘋兔子一邊說，一邊輕輕擦拭著蘇珊娜嘴角的血。「是她們把妳打成這樣的嗎？她們要帶妳去哪裡？」

蘇珊娜似乎突然被瘋兔子的話嚇住了，她一下慌亂起來：「不要，不是……傑瑞，我不想去餵那隻怪物，我不想去！」

「誰都不會拿妳去餵怪物，」瘋兔子立刻回憶起剛才水潭裡那些森森白骨和巨大的章魚。「我倒要看看誰敢！妳安全了……只要我在，沒人敢動妳一根手指頭。」

「誰要拿妳去餵怪物？」站在一邊的達爾文問。

剛剛平靜的蘇珊娜又開始顫抖起來。「沒人敢違抗他的指令……他代表了神……違抗命令的代價就是付出生命……我不想死，傑瑞……」

達爾文和沙耶加迅速交換了一個眼神，幾乎是異口同聲問道：「妳說的那個神是不是張朋？」

蘇珊娜愣了半天，沒有反應。

「一個亞裔少年，」達爾文比畫著。「黑頭髮，和我差不多高！」

「他有再生的能力！」沙耶加也在旁邊補充道。

聽完這些描述，蘇珊娜半晌之後才點了點頭。

「他在哪裡？」

「他……」蘇珊娜哆嗦著。「他在舉行最後的儀式……和他的『朋友』一起，兩個女孩……」

兩個女孩！

幾個人的心都懸到了嗓子眼。

「那兩個女孩在哪裡？妳知道嗎？」達爾文的臉幾乎要貼到蘇珊娜臉上了。

蘇珊娜愣了片刻，抬手往前一指：「他們在銀礦道的最深處，湖的另一端。」

「妳認識路嗎？」

蘇珊娜點了點頭。

第二十一章　再見汪旺旺

地震的頻率越來越高，地面不停地震動。一行人跟著蘇珊娜跌跌撞撞地在迷宮一樣的地底裡穿行，在提燈能源耗盡之前，一扇敞開的金屬門出現在他們面前。

達爾文的心提了起來，他看見在金屬門後面的那個巨大岩洞裡，有一個熟悉的身影。此刻她穿著一條大紅色的裙子，裙擺已經被撕碎了，她的身上、額頭和臉頰上都沾滿塵土和紅色碎屑，蒼白的小臉上藏不住憔悴。

她就坐在岩洞中間，周圍一百平方公尺為半徑的地上，布滿了一圈又一圈奇怪的尖銳碎石，看起來就像是浪花忽然石化出來的一樣。

「汪旺旺——」達爾文心裡的千言萬語，此刻卻變成了一聲微弱的低語。

雖然近在咫尺，但他忽然覺得自己和她的距離是那麼遙遠。

她臉上掛著自己從不熟悉的表情，那麼肅穆，那麼悲傷，就像是古希臘神殿裡的那些女神雕像，唯一的區別是她胸口微微起伏的呼吸。

她還活著！

「等會兒，」一直沒說話的迪克拉住達爾文。「她看上去跟我們認識的中尉很不一樣……這會不會又是一個陷阱？我們之前已經遇到過一次贗品了。」

「不，這就是她，我知道這就是她。」達爾文甩開迪克的手衝上前去，此刻他什麼都不想說，一切語言都變得蒼白無力，毫無意義。

他跨過像波浪一樣的岩石，做了一個從來都沒有膽量做的動作——他緊緊抱住了她。

時間好像在這一刻靜止了。

達爾文還不知道汪旺旺覺醒的能力，就在這一剎那，她在混沌中窺見了他所有的記憶。

他曾經躲在不到五平方公尺的中式速食店的餐桌後面，偷望他愁容滿面的母親和罵罵咧咧的父親，他們在為了一頓炒飯的小費而相互咒罵，甚至大打出手。

夜晚的出租屋裡充斥著煙味，到處都是雜亂的麻將聲和爭吵聲。

他的父母從不會擁抱親吻，就連對兩個兒子表現出來的親暱，也只限於從那個雙層床架下油膩的鐵盒裡數出幾塊錢，塞進他們的口袋裡。

那些支離破碎的童年回憶，伴隨著濃重的油煙味，顯得孤獨又冰冷。

他從小就不知道什麼叫愛情，也不相信這種無法被論證的東西。

達爾文的冷漠就是那時候形成的，人和人之間的感情過於脆弱，在繁雜生活的瑣事中漸漸消耗殆盡，與其這樣，他寧願獨自一人。

冗長的記憶就像電影片段一樣，在汪旺旺的腦海裡快速播放，直到她看見一抹閃耀的彩色，一個模糊的身影在清晨的陽光下跳動。

她在笑，她的笑容忽然變得那麼清晰，在這之前，汪旺旺從來不知道自己在他的眼裡這麼好看。

她的耿直，她的善良，她的愛，她的恨。

她淚眼婆娑地摟著加里，她握緊拳頭說要去救M，她的一切，在達爾文眼裡都閃耀著刺目的光芒。

汪旺旺抬起手，緊緊地摟著達爾文。

「我來晚了。」達爾文的聲音有些哽咽。

「你倆快粘在一起了，能出去再抱嗎？」瘋兔子翻了個白眼。

「M呢？」沙耶加環顧四周。「張朋呢？」

「M……」汪旺旺痛苦的回憶被勾了起來，她推開達爾文，眼裡充滿愧疚的淚水。

「她為了保護我——對不起，我沒能把她帶回來……」

「什麼……」沙耶加眼圈發紅。「M她……」

「為了困住張朋，她把自己留在了氣泡世界。」汪旺旺雙手捂住臉，但眼淚還是從指縫裡洶湧而出。

「不要哭，」沙耶加吸了吸鼻子。「M一直把妳當成最好的朋友，她做出了選擇。」

「她把活著的機會留給了妳，如果換成我，我也會和她一樣。」達爾文說。「現在我們要一起離開這裡，結束這一切。」

「他說得對，」半藏也開口了。「我們必須趕緊走，事不宜遲。」

達爾文剛把汪旺旺扶起來，幾個穿著白袍的人就衝了進來。他們手裡拿著槍，不由分說地對著石洞內一通掃射。

「別打了！」瘋兔子拉著蘇珊娜躲在石牆後面。「你們的教主都死了！」

瘋兔子的聲音讓衝在前面的幾個人產生了瞬間的遲疑，可就在這時，他們身後的一個聲音冷冰冰地響起來。「即使沒有了神，末日審判也依然會降臨。這是他留下的預言，只要是他說的話，必然會成真！」

汪旺旺隔著紛飛的子彈抬頭看去，認出了門外說話的人，是那位在祝禱會上自稱為「雅各」的退役軍人。

他曾經為這個國家戰鬥，最終疾病纏身，對這個國家徹底失望。此時他手裡拿著衝鋒槍，腰間還掛著兩排手榴彈，指揮著前面的人進行攻擊。

「該死！你們瘋了嗎！」一枚手榴彈離瘋兔子不遠的地方炸開，他大叫起來。「你們千里迢迢來到這裡，加入這個組織，相信這個能給你們續命的爛人，不就是為了活下去嗎!?現在你們的神已經不在了，無論殺多少人，他都不會實現他的諾言了！你們不會上天堂，而是會進監獄！這個國家和法律不會放過你們的！住手吧！」

「他說得沒錯，法律不會放過我們任何一個人。」雅各朝瘋兔子的方向開了一槍，沉聲說道。「我們的行動早就開始了，沒有人能回到過去。你們殺了一個在紐約中國城的倒楣偷渡客、幾百名參與示威遊行的人、日本及中國的數萬名家長和學生、義大利的主教和那個該死的病毒研究中心的科學家……在這一系列事件中你們都是共謀者。儘管在我看來，這些人無一例外都是罪有應得，但是這個國家不會這麼想，政府和員警也不會這麼想。」

「別聽他的！」儘管瘋兔子已經聲嘶力竭，但沒有一隻舉槍的手放下來。

「我是一個軍人，曾經是這個國家的殺人機器，讓我告訴你們接下來會發生什麼，」雅各的聲音不容置疑。「一旦我們心慈手軟，放過這群人，讓他們離開，他們回報給我們的絕不是感恩戴德，而是帶著真槍實彈的坦克部隊！那些人會像射殺老鼠一樣射殺我們，僥倖活下來的人將會坐牢，被判重罪，因為在他們眼裡，我們就是殺人凶手。所以我們只有一個機會反敗為勝，就是迎來這個國家的末日！只有在末日審判如期來臨的時候，我們才會成為聖人！」

「你在為你自己的殺戮找理由！」沙耶加大叫。「改變世界不是殺人的藉口！如果連神靈也是殺人的藉口，那還要神做什麼！」

「你們都生活在這個國家裡，」雅各繼續說道。「你們早就看穿了這個國家的貪婪、骯髒、暴力、不公和無可救藥。難道我們之中還有誰對這個國家抱有不切實際的希望嗎？我們需要的是新世界秩序！我們要的是摧毀後重建！我們要的是徹底變革！」

「說完了嗎？」雅各話音未落，就看到一個黑影忽然閃現在他身後，帶著陌生的口音問道。「我已經聽不下去了。」

雅各還沒來得及反應過來，一把手裡劍就插進了他的喉嚨，頓時鮮血四濺。

「就是現在！」達爾文一手拉起汪旺旺，護著沙耶加向外跑去。

迪克不知道什麼時候已經消失了，他再次出現的時候是在另一個村民的身後。他的攻擊力不如半藏，但驚人的速度和隱身給了他很大的優勢，他一拳把村民打趴下。對方吃力地想站起來，但迪克更快，他一腳踢開他的槍，撲在地上跟他扭打在一起。

躲在一旁的瘋兔子立刻朝前一躍，撿起地上的槍，一邊反擊，一邊朝門外退。

「快走！」他向達爾文喊。

半藏迅速地放倒了衝進洞裡的大部分人，幾個人終於退到門邊。

「我們必須趕緊出去，」他朝沙耶加說。「衝過來的人只會越來越多。」

汪旺旺不知道什麼時候退到了門的邊緣，她眉頭一擰，似乎做了什麼重大決定，抬手就在門邊的密碼欄裡按下一串數字。

是的，她第一次進來的時候，就記下了密碼。

「妳——」沒等達爾文說完，她就猛地推了一把，把達爾文推出門外。

金屬門迅速閉合，隔開了汪旺旺和其他人。

達爾文突然有種不好的預感，他拚命地砸著門吼道：「開門！」

「雅各說得沒錯，張朋的死不會影響他的計畫！」汪旺旺的聲音從門裡傳過來。「他還在這裡設置了裝滿潘朵拉病毒的核彈！」

「妳要幹什麼！」達爾文的拳頭砸在門上，手上砸出了血痕。

「聽著，我去關閉核彈開關，我知道這裡有一條路能通到發射塔……是M告訴我的。」汪旺旺閉上眼睛，她在抱住M的那一瞬間，隱約看見了M的記憶。

在M被關在這裡的幾個月裡，張朋每次都在洞穴的另一端出現，那裡有一條隱蔽的小路，通往核電站冷卻塔的入口。

「妳一個人什麼都做不了！該死！」達爾文已經語無倫次。

「除了氣泡世界，張朋還設置了核彈，我要去關掉開關，我知道這裡有一條路能通到發射塔……」

「我他媽的不在乎別人！我不在乎什麼該死的村民！」達爾文的眼眶紅了。「我只在乎妳！」

「我也在乎你，在乎你們，所以我不能讓核彈爆炸。」汪旺旺的聲音有些哽咽。「就當是我的請求，去救救他們。」

「沒有張朋，他們早就死了！」達爾文還在捶著門。「妳給我開門！」

「如果我們也只顧自己的利益，那麼和張朋有什麼不同？」隔了一會兒，汪旺旺緩緩地說。

達爾文沉默了。

「我去過氣泡世界，我見到了我爸爸，他和M都為我死了……他告訴我，雖然我們的生命短暫又渺小，在浩瀚的宇宙中和沙塵一樣，但我們有一種會發光的東西，能夠照亮整個銀河……當時我並不明白那是什麼，直到M犧牲她自己保護我的時候，我才知道，爸爸所說的是我們擁有的靈魂、熱血和希望，是那些觸摸不到卻存在的正義感。因為我們心裡擁有這些品質，才能成為朋友，成為彼此最重要的人。」

「我不能沒有妳。」達爾文第一次哭出來。

「我也是。」汪旺旺的聲音逐漸微弱下去。「去做對的事。」

「走吧，」瘋兔子拉了拉達爾文。「既然你喜歡她，就當是為她而做，這是她覺得重要的事。」

「我只要她活著……」達爾文抽泣起來。

「如果她不是這樣的性格，你也不會喜歡她，」迪克拍了拍達爾文的肩膀。「你喜歡的就是這樣的她，我相信她一定能平安回來。」

「快走，再不走就來不及了。」

「唔——」毫無預兆地，瘋兔子發出一聲痛苦的呻吟。

只見他的小腹上，多出一把刀子。

瘋兔子捂著肚子，血從指縫裡流出來，他還沒從驚訝中回過神來，就看到蘇珊娜顫抖著站在他身前。

她看起來比瘋兔子還驚慌失措，雙手止不住地發抖。

「對不起……對不起……」她的聲音充滿自責，但更像是為自己開脫。「我錯了，我不該這麼做……但我不這麼做就會死，我不想死……他們會殺了我……」

「妳可能沒有搞清楚狀況，」半藏皺著眉，手心一翻，再次亮出那把手裡劍。「我一樣可以殺了妳。」

「誰都不許碰她！」瘋兔子掙扎著在半藏行動前，擋在了蘇珊娜面前。

「她早有預謀，」半藏盯著瘋兔子，搖搖頭。「她處心積慮要殺了你，甚至要殺了我們。這個女人留不得。」

「誰敢傷害她，我就跟誰拚命……」瘋兔子忍痛，冷汗從臉上流下來，卻咬著牙站直了身體。

「你傻嗎？」連迪克都忍不住破口大罵。「她不是第一次背叛你了！」

「那也跟你沒關係！」瘋兔子憋紅了臉，一步沒站穩，差點倒在地上。

「對不起……對不起……」蘇珊娜扶著他，越發不知所措，語無倫次地說著。「傑米，對不起……但我真的不想死……他們說如果我不這麼做，就不會再給我那些神奇的藥。我不想再回到病床上忍受那種痛苦，一次接一次的手術、放療、化療……傑米，我早就不是我了，我真的不想再經歷那種疼痛，沒有他們給我的血，我就會被癌細胞吞食，只剩下一層皮……」

「妳根本不知道他為妳做了什麼，」達爾文冷冷地打斷蘇珊娜。「難道他就不會死嗎？但他為了來找妳，連命都不要了。」

「別再說了。」瘋兔子看了達爾文一眼。

「真的對不起，對不起……傑米……」蘇珊娜慌亂地按著瘋兔子的傷口，雙手被染得鮮紅。「我幹了什麼……我不知道為什麼我會這樣，我這麼害怕……」

「嗨，小鼴鼠，妳看著我，看著我，」瘋兔子抬起手托著蘇珊娜的臉。「別說了，我不怪妳。」

「傑米，我該怎麼辦，我該怎麼辦……」

「妳以前就怕疼，我記得，連宿醉的頭疼都能要了妳的命，」瘋兔子的眼睛裡流露出愛憐的神色。「妳總是瞻前顧後，妳害怕明天下雨，害怕冬天的火爐把房子燒著了，害怕警車的警笛聲，害怕閃電和雷……這不是妳的錯，是我的錯，我犯了一個大錯誤，我明知道妳這麼膽小，卻一意孤行要妳和我搭檔一起去走犯罪這條路。」

蘇珊娜愣了一下，瘋兔子的話似乎勾起了她的回憶，她下意識地點點頭，又忽然猛搖起來。

「所以當我在監獄裡知道妳帶著所有的錢跑掉的時候，我很生氣，但我沒有怪妳……」瘋兔子咳了兩聲。「哪怕所有人都說我是個傻帽，只有我心裡知道，妳只是害怕而已……就像我知道，我們曾彼此相愛……」

「她這不是害怕，是自私。」迪克在旁邊忍不住插嘴。

「該死！這是我們兩個人的事，你一個乳臭未乾的小孩懂什麼。」瘋兔子吼了一聲。

「他沒說錯，我真的太自私了……」蘇珊娜捂著臉，眼淚落下來。「但我控制不了我自己，我的大腦裡一直有一個聲音跟我說，如果想活下去，就要不計一切代價為末日審判掃清障礙，如果我不這麼做，就會遭受可怕的懲罰……」

「她被洗腦了。」半藏說道。「這是很多極端組織慣用的手法，它們會催眠成員，不停加深他們對組織的依賴，並且把他們的行動合理化。」

說完，半藏蹲下來幫瘋兔子簡單包紮了一下傷口。他眉頭緊鎖，即使不說，大家也能看出情況不太樂觀。

「沒關係，」瘋兔子苦笑了一聲。「生生死死的事，我早就麻木了。」

「你的傷口很深，不及時搶救的話撐不了多久。」半藏如實相告。
「我不想讓你死！我不想你死……我們去求他們，去求亞伯，總有辦法的！」蘇珊娜握著瘋兔子的手。「除了血之外，他們還有那些神奇的藥！哪怕是只剩一口氣的人也能救回來！」
「你說的是這種東西嗎？」裹著圍巾的迪克從口袋裡摸出一顆MK-58。
「太好了！你也有！快給傑米吃……」
「這些藥救不了人。」
「不，你撒謊！它救了我們很多人……」
迪克沒有說話，只輕輕撩開圍巾的一角，露出猙獰的臉：「它只會把人變成這副樣子。」
蘇珊娜嚇得跌坐在地上，最終沒說出話來。
「小鼴鼠，夠了，」瘋兔子搖了搖頭。「我需要的不是藥……」
「你會死的！」
瘋兔子擠出一個微笑：「我們總是勸那些病入膏肓的人堅強些，勸那些身患絕症的人勇敢一點，但這些都是沒有經歷過死亡的人說出來的漂亮話而已……只有當事人才知道那些辭藻有多空泛、多蒼白，因為所受的切膚之痛根本不是旁人能體會的。蘇珊娜，我現在雖然很痛，但我終於能理解妳的心情了。」
「我不要你死……」蘇珊娜搖著頭，機械地重複著。
「嗨，妳能摸一下我的口袋嗎，左手邊那個……抱歉，我的手現在使不上力氣了，」瘋兔子忽然說。

蘇珊娜愣了一下，隨即把手放進他的口袋裡翻了翻，摸出兩張已經染上鮮血的機票。

「蘇珊娜・摩根，傑瑞・龐奇，那是我們兩個的名字吧？我訂機票的時候有些激動，生怕把字母拼錯了……」

蘇珊娜看了一眼機票的目的地，忽然失聲痛哭。「你還記得……」

「我當然記得，在古巴，海邊的大房子，我們說好的……」瘋兔子的眼睛也濕潤了。「我說過我們可以每天喝朗姆酒和椰子汁，然後一起老去……那時候我在想，當我們白髮蒼蒼那一天，妳守在我身邊，我跟妳聊天時就睡著了，不再醒來，但我一定是幸福的……好吧，雖然這個願望實現不了，但現在妳仍然在我身邊，其實沒有什麼不同……所以小鼴鼠，我不害怕了。」

「不要……」

「死亡其實也沒那麼可怕，只要有妳在。」瘋兔子說完轉過頭看著半藏。「能答應我一件事嗎？」

半藏沒有說話，因為從原則上講，他只服從於一個人。

「能答應我一件事嗎？」他又轉向達爾文和迪克問道。

「你說吧。」

「無論我死在這裡還是死在外面，都不要傷害她，一定要帶她一起出去。」

「……那是你的女人，你自己保護。」達爾文別過頭。「趕緊走吧，我背你。」

第二十二章　末日審判

惠特妮・布萊曼牽著那頭叫多加斯的奶牛走在鹽鹼地上，鵝毛一樣大的雪片夾雜著冰碴兒從天上落下來。

十二月二十五日。二十年一遇的暴風雪果然如期將至。

她朝遠處望去，卡森城的鑄幣廠正孤零零地佇立在通往遊樂場的公路邊上，工廠區的中間有一個特別高的哥特式的尖頂建築，遠看和教堂一樣。那裡懸掛著一口早已廢棄多年的銅鐘，可就在剛剛，它忽然如平地驚雷一般發出一聲炸響。

遠處某些不明動物的叫聲讓多加斯也跟著狂躁起來，它的蹄子在泥土裡刨著，鼻子噴出的氣形成一股白霧。

惠特妮忽然不由自主地打了個哆嗦，儘管她早已不再會感覺到寒冷——當她開始接受那個人給她的血液開始，就再也不會覺得冷。

她和村子裡的人都把這種奇跡視為神的恩賜，當他們大肆讚美神跡的同時，卻不願意面對心底那小小的猜疑——這種神奇的血液帶給他們的究竟是更健壯的身體，還是逐漸麻木的感官。

即使冰雪落到臉上也感覺不到溫度，即使割傷皮膚也感覺不到疼痛。

為什麼會哆嗦呢？她在心裡問自己，我明明已經按時吃過「藥」了。

每個村民都會按時領到那些神奇的血液，就像多加斯的飼料裡也會有那些藍色的藥丸一樣。最初，那個自稱為神的亞裔男孩會模仿《聖經》裡的場景，割破自己的手指將血液分給信徒們，可搬到這裡來之後，他越發深居簡出，除了在祝禱會上出現之外很少露面，連他的血液也只會被裝在一個和小拇指一樣大小的瓶子裡，送到每個人的手上。

惠特妮看了看手上的瓶子，有這麼一瞬間，她想起以前深陷毒癮的日子，毒品能要了她的命，可是神將她救贖，把她從死神的手裡奪了回來，讓她從奄奄一息的病床上站了起來，重新給了她和正常人一樣的生活。

究竟是「和正常人一樣」，還是「像正常人一樣」？

現在的自己是正常人嗎？

她想起另一個叫桃樂絲的女人，來到卡森城之後她們被分配到一起做農活，那個女人的話不多，臉上經常閃過猶豫的神色，天知道是什麼原因，她竟然自己偷偷停了藥，把每天發到手裡的小瓶和食物殘渣一起倒進水渠裡。

不久前的某一天，她在餵牛的時候突然倒下了，四肢抽搐，痛苦萬分，身體扭曲成正常人無法達到的形狀。惠特妮不知道是不是自己眼花了，她看到桃樂絲的皮膚變得透明，上面長出了不屬於人類的東西。然後桃樂絲被帶走了，再也沒有回來，也沒有人再見過她。

是因為桃樂絲的忤逆，導致神的震怒，才發生變異的嗎？如果不是的話，那麼自己是否遲早也會變成她那個樣子？

「當……」

鐘又響了一聲，把惠特妮從思緒中喚回來，她想起今天是所有人的大日子，耶誕節是《聖經》裡的基督彌撒之日，是聖靈誕生之日，是神許諾的審判之日。

她想了想，牽著多加斯往鑄幣廠的方向走去。

一路上，她遇到了其他村民，越來越多的人集中在鑄幣廠前的廣場上，老人和孩子們都在隊伍裡，每個人眼裡都流露著興奮又恐懼的眼神。惠特妮留意到一些男性村民手裡握著槍——他們在好幾天前就被發放了武器，沒有人知道這是為什麼，就像沒有人知道末日審判將會怎麼開始一樣。他們唯一能做的，就是在心裡反覆祈禱，鞏固自己的信仰，以免在審判來臨時因為自己的不忠而被神遺棄，打入地獄。

「審判要開始了……新世界秩序……」

她聽到人群中壓低的議論聲。

天空中烏雲密布，雪更大了，惠特妮的肩膀和頭上都落滿了雪花，她抬頭盯著掛鐘，直到掛鐘的後面走出來幾個人影。

出乎意料的，不是他們心裡那位無所不能的「神」，而是幾個灰頭土臉的陌生面孔。人群中響起竊竊私語的聲音，惠特妮聽到槍支上膛的聲音，幾個男人大叫著勒令他們下來，甚至已經有人扣動扳機。在驚叫聲中，一個黑影閃到了人群裡，惠特妮還沒看清發生了什麼，就看見其中一個拿槍的人哀號一聲，跌倒在地上。

「不要！半藏……」一個亞裔面孔的長髮女孩在樓頂喊。「都住手！讓我們把話說完！」

「這些人是入侵者！把他們逮住！」又有人叫起來。「不要相信他們說的任何話！吊死他們！」

就在一片混亂中，樓頂那個有些瘦削的男孩忽然用盡全力大喊一聲：「你們信仰的『神』，他已經死了！」

他的聲音穿過冰雪，像利劍一樣穿透在場的每個人的耳朵，惠特妮突然覺得天旋地轉。

「他們在胡說，」回過神來的村民叫起來。「神根本不會死，永遠不會死，死去的只有無知的人……」

「這個世界上本來就沒有神，只有人。」達爾文的聲音有些顫抖。「該死！你們的信仰究竟發自內心，還是源於恐懼？現在你們的神已經沒有了，沒有誰能控制你們，你們可以離開這裡，回到你們來的地方，回家，擁抱你們的妻子和親人。當然你們當中的很多人要為自己做過的事承受相應的代價——法律和道德的懲罰。最後，等待你們的是本該如期而至的死亡。」

「殺了他們！割掉他們的舌頭！」底下的人群一陣騷動，隨即群情激昂地喊了起來，根本沒有人聽達爾文的話。

達爾文忽然覺得無比憤怒和絕望，這些執迷不悟、雙手沾滿鮮血的人根本不值得他最愛的人和最好的朋友以身試險，甚至付出生命。他們永遠不會知道有人為他們犧牲了什麼，因為他們只顧自己。

他多想一走了之，可是他不能不顧汪旺旺對他最後的請求。她一定會回來的，達爾文握緊拳頭，他不希望因為自己的冷漠和自私，讓她的臉上再次掛著失望和眼淚。

「那個人……神已經不存在了。」一個顫抖的聲音，在達爾文身後響起來。是蘇珊娜，她鬆開攙扶著瘋兔子的手，走到露臺前，人群中立刻有人認出了她。

「妳怎麼在這裡？」有人朝她喊。「妳怎麼能背叛自己的信仰？殺了他們！快點殺了他們！」

「我不想再這樣下去了！」蘇珊娜忽然跪了下來，她爆發出來的哭泣混合著風聲傳到每個人耳朵裡。

「我很怕死，我一直很怕死……」她擦了一把眼淚。「可就在剛才，我差點殺了最愛我的人……我不想再這麼活下去了！我不想再這麼活下去！」

她的話顛三倒四，卻讓人群有這麼一瞬間忽然安靜下來。

「你們不要再繼續欺騙自己了！」達爾文大喊著。「審判不是地球毀滅，也不是什麼新的世界，審判在你們心裡——」

「乒」的一聲，不知道是誰趁亂朝屋頂開了一槍。達爾文微微側過頭，看見自己的肩膀上多了一個槍眼，幾秒之後，血汩汩地向外湧出來。

「不！」沙耶加還沒來得及跑到達爾文身邊，就看到達爾文一個趔趄向地面滾了下去。

幸好雪堆得足夠高，他沒有直接落到地上，而是栽到鑄幣廠二樓的棚頂上，然後才掉到了人群前面。

「達爾文！」沙耶加聲嘶力竭地喊著。

「我沒事……」達爾文的手腕骨折了，肋骨也斷了兩根，臉上淌滿了血。他竭盡全力支撐著自己的身體站起來，一瘸一拐地走到人群中。「審判在你們心裡……」

那些村民不知道是出於什麼樣的情緒，竟然為他讓開了一條路。

達爾文能感覺到無數的目光落在自己身上——仇恨、不解、憤怒和好奇，如果目光能傷人，他已經被撕成碎片了。

「現在我就在你們之中，你們任何一個人都能殺了我，如果這樣做就能得到內心平靜的話。」達爾文又吐了一口血，裡面混合著兩顆牙齒。「難道殺了我，你們就能繼續欺騙自己嗎？」

沒有人回答他。

「你們口中說的『神』告訴你們，只要選擇做『正確』的事就能在末日審判中得到救贖。於是你們舉起屠刀，殺掉那些擋路者和脫離這裡的信徒，人死得越來越多，你們選擇在大屠殺中沉默……你們一遍又一遍地告訴自己他們該死，他們是被神拋棄的人，是通往救贖之路的犧牲品，因為只有這樣你們才能在夜晚安眠——但事實就像這場暴風雪一樣，每一片雪花都不是無辜的，你們這樣的劊子手真的能在末日審判中得到救贖嗎？你們為了活下去，踩在無辜的人的屍體上向上爬，如果神明真的存在的話，它絕不會因此而救贖你們。醒醒吧，沒有人會因為殺人而被救贖！」

「把他抓起來！」人群中再次響起嘈雜聲，幾個端著槍的人衝了出來。「末日審判是我們唯一的出路！」

率先衝到達爾文面前的人舉起了槍，達爾文感覺到冰冷的槍口直抵自己的眉心。

他閉上眼睛，他已經盡力了。

忽然，一絲溫熱的微風吹拂過他的臉頰，一個女人從人群中走出來，為他擋住了槍口。

「他說得沒錯，」惠特妮手上拿著一個裝有鮮紅色血液的小瓶子。「沒有人會因為成為殺人者而被救贖。」

說完，她的手一鬆，瓶子掉在地上，裡面的血滲進泥土裡。

「妳想幹什麼？」那個舉槍的人吼道。「妳知道這麼做的下場是什麼嗎？」

另一個人也從人群中站了出來，擋在達爾文的面前，那是一個風燭殘年的老人。

「不要再繼續錯下去了，」他搖了搖頭。「我們付出的代價已經夠多了。」

「沒有人會因為成為殺人者而被救贖。」

「沒有人會因為成為殺人者而被救贖。」

一個人、兩個人、三個人。

慢慢地，達爾文身邊聚攏了一群人，他們用身體幫他擋住了槍口。

「我們都不想背負著這種罪惡活下去了。」

「他們帶走了我的孩子，可我為了能活下來，選擇視而不見……如果能再來一次，我哪怕失去生命，也不想失去他。」

「我也不想再這樣活下去了。」

「我想回家，我早就想回家了。」

達爾文從沒預料到這一幕，他被一群又一群的人團團圍住，被保護在人群的中心。

他忽然明白了，汪旺旺是對的。

就在此刻，大地忽然毫無預兆地震動起來。

「怎麼回事——」達爾文話音未落，就看到鑄幣廠的後面翻起了幾百公尺高的巨浪，在浪花的頂部，出現了一隻沾滿黏液的巨大八爪魚腕足。

是路西法，它還沒死！

「那是什麼！」人群頓時亂作一團。「上帝啊！那是什麼怪物？」

「它的外殼太堅硬了，又躲在水裡，地下洞穴那種程度的爆炸傷不了它！」半藏大喊著，向前助跑幾步，縱身就往鑄幣廠樓頂躍去。

達爾文一時也沒有反應過來，他從沒想過這玩意兒能離開水域，可它現在真的順著湖岸爬了上來。

路西法發出震耳欲聾的嘶吼聲，一隻覆蓋著尖刺和鱗甲的巨大腕足在天上一揮，就朝鐘樓劈了下去，頓時半座鑄幣廠就被它拍垮了。

幸好半藏此時已經先一步帶著眾人跳到了另一邊，迪克背著瘋兔子滑下雪堆，嘴裡叫道：「它是來給加百列報仇的！」

沙耶加重心不穩，一腳差點踩空。迪克的反應比半藏更快，瞬間跑到她身邊伸手一拉，路西法的腕足在沙耶加面前落了下來，擦著她的鼻尖而過，把不遠處的母牛卷了起來，三兩下就撕成了碎片。

湖水掀起的巨浪退去，路西法的爬行速度十分驚人，沒用幾秒鐘就爬了過來。鑄幣廠被它巨大的頭顱壓垮，掀起的灰塵在暴雪中飛揚。

一些反應過來的村民開始舉槍射擊，但是這些子彈對路法西就像撓癢癢一樣，根本沒什麼用。

「它好像又長大了！」沙耶加驚叫道。

「快點跑！」達爾文轉身向那些村民大叫。村民們一時間哀號四起，路西法毫不費力地就把跑在後面的人卷到半空中，再狠狠地拍到地上。

達爾文一行人也夾雜在混亂的人群之中，眼看路西法逐漸逼近，某個村民在人群中大吼：「讓開！我有炸彈！」

還沒等達爾文制止，就看見一個黑色的物體被拋向空中，朝路西法的頭頂砸了過去。

和達爾文預料的一樣，路西法堅硬的外殼根本毫髮無傷，炸彈只能激起它的憤怒。它揚起醜陋的腕足在天上揮舞著，摧毀一切可以夠得到的東西。

「這樣下去不行，」沙耶加邊跑邊說。「我們根本跑不過它……」

「要是現在有燃燒彈就好了，」迪克背著瘋兔子，此刻也上氣不接下氣。「還有轟炸機、防空導彈……」

「沒用的，」半藏打斷他。「這東西之所以能長那麼大，是因為表皮在不停地增厚。現在就算是導彈也未必能打穿它。」

「那到底該怎麼辦？」

「這怪物讓我想起鱟——小鱟從卵裡孵出來的時候，首先會發育出堅硬的外殼，」半藏答道。「但不代表它們沒有要害，它們腹部下面的口腔非常柔軟，如果真的像加百列所說，這東西出生的時間很短，那它的口腔就是它的要害。」

「可是誰能靠近它的口腔……」

「被它吃掉就可以了。」半藏笑了笑。

沙耶加忽然發現，半藏的身側不知道什麼時候多了兩捆炸藥，和那些村民用的一樣。

「你不准去！不准去送死！」她忽然明白過來，眼睛一紅，猛地拉住半藏的衣服。

「我絕對不允許！」

「在下最見不得小姐哭了，」半藏像是沒事人一樣，伸手拭去沙耶加臉上的淚水。「救出妳的朋友們，不是小姐的願望嗎？您應該可以看清現在的形勢，在下如果不這麼做，所有人都會死在這裡。」

「你不能去送死！」沙耶加邊哭邊搖頭。「這是命令！」

「可惜，妳還不是我的主公，」半藏說。「別忘了，是我主動請求妳爺爺保護妳的。」

「轟隆」一聲，又有一座建築轟然倒塌。路西法的口器裡伸出無數長著黑毛的腕足，幫助它在陸地上行走，它揮舞著腕足發動了下一輪攻擊。

「不准去！」沙耶加使勁拉住半藏的衣服。「肯定還有別的辦法！」

某個村民在奔逃中撞到沙耶加的身上，她向後一倒，半藏的衣袖被撕開了大半。沙耶加看到他的皮膚上布滿了許多黑色的血管，而斷臂的一側，皮膚已經開始腐爛。

「這是……」

「對不起，我向您撒了謊，」半藏的眼神裡充滿歉意。「沒有能治百病的萬能藥，兵糧丸只能在短時間內迅速提升我的體力，讓我能夠保護您直到最後一刻。」

「你說你不會騙我的……」沙耶加頓時淚如雨下。

「所以，在下只好以死謝罪了。」

「我不要你去，我不要！」沙耶加號啕大哭起來。

「聽著，」半藏皺著眉，用僅剩的另一隻手抓住沙耶加的手臂。「本來我沒有資格說妳，但妳不要忘記自己是誰，妳的眼淚絕不能流得那麼輕易，堅強些。」

「我不允許！我不允許……你就這麼送死……」

「與其說是送死，不如說這是我們最後一次合作。」半藏的語氣嚴肅起來，事實上他不只是對沙耶加說，而是同時看向達爾文和迪克。「聽好，我需要你們把路西法引到遠離人群的地方，能做到嗎？」

達爾文和迪克交換了一個眼神，點了點頭。

「把我放下來，我能自己走，」趴在迪克後背上的瘋兔子虛弱卻堅定地說。「算上我那份，把它打趴下！」

「現在不是哭的時候，妳永遠不能這麼哭，」半藏又轉頭對沙耶加說道。「還記得我跟妳說過的原則嗎？先救妳自己，其次才是別人，一定要活下去。」

沙耶加吸了吸鼻子：「好。」

「臭怪物，來這邊呀！」達爾文和迪克一邊朝人群的反方向跑，一邊大叫著。他們邊跑邊撿起地上一切能撿的東西——樹枝、石塊，拚命向路西法砸過去。

「快去！」半藏拉起沙耶加，朝另一頭跑去。「兵糧丸的藥效快過去了，我的眼睛已經有些看不清東西，我需要妳幫我找一個地勢比較高的地方！」

達爾文的叫聲果然吸引了路西法的注意，它身側灰白的複眼閃過怨毒的光，似乎認出眼前這兩個人正是殺了它兄弟姊妹的凶手。它發出金屬摩擦般的刺耳尖叫聲，揮舞著腕足轉身就向他倆爬過去。

「那裡！」沙耶加抬手指著不遠處的屋頂，那是路西法爬向達爾文他們的必經之路。

「就是那裡。」半藏拉著沙耶加往她指的方向跑過去。

迪克也跳上屋頂：「來呀！你這個怪物！」

腕足一揮，整間屋子都被震碎。迪克險些被擊中，翻身一滾摔在地上。

路西法那巨大的身軀不斷向前逼近，又是一聲驚天的號叫。沙耶加和半藏這才看清它的口器——那是一個布滿了鋸齒和深紅色肉壁的環狀物，上面粘著膠狀的黏液。

「等它張開嘴，就是我們最好的機會！」半藏吼道。

「不要，不要去……」沙耶加明知半藏心意已決，卻還是忍不住拉住他。

半藏臉上再次浮現出他平常玩世不恭的笑容，摸了摸沙耶加的頭：「在下從成為忍者的那一天起，早就有了赴死的覺悟，很多時候在下都想像著自己會以怎樣的方式結束生命，如今可以說很圓滿了，一點遺憾都沒有……」

沙耶加愣了愣，眼淚如決堤般湧出來。

「再見了，節子。」說罷，半藏三兩下就跳上屋頂，借助屋頂的高度，向上一躍，被路西法長滿黑毛的腕足卷了起來，送進口器裡。

不過片刻，巨大的爆炸把天空映成了紅色。

他在生命的最後一刻，喚她節子，就像是一位真正的父親喚他的女兒一樣。

第二十三章　發射中心

汪旺旺繞過散落在石洞裡的層層碎石，果然找到了M記憶裡的那條暗道。M被禁閉在這裡數月，張朋每次出現的時候，都沒有走正面那道金屬門，而是從石洞後面的這條暗道裡出來。

她有一種預感，如果說金屬門外面的路是通往地面的，那麼這條暗道一定能找到他精心布置的核爆裝置器。

這條暗道裡安裝了現代化的白熾燈，牆上遍布各種電線管道，汙水管發出排水的轟鳴回聲。雖然走廊不到兩百公尺長，卻像是時空隧道連接著兩個世界。

汪旺旺回想起自己坐電梯下來之前，透過視窗遠遠看到的那兩座佇立在湖邊的水泥高塔，它們應該就是張朋所說的核電站了。她現在所走的這條路，也是從湖底通往那兩座高塔的必經之路。

通道盡頭是一道狹窄的金屬扶梯，上方有一部貨梯，裡面只有一個按鈕，按鈕上用英文歪歪扭扭地刻著一個詞。

「盡頭。」汪旺旺輕聲讀道。

她按下按鈕，電梯緩緩升起。

電梯上升的時間似乎有一個世紀那麼長，當電梯門開啟的一瞬間，呈現在汪旺旺眼前的情景，和她想像的一點都不一樣。

沒有什麼高科技的鋁合金控制臺，也沒有那些科幻電影裡的那種發射裝置。

這裡很黑，只有大大小小的燈泡亮著黃色和紅色的微光。汪旺旺看到這裡儼然是一個巨大的垃圾場，電線雜亂地散落在地上，周圍堆滿了雜物，還有一大堆兒歌磁帶，印著港臺流行歌手的海報，以及被撕碎的歌詞本。汪旺旺撿起歌詞本，上面印著她早已忘記怎麼唱的兒歌。

「小鴨子，呱呱呱。去哪裡，找媽媽。」

汪旺旺揉了揉鼻子，在揚起的灰塵中，她看見從牆上蔓延到地面的無數幅塗鴉，雖然圖畫顏色斑斕，但畫工相當簡單，就像是四、五歲孩子畫的一樣。

這是什麼地方？

汪旺旺摸黑往裡走了一段，她的面前出現了一個巨大的蓄水池，池壁上長出了一些深綠色的青苔，空氣裡充斥著淡淡的臭味。蓄水池中矗立著四枚烏黑的巨大核彈，在核彈中間，還有八枚更小更細長的導彈，在彈身到彈頭的接駁處，各有一個突出的透明的槽口。它們像花瓣一樣簇擁著，看起來一點也不嚴肅，甚至有些滑稽。

烏黑的彈殼上被噴滿了五彩斑斕的塗鴉，如果不是預先知道它們的威力，汪旺旺一定會以為這是哪個無聊的人開的玩笑。

但這不是玩笑。汪旺旺看著導彈上的透明槽口，裡面裝滿了像灰塵一樣的絮狀物質，那是只需要幾毫升就能摧毀一個城市的潘朵拉病毒。

在發射臺外沿的金屬欄杆上，貼著一張簡筆劃的紙：

煙火大會：第一步，發射核彈。第二步，發射導彈。第三步，轟！煙火大會正式開始。

整個發射區域唯一能夠讓人感覺到恐懼的，就是這張紙旁邊的計時器了，那裡的倒計時數字一直在跳動變化：

二十七分鐘四十秒

即使汪旺旺早有心理準備，但當她親眼看到倒計時的時候，仍然感到全身發冷。就像是你掙扎著從噩夢中醒來，卻發現噩夢成真了一樣。

汪旺旺不由得向後退去，忽然覺得腳下被什麼東西絆住了，當她回過神的時候，才發現那是一個巨大的玩具拉杆。黃色的手柄上有一個紅色的塑膠球把手，大小和高爾夫球差不多，就像是她小時候在遊樂場裡看到的一樣。

汪旺旺猶豫了一下，握住了塑膠球把手，只見周圍的液晶導管和燈泡都開始閃爍起來，就像是某種巨大的設備被啟動了。

在開關上方，一面老式顯示幕亮了起來。那玩意兒看上去就和七、八〇年代用的電視機差不多，螢幕上布滿了白色的雪花，顯示幕預熱了好一會兒，才浮現出一行字：輸入密碼。

密碼？什麼密碼？

汪旺旺茫然地看著螢幕，腦子亂成一團。

會不會和洞穴裡那扇金屬門的密碼一樣？汪旺旺低下頭，看到拉杆旁邊有一個老式密碼盤，她彎下腰，仔細觀察著鍵盤上的灰塵。

她曾經看過一些諜戰電影，特工們有時候會通過灰塵來猜測密碼，因為皮脂會把灰塵帶走，所以經常被按動的數字一定比其他更乾淨一些。

汪旺旺在心裡琢磨著，剛才地下那扇金屬門的密碼是３３４６９，可是密碼鍵盤上的數字「３」沾滿了灰塵。

至少可以一試，汪旺旺心想，這麼重要的發射裝置一定會有試錯機制，就算是第一次輸入錯誤，也不可能就此玩兒完。

想到這裡，她抬起手，在鍵盤上輸入和金屬門相同的密碼。當她按完最後一個數字時，一圈彩燈毫無徵兆地亮起來，伴隨著那種遊樂場才會有的中獎音樂，汪旺旺嚇了一跳。

「嘀哩嘀哩哩，密碼錯誤，還有兩次機會。」一個機械的聲音從顯示幕後面傳出來。

密碼錯誤？

汪旺旺吞了一口口水，努力讓自己鎮定下來，至少她猜測的試錯機制是存在的。

如果不是這個密碼，又會是什麼？

眼看著發射臺上方不斷變化的倒計時，汪旺旺的內心也一點點陷入絕望，儘管她不停地告誡自己不要慌，但手還是忍不住顫抖起來。

拜託，給我一點提示！

「砰」的一聲，空氣中閃過一道電弧，火花從密碼盤旁邊的電線裡冒出來。

屋漏偏逢連夜雨，真的一點都沒錯，不知道是哪根保險絲短路，竟然把密碼盤的電路切斷了，空氣中瞬間彌漫著一股糊味。

汪旺旺下意識地用手扶住跌落的密碼盤，拇指不小心按在了某個數字鍵上，那個該死的音樂隨即又響起來。

「嘀哩嘀哩哩，密碼錯誤，還有一次機會。」

如果非要形容汪旺旺當下的心情，大約是一覺醒來發現還有十分鐘交卷，但試卷上只寫了不到兩筆，冷靜下來後發現原來自己的手錶已經停了，還有不到三十秒就要交卷一樣。

只是這次的代價不是不及格，而是世界毀滅。

汪旺旺低頭看看手裡的密碼盤，有幾個按鍵都燒焦了，連彈簧都掉了出來。

怎麼辦？

汪旺旺環顧四周，除了混亂的電線什麼都沒有，她不知道切斷這些電路會發生什麼，只有兩種可能，要麼是倒計時結束後無事發生，要麼是所有導彈被提前引爆。

她冒不起這個險。

如果達爾文在的話，會不會化險為夷？

對了，還有達爾文、沙耶加和上校，他們是不是已經逃出去了？

他們一定要活下去，無論如何都要活下去。就是這個信念支撐著她站在這裡，汪旺旺心想。

她深吸了一口氣，蹲下來仔細查看著燒焦的密碼盤，這東西看起來憑她的技術是無法再修復完整了。

忽然，角落裡有一個一閃一閃的東西引起了她的注意。那是一個老式頭盔，上面的花紋跟九〇年代流行的那種摩托車頭盔一樣，甚至還印著「注意安全」的字樣，前半部分有一塊黑色的鋼化玻璃罩，唯一不同的是頭盔的另一頭連著許多纏繞著的電線。

汪旺旺撿起頭盔，只見裡面隱約閃著幽藍色的光，玻璃罩的內側似乎有一些模糊不清的畫面。

這時候也管不了這麼多了，汪旺旺深吸了一口氣，把頭盔戴上了。

第二十四章　《小鴨子》

「小鴨子，呱呱呱。池塘裡，有青蛙。」

那首兒時的歌謠再次在耳邊響起。

鋼化玻璃閃了幾下，一道塗著紅油漆的鐵柵欄出現在螢幕上，柵欄上面掛著一條久經風雨已經褪去顏色的橫幅。這一切景象讓汪旺旺回想起，這裡正是她小時候上的那所幼稚園！

天有點陰，似乎就要下雨了，低矮的綠葉灌木叢在微風中搖曳，散發出南方特有的泥土氣息。每一個細節都那麼真實，這裡所有的場景都是一比一還原，那種熟悉的感覺回到了汪旺旺的身體裡，她的喉嚨發緊，就像是吞了一千根針。

這又是張朋的另一個陷阱嗎？

但她沒有選擇，既然張朋留下了這個頭盔，就代表他的遊戲還沒有結束，這是最後的機會。

汪旺旺踏過路面水泥裂縫中長出來的雜草，穿過柵欄朝著教學樓走去。

她曾經覺得幼稚園的操場很大，就算用盡全力奔跑也要好一會兒才能從這頭跑到那頭，如今看來卻小得可憐，只不過幾十步就能走完。操場上孤零零地擺著幾個公共遊樂設施，平衡木、蹺蹺板和低矮的滑梯，亮藍色的油漆大部分剝落了，扶手兩側露出了青色的鐵銹。

汪旺旺走進教學樓的大廳，展覽板上貼著孩子們的每週評比，最乖的會得到小紅花，那曾經是一個孩子的最高榮譽，甚至能以此從爸爸媽媽手上換得一大包糖果或一次動物園郊遊。天知道這些獎勵代表著什麼——按照規定把飯吃完，按照規定午睡，不搗亂，不提問，不跨出那條大人們規定好的線。

一些小板凳淩亂地散落在大廳四周，牆上掛著一排嫩黃色的舞蹈裙，裙邊沾滿了稀稀疏疏的羽毛。汪旺旺想起來她曾經也穿過那樣的裙子，在她表演《小鴨子》的時候。

音樂還縈繞在耳邊，可整棟教學樓空無一人。

穿過大廳，那塊坑坑窪窪的雜草地出現在她面前，站在草地中間的，是那個她曾經無比熟悉的瘦小身影。

「張朋！」

張朋回過頭來。

「密碼是多少？」汪旺旺氣喘吁吁地跑了過去，心臟都要跳出來了。「快點告訴我！來不及了！」

張朋沒有說話，眼神裡流露出一絲呆滯。

「密碼是多少？」汪旺旺的聲音顫抖著，她聽到自己在吼。「終止發射程式的密碼到底是什麼？」

張朋毫無反應。

「不不不……我不應該問你密碼的，密碼盤已經燒了，」她整理了一下思緒。「怎樣才能關掉發射程式？」

張朋有些痴傻地吸了吸鼻子：「……張朋是誰……妳是誰？」

汪旺旺突然反應過來，此時的張朋還不叫張朋，他還是最初的樣子，用的也是最初的名字。

「張凡誠……你是叫張凡誠吧？」汪旺旺問。

張凡誠呆呆地盯著汪旺旺看了一會兒，點了點頭。

「你是張朋編的人工智慧，對不對？」汪旺旺清了清嗓子。「他一定告訴你怎樣才能關掉發射程式，對不對？」

張凡誠的眼神十分空洞，仍然沒有回答汪旺旺的問題。

這一定是個陷阱，汪旺旺心想，即使眼前的張凡誠看起來再真實，也不過是電腦程式。張朋到底想幹什麼，汪旺旺怎麼想也想不通。

就在這時候，張凡誠說話了：「她……她還沒來。」

「你在等誰？」

「汪旺旺。」

「我來了啊！」汪旺旺大叫道。「我就是汪旺旺啊！你仔細看看，我已經來了！你快把終止程式的辦法告訴我啊！」

張凡誠仍舊無動於衷，他的目光忽略了眼前的汪旺旺，向遠處看去：「還沒來，還沒來……」

「不要再鬧了！」汪旺旺晃動著張凡誠的肩膀。「夠了！你做了這麼壞事，殺了這麼多人，你已經輸了！就算是你計畫的世界末日如期而至你也看不到了，讓一切都結束吧！」

無論汪旺旺怎麼叫，眼前的張凡誠還是毫無反應。

她又嘗試了很多不同的方式試圖跟張凡誠交流，可是他仍固執地重複著那兩句話，就像是根本不知道有什麼世界末日和核彈一樣。

「你究竟想要什麼……」汪旺旺頹然地坐在草地上。「你究竟想讓我怎麼做……」

天上的烏雲終於凝成了雨，豆大的雨點落在草地上，濺起黃色的泥水。張凡誠和汪旺旺站在雨裡，兩個人唯一的不同，是張凡誠已經被雨淋成了落湯雞，但汪旺旺身上還是乾的。

的確，張凡誠是早就設定好的程式。

即使這樣，汪旺旺看到被淋成落湯雞的張凡誠時，還是有一絲惻隱之心。

「雨這麼大，你不如到裡面躲一躲吧。」

張凡誠似乎用力想了一會兒，搖了搖頭。

「你等她要幹什麼？」

「這裡，玩裝死。」張凡誠指了指草地。

「這麼大的雨，幼稚園都關門了，她不會來的。」汪旺旺歎了口氣。

「妳騙人！騙人！」張凡誠氣急敗壞地大叫著，就像是一頭憤怒的獅子。「她答應的！」

我答應過嗎？我真的答應過他嗎？汪旺旺看著雨裡的張凡誠，她什麼都想不起來，也不知道該怎麼辦才好，只能跟他一起站在暴雨裡。

南方的暴雨來得快走得也快，沒過多久天就放晴了。張凡誠臉上髒兮兮的泥土被雨水沖刷得乾乾淨淨，汪旺旺這才看到他臉上有大大小小的瘀青和傷痕。

「疼嗎？」汪旺旺也不知道能為他做什麼。

張凡誠木訥地點了點頭，又搖了搖頭。

「被人欺負了嗎？」

「誰想欺負她，我就打誰。」張凡誠忽然抬起滿是傷痕的臉。「沒有人能欺負她！」

汪旺旺忽然一愣，她似乎模模糊糊地回想起童年的一些片段，每次當她感覺到危險的時候，總有一個身影擋在自己面前。

她只是記得他是個傻子，但她忘了自己是如何一次次地被這個傻子護在身後。

「我替她……謝謝你。」汪旺旺的聲音悶悶的。

那首兒歌的聲音又不知道從哪裡傳了過來。

「跳舞了！跳舞了！」張凡誠忽然興奮得手舞足蹈，朝教學樓跑去。

汪旺旺跟著他跑到窗戶邊上，張凡誠還很矮，他探頭探腦地踮著腳向教室裡看去，嘴裡念念有詞：「別說話……跳舞了……」

教室裡一個孩子都沒有，只有一部破舊的答錄機放在舞臺上播放著磁帶。

「她愛跳舞……」張凡誠自言自語地嘟囔著。「跳舞要花很多時間，她沒時間……」

「她有了新的小夥伴。」汪旺旺喃喃地說，她分不清這句話是對自己說的，還是對張凡誠說的。

「小鴨……子，呱呱……呱呱……」張凡誠也跟著兒歌哼起來，可是他五音不全，沒有一句在調子上，他忽然轉頭問汪旺旺。「我要是會跳了，她能跟我玩嗎？她會跟我跳舞嗎？」

汪旺旺一時語塞，她不知道怎麼回答這個問題。

「我有一個祕密。」張凡誠忽然說道。

「什麼祕密!?」汪旺旺的心提了起來。

「祕密……就是祕密。」

「你能告訴我嗎!?」汪旺旺抑制住自己的激動。「告訴我，這很重要！」

「小鴨……子，呱呱……呱呱……」張凡誠再次無視汪旺旺的追問，自顧自唱起歌來。

「聽著，」汪旺旺抓住張凡誠的衣袖。「無論你等的是哪個汪旺旺，她都不會再來了！這個程式裡根本沒有她！你現在要做的就是把這個祕密告訴我！」

「妳騙人！」

似乎只要一提到「汪旺旺不會再來了」這句話，就會激起張凡誠的怒火，他氣得在原地蹦得老高，然後使勁把腳踏在地上，一次又一次。

「她答應的！」

「你究竟想要幹什麼，你為什麼在等她!?」汪旺旺已經快被折磨瘋了。「你到底想怎麼樣?我沒有時間了！」

張凡誠愣了一下，歪著腦袋思考著，鼻涕順著腮幫子流下來：「想跳舞……想和她跳舞……」

「你認識的汪旺旺不會……」想起剛才張凡誠的反應，汪旺旺趕緊止住話茬。「你看這樣行不行，我陪你跳好嗎?」

「妳會嗎?」張凡誠盯著汪旺旺問。

「我……不會。」老實說，十幾年前的舞蹈，汪旺旺早就忘記了。「但總有辦法的，你可以教我，不是嗎?」

張凡誠露出一個憨憨的微笑，他每天都觀察著汪旺旺練習舞蹈，他把全部的注意力都放在了這上面，雖然他的身體不夠協調，跟不上音樂的拍子，但所有的動作他早就記在了心裡。

「我教你……」張凡誠笨拙地把手舉高，賣力地扭動腰肢，卻始終掌握不好節奏。

「一、二、三、四……二、二、三、四……」

汪旺旺沒辦法，只好跟著他一起跳起來。

跳著跳著，張凡誠把一隻手放在嘴邊，模仿鴨嘴的形狀，另一隻手模仿尾巴，在原地踏起步來。

「小鴨子，找媽媽。池塘裡，嘩啦啦……」

汪旺旺跟著他轉了好幾個圈，直到第一段的歌詞全部唱完，張凡誠忽然停了下來，他睜大眼睛，似乎在想些什麼，過了好一會兒，忽然略帶歉意地說：「忘了……忘記了……」

「沒關係，我們就這麼跳吧。」

其實舞蹈很簡單，動作換來換去無非也就那幾個，但對於張凡誠來說，記住這不到五分鐘的舞蹈動作簡直比登天還難。

張凡誠在汪旺旺身邊笨拙地重複著第一段的動作，兩個人的節拍完全不一致，如果旁邊有人在場的話——無論是誰，都會覺得十分滑稽。

但張凡誠笑了，一曲結束，他的笑還沒停下來，他控制不好自己的表情，嘴角有口水流下來，他臉上那個誇張的笑容在任何一個人眼中看來都顯得驚悚，但汪旺旺知道，他是發自內心的開心。

「跳完了，你可以告訴我那個祕密了嗎？」汪旺旺歎了口氣。

張凡誠再次恢復了剛才呆滯的表情。

「她說過，會跟我一起玩的。」過了幾秒，他輕聲說。

「你還想玩什麼？」

「裝死。」張凡誠指了指不遠處的草地。

汪旺旺和他一起躺在草地上，程式裡面的時間和現實世界不同，她根本無法猜測現在過了多久，但除了這麼做之外，她一點辦法也沒有。

想到這裡，她側過頭，透過雜草的縫隙看著不遠處的張凡誠，他果然嚴格遵守遊戲的規則，一動不動、認認真真地裝死。

他們就這樣一直躺著，直到天邊出現一抹紅霞。

汪旺旺的焦慮已經到達了臨界點，她終於忍不住翻身爬起來：「我認輸，你贏了。」

「嘿嘿嘿——」張凡誠本來直挺挺的身子忽然動了動，臉上露出一個勝利的微笑。

「贏了，贏了……」

「遊戲結束了，現在你可以告訴我了吧？」汪旺旺說。

「贏了，贏了要有獎勵……再來一局。」張凡誠揮舞著雙手，露出興奮的神情。

「不，沒有下一局了！」汪旺旺終於忍不住使勁抓住張凡誠的手。「來不及了！你一定要告訴我！」

「疼……疼……」張凡誠忽然露出一個痛苦的表情，他掙扎著想縮回雙手，眼睛裡閃著淚光。

汪旺旺放開他的時候，才看到他的手上布滿了密密麻麻的傷口。

「這也是……被人打的？」汪旺旺問。

張凡誠摩挲著雙手，既不點頭也不搖頭，而是繼續重複著：「疼……疼……」

「對不起，弄疼你了，但我真的沒有時間了，」汪旺旺閉上眼睛，深深吸了一口氣。「我必須找到終止程式的方式。」

「祕密……祕密在防空洞裡。」

就在汪旺旺準備解下頭盔的前一秒，張凡誠忽然朝遠處指了指。

汪旺旺幾乎是一路朝著記憶中的防空洞奔去，她慶倖自己還記得，隱蔽在幼稚園後牆的樹叢中，所有的孩子都害怕的地方，卻成為她和張凡誠的祕密基地，他們曾在這裡度過了童年最開心的一段時光。

那個防空洞跟記憶裡一樣漆黑，可兒時的她並沒有因此覺得恐怖，因為她知道，臺階下面有一個男孩，舉著僅有的半截蠟燭為她照亮眼前的路。

走下臺階，汪旺旺看到那面熟悉的牆，上面刻著自己兒時胡亂畫下的圖案，還有一些曾被他們當成寶貝的石頭和廢品，以及那塊早已腐朽的門板。

「在哪兒？」汪旺旺喘著粗氣大聲問。「關閉發射程式的方法在哪兒？你的祕密在哪兒？」

「祕密在那裡，在門板後面。」張凡誠指著門板說道，那上面還有當年汪旺旺留下的簡筆劃——一個男孩、一個女孩。

汪旺旺迫不及待地掀開門板，只見在門板的背後刻滿了歪歪扭扭的字，不是密碼，也不是什麼複雜的操作流程，都是同一句話——汪旺旺和張凡誠是朋友。

「汪旺旺……和我，是朋友。」張凡誠充滿期待地笑了。

汪旺旺忽然明白他手上的傷疤是怎麼來的，她沒有辦法想像張凡誠日復一日地待在這裡，在這個黑暗的防空洞裡，刻下這句話的樣子。
他不識字，甚至連一曲最簡單的「小鴨子」都跳不出來。沒有人知道，他為了記住這幾個字付出了多麼大的努力，就像沒有人理解汪旺旺在他心裡是多麼重要的存在一樣。
連汪旺旺自己也不知道。可她真的不知道嗎？
她在心裡問著自己，她並不是不知道，是她率先拋棄了這一份最純粹最美好的友誼。她給了M的東西，從來沒給過張凡誠。她憎恨張朋，唾棄張朋，卻從來沒想過他為什麼要這麼做。
「我……我們是朋友……」張凡誠指了指那兩個名字。
「對不起，對不起……」汪旺旺的眼淚順著眼角滑下來，她彎下身抱住那個瘦小的孩子。「我不該把你扔下的，我們是朋友。」
張凡誠的眼神忽然變得空洞起來，一個不屬於他的機械語音從他張大的嘴巴裡發出來：「語音指令通過，發射程式解除——」
眼前的畫面變成一堆蒼白的雪花，汪旺旺摘下頭盔，臉上的淚還沒乾。
「嗨。」那個老式液晶屏閃了閃，出現了張朋的臉。
他沒有穿斗篷，臉上也沒有那些猙獰的肌肉組織和血管，他穿著普通乾淨的衣服，臉色略顯蒼白。這段影片應該是預先錄好的，至少是在張朋跟他們一起進入阿什利鎮之前。
「嗨——」雖然知道螢幕裡的張朋不會回答自己，汪旺旺還是忍不住低聲回應道。
「如果妳看到這段錄影，那就證明我已經死了……至少是從這個世界上消失了。」張朋笑了笑，眼神中帶著一絲疲倦。「如果我沒有消失，妳就不會來到這裡，也不會找到那個頭盔，回到我們最開始相識的地方。」

他低下頭：「無論如何，謝謝妳跟我跳了那段舞，還有在草地上的遊戲，它們都是啟動下一步指令必不可少的環節。

「我還記得那段舞我練了很久，雖然聽上去很可笑，但我當時執著地認為，只要我也能跳舞，妳就會再回來，我們還會跟以前一樣。或許我只是妳許多朋友中的某一個，生命中的某一段插曲，但妳對我而言卻是全部，是這個世界我唯一接觸過的善良和美好，除此之外，世界上再也沒有什麼讓我覺得重要的東西。」

「我對這個世界不存希望，也沒有任何留戀。如果這個世界消失，我也不會恐懼，不會惋惜，甚至不會眨一下眼睛。」他的眼裡閃過一絲淡漠。「就像是撕掉一張紙，扔掉一袋垃圾一樣。」

「妳以為我痛恨人類，痛恨這個社會，其實妳錯了，我早就麻木了。或許妳會問，既然我已經對一切麻木了，為什麼還要這麼大費周章地把這個世界推向懸崖邊緣。這就是我設計的遊戲，只有檯面上的籌碼足夠多，妳才會用盡全力跟我玩下去……我不想再像小時候那樣被妳拋棄了。」

「現在這一刻，我只想知道妳所信仰的、妳堅信的那些所謂的美好和正義，是否能讓妳戰勝醜惡和黑暗，扳倒我，最終站在這裡。」張朋笑了，儘管有些苦澀。「可是我自己沒法親眼看到了。」

「張朋……」那一瞬間，汪旺旺彷彿又在張朋的臉上看到了他兒時的表情。

「無論如何，我從沒有傷害過妳，」張朋的臉上閃過一絲悲傷。「不管妳相不相信，我從來沒想過也永遠不會傷害妳。我恨妳，我恨妳把我拋在了身後，恨妳遺忘了過去，但我也恨我自己，甚至比妳更加恨我自己，我恨我沒有辦法成為妳那樣的人，我恨我失去了機會，我恨我沒有選擇……我還有機會嗎？可以再選一次嗎？」

汪旺旺閉上眼睛，她想點頭，卻掉下一滴眼淚。

「當妳站在這裡的時候，勝負已分，這一次我是真的死了。」張朋又笑起來，甚至笑出了眼淚。「或許這也是一個不錯的結局，至少妳再也不會忘了我。」

「妳應該已經注意到這個發射塔中間的八枚導彈了，每個彈頭上都有一個半透明槽口，裡面裝著潘朵拉病毒——這些是世界上僅存的菌株。在槽口背後有一根玻璃導管，掰斷導管，高濃度的環氧乙烷就會湧進槽口，徹底清除病毒。妳可以去拯救世界了，這是妳應得的。

「妳贏了。」張朋的聲音在空曠的發射塔中回蕩。

汪旺旺吸了吸鼻子，朝那八枚噴滿了塗鴉的導彈走去，她看到那些倒計時停留在了最後一分鐘。

汪旺旺伸長手臂，掰斷玻璃管，裡面滲出的乳白色霧氣緩緩噴入透明槽口中，那些霧氣很快就將玻璃槽口填滿。

一根、兩根、三根。還有最後一根，潘朵拉病毒就將隨著張朋永遠在這個世界上消失了。

隨著「乒」的一聲巨響，汪旺旺忽然感覺到一陣眩暈，她低下頭，看見鮮紅色的血液從自己的身體裡湧出來。

又是一聲槍響，子彈擦著大腿過去。汪旺旺掙扎著想去掰斷最後一根玻璃管，卻一個踉蹌摔在地上。

這時她才看清身後的人——亞伯。

他身上的白袍沾滿血跡，有些傷口已經血肉模糊——張朋那點血液還不足以讓他癒合如此嚴重的傷，很明顯他需要更多。

亞伯一手拿著槍，另一隻手攥緊胸前的那個十字架，嘴裡念念有詞。他低頭看著她，就像是看著水溝裡的垃圾一樣。

「妳竟敢阻止末日審判，」他沒有任何表情。「想阻止我主降臨，阻止這個萬惡的世界化為齏粉。」

「張朋……他已經死了。」汪旺旺忍著鑽心的疼痛想爬起來，又被亞伯迎面踹了一腳，這一腳的力道足以把一個成年男子的肋骨踹斷。

「即使摩西已死，但神仍然存在，我主仍會降臨，」亞伯說的話就像在心裡重複過幾千萬遍一樣。「摩西未能完成之事，自有新的使者替他執行，只有將所有異教徒都燒殺殆盡，才能看到新的迦南之地，迎來留給虔誠信徒的神的國度。」

亞伯的臉上閃著迷醉與自豪的光芒，雖然他自己沒說，但汪旺旺很肯定，他已經把自己當成了繼張朋之後的新領袖。

「你……想幹什麼……」汪旺旺使勁拉住亞伯的褲腳。

「拿開妳骯髒的手！不要碰我！」亞伯怪叫了一聲踢開汪旺旺，那一瞬間，他扭曲的面孔比氣泡世界裡的怪物更恐怖。

他的視線落在了唯一那個裝有病毒的玻璃槽上。

「多美啊……」他又恢復了一貫的表情，喃喃地說。「這是神的恩賜。」

「根本沒有什麼神……什麼都沒有……」汪旺旺咬著牙。「只有比惡魔更醜陋的你……」

「妳閉嘴！我不允許妳褻瀆它！」亞伯臉上神聖的表情消失了，取而代之的是深深的憎惡。「我本來不想殺了妳，但妳要為妳說的話付出代價。」

「不要！」一個小巧的身影從亞伯身後的陰影裡跑了出來。

亞伯扭頭愣了片刻，才認出身後的人是自己的兒子。

「以撒，你為什麼會在這裡？我告訴你要待在家——」

「我不叫以撒，我叫安東尼奧……是媽媽取的名字。」

「看來你的《聖經》抄得還不夠多。」亞伯搖搖頭。

「媽媽……媽媽是不是你殺的？你是不是把媽媽殺死了？」以撒的眼淚流出來。

亞伯沒有說話，他看著以撒，眼睛裡沒有溫度。

「她和傑克叔叔……他們不願意受洗，所以你給他們注射了病毒……對不對？」

「你的母親……有罪，她對她所信仰的神不虔誠，她做錯了事，就應當受到懲罰。」

「有罪的是你，」汪旺旺吐了一口血，瞪著亞伯。「你這個殺人犯！」

「我是神高貴的僕人，」亞伯怒目圓睜。「人類一切的情感在偉大的神面前都不值一提！」

「你真的殺了媽媽……你殺了我媽媽！你把媽媽還給我！」以撒的憤怒和悲傷轟然爆發。

「我的孩子，你還太小……你根本不懂，我們離新的世界就差一步了，」亞伯並沒有理會以撒的質問，他痴迷地盯著導彈頭上透明的卡槽。「只要有了這個，我們就能結束這個時代，迎來新的屬於神的世界，我們將站上頂峰，沒有誰能把我們踩在腳下……」

「我不要什麼新的世界！我要我媽媽！」以撒哭著向亞伯撲過去。「爸爸……你別再錯下去了，不要殺人……」

「你根本不懂！」亞伯厭煩地推開以撒，把裝有病毒的卡槽從導彈頭裡取了出來。

「他說我和別人不一樣！我看得更遠，是更接近神的人！」

「我不會讓你得逞的！」汪旺旺不知道什麼時候扶著牆爬了起來，用盡全力朝亞伯撞了過去。

亞伯握著卡槽的手一鬆，卡槽掉在地上。他自己也沒有站穩，踉蹌著後退了幾步，但很快就穩住了身體。他掄起拳頭，狠狠一下打在汪旺旺的太陽穴上，汪旺旺「撲通」一下栽倒在地，頓時頭暈目眩。

她才是個不到一六〇的高中生，面對著超過一八〇的歐洲男性，幾乎沒有任何取勝的可能。

「下地獄吧。」亞伯舉起槍，但就在他扣下扳機的前一秒，以撒撲向槍口。

「乒」的一聲巨響，子彈正中那孩子的心臟，以撒應聲倒地。

「不——不！」汪旺旺叫著爬向以撒，可一切都太遲了。

她把以撒的頭托起來，這孩子嗆了幾口血，眼神裡還帶著困惑、悲傷和沒有平息的怒火。

「以撒——」汪旺旺不知道該說些什麼好，她的腦海裡浮現出第一次住在這孩子家的情景，他從樓梯的暗格裡拿出各種珍藏的食物分享給她，在看到母牛多加斯難產時會流下淚水，還有在她前往遊樂場受洗前的苦苦哀求。

一個像魔鬼一樣的父親，卻擁有一個天使般的孩子。

以撒朝汪旺旺眨了眨眼睛，用最後的力氣把頭轉向亞伯：「爸爸……爸爸……我一直相信《聖經》……也相信你所說的……這是拯救世界的唯一方式，儘管我知道這一切都是錯的……」

「我相信一切，是因為我愛你……」以撒的聲音逐漸微弱下去。「但是已經夠了……」

他的眼睛逐漸失去了神采。

「孩子……」亞伯看著在地上死去的以撒，悶悶地說。「你知道我為什麼給你取名以撒嗎？神要試驗亞伯拉罕的忠心，便要求亞伯拉罕把他的獨子帶往摩利亞的山上，如羔羊般祭獻給他。於是亞伯拉罕到山上築壇，拿刀要殺了他的兒子。神感受到亞伯拉罕的虔誠，所以賜給他大福……你沒有犧牲，你只是回歸了神的懷抱。」

汪旺旺看著眼前這個人，她忽然明白了一點，亞伯根本沒有意識到自己犯下的錯，他也永遠不會意識到。

亞伯說完，轉身去撿那個掉在地上的卡槽。

汪旺旺忽然覺得自己的手裡多了某樣冰冷的東西，她低下頭一看，就在剛才她抱著以撒的時候，他用盡最後的力氣把一把匕首放在了自己的手裡。

就是現在！

汪旺旺咬緊牙關朝亞伯的後背撲上去，把匕首直直地紮進他的心窩裡。

亞伯悶哼一聲，卻並沒有倒下。汪旺旺緊緊箍著亞伯的脖子，無論他怎麼把自己甩來甩去也不撒手。

「乒乒乒乒！」

子彈打在金屬扶手上面，炸出一連串火花。亞伯把手背到身後，對著汪旺旺的腰上就是兩槍。

汪旺旺的身上和嘴裡流淌著鮮血，她再次拔出匕首，又一次插進亞伯的後背。

亞伯哀號一聲，汪旺旺看準時機，一腳踢掉了他的槍。核彈在二人的纏鬥中轟然倒塌，就在千鈞一髮之際，汪旺旺撿到了槍。

「該下地獄的人是你！」汪旺旺朝亞伯打光了槍裡剩下的所有子彈。

亞伯終於癱坐在地上，那些神奇血液的功效早就散去，他就像一隻泄了氣的皮球。

他的眼睛木然地盯著發射塔的屋頂，就像是他能透過屋頂看到外面的天空，看到在那之上的天使一樣。

他還在期待著神的救贖，至少他仍堅信自己是那個最忠實的信徒，可是什麼都沒發生，他殺了他的妻子，祭祀了他的兒子，沒有任何一個神為他而降臨。亞伯的眼神終於從期待轉為絕望。

汪旺旺支撐不住了，她身上中了很多槍，她跌坐在地上，倒在血泊中。

一切都結束了嗎？

「呵。」亞伯在生命的最後一刻，忽然發出一聲冷笑。

他抬了抬手，猛地把那個透明的病毒卡槽摔在地上。潘朵拉病毒從被摔碎的玻璃縫隙裡湧了出來，彌漫在空氣裡。

第二十五章　最後的陪伴

沙耶加忽然停下了腳步。

半藏製造的爆炸讓路西法變成了一具屍體，村民們已經安全了，剩下的就是報警和指揮村民撤離。

「怎麼了？」達爾文也停下來，轉頭看著她。

「汪桑……汪桑她……」沙耶加沒再說下去，她的眼裡忽然湧出了淚水。

達爾文愣了片刻，忽然大吼起來：「她怎麼了？她在哪兒？」

沙耶加沒接話，而是看向了村莊的另一邊——兩座冷卻塔。

「我去找她！」達爾文瘋了一樣朝那邊跑去。

「該死！你怎麼去？」迪克連忙拉住他。「你連船都沒有！」

「我就算游也要遊過去！」

「你冷靜點！至少我們先想想辦法！」

「還想什麼辦法!?她一刻都不能等！」達爾文指著湖對岸咆哮道。「她就在那兒！一個人！」

「……來不及了。」沙耶加淚如泉湧，雙手掩面，慢慢蹲下來。「已經來不及了……」

達爾文的大腦一片空白，他很想騙自己，告訴自己一定還有機會，核彈沒有爆炸，就連路西法這麼可怕的怪物都被他們打敗了，沒有什麼是不可能的。

但是他也瞭解沙耶加，她比任何人都執著，即使背負著整個家族的壓力，她也拼盡全力地趕回來，哪怕有億萬分之一的機會，她也不會放棄。

可如今的她，蹲在地上，萬念俱灰。

「妳……怎麼知道的？」達爾文聽到自己問。

「我能感覺得到，我能看到……」

「通感。」迪克在旁邊輕聲。

「她……很痛苦嗎？」達爾文拚命忍住自己的眼淚不要流出來。

沙耶加沒有說話，她緩緩站起身，拉住迪克和達爾文的手。

周圍的景象忽然像水波一樣緩緩流動著，他們看見了空曠的穹頂下有一個巨大的炸彈發射平臺。

「汪旺旺！」達爾文大叫著就想往前走，卻被沙耶加一把拉住了。

「不要放開我的手，這不是真的穿越，而是我通過某種方式建立起來的連結。」沙耶加說。

空氣裡彌漫著一種淡灰色的粉塵，一個已經重度腐爛的男性屍體倒在欄杆邊上，他的手邊是一個被打爛的玻璃卡槽。

不遠處還躺著一個八、九歲的男孩，已經斷氣了。

他們的視線越過滿地雜物，直到看見了汪旺旺。她斜靠著牆，手裡還握著槍，血染紅了她身上每一寸衣服，她的胸膛微微起伏著，忽然咳嗽了兩聲，用微弱的聲音問：「沙耶加……達爾文、上校……是你們嗎？還是我的幻覺……」

「是我，是我們，」沙耶加再也控制不住自己哭了出來。「對不起……我們沒能趕過來……」

「你們這不是趕過來了嗎？」汪旺旺咧了咧嘴，努力做出一個笑的表情。
「中尉，堅持住，我馬上來救妳。」迪克說完才意識到這句話是多麼蒼白無力。
「千萬別過來，病毒洩露了……」汪旺旺的肺葉和腿上都中了槍，她咳了幾口血說道。「這一片區域都該被封禁。我希望除了我自己，沒有活人在這裡。」
「妳就是這樣，死到臨頭還惦記著別人。」達爾文側過頭，努力不讓她看到自己的眼淚。
「告訴我，我們是不是救了所有人？」
沙耶加點了點頭，如果忽略半藏不計的話，確實是這樣。
「簡直太厲害了，這事可以寫進歷史書裡。」汪旺旺轉頭對迪克說。「或者拍一部電影，超級英雄就是我們幾個。」
「劇本太爛，又沒有大爆炸，不會有人投資的。」迪克擦了擦眼角。
「但我們真的拯救了世界……雖然只有我們幾個人知道。」汪旺旺說。「能認識你們，我真的很開心。」
「妳別說這些話，該死。」
也不知道是誰先哭出了聲，大家都繃不住了。
「我說，能給我跟達爾文一點時間嗎？」汪旺旺問。
「我……可以試一試。」沙耶加看了一眼迪克，對方點了點頭，於是她再次集中精神，沒過一會兒，沙耶加和迪克的身影就漸漸淡去，發射臺上只剩下達爾文和汪旺旺兩個人。
「對不起，我做了一個有點自私的決定……」汪旺旺垂下眼睛。「我希望在生命的最後一段時間裡和你待在一起。」

達爾文心裡有千言萬語，但不知道怎麼開口。

「你能在我旁邊坐下來嗎？」汪旺旺說。「我們可以就這麼坐著，什麼都不幹……」

達爾文在汪旺旺身邊坐下來，把她輕輕地摟在懷裡：「這樣可以嗎？」

「我好像在做夢一樣。」汪旺旺用冰冷的手指碰了碰達爾文的脖子。

「我該怎麼做，妳才不會離開我？」

「你什麼都不用做，我不會離開你的，」汪旺旺的聲音輕極了。「我會一直守護你，哪怕在另一邊……對了，你能不能答應我一件事？」

「說說看。」

「以後別人在向你請教作業的時候，不要老露出一種關愛智障的眼神，」汪旺旺說。

「每次我都要鼓起勇氣才敢跟你說話，而且你每次解答完畢，我不但不想感謝你，而且很想打你。」

「我從來不教別人寫作業，除了妳。」

「其實我要說的不是這件事……還有另一件，你能答應我嗎？」

「妳還不是我女朋友就提這麼多要求，以後做了女朋友還不得要上天了？」

「我不管……你答應我。」

「……好。」

「忘了我，開始新的生活，不要再為我的死而自責……每個人的生命中或多或少都有遺憾……不要讓這種遺憾變為負擔……只記住美好的部分，好嗎？」

「妳提的不只一個要求。」

「拜託，我沒多少時間了，讓我快樂一點。」

「……好，我答應妳。」

汪旺旺疲倦地眨了眨眼睛，她沒有看到達爾文早已布滿淚水的臉。

「說真的，我不想你看到我這個樣子……我被感染了……是不是很醜？」

「胡說，妳怎樣都好看。」

「我現在有點迷糊了，你能跟我說說話嗎？隨便說什麼都好。」

「那就說說我們第一次見面的時候吧。」

達爾文慢慢地說了起來，從他們第一次在社團見面，到迷失之海的旅行，又說到在去阿什利鎮的路上自己怎麼吃醋，說他們日常生活中那些偶爾的拌嘴，說到第一次心動，說到田納西山谷的蝴蝶和賣烤串的日子。他忽然發現，經歷一切後再回頭望去，他所記住的都是那些開心的瞬間。

達爾文一直說著，直到汪旺旺在他懷裡停止了呼吸。

尾聲

暴風雪的離開和來時一樣快。

耶誕節後的一天，所有美國人都窩在家裡，看著電視裡關於不同災區的報導；藝術中心的屋頂被風吹塌了，某地區凍死了幾個人，德克薩斯的牛仔們用烈酒抗凍……那條不起眼的新聞標題很快就被淹沒在這些關於風暴的驚悚報導之中：

卡森城某宗教團體成員因風雪被困，該地區員警已將所有人員移至臨時庇護中心，暫無受傷報導。

救護人員和警車是在事發七十八小時之後才趕到現場的，比他們到得更早的，是另一批人。

以撒在前往發射塔的路上，按照半藏的指引找到了衛星電話，撥通了汪旺旺給他的那張名片上的號碼。

在接到電話一小時內，四十幾輛拖車、幾百號人員就到達了現場，從拖車上卸下來的是當今世界最先進的設備。那些穿著白色防化服的工作人員不但迅速處理了路西法的屍體以及現場殘留，還清理了冷卻塔裡的病毒。他們甚至搭建了一個臨時指揮中心、簡易醫院、衛生站、休憩場所，用來暫時安置那些驚魂未定的村民。

達爾文身披毛毯，坐在白色帳篷的前面，靜靜地看著遠處的冷卻塔。

他沒有再接近那裡，也沒有看到屍體是如何運出來的，他記著汪旺旺對他說的話，只留下美好的記憶。

瘋兔子在兩個小時之前因為失血過多離開了他們。他選了一個風景不錯的地方，可以看到遠處的雪山、松樹林和晴朗的天空。他走得很安詳，臉上還掛著一絲生前常常露出的微笑，就像他自己說的一樣，有他最愛的人陪在身邊，他不懼死亡。

蘇珊娜就這樣一直陪著他走到最後，她告訴沙耶加，連她自己也不知道身體裡的藥效什麼時候會徹底消失，也許是幾天，也許是幾週，但她已經坦然了，她說她現在相信死後有另一個世界，未必比這個世界更好，但也不會比這個世界糟糕。有一個男人在那裡等她，他會帶她去古巴的某個熱帶島嶼，看著夕陽，直到下一次醒來。

達爾文看著天邊，忽然覺得自己做了一個很長的夢，現在他從夢中醒來，他覺得自己長大了，不是身體更加健壯，而是由內而外的成長。可這種成長來得太快，將他的心裡拉扯出一個巨大的空洞，無論用什麼都不能填滿，他唯一能做的只有選擇視而不見。

「你看到迪克沒有!?」沙耶加從遠處氣喘吁吁地跑過來，臉因為著急憋得通紅。「他不見了！」

「妳說什麼？」達爾文回過神來。

「迪克突然不見了，原本他一直都跟我在一起……」沙耶加撫著起伏的胸口。「我剛剛還在跟他說，讓他跟我一起回日本，我可以動用爺爺的關係幫他找最好的醫生……可是一轉頭他就消失了。」

「他又沒有車，應該不會走太遠。」達爾文站起身，雖然他很不願意把視線從冷卻塔那邊離開。「這樣好了，我去樹林裡找找。」

「嗯，那我去湖邊找。」沙耶加說完，就朝另一邊跑了過去。

達爾文在樹林裡繞了一圈，卻不見迪克的蹤影，天馬上就要黑了，他只好往回走，當他回到自己剛剛坐著的地方時，發現那裡放著一封對折的信。

字跡很粗糙，應該是匆忙寫下的，但達爾文還是認出了那是迪克的字跡：

我知道我自己再也變不回以前的樣子了。

當我意識到這點的時候，我心裡難受極了，我寧願死，也不願意在這個醜陋的軀殼裡活著。

可是在我看見中尉為了保護我們大家而犧牲時，我才意識到自己是多麼膚淺和無知。我沒有她勇敢，哪怕是為了對得起她所做的一切，我也要珍惜自己的生命，但我實在做不到用這種容貌去面對沙耶加。

我喜歡她，不知道從什麼時候開始，我對她的感情從友情變成了愛情。儘管我知道她永遠都不會喜歡我這樣的人，但我會用我的一生去守護她，在陰影裡，在她看不到的地方。

我們是最好的哥們兒，曾經是，未來也是，我知道你不善於撒謊，但請你替我保守這個祕密。

你的兄弟迪克

「怎麼樣，找到了嗎？」沙耶加的聲音從身後傳來。

達爾文迅速把信收到了口袋裡：「找到了。」

「他在哪兒呢?」

「他跟著剛剛開走的車隊回家了，他說他想回趟家……看看他的媽媽——凱特阿姨。」

「哦，」沙耶加的臉上有些失望。「他不跟我回日本嗎?」

「他說他安頓好之後會聯繫妳的。不要擔心。」

「那也好。」沙耶加頓了頓，小心翼翼地問道。「你還好嗎?」

「不用擔心。」達爾文故意裝出輕鬆的表情。「也許過一段時間，我也會去日本看妳的。」

「真的嗎?」沙耶加的眼睛裡流露出欣喜和雀躍。

「真的。」達爾文知道自己在撒謊。

「我們的社團是不是解散了?」

「永遠不會解散的。」

沙耶加低下頭，擦了擦眼角的淚，有些不舍地朝遠處走去。

這裡再次剩下達爾文一個人。

他重新坐回凳子上，掏出那封信反覆讀了幾遍，他的朋友離開了，他愛的人也永遠從這個世界上消失了。

「你好。」

一個聽起來十分古怪又蒼老的聲音傳進達爾文的耳朵裡，他抬起頭，看見面前不知道什麼時候停著一輛全自動輪椅，上面蜷縮著一個形同枯槁的老人，要不是他率先說話，達爾文真的會以為這是一具屍體。

「初次見面，你可以稱呼我為羅德先生。」

達爾文微微點頭，儘管他不願意在這個時候被打擾。

「對於發生在你朋友身上的事，我很遺憾。」

那具「木乃伊」又說話了，達爾文發現，他雖然身體已經衰老，但眼睛裡露出的是與其年紀極不相符的精明目光。

「有何貴幹？」

「你有沒有想過，或許還有補救的機會？」

達爾文愣了一下，但他很快明白了羅德先生在說什麼。

「作為見面禮，讓我先告訴你一些事……你的朋友曾經去過的那個氣泡世界裡存在著一個巨大的迷宮，任何人在走出迷宮後可以許下一個願望……任何願望，你可以改寫過去，死而復生，甚至擁有這個世界最多的財富，只要你付出代價。」

羅德先生說到這裡，用手指了指自己。

達爾文頓時明白了他的意思，羅德先生獲得他今天擁有的一切，是因為他也許過願。

「那你付出了什麼代價？」

「夢境。」羅德先生的臉上忽然出現了一種交織著絕望和凶狠的表情，但一閃即過。

「聽起來不算什麼難以承受的代價，」達爾文想了想。「相比你所得到的一切而言。」

「你知道一個人每天有多少小時在睡覺嗎？」

達爾文愣了愣，他之前從沒想過這種問題。

「八小時，一個成年人睡覺的平均時間是八小時，就算精力再旺盛，至少也需要五到六小時的睡眠。而對於絕大多數人來說，甜美平靜的休憩，是我噩夢的開始。」

「只要我一閉上眼睛，我就會回到那個地方，永無止境地在迷宮裡穿行，在荒蠻的外星沙漠裡像奴婢一樣被踐踏、被鞭策，承受著比西西弗斯推巨石還絕望的苦役。夢中世界的時間和現實世界是不對等的，我必須在那裡待上一年、十年、一百年才會醒來，但對普通人來說，只過了一晚。」

「但你得到了你想要的。」達爾文冷冷地看著他，他不在乎這個老頭悲慘的生活，更沒有一絲同情。

「是的，我確實得到了。」羅德先生挑了挑眉。

「如果我的願望也能實現……」達爾文沒有說下去，要是能讓汪汪活著回來，無論是什麼樣的代價，他都願意承受。

「我欣賞你的激情。」羅德先生似乎看出了他的想法，乾笑了兩聲。

「可是那個氣泡世界已經不復存在了。」

「你說得沒錯，那個氣泡世界崩塌了，但請允許我告訴你一件你不知道的事，」羅德先生一字一頓地說。「宇宙深處，氣泡世界不只那一個。」

達爾文愣住了。

莎莎推著羅德先生走進臨時醫療站時，羅德露出了一個不經意的笑，似乎已經預料到外面那個男孩將會成為自己的下一枚棋子。

醫療站裡面鬧哄哄的，彌漫著消毒水和醫用酒精的味道。他倆穿過一層又一層布簾，來到一條防化通道面前。在通道的另一側擺著一具瘦小的屍體，手腳上泛著巨大的青紫色斑塊，看起來這人在生前就已經被嚴重感染了。

在屍體旁邊，有各式各樣叫不上名字的醫療儀器。旁邊的醫生向外面比畫了一個手勢，示意所有病毒源已經處理過，可以進來了。

「妳每天撫摸自己的身體時，是什麼感覺？」在穿過防化通道時，羅德忽然向推著他的莎莎問道。

「沒有什麼特別的感覺，雖然它並不屬於我。」

防化通道噴出的消毒噴霧吹開了莎莎脖子上的絲巾，在絲巾下方有一圈紅色疤痕。

「表皮超過九成嚴重感染，心臟衰竭，但腦部還有些許植物性波動。」手術臺旁邊的醫生向羅德先生彙報道。

心跳停止後，大腦還有半小時保持活動狀態，當腦幹死亡後，才能正式宣告死亡。

羅德先生搖動輪椅，緩緩靠近手術臺，他盯著汪旺旺早已變冷的屍體自言自語道：

「我想妳應該沒忘記我的目的，不是尋找氣泡世界，也不是要對那些自稱為神的生物俯首貼耳……我的野心遠比這個大。」

他的聲音很輕，卻透露出一種堅定的信念感：「我不會坐以待斃，我要摧毀舊神，才能成為新神。」

「我想她聽不到，」莎莎聳了聳肩。「她基本上已經算是個死人了。」

「我不會讓她輕易死掉的。」

「我不太明白……」

「我喜歡逆天命所為，不然也不會創造妳，」羅德笑了笑。「這個孩子，她也有另一具完美的備用軀殼，她爸爸從小就培養的代替品。」

「您的意思是，要把她的大腦……」莎莎瞪圓了眼睛。

「誰知道呢？」羅德先生笑了起來。

十三年後。

離耶誕節還有兩個星期，雪片一樣的信件和包裹在亞特蘭大的郵件分發部裡堆成了小山。

「我的天哪，都已經是網路時代了，為什麼這些人還要用這麼老土的辦法，」一個郵件分發員拿著印戳抱怨著。「發發電子郵件，在部落格上互相留言不行嗎？」

「這是傳統，比利。」另一個看起來更老的工作人員回答他。

「我只知道我要領和平時一樣的工資，卻要在這半個月做多十倍的工作。」那個叫比利的年輕分發員聳聳肩，抓起面前的幾個包裹念了起來。「米奇老鼠、家庭合影集、伯尼兔睡衣，還有梅西百貨的打折內褲和快過期的化妝品，這些沒有價值的禮物有誰會在乎──」

比利的聲音突然停了。

「怎麼不接著念了？」那個年長的工作人員抬起頭，只見比利手上掐著一個信封，正對著燈光觀察裡面的東西。

「我的天哪，這一定是我這輩子見過的最奇葩的聖誕禮物。」

「那是什麼？」比利的話勾起了他的好奇心，但仍然忍不住說。「我們是不允許拆客戶的包裹的，你可別──」

「我根本不用拆！這裡面的東西用手摸也知道。」

「到底是什麼？」

「你絕對想不到──一枚二十五美分的硬幣！」比利大笑著。「這傢伙竟然寄了一枚二十五美分的硬幣，有誰沒見過硬幣嗎？還是沒有停車費？誰會送這麼糟糕的聖誕禮物？」

「這是寄到哪裡的？」

「讓我看看……這太奇怪了，」比利盯著信戳，過了半天才抬起頭。「寄往一個我從來沒聽說過的海島，而寄出位址竟然寫著……日本東京。」

比利盯著信又看了看，順手把它扔進了待發送的郵筒裡。

這是誰的硬幣？

它又將寄給誰？

我們都不知道，那已經是另一個故事了。

（全書完）

嬉文化
沒有名字的人5：萬神之神
作者／FOXFOXBEE
榮譽發行人／黃鎮隆　總經理／陳君平
協理／洪琇菁　國際版權／黃令歡
執行編輯／呂尚燁　美術主編／李政儀
企劃宣傳／楊玉如、洪國瑋
出版／城邦文化事業股份有限公司　尖端出版
台北市中山區民生東路二段一四一號十樓
電話：(〇二)二五〇〇七六〇〇　傳真：(〇二)二五〇〇二六八三
E-mail：7novels@mail2.spp.com.tw
發行／英屬蓋曼群島商家庭傳媒股份有限公司城邦分公司　尖端出版
台北市中山區民生東路二段一四一號十樓
電話：（〇二）二五〇〇—七六〇〇（代表號）
傳真：（〇二）二五〇〇—一九七九
中彰投以北經銷（含宜花東）／楨彥有限公司
電話：（〇二）八九一九—三三六九
傳真：（〇二）八九一四—五五二四
雲嘉經銷／威信圖書有限公司　嘉義公司
電話：（〇五）二三三—三八五二
傳真：（〇五）二三三—三八六三
客服專線：〇八〇〇—〇二八—〇二八
南部經銷／威信圖書有限公司　高雄公司
電話：（〇七）三七三—〇〇七九
傳真：（〇七）三七三—〇〇八七
香港總經銷／城邦（香港）出版集團有限公司
香港灣仔駱克道193號東超商業中心1樓
電話：（八五二）二五〇八—六二三一
傳真：（八五二）二五七八—九三三七
E-mail：hkcite@biznetvigator.com
馬新經銷／城邦（馬新）出版集團　Cite(M)Sdn.Bhd.
E-mail：Cite@cite.com.my
法律顧問／王子文律師　元禾法律事務所
台北市羅斯福路三段三十七號十五樓
二〇二二年一月一版一刷

版權所有・翻印必究
■本書若有破損、缺頁請寄回當地出版社更換■

本著作《沒有名字的人5：萬神之神》中文繁體版
通過成都天鳶文化傳播有限公司代理，經雁北堂(北京)文化傳媒有限公司
授予城邦文化股份有限公司尖端出版獨家發行，非經書面同意，
不得以任何形式，任意重製轉載。

■中文版■

郵購注意事項：
1. 填妥劃撥單資料：帳號：50003021戶名：英屬蓋曼群島商家庭傳媒(股)公司城邦分公司。2. 通信欄內註明訂購書名與冊數。3. 劃撥金額低於500元，請加附掛號郵資50元。如劃撥日起 10～14日，仍未收到書時，請洽劃撥組。劃撥專線TEL：(03) 312-4212 ・ FAX：(03) 322-4621。E-mail：marketing@spp.com.tw

國家圖書館出版品預行編目資料

沒有名字的人5 : 萬神之神　; FOXFOXBEE 著 .
--初版.　--臺北市：尖端出版, 2022.01
面 ; 公分.--(嬉文化)
譯自:
ISBN 978-626-316-382-9(平裝)

857.7　　110020213